KB073963

늦은 불혹의
다릿돌

늦은 불혹의
다릿돌

ⓒ 유상조, 2017

초판 1쇄 발행 2017년 4월 13일

지은이   유상조
펴낸이   이기봉
편집   좋은땅 편집팀
펴낸곳   도서출판 좋은땅
출판등록 제2011-000082호
주소   경기도 고양시 덕양구 동산동 376 삼송테크노밸리 B동 442호
전화   02)374-8616~7
팩스   02)374-8614
이메일   so20s@naver.com
홈페이지 www.g-world.co.kr

ISBN   979-11-5982-786-0 (03810)

이 도서의 국립중앙도서관 출판시도서목록(CIP)은 서지정보유통지원시스템 홈페이지(http://seoji.nl.go.kr)와 국가자료공동목록시스템
(http://www.nl.go.kr/kolisnet)에서 이용하실 수 있습니다. (CIP제어번호 : CIP2017008720)

'참'으로 가는 인생 여정을 위한 다릿돌 서른 개

늦은 불혹의 다릿돌

유상조 지음

좋은땅

프롤로그 : 다릿돌을 놓으며……

나는 1970년 7월 처음으로 세상과 마주하였으니 조금 있으면 불혹(不惑)을 지나 지천명(知天命)에 다다른다. 늦은 불혹이니 늦은 여름 같은 나이라고 보면 적절할지 모르겠다. 하지만 인생을 말함에 있어 나는 카오스(Chaos, 혼돈)의 수준에 머물러 있는 봄(春)이다. 최소한 10년 단위로 인생에 관한 글을 묶어 세상으로 내보내볼까 한다. 미래의 책들은 봄을 넘어 여름(夏), 가을(秋), 겨울(冬) 속으로 보다 더 성숙한 모습이 되기를 바라본다. 나의 생각이 세월과 힘겨루기를 하며 어떻게 변해갈 것인지 벌써 궁금하다. 나는 육체와 정신의 긴장 속에서 인생의 참 맛을 느끼고 즐기고자 한다.

불혹 5년(2015년) 여름. 유럽 출장을 위해 몸을 맡긴 비행기가 반나절 가까이 힘겹게 달려 도착한 오스트리아 빈 공항에서 바삐 내리려 하는데 스튜어디스가 조용히 미소 지으며 그런다.

"비행기 안에서 일만 하시던데요."

그때에서야 비로소 내가 비행기에서 내내 업무를 보고 있었다는 사실을 깨달았다. 머리를 한 대 맞은 것 같았다. '아, 이렇게까지 살아야 하는 것인가?'라는 물음이 치고 들어왔다. 입국 수속을 위해 터벅터벅 걸어 나오면서 문득 내가 걸어온 길이 과연 어떠했는지 돌아보고 싶어졌다. 서울로 돌아오는 비행기 안에서 차분히 생각해보니 늦은 불혹이 되도록 내 인생을 제대로 돌아본 적이 없었다. 누가 쫓아오는 것도 아닌데 그저 앞만 보고 달린 것이다. 아직 인생을 마무리, 정리하기에는 분명 이르지만 중간

점검으로 본다면 꽤 늦은 감이 있음을 인정하지 않을 수 없었다.

　그 이후로 내 나름의 인생에 관한 글들을 두서없이 폭발적으로 써 내려갔다. 일단 뭔가를 써야 견딜 수 있었다. 그 결실이 인생의 다릿돌 서른 개를 담은 이 책이다. 다릿돌 중에는 가벼운 것도 있고 꽤 무게가 나가는 것도 있으며, 사연이 많아 밟기 미안한 것도 있고 미끈미끈하여 조심해서 건너야 할 것도 있다. 다릿돌 하나하나를 다 건넌 후 조금이라도 풍요롭고 성숙해져 있다면 이 책은 할 일을 다 한 것이리라.

　이것이 늦은 불혹의 나이에 불현듯 인생에 관한 설익은 책을 세상에 내놓게 된 계기이자 이유이다. 하루에 다릿돌 하나 정도 건너보면 좋을 듯하다. 성큼성큼 뛰어가지 말고 한발한발 최대한 느리게 건너기를 권한다. 가끔 뒤도 돌아보고 가끔 냇물에 손도 씻어보고 냇바람이 전해주는 세상 소식에 귀도 기울이면서⋯⋯.

　이 책이 나오기까지 벗 장정근의 도움이 컸다. 벗은 나의 글을 읽고 과분한 격려를 해주었고 나보다 이 책의 출판에 더 큰 애정을 가져 주었다. 고마운 마음을 전한다. 본업으로 바쁜 와중에도 어려운 부탁을 마다하지 않고 삽화를 그려준 만화가 성주삼 아우, 그리고 예쁜 책이 될 수 있도록 한 자 한 자 꼼꼼하게 다듬어주고 보드랍게 옷을 입혀 준 문해림 주임과 박윤정 디자이너 등 좋은땅 출판사 관계자 분들에게도 심심한 감사의 뜻을 전한다.

　철들지 못한 '**나**'가 철들려 하는 '**우리**'에게 바친다.

유상조 주섬주섬 모아 씀

일러두기

〈주 1〉 늦은 불혹

'늦은 불혹'은 40대 중반을 넘어 50대에 가까워지고 있는 현재의 '나'다. 그 어느 때보다 다양한 변화를 경험하고 있는 시기이다. 자고 일어나면 시커멓게 뒤덮이던 턱 주변의 수염이 이제 3일이 지나도 굵기와 밀도가 예전의 하루치만 못하다. 눈에 찾아온 반갑지 않은 흐릿함이 거리 조정 없이 책 읽기를 점점 힘들게 하고 있다.

심리적 변화는 더욱 심상치 않다. 무엇보다 눈물이 많아졌다. 어쩌다 보게 되는 드라마에서 슬픈 장면이 나오면 줄거리도 모른 채 눈물을 글썽인다. 감성이 주도하고 이성이 뒤따른다. 이성은 눈물의 의미를 사후에 확인해주는 보조자 이상이 아니다. 현재의 나에겐 이것이 보편이다. 이성이 주도하던 시절보다 한층 맑아지고 믿음이 간다. 어쩌면 늦은 불혹은 육체적 기는 쇠해가지만 정신적 혼은 조금씩 흥하는 시기인지도 모른다. 젊다고 주장하기에는 억지스럽지만, 그렇다고 늙었다고 인정하기에는 송구스럽다. '늦었다고 생각할 때가 가장 빠를 때'라는 말은 기본적으로 늦은 자들에게 포기하지 말라는 희망의 말이자 위로의 말일 것이다. 하지만 이제 우리는 늦은 것은 늦은 것임을 알고 있으며 체념이 보다 현명한 선택일 수 있음을 안다. 하지만 늦은 불혹은 '늦었다고 생각할 때가 가장 빠를 때'라는 말의 생명력이 아직은 분명 남아있는 나이다. 이래도 좋고 저래도 좋다는 식으로 설렁설렁 살아서는 안 된다. 우리는 우리만이 아니다. 늦은 불혹들이여, 힘내자! 아직 지쳐서는 안 된다.

〈주 2〉 나, 너, 우리 그리고 그들

 '우리'라는 말이 조금이라도 거슬리는 분들은 **'나'** 또는 **'너'**로 대신 읽으면 된다. 우리만큼 조심스러운 주어도 없으리라. 우리라는 거친 울타리 안에 갇히는 것이 조금이라도 내키지 않는 분들은 저자의 섭섭함을 조금도 염려할 필요 없이 박차고 나가면 된다. 오히려 이 분들은 저자에게 우리의 범위를 보다 명확히 해주는 소중한 분들이다. 우리가 아닌 사람들은 **'그들'**이다. 이 책 속에서 '나', '너', '우리', 그리고 '그들'은 분명 차별적이고 배타적이다. 하지만 각각의 범위는 고정불변이 아니라 상황에 따라 변하는 유동적 개념이다. 또한, '나'가 모여 우리가 되고, 그들이 있기에 우리가 있을 수 있다는 점에서 서로 의존적 존재이자 상생의 전제임을 분명히 해두고자 한다.

〈주 3〉 선보 생각

 다릿돌 이야기의 끝부분 마다 선보 생각을 넣었다. 대체로 냇바람을 쐬면서 편안하게 읽으면 되는 글들이다. **선보(善普)**는 둘째 아들 **지원(志沅)**의 이름으로 강력하게 고려했던 이름이다. 학교에 들어가 놀림 당할 가능성이 크다는 다수 의견을 받아들여 양보했던 이름이다. 이 이름을 다시 꺼내 든 것은 나의 분신인 둘째 아들 지원을 의미하므로 곧 나를 상징하는 것이요, 쉬이 잊히지 않고 떠오르는 정감은 마르지 않는 샘물의 맛과 같기 때문이다. 선보는 우리가 불러보는 우리 자신의 옛 이름이자, 우리 자신의 본 모습으로 보면 될 것이다.

목차
/
참으로 가는 여정

제1부

이상과 현실 사이에서 :
내 노동으로

수학 :

'깊이'를 느끼고 '무한'에 서보다

첫 다릿돌은 수학이다. 학창시절 그토록 나를 괴롭혔던 수학. 꼴도 보기 싫은 그 녀석이 맨 처음 나의 발길이 가야 할 곳이라니. 좀처럼 발길이 떨어지지 않는 가? 첫 다릿돌 위에서 냇가를 스쳐 불어오는 시원한 실바람에게 물어보라. 그것 이 수학의 잘못인지. 자, 이제 우리 모두 수학에서 벗어나기 위해서라도 과감히 첫 발을 떼어 보자.

나는 수학을 잘 하지 못했다. 그저 그랬다. 수학이 다른 암기과목과 별반 차이가 없었다. 이해하는 것과 암기하는 것 간의 선후관계와 우선순위에 대해서는 지금까지도 답을 찾기가 쉽지 않다. 하지만 나에게 수학에 관한한 이해와 암기 간의 우열은 너무 일찍 정리되고 말았다. 초등학교 2학년, '구구단'을 외우면서 수학도 암기과목으로 자리 잡은 것이다. 지금 생각하면 참으로 아쉬운 순간이었다.

구구단을 이해할 수는 없었을까?

개인별로 시간에 구애받지 않고 물었으면 이해가 버틸 수 있었겠지만 반 전체가 격한 리듬을 타고 "이일은 이, 이이는 사, ---, 구팔 칠십이, 구구 팔십일"을 소리 높여 외쳐야 하는 상황에서 이해하고자 했던 아이들은 리듬 이탈자가 되어 스승님께 불려 나가야 했다. 이렇게 며칠간 몇몇 친구들이 혼쭐이 나면 우리들은 엄청난 속도로 목청을 높여 구구단을 힘차게 제창함으로써 스승님을 기쁘게 해드릴 수 있었다. 이 경지에 이르게 되면 구구단이 가지고 있는 다양한 속성에 의문을 제기하거나 탐구해보려는 노력은 물 건너가고 만다. 외움이 궁금증을 억눌러 질식시켜 버린 것이다.

하지만 몇 차례의 '**수**'에 대한 경험은 학문적 즐거움이 무엇인지를 제대로 맛보게 해주었다. 나의 뇌 속에 각인되어 있는 재미났던 수의 세계 약간을 꺼내 펼쳐보고자 한다.

하나는 '**음수(―)**'의 개념이었다. 초등학교 5학년, 음수의 개념을 처음으로 접했다. 예습을 위해 무심코 교과서를 한 장 넘기자 가로로 그어진 수직선을 가지고 음수라는 난생처음 보는 수를 설명하고 있었다. 도저히 이해할 수가 없었다. 사과가 1개, 2개 등등 있음(유, 有)의 개념은 분명 알 수 있었다. 사과가 하나도 없는 것(0, 무, 無)의 개념 또한 분명 알 수 있었다. 하지만 하나 더 없다, 두 개 더 없다 등등은 도무지 이해가 안 되는 것이었다. 30분 이상을 꼼짝하지 않고 고민에 고민을 거듭했었다. 사과를 쪼개 보았다. 하지만 쪼개면 쪼갤수록 사과의 수는 늘어나지 줄어들지 않았다. 그러다가 책을 돌려 수직선을 세로로 세우니 음수가 보이는 것이었다.

'음수는 '깊이'의 개념이구나!'

이것이 바른 이해인지는 늦은 불혹이 된 지금도 확신이 서지 않지만 당시 나는 확실히 그리고 나름 이해했었다. 수의 쾌감을 맛본 나는 뿌듯했다. 행복했다. 그리고 대견했다.

다음으로 고등학교 2학년, **'무한(limit)'**의 개념을 배웠을 때였다. 미적분을 배우기 전 단계. 세상이 확 트이고 넓어지는 것이었다. 당시 무한은 무엇인가를 끊어지기 전까지 쭉 잡아당기는 아슬아슬한 개념이었는데, 그것은 내가 인식할 수 있는 한계의 끝이었다. 나는 원하는 무엇이든 무한으로 보낼 수 있는 비밀병기(limit)를 가지게 된 것이었다. 웬만한 것들을 죄다 이 무시무시한 비밀병기 속에 넣어보다가 얼떨결에 나를 넣자 이놈이 나를 우주로 끌고 나아갔다. 그리고 순식간에 우주의 끝에 데려다 놓았다. 그곳에 다다른 나는 짜릿했다. 행복했다. 그리고 황홀했다.

수학은 '수'로 우주의 삼라만상을 이해하려는 인간의 아름다운 안간힘이다. 수학의 힘을 빌리면 아무런 규칙성 없이 제멋대로 오고가는 듯 보이는 것들 속에 꼭꼭 숨어 있는 은밀한 속내에 다가갈 수 있다. 하지만 우리는 이러한 소중한 접근 방식을 너무 쉽게 잃어버리고 말았다.

왜 그랬을까?

돌이켜 보면 수학을 단순 암기과목과 유사하게 기계적으로 풀어냈다는 점이 못내 아쉽다. 차근차근 내 나름대로 이해의 폭을 넓혀 나갔다면 수로 세상을 보는 눈을 얻을 수 있었을 텐데……. 하지만 그렇게 한가로이 수의 세계에서 노닐었다면 나는 대학 문턱에도 못 갔을 것이다. 그러고 보면 시간을 촉박하게 정해두고 문제를 풀라고 조여들어오는 방식은 우리 교육을 망치는 멍청한 짓임에 분명하다.[1]

풀어본 문제는 풀고, 안 풀어본 문제는 못 푸는 식이다. 시간을 조금이라도 지체할 가능성이 있는 안 풀어본 문제는 눈 딱 감고 일단 지나쳐야 한다. 안 풀어본 문제가 다 모르는 문제는 아닐 텐데, 이런 문제를 시험시간 중에 고민해서 푸는 것은 위험성이 너무 높다. 이런 치사한 시간 압박을 통한 실력 검증에서 벗어나 시간에 구애됨이 없이 문제를 풀라고 해야 한다.[2] 그래야 이해가 암기의 유혹을 떨쳐버리고 홀로 서기를 할 것이고, 우리나라 교육자들이 그토록 바라는 창의적 젊은이가 키워질 수 있는 것이다.

---

1 바둑의 경우도 매한가지다. 20세 전후의 기사가 세계대회를 석권한다. 육체적 스포츠라면 몰라도 정신적 스포츠 더 나아가 도(道)라고까지 불리는 스포츠에서 불혹이 넘은 기사들이 동네북 신세가 된 지 오래다. 이것 역시 시간 압박 때문이다. 결국 이것이 바둑의 묘와 멋을 사라지게 만든 장본인이다.

2 미국 직무훈련 기간 중에 수능 영어시험 문제를 미국인 선생님께 풀어보라고 제안한 적이 있다. 그분의 말씀 "한국 학생들 정말 대단해요. 이걸 어떻게 시간 내에 풀어요."

선보 생각 1

우리는 누구인가?

나의 모교는 문과생에게 물리I, 화학I, 지구과학I, 생물I을 모두 가르쳤다. 물론 이것이 정상이지만 내가 아는 학교 중 그렇지 않은 비정상 학교도 꽤 있었다. 예들 들어 문과생의 경우 학력고사에서 생물I만 선택하면 되기 때문에 다른 이과과목 시간에 국어, 영어, 수학 등 학력고사의 배점이 높은 과목을 가르치거나 아예 자율학습을 시키는 식이었다. 그 학교는 학교이기를 포기한 것인데 우리 부모님들은 그 학교에 배정받기 위해 앞다투어 주소를 옮기셨다.

지금의 우리들은 어떠한가? 우리 딸, 아들들을 과연 어느 학교에 보내려고 하고 있는가? 혹시 우리 부모님들과 별반 차이가 없는 것은 아닌가? 역사의 발전이란 인간 유전인자의 흐름을 거슬러야 하는 것이기에 그리도 더딘 것일까? 참고로 그 당시 우리의 과학 평균은 반타작을 크게 넘지 않았던 것으로 기억된다. 우리 자신을 돌아보면 우리 딸, 아들들 보고 누굴 닮아서 이렇게 공부 못 하냐고하기가 좀 남사스럽다.

주기율표

화학 시간은 공포의 시간 중 하나였다. 바로 **'주기율표'** 때문이었다. **'원소'**의 개념. 이 세상 모든 물질은 원소로 이루어져 있는데 그것이 규칙성이 있다는 것이다. 그래서 사이사이에 빈 공간이 있다. 아직 우리가 모를 뿐 분명 뭔가 있을 것이라는 것이다. 이것을 배열해놓은 것이 주기율표.

스승님은 인간으로 태어난 이상 주기율표는 누구나 반드시 외워야 하는 것으로 여기시는 듯했다. 우리 반에는 학력고사에서 화학을 선택하지 않을 것이기에 맞는 것이 두려워 외울 필요가 없다는 용감한 친구들이 몇몇 있었는데, 주기율표만은 반드시 외우게 하고야 말겠다는 스승님의 의지 앞에서 속수무책이었다. 누군가는 맞아야 했고 우리는 그저 내 차례가 아님을 감사해야 하는 수업 시간이 몇 번 지나자 주기율표는 이유 불문 당연히 외워야 하는 표가 되었다. 하나하나 외워가다 보니 어느덧 주기율표가 신과 인간의 역할분담을 보여주는 신성한 표처럼 보이기 시작했다.

'원소는 **인간**이 제 아무리 노력해도 만들 수 없는 것'
'그것은 **신**만이 창조할 수 있는 것'

아무리 똑똑하고 잘난 인간도 원소인 **금**을 만들 수는 없는 것. 신의 영역에 점점 다가가고 있다는 신비한 느낌. 인간이 할 수 있는 것은 거기까지. 더 이상 밀고 들어가면 안 되는 것. 나는 화학 시간에 전혀 예상치 못

17

한 신의 존재를 어렴풋이나마 확인할 수 있었던 것이다. 나에게 사고의 독특함이 조금이라도 있다면 그것은 물리, 화학, 지구과학, 생물 시간에 배운 내용이 문과적 사고와 충돌하고 갈라서고 다시 융합되어 나타나는 것임이 분명하다. 나는 넓게 배우는 것이 깊게 들어가기 위한 전제조건이라고 믿는다.

이해한 자의 즐거움? 암기한 자의 어지러움?

다른 부처에 근무하는 공무원들과 점심 식사를 하면서 은근슬쩍 이야기 주제를 수학으로 가져가 보았다. 수학에 얽힌 이런 저런 이야기가 오고 갔다. 역시 예상했던 대로 수학에 관한 아픈 기억들이 많았다. 그 중 인상적이었던 한 가지 이야기를 소개한다. 신입 시절 직장 상사분이 미적분 책을 꺼내서 푸는 것을 보고 신기한 듯 바라보자 그 분이 그랬단다.

"미적분 풀어 봐. 스트레스가 확 날아가."

이 말을 듣고 그분은 '아, 나는 달력만 봐도 어지러운데……' 하면서 쓴 웃음을 지었다고 한다.

수학을 이해한 자는 인생의 재미를 하나 더 알고 있는 것이다. 이것은 암기한 자가 소유할 수 없는 특권인 것이다. 좀 돌아가더라도 이해할 수 있게 해주어야 한다. 좀 답답하더라도 시간을 주어야 한다. 그래야 우리 딸, 아들들이 커서 스트레스 받을 때 술, 담배 대신 미적분 책을 펼칠 수 있지 않겠는가.

서울 :

한양 설계자의 마음으로……

두 번째 다릿돌은 서울이다. 첫 번째 다릿돌에서 원소는 인간이 제 아무리 노력
해도 만들 수 없는 것, 그것은 신만이 창조할 수 있는 것이라고 했다. 이런 의미에서
본다면 서울도 원소와 매한가지다. 우리 인간이 서울의 주인인 듯 착각하여 신(자
연)이 창조한 공간을 제멋대로 망쳐 놓아서야 되겠는가. 이제라도 서울을 서울답게
가꾸어 가야 한다. 나는 그 답을 한양 설계자의 마음에서 찾아보고자 한다.

서울의 의미

서울의 의미를 알아보기 위해 김용옥의 글 〈청계천의 본명은 開川, 반드시 열려야〉(문화일보, 2003)를 만나보자.

서울이라는 이름으로 불린 것은 해방 이후의 일이라고 한다. 조선개국초기에 도성을 축조하는데 그 주위규모를 결정하기 어려워 고심하던 중, 어느 날 아침에 깨어보니 밤사이에 눈이 내렸는데 현 도성의 울안은 눈이 녹고, 그 밖에는 하얀 눈이 줄을 그은 듯 남아있어, 분명 하늘의 깨우침이라 믿고 그 선을 따라 도성을 쌓았다고 한다. 그래서 도성을 눈 울타리, 설울(雪城)이라 불렀고 이 말이 와전되어 '서울'이 되었다는 재미있는 설조차 있다. 서울이라는 이름이 옛 신라의 국호, 서벌(徐伐), 서라벌(徐羅伐)에서 유래되었다고 보고 있으나 그 뜻이 무엇인지 즉 어원에 관해서는 일치된 견해가 없다고 한다. 대체적으로 '서'는 솟터의 '솟'과 관계가 있고, '울'은 들을 의미하는 '벌'과 관계가 있다고 본다. 서울은 상읍(上邑), 수읍(首邑)을 의미하는 일반명사로서 옛부터 전해 내려온 말이라는 것이다.[3]

그렇다면 서울은 나에게 어떤 존재일까?

1970년대 후반 초등학교 2학년의 시작을 앞두고 결연한 의지를 다지며 서울로 올라온 나에게 서울은 어떤 존재였을까?

---

[3] 나는 서울의 뜻보다는 서울이라는 소리가 주는 느낌이 더 좋다. 서울을 말해보라. 낮게, 높게, 길게, 짧게 등등. 서울이라는 음이 주는 부드러움, 넉넉함, 그리고 세련됨이 우리말의 참 맛을 잘 보여주고 있지 않은가? 이 오묘한 맛은 간혹 외국인이 당혹스러워 하며 서울을 발음할 때의 어색함에서도 살포시 드러나곤 한다.

나는 '사실상' 서울 사람이라고 말한 적은 있어도 한 번도 진정으로 서울 사람이라고 생각해본 적은 없었다. 서울은 항상 그리고 그냥 낯선 곳이었다. 하지만 언제부터인가 서울에 대한 나의 무의식 속에 깊이 자리하고 있는 이유 없는 사춘기식의 반항심에 의문이 생겼다. 어쩌면 서울에 대한 거부감이 서울의 탓이 아니라 내 탓일 수 있다는 생각이 들기 시작한 것이다. 아마도 스쳐 지나가듯 지나쳐 온 서울의 매력이 조금씩 쌓이면서 생긴 변화가 아닐까 한다.

늦은 불혹의 나는 서울과 늦사랑을 시작하려 한다. 나의 애인 목록에 서울을 추가하고 뜨거운 사랑을 나눌 것이다. 곳곳을 야르르하게 애무해 주면서 그 반응을 탐할 것이다. 물론 약간은 부담스럽다. 누군가를 사랑한다는 것은 그(녀)의 아픔까지 품어주어야 하는 것임을 알고 있기에…….

우선 나의 애인, 서울의 본래 모습을 알아보기 위해 한양 설계자의 마음을 찾아 나서고자 한다. 이는 미래 서울의 바람직한 모습을 구상해보기 위한 첫 걸음이다. '과거로 돌아가 미래를 본다(back to the future)'는 것은 인류가 역사서를 기술하는 이유이자, 인류가 역사를 해석하는 이유이다. 이것은 단순히 애인의 족보를 들춰보는 퇴행적 행태가 아니라 애인과 멋들어진 사랑을 나누기 위한 미래 지향적 노력인 것이다.

한양의 설계자는 누구인가?

서울은 신(자연)과 인간의 역할 분담에 의해 모습을 갖추어 왔다.[4] 나는

---

4 ■ 신과 자연을 하나로 보는 것이 올바르다고 할 수 없을 것이나, 서울의 본래 모습을 이야기함에 있어서 양자를 하나로 보는 것은 큰 무리가 없다고 생각한다.

이를 **창조**(creation)와 **변형**(modification)으로 분리해서 보고 싶다. 신은 서울을 창조한 것이고, 인간은 그 속에서 서울에 변형을 가한 것이다.

이육사의 시 《광야》에 나오는 그때, '까마득한 날 하늘이 처음 열리고 모든 산맥들이 바다를 연모해 휘달릴 때, 끊임없는 광음(光陰)을 부지런한 계절이 피어선 지고 큰 강물이 비로소 길을 열었을 때'의 서울의 모습을 상상해보자.

삼각산(북한산), 아차산, 관악산, 덕양산의 외사산(外四山)과 백악산(북악산), 낙산, 목멱산(남산), 인왕산의 내사산(內四山)이 서로가 서로를 의지하며 솟아오르고, 산과 산 사이에는 산이 품은 빗물이 샘물로 솟아나와 구릉과 계곡을 타고 무난스럽게 흘렀을 것이다. 한강을 비롯한 청계천, 성북천, 중랑천, 홍제천, 난지천 등 수많은 물길들은 사방으로 흩어진 빗물을 담아 흐르면서 서울의 물길을 만들어 냈을 것이고, 가끔 불어난 물은 모래들을 토해 내면서 서울을 옥토로 가꾸어 갔을 것이다. **상선약수(上善若水)**, 즉 최고의 선은 물과 같다는 노자의 말은 최고의 도시 설계자는 물이라는 의미로 재해석될 수도 있을 것이다. 이러한 조그마한 움직임들이 무한의 시간 속에서 축적되고 응축되어 들어갈 곳은 들어가고 나올 곳은 나온 탱탱하면서도 넉넉한 참으로 매력적인 몸매를 갖춘 서울이 창조된 것이다. 여기에 따사로운 햇살을 품은 바람이 산과 들에 세상 소식을 전해주며 서울의 결을 보드랍게 어루만져 주었을 것이다.

그렇다면 이렇게 창조된 공간인 서울에 인간이 살아갈 수 있도록 변형(설계)을 행한 사람은 누구였을까? 먼저 이한우의 〈조선이야기 환관 김사행, 경복궁을 설계한 천재건축가〉(주간조선, 2006)라는 글을 읽어보자.

토막상식 퀴즈 하나. '경복궁을 만든 사람은?' '태조 이성계'라고 하면 너무나 무성의한 답이다. 그것은 마치 '예술의 전당을 만든 사람은?'이라고 물었을 때 '전두환 대통령'이라고 답하는 것이나 마찬가지다. 질문을 바꿔본다. '예술의 전당을 설계한 이는 건축가 김석철이다. 그렇다면 경복궁을 설계한 이는?' 이럴 경우 상식이 풍부한 한국인이라도 십중팔구 '정도전'이라고 답한다. 유감스럽게도 100% 틀린 답이다. 정답은 김사행이다. 경복궁과 관련해 정도전이 한 일은 태조 4년 12월 경복궁이 완성된 후에 전각(殿閣)들의 이름을 지은 것뿐이다. 경복궁, 근정전, 사정전, 교태전, 강녕전 등의 이름이 바로 그의 작품이다. (중략) 태종 12년 5월 14일자 실록에 흥미로운 기록이 나온다. 태종 이방원이 태조 시절을 회고하면서 이렇게 말한다. "태조 때 모든 공역(工役)을 김사행이 맡았다. 온 나라 사람이 말하기를 '김사행이 태조를 권하여 공역을 일으켰다'고 하였다. 그러나 김사행이 권한 것이 아니고 한양 도성을 창건하는 계획은 결국은 태상왕의 뜻에서 나온 것이다." 한양 및 경복궁의 설계자가 사실상 김사행이었음을 이보다 확실하게 증언해주는 기록이 또 있을까?

이한우의 주장대로 한양의 설계자가 김사행일까?[5] 아니면 우리가 일반적으로 알고 있듯이 정도전일까? 먼저 이런 식의 질문은 한양이 어떤 뛰어난 사람에 의해 설계되어 일시에 건설된 것을 전제로 한다. 이런 시각은 그 뛰어난 한 사람이 과연 누구인지 기필코 찾고자 하며 그(녀)를 영웅시하려고 한다. 과연 이러한 접근이 옳은 것일까? 우선 초인적 능력을 갖춘 한 영웅에 의해 계획적으로, 의도적으로, 그리고 한순간에 한양이 설계되었

---

[5] 이한우의 글은 경복궁에 대한 설명이지 한양에 대한 설명은 아니다. 하지만 경복궁은 한양의 설계에 가장 기본이 되는 중심축이었다는 점을 고려한다면 논의의 확장이 가능할 것이다.

다고 보는 것은 맞지 않다. 이성계, 정도전, 무학대사, 하륜, 김사행 등 당시를 대표하는 지도자와 전문가들의 치열한 고민과 열띤 논쟁 과정을 통해 한양의 설계가 이루어졌다고 보는 것이 보다 적절하다.

하지만 이들의 고민과 논쟁의 뒤에는 과연 무엇이 있었을까?

무엇보다 당시를 살던 우리 민족이 끈끈하게 공유하고 있던 가치가 있었음에 분명하다. 한양은 당시를 살아온 우리 민족의 혼과 얼이 만들어 낸 것이다. 이런 점에서 본다면 한양 설계자라는 단수적 표현보다는 '한양 설계자들'이라는 복수적 표현이 보다 적절하다.

이런 주장의 연장선상에서 우리 자신에게 다음과 같이 물어보자. 오늘날 서울이 이토록 난 개발로 망가진 이유는 뛰어난 건축가, 도시 설계가가 없어서일까? 아니다. 분명 아니다. 그 이유는 우리가 공유하고 있었던 그 무엇이 사라져버렸기 때문이다. 눈앞의 경제적 이해득실을 뛰어넘는 그 무엇인가를 잊어버렸기 때문이다. 그렇다면 한양 설계 시에 선조들이 공유하고 있던 것 중 오늘날 우리가 망각하고 있는 것은 무엇인지 살펴보도록 하자.

한양 설계자들의 마음

정기용의 《서울 이야기》를 통해 한양의 모습을 세종로를 중심으로 살펴보면서 한양 설계자들의 마음에 다가가 보기로 하자.

세종로는 본래 도로라기보다는 경복궁 앞의 긴 마당이었다. 조선왕조의 중심이 되는 경복궁 앞마당은 한양의 안마당이기도 하였다. 마당 양쪽에는 관아가 줄지어 있었는데, 지금의 세종문화회관 쪽에 예조·병조·형조·공조가, 지금의 문화체육부 쪽에 이조와 호조가 자리 잡고 있었다. (중략) 그 이외에 몇몇 관아들이 있었는데, 광화문 앞마당을 통칭하여 '**육조거리**'라고 불렸다. 그리고 지금의 세종로 네거리 좌우에 혜정교와 송파교가 있었고, 북악산 줄기에서 흐르는 물들이 현 동아일보사 쪽으로 틀어 청계천이 흘렀다.

광화문 앞마당은 현재의 조선일보 사옥 일대에서 시작하는 **황토현**과 앞쪽의 물길로 차단된 아늑한 장소로서 조선왕조의 중심 공간을 형성하고 있었다. 북쪽으로는 광화문, 좌우로는 관아, 남쪽으로는 물길과 작은 언덕이 자연스럽게 에워싼 광장으로서 손색이 없었다. 이곳에 들어선 조선의 백성들은 장엄한 광화문과 그 뒤에 안정감 있게 버티고 있는 북악산을 배경으로 중심 잡힌 조선왕조의 상징 공간을 만날 수 있었다.

광화문 앞마당은 하나의 독립된 영역으로 사람들이 들어오거나 나가는 것을 인식할 수 있었다. 남북으로 가로놓인 마당의 끝에서 한양의 동서를 잇는 종로를 만나는데, 여기에는 전방(가게)들이 있어 한양 사람들의 일상생활에 필요한 생필품을 조달하였고, 관공서는 광화문 앞마당으로 분절되면서 종로와 평화로이 접속할 수 있었다. 광화문 앞마당(지금의 세종로)과 종로라는 두 요소는 한양을 남북과 동서로 구성하는 기본 축이자 도시 전체의 공간적인 중심을 형성하는 출발점이기도 하였다.

이 글을 보면 지금과는 많이 다른 서울의 모습을 그려볼 수 있다. 세종로는 지금처럼 사거리가 아니라 삼거리였고, 경복궁에서 숭례문에 이르는 길은 세종로와 직접 연결되어 있지 않고 종로와 연결되어 있음을 알 수 있다. 우리에게 황토현(黃土峴)은 더 이상 존재하지 않는다. 기나긴 세월 동안 멀쩡하니 존재하던 고개가 조금 일찍 오고가기 위한 인간의 편의를 위해 어느 순간에 사라진 것이다.[6] 경복궁을 비롯한 공공기관은 자연이 창조한 공간 속에 살포시 들어앉은 것이지 자연을 뭉개고 비집고 들어가 덜커덕 주저앉은 것이 아니었다. 현재 한양의 안락한 마당이었던 광화문 광장이 사통팔달의 교통 교차로로 변신하여 번잡과 혼란의 중심지로 변한 것은 인간이 주인 행세를 함으로 인해 비롯된 당연한 귀결인 것이다.

한양 설계자들은 여러 가지 원칙하에 한양을 설계했을 것이다. 조선의 수도로서 **성리학**의 이념을 한양이라는 공간 안에 투영하여 새로운 국가이념을 실현하고자 했을 것이고 임금, 양반, 평민 등이 어우러져 사는 공간을 창출하여 민본주의적 가치를 구현하고자 했을 것이다.

하지만 이보다 더 근원적인 원칙은 **자연존중**이었던 것으로 보인다. 한양 설계자들의 마음, 즉 도시 설계 철학은 자연존중을 바탕으로 한 인간과 자연의 화합이었던 것이다. 중요한 점은 한양 설계자들이 의식적으로 자연을 존중한 설계를 한 것은 아니라는 점이다. 분명 성리학적 이념, 민본주의적 이념을 구현하려고 한 점은 의식적인 과정이었으나 자연존중의 철학은 무의식의 과정에서 나왔다. 이것은 자연존중의 마음은 단순한 지식이 아니라 우리 민족이 축적해온 지혜였다는 의미가 될 것이다. 인간이 자연의 지배자가 아니라 자연의 일부라는 깨달음은 책에 밑줄을 그어가며 외워서 되는 것이 아니다. 자연 속에서 생활하면서 그야 말로 자연스레 서

---

[6] 황토현은 일제의 만행으로 허무하게 사라지고 말았다. 하지만 일제강점기가 없었다면 우리는 황토현을 지켜낼 수 있었을까? 조금은 굽어진 멀쩡한 도로를 옆에 두고 쭉 뻗은 도로를 놓아야 직성이 풀리는 우리가 과연 황토현을 살려둘 수 있었을까?

서히 삶 속에 녹아들고 무의식 속에 응축되어야 하는 것이다. 이것이 바로 한양 설계자들의 마음이요, 우리 민족의 혼과 얼인 것이다.

한양 설계자들의 마음에 한 걸음 더 다가가보기 위해 《무량수전 배흘림 기둥에 기대서서》에 나오는 옛 경복궁 담 길에 관한 최순우 선생의 이야기를 들어보자.

동산이 담을 넘어 들어와 후원이 되고, 후원이 담을 넘어 번져 나가면 산이 되고 만다. **담장**은 자연 생긴 대로 쉬엄쉬엄 언덕을 넘어가고, 담장 안의 나무들은 담 너머로 먼 산을 바라본다.

한국의 후원이란 모두가 이렇게 자연을 자연스럽게 즐기는 테두리 안을 의미할 때가 많다. 중전의 후원이나 초당의 후원들이 대개는 그러하고 또 동산 밑에 자리 잡은 촌가의 뒤뜰이 모두 그러하다. 말하자면 이렇게 자연과 후원을 천연스럽게 경계 짓는 것이 담장이며 이 담장의 표정에는 한국의 독특한 아름다움이 스며있다. 소박한 토담의 경우도, 우람한 사고석(四鼓石) 담의 경우도 모두 지세 생긴 대로 층단을 지으면서 언덕을 기어 넘게 마련이어서 산이나 언덕을 뭉개기 좋아하는 요새 사람들의 생리와는 크게 마음이 다르다.

지금은 이 담장이 안으로 몰려 세워지고 그 자리에 편편대로와 휘황한 가로등이 밤을 낮같이 밝혀 주지만 삼십 년 전만 해도 경복궁 뒷 담장은 이렇게 태고적처럼 소슬한 솔바람 소리를 호젓이 듣고 있었다. 담장 안은 왕자의 금원(禁苑), 담 밖에는 언덕을 넘어가는 돌대길 돌층계에 푸른 이끼가 마르지 않았다. 크고 우람한 장대석을 두 층 세 층으로 받쳐 놓고 그 위에 화강암 사고석을 높직이 쌓아 올리는 식의 담장은 한국의 독특한 담장 양식이며, 그 풍마우세(風磨雨洗)된 화강석의 야릇한 흰색과 날개 달린 검은 기와지붕의 조화는 한국 풍토미의 이색진 아름다움의 하나였다.

담장이 존재하는 것 자체가 폐쇄적이라고 섣불리 비판하는 사람들이 있지만 담장이 이루어주는 희한한 안도감과 아늑한 분위기는 또 달리 맛볼 수 없는 한국 정서의 하나임이 분명하다. 그다지 높을 것도 없고 그다지 얕지도 않은 한국 궁전이나 민가의 담장들에 들어 있는 마음이 숨 막히게 높거나 답답한 공간을 에워싼 중국의 담장들과는 근본적으로 다르다는 것은 마치 그 속에 살고 있는 한국 사람들의 성정과 중국 사람들의 성정이 다른 것 이상으로 거리가 있다고 생각한다.

한양 설계자들은 물결, 바람결, 발결이 무구한 세월을 흐르면서 창조해낸 길의 고저, 방향, 흐름, 폭을 존중한 것이다. 약간은 구부러지고 약간은 꾸부정하고 약간은 울퉁불퉁하더라도 그 결을 감히 변경하려 하지 않았던 것이다. 임금이 사는 궁궐도 자연을 존중해야 했으며 도성의 대문이 경복궁을 중심으로 동대문(흥인지문)이 정동에, 서대문(돈의문)이 정서에, 남대문(숭례문)이 정남에, 북대문(숙정문)이 정북에 위치해야 한다는 생각 자체가 없었던 것이다. 자연에 의해 형성된 보이지 않는 비정형의 방향 감각을 감히 인간의 눈에 보이는 규격화된 방향 감각으로 바꾸려 하지 않았던 것이다. 이러한 자연존중의 마음은 평범한 백성들이 살아가는 골목골목에도 스며들어 실현되었으니 이것이 바로 한양 설계의 백미인 것이다.

바람직한 서울상을 그려보며

타고난 몸매와 얼굴이 아름다움에도 불구하고 남들로부터 더 예쁘다는 말을 듣기 위해 성형을 하는 사람들이 있다. 성형 후에는 눈, 코, 입 각각은 뛸 정도로 예쁜데 얼굴이 조화를 잃어버리고 이상해진 경우가 종종 발생한다. 그래서 다시 칼을 댄다. **성형중독**에 빠진 것이다. 나는 현재의 서울이 바로 성형중독에 빠져 있다고 생각한다. 원래의 모습이 못났다면 어느 정도 성형은 필요하겠지만 서울은 타고나기를 눈부시게 아름답게 태어났음에도 섣부른 성형이 또 다른 성형을 낳고 있다.

랜드마크 조급증에 걸려 경쟁적으로 하늘 아래 가장 높은 건물을 지으려 안달하고, 들쭉날쭉 들어선 아파트가 산허리까지 올라와 산으로 포근하게 둘러싸였던 도시의 숨을 가쁘게 한다. 고운 모래로 넓은 백사장을 만들어 내던 넘실넘실거리던 한강은 그저 인간이 만들어낸 고름을 힘없이 받아들이는 고인 호수가 되었다. 산하는 기운을 잃고 쓰러져 가는데 그 안에서 분수를 모르는 인간은 공간을 파헤치고서 서로가 서로를 배제하고자 경쟁하고 있다. 그 안에서 하루하루 눈치껏 살아가는 인간들이 갈등과 대립으로 반목하는 것은 어쩌면 당연한 것이 아니겠는가?

자연을 존중하는 도시 설계를 한다는 것은 엄청난 내공이 필요한 일이다. 특히 현대 과학기술의 발달은 인간으로 하여금 자칫 인간을 위한다는 명분으로 자연에 무모한 짓을 할 가능성을 커지게 했다. 자연은 창조(create)할 수 있지만 인간은 창조할 수 없다. 단순히 만들 수(make) 있을 뿐이다. 거짓 위(僞=人+爲)자의 의미(인간이 만든다=거짓)와 같이 인간이 손을 대면 그것은 기본적으로 참이 아니라 거짓이다.

하지만 지금의 우리는 어떠한가?

인간을 위해서라면, 그것도 비용대비 편익이라는 경제적 효율성이라는 이름으로 아무런 죄의식 없이 자연에 칼을 댄다. 이로 인해 도시는 단절되고 파편화되고 만다. 공간의 생성은 인성에 영향을 미치고 다시 인성이 공간의 생성에 영향을 미친다. 이것이 선순환의 관계를 갖도록 하는 것이 중요하다. 이것이 악순환이 되는 순간, 공간은 망가지고 인성은 파괴된다. 비자연적인 것이 비인간적인 것으로 귀결되어 결국 인간을 파괴한다.

더 늦기 전에 서울을 악순환에서 선순환으로 바꾸어놓아야 한다. 신이 아름답게 창조해주신 공간을 더 이상 망가지도록 그냥 둘 수는 없지 않겠는가? 이것은 선조들에게, 더 나아가 신에게 죄스러운 일이다. 나는 그 가능성을 한양 설계자들의 마음에서 찾을 수 있다고 생각한다. 도시개발의 허가권을 이제 서울의 주인에게 돌려주어야 한다. 서울시청이 아니라, 서울 주민이 아니라, 바로 서울의 산하(山河)에게……

선보 생각

서울 비가(悲歌)

충남 촌구석에 살던 선보네 가족은
1970년대 후반
그러니까 선보 나이 8살 되던 해
아버지의 대담한 결단으로
영광스러운 특별시 시민이 되었다

동네 녀석들은
누런 송아지 털 같은 콧물을
때 꼬장물 지린 손등으로
흘쩍이며
선보를 배웅해주었다

녀석들은
서울로 이사 가는
선보를 마냥 부러워했다
거기에는 하루 종일 만화만 볼 수 있는
텔레비전 방송이 나온다며……

읍내에서 옷 한 벌씩 빼어 입고
서울역에 내린
선보네 가족은
꾸격꾸격 택시를 타고
아버지께서 미리 점지해놓으신
집으로 갔다

한참을 꾹 참고 달려 도착한 곳은
삼각산 밑 동네, 수유리
해가 들지 않아 어둑어둑하고
침침한 단칸방

집에 들어서자마자
애들이 4명이나 되는 것을 미리 말하지 않았다며
주인집 아줌마는
도저히 참을 수 없는 모욕을 당한 듯
극도로 신경질적 히스테리 반응을 보였다

우리 엄니는 애들 보고 조용조용하라고 하겠다며
워낙에 얌전한 아이들이라며(이 말은 태어나서 그때 처음으로 들어보았다)
죄지은 사람처럼 애처롭게 말씀하셨다
선보는 대문을 박차고 나갔다
근데 어디로 가야 할지 몰랐다
이곳은 잘못하면 누군가 확 잡아갈 듯,
낯선 곳

대문 밖에서도
선보의 귀에는
또렷이 들렸다
우리 엄니의 목소리에 섞인
초조함, 불안함, 억울함

학교에 들어간 선보는
서울 친구들이 물어보지 않아도
우리 집은 2층집이라고 말하고 다녔다

구지 세 들어 산다고 말할 필요도 없었고
알고 보면 거짓말도 아니었다
2층집이었으니까
우리 가족이 사는 집이 우리 집이니까

촌놈은 가난한 것이
집 없이 세 들어 사는 것이
당연하다는 듯 여기는
서울 것(人)들의 눈빛이 싫었다
그래서 어떡해든 서울 것처럼 보이려고 했다
처음에는 어색했지만 그리 힘든 일도 아니었다
아는 척, 못 본 척 적당히 눈치껏 하면 되는 것이었다

그럭저럭 서울 人처럼 보이면서
선보네 가족은 모처럼
서울 구경을 나섰다

남산타워에 올라
신기한 듯 이리저리 서울을 내려다보는데
우리 엄니가 그러신다
저렇게 집이 많은데
우리 집이 없구나
저렇게 집이 많은데

우리 집이 없구나
선보야,
공부 열심히 허야 헌다
그래야 없이 산다고
무시 받지 않고
인간답게 살 수 있는 거여,
알겄지

어미는 선보의 눈을 보고 말했고,
아우들은 선보의 눈을 보고 들었다

다릿돌 2 / 서울 : 한양 설계자의 마음으로……

집 :

나의 모든 것을 알고 있는 벗

집이란 무엇인가? 시골에서 갓 올라온 순진한 어린 선보에게 거짓말을 하도록 만든 그 못된 집이란 무엇인가? 집이 없는 자들이 겪어야 했던 설움을 어찌 다 표현할 수 있으랴. 하지만 어찌하여 그 시절이 추억이 되어 그리운 것일까?

집은 내 좌뇌의 전공이다. 전공을 찾기 위해 사방팔방으로 노력하던 중 불혹 2년(2012년) 서울시립대학교 도시행정학과 박사과정에 입학하여 드디어 나의 학문적 반려자를 찾을 수 있었다. 은사님의 배려와 지도로 집에 대한 막연한 관심을 어느 정도, 이론적 틀과 관점으로 볼 수 있게 되었다. 전공이 있다는 것은 미칠 수 있는 분야가 있다는 말과 같다. 내가 미치면 나 외의 사람들은 미치지 않고도 미친 경지를 볼 수 있다. 이것이 우리가 전공을 가져야 하는 이유이고, 전공을 가진 자가 행복한 이유다.

'집이란 무엇인가?'

이 근본적 질문에서 글을 시작하려 한다. 답하기 쉽지 않다. 아래의 이야기를 통해 답을 생각해보도록 하자.

시골집에 다 모여라

시골집에서 같이 자란 형제자매가 모두 출가하여 대도시로 나가 각자 사업을 하다가 다들 잘 풀리지 않아, 비바람 피할 집 한 채가 없는 신세들이 되었다고 한다. 서로가 보증으로 얽혀 결국 한 날 한 시에 쫄딱 같이 망하게 된 것이다. 부모님도 시골집을 떠난 뒤라서 시골집은 그야말로 폐가가 되어있었는데……. 어머니께서 시골집에 다 모이라고 하신 뒤 선언하셨다고 한다.

"여기서 우리는 새로 시작하는 거다."

이젠 당당히 말해요

집들이를 한다는 선배의 연락을 받았다. 참으로 오래간만에 집들이에 초대를 받은 것이어서 휴지를 사가지고 별 생각 없이 사뿐사뿐 선배의 집으로 찾아 갔다. 그곳은 임대와 분양아파트가 모여 있는 단지였다. 선배네 가족은 이번에 임대아파트에서 분양아파트로 이사를 왔다고 했다. 형수에게 가장 좋은 점이 무엇이냐고 지나가듯 물어 보았다. 형수는 눈물 섞인 목소리로 이렇게 말했다.

"임대에 살 때에는 누가 '어디 사세요' 하고 물어보면 '저기 아파트요' 하면서 어물어물하다가 분양아파트로 이사 온 후에는 당당히 '○○○동 ○○○호에 살아요'라고 말할 수 있게 된 점이죠."

나의 모든 모습을 알고 있는 소중한 벗

어버이날에, 약 40년 전 초등학교 1학년을 마치고 특별시 주민이 되어 처음으로 살던 동네에 부모님을 모시고 가 보았다. 설마 했는데 원형이 거의 보전되어 있었다. 골목도 대문도 담자락도 그대로였다. 변하지 않은 모습에 변한 내가 놀랐다. 감히 표현키 어려운 뭉클함이 몰려왔다. 특별시에 간다고 하니 하루 종일 만화만 틀어주는 방송을 볼 수 있겠다면서 친구들이 부러운 듯 쳐다보곤 했다.

지금이야 서울과 비서울의 차이가 비교적 적지만 1970년대에는 커다란 간극이 있었고 어린 나의 문화적 충격은 의외로 컸다. 낯선 서울역에서 내려 한참을 들어간 곳, 삼각산 자락에 붙어있는 방의 벽은 햇볕을 쬐지 못해 곰팡이가 가시질 않아 결국 검은색 페인트칠을 해야 했던 집. 아이가 4명인 것을 왜 진작 얘기하지 않았냐며 주인집 아주머니의 핀잔을 듣고 들어간 전셋집이었지만 누가 뭐라 해도 우리 집이었고, 좁은 골목에선 야구, 축구, 구슬치기, 딱지치기 등 온갖 놀이가 끊이지 않았기에 옆집, 앞집의 또래는 모두 동무였다. 그곳엔 가족이, 친구들이 같이 뒹굴던 추억의 잔영이 진하게 묻어있었다. 그곳에서 멍하니 골목 저편을 바라보는데 야구공을 주고받던 예전의 내 모습이 눈에 여울졌다. 참 잘했었는데……. 그땐 왜 그렇게 승부욕이 강했던지 지고는 못 살았는데…….

이 모든 삶의 중심에 나의 모든 것을 묵묵히 받아 준 집이 있었다. 내가 살던 집은 단순히 물적 공간을 훨씬 뛰어넘는 그 이상의 어마어마한 존재였다. 그러고 보면 집은 나의 모든 모습을 알고 있는 소중한 벗이다. 나의 일거수일투족을 다 봐온 것이다. 나의 벗은 모습, 나의 술 취한 모습, 나의 비밀스러운 모습, 내가 혼나는 모습, 내가 사랑하는 모습, 내가 공부하는 모습, 내가 자는 모습, 내가 뒤척이던 모습, 내가 울던 모습, 내가 웃던 모습, 내가 아파하던 모습 등등 못 볼 것, 볼 것 다 본 것이다. 어찌 한 인간으로서 자신이 살던 집에 대해 애정을 갖지 않을 수 있으랴. 자신이 살던 집과의 인연을 쉽게 끊는 사회는 정상궤도를 이탈해도 한참을 이탈한 것이다.

'어떻게 해야 참된 집이 될 수 있을까?'

집을 전공하는 사람으로서 이 질문은 나의 학문적 고민의 출발이요, 나의 학문적 검증의 마무리가 될 것이다. 참된 집의 모습에 대해서는 다들 생각이 다를 것이지만 나의 생각을 간략하게 정리해보고자 한다.

자본주의 '정신'으로 돌아가자

우리 사회에서 집에 관한 정책은 **반(反)**자본주의적이다. 집주인이 집값이 오르는 것에 아무런 기여도 하지 않았음에도 그 혜택은 오롯이 다 가져간다. 집 앞에 지하철역이 생겼다고 하자. 누구의 돈과 노력으로 생긴 것인가? 자본주의라는 것이 무엇인가? 전통적으로 보자면 자본가는 자본으로, 노동자는 노동으로 투자한 만큼 나누어 가져가는 것이 자본주의요, 현대적으로 보자면 노력한 만큼, 기여한 만큼 이익을 나누어 갖는 것이 자본주의 아닌가.

이것은 자본주의가 천방지축으로 활성화되어 일어난 모순이 아니라 자본주의적 출발도 못해본 모순이다. 집주인이 한 일이라고는 목 좋은 곳에 남보다 일찍 자리 잡고서 세월아 네월아 가만히 기다린 것뿐이다. 이제 자본주의 정신이 발현되도록 해야 한다. 집을 통한 소득은 근본적으로 불로소득임을 인정하고 새롭게 틀을 짜야 한다.

집으로부터의 자유에서 집에 의한 자유까지

그동안 우리는 주택정책[7]을 경제정책의 하수인으로 마구 부려먹었다. "저도 제 나름대로 맡은 바 역할이 있는데요" 하면 "누가 그걸 몰라. 까불지 말고 시키는 대로 해"라는 식이었다. 경기 상황이 불황이면 집 짓고 사고팔기를 쉽게 해주어서 경기를 올리고, 경기 상황이 호황이면 집에 대한 각종 규제로 경기를 조절했다. 그러다가 상투를 잡은 사람은 조만간 거지가 되어야 했다. 그나마 그동안 전반적으로 집값이 올랐기에 별 문제가 없었으나 이제 집값이 급락하면 온 국민이 거지가 되어야 한다. 집 사라고 유도해놓고 모든 책임은 개인이 알아서 지라고 한다.

이런 거지같은 경우가 세상천지 어디에 있는가? 자기 돈으로 산 사람은 그렇다 치더라도 은행에서 돈을 꾸어다가 산 사람은 완전히 회생 불가능이 된다. 주택시장이 무슨 담력 시험하는 곳도 아니고, 이게 무슨 짓들인지 모르겠다. 이런 과정이 반복되면서 우리는 어느덧 집의 노예가 되었다. 집을 소유한 사람은 집값이 떨어질까 봐 잠을 못 이루고, 전세나 월세 등으로 남의 집에 얹혀사는 사람은 집값이 오를까 봐 잠을 못 이루는 사회에서 어떻게 건전한 창의적 사회가 형성될 수 있겠는가? 이제 집으로부터 자유로워져야 한다. 그래야 한 걸음 나아가 집에서의 자유, 두 걸음 나아가 집에 의한 자유를 성취할 수 있지 않겠는가?

---

[7] 우리에게 집보다 주택이라는 말이 익숙하다. 특히 다른 단어와 짝을 이룰 때는 그 경향이 심해진다. 집정책, 이 얼마나 어색한가. 우리에게 우리말은 어쩌다 이리도 어색한 존재가 되었을까?

가격이 아니라 가치가 중시되는 집

우리나라 주택정책에서 비극의 시작은 집을 가치가 아닌 가격으로 판단하도록 유도한 점에 있다. 불혹도 되지 않은 생생해야 할 집이 사망선고를 받고 재건축을 해야만 하는 상황이 정상으로 받아들여지는 나라.[8] 집의 수명이 사람의 수명보다 한참이나 짧은 나라. 자원의 낭비야 그렇다 치지만 집이 인간의 삶에서 분리되어 그저 거처에 불과하게 된 것은 어떻게 할 것인가.

가격과 가치의 분리이탈은 우리의 삶을 집과 격리시키고 말았다. 집이 하나의 돈벌이 수단이 된 지 오래다. 거기다가 아파트 평수가 사회적 신분을 결정하는 괴상한 나라가 되었다. 1~2년 살아보고 돈이 될 가능성이 높은 아파트가 나오면 주저 없이 집을 사고팔면서 유목민처럼 생활을 했으니 집이 우리들의 삶에서 격리되는 것은 당연한 것이다.[9] 집에서 쌓인 추억이 없는 메마른 사회가 되었다.

오래된 주택의 가치는 얼마인가?
돈으로 계산할 수 없는 가치란 무엇을 말하는가?

누구도 자신의 삶과 일체가 되어있는 것을 가격으로 흥정하지는 않는다. 초등학교 때부터 써온 일기장이 있다고 하자. 가격이 얼마인가. 이런 경우 가격은 가치를 반영할 수 없는 것이다. 할아버지, 할머니, 아버지, 어

---

[8] 선진국의 주택 평균 수명을 보면, 영국 141년, 미국 103년, 프랑스 86년, 독일 79년에 이른다.
[9] 지금까지 살아오면서 몇 번을 이사했는지 생각해보라. 불혹이 지난 사람들의 경우 10번 이상은 될 것이다. 이건 유목민이지 정착민이 아닌 것이다.

머니와의 추억이 살뜰히 쌓인 곳이 집이라면 그리고 아들, 아들의 아들, 아들의 아들의 아들이 살아갈 집이라면 그 가치를 어떻게 돈으로 환산할 수 있겠는가? 당연히 집을 부수고 다시 짓는다는 것은 추억을 부수는 것이요, 미래를 부수는 것이다.

그런데 우리는 어떠한가. 지금 당장 돈이 되는데 미래는 생각할 겨를도 없고, 추억은 무슨 추억. 추억이 밥 먹여 주냐는 식이다. 아파트로 대표되는 이 시대의 집은 곧 떠남을 전제로 하기에 참된 의미의 집이 아니라 참된 의미의 거처에 불과하다. 그러기에 옆집에 누가 사는지 관심을 갖지도 않고 층간소음에 한 손에 칼을 들고 그 집의 벨을 누른다.

"왜들 그러는지 이해가 안 된다"

미국 유학시절 물권법(property law) 강의 시간에 토지수용과 관련된 비디오를 본 적이 있다. 세계적으로 유명한 ○○기업이 대규모 공장을 짓기 위해서 집과 땅을 수용하는 내용인데 동네 주민들이 총을 들고 나와 무슨 일이 있어도 지키겠다고 결의를 다진다. 기름기가 줄줄 흐르는 얼굴의 기업 회장은 시세보다 훨씬 좋은 가격에 집과 땅을 사주는데 고마워해야지, **왜들 그러는지 이해가 안 된다**고 기막힌 듯 웃고 있었다. 하지만 총을 든 중년의 남자는 자기의 아버지가 손수 만든 집이고, 집 구석구석에 가족의 체취가 남아 있다면서 아무리 수백만 달러를 준다고 하더라도 결코 팔지 않겠다면서 눈물을 글썽였다. 아무리 총을 들고 있는 개인들이 반대한들 결국 공권력이 밀어주는 기업 회장의 뜻대로 집과 땅은 수용되었다. 수용되는 첫 날. 마을 사람들이 보는 앞에서 교회의 십자가부터 빼내는 모습이 섬뜩했다.

나, 아들, 아들의 아들, 아들의 아들의 아들이 살아갈 집

우선 소월의 《엄마야 누나야》를 읽고 강변이 보이는 마루에서 손으로 배게 삼아 드러누워 있는 모습을 상상해보자.

엄마야 누나야 강변 살자
뜰에는 반짝이는 금모래빛
뒷문 밖에는 갈잎의 노래
엄마야 누나야 강변 살자

소월은 무척이나 현실이 힘들었나 보다. 현실에서 벗어나고 싶었나 보다. 1행에서 엄마와 누나에게 제안을 한다. 강변에 집을 짓고 살자고. 하지만 엄마와 누나가 그리 탐탁하게 여기지 않아서일까. 도시생활에 익숙한 엄마와 누나가 의아해해서일까? 2·3행에서 강변의 집 주변의 모습을 설명해준다. 앞에는 강까지 금모래가 펼쳐져 있고, 뒤에는 갈대숲이 바람에 몸을 뒤척인다. 그리고 다시 한 번 엄마와 누나에게 제안한다. 강변에 집을 짓고 살아보자고. 하지만 어쩐지 이 집이 궁궐같이 클 것 같지는 않다. 그 저 조그마한 아담한 집에서 오순도순 살아보자고 하는 것 같다.[10]

소월의 시를 읽다보면 가끔 소월은 시인이기 전에 글로 그림을 그리는 화가라는 생각이 들 때가 있다. 도시의 집이 아파트, 빌라가 전부인 듯 살 아온 우리들. 이제라도 이 답답한 공간을 벗어나 확 트인 강변에서 살아보 면 어떨까? 소월의 제안을 진지하게 고민해볼 때다.

나는 나의 집을 짓고 살 것이다.

남이 만들어 준 집이 아니라 내가 만든 집에서 살 것이다. 나의 삶의 철 학이 반영된 집에서 내가 가꾸면서 살 것이다.

우선 **터**는 남향, 동향 등 향이 필요 없도록 동서남북 모두 확 열려 있는 대지로 정할 것이다. 좋은 기가 사뿐히 들어와 집이라는 작은 공간에 좋은 기운을 나누어 줄 수 있도록 창문의 방향과 크기 등을 조절할 것이다.

지하 공간이 있어야 한다. 한쪽 면 전체를 창문으로 만들어 외부와 소 통이 가능한 지하 공간. 그곳은 단순히 창고로 쓰이는 버려진 공간이 아니 라 어머니의 자궁 같은 생산의 공간이요, 안락의 공간이요, 사색의 공간이 다. 집에서 가장 아래로 내려갈 수 있는 대지이자 나를 다시 꿈틀거리며 일 어날 수 있게 해주는 요지가 될 것이다. 하늘과 땅의 기가 서로 소통할 수

---

10 이 시의 재미난 부분은 엄마와 누나에게 제안하고 있다는 점이다. 엄마와 누나가 제안의 상대방이 됨으로써 시에 리듬감이 붙고 흥겨워졌다. 아내에게 제안했다면 조금은 청승맞 고 어딘가 애원하는 것 같았을 것이다. 아빠와 형이었다면. 상당히 분위기 썰렁하고 어색 했을 것이다. 아내, 아빠와 형의 대답이 들려오는 것 같다. "살고 싶으면, 너나 혼자 가서 잘 살아라."

있도록 가장 높은 층에는 하늘을 향해 열릴 수 있는 **선루프**를 설치할 것이다.

방은 사람에 따라 구분되기보다는 각각의 역할에 따라 구분할 것이다. 자는 방, 공부하는 방, 노는 방, 쉬는 방 등등. 나만 홀로 공부하는 방이 아니라 두 아들과 같이 공부할 수 있는 방. 나의 책만 쌓여 있는 서재가 아니라 두 아들이 읽고 있는 책이 같이 놓여 서로 친구처럼 지내는 서재.

마당은 아이들이 뛰어놀 수 있는 정도의 조금 널찍한 공간을 확보하고, 먼 산 등 밖의 자연이 집 안으로 들어와 포근히 자리 잡을 수 있도록 높지 않은 담장이 아늑하게 둘러싼 공간으로 만들 것이다.

게스트 하우스를 지어 나의 선후배, 벗들이 언제나 찾아와서 술 한 잔 하고 자고 갈 수 있도록 만들 것이다. 이곳은 평소에는 이웃에게 개방하여 누구나 들러 차 한 잔 할 수 있는 동네의 사랑방이 되도록 할 것이다.

이 집은 나의 아들, 아들의 아들, 아들의 아들의 아들이 계속해서 살 집이 될 것이다. 나를 기억해주는 집에서, 내가 손자에게 책을 읽어주던 조금은 삐걱거리는 의자에서 내 손자가 자신의 손자에게 내가 읽어주던 손때 묻은 책을 읽어 줄 수 있는 집. 추억이 시간의 흐름 속에 튼실하게 쌓여 가격을 매길 수 없는 무한의 가치가 있는 집. 바로 내가 짓고 나의 후손들이 보태가며 살아갈 집이다. 아하, 생각만으로도 행복하여라.

행복 :

지금보다 조금 더 행복해지는 길

'생각만으로도 행복하다'는 것은 행복에 이르는 길을 우리 스스로 선택할 수 있음을 보여준다. 생각만으로도 행복할 수 있는 존재인 우리들은 어쩌다 행복에서 멀리 떨어진 곳에서 헤매고 있는 것일까? 추상이 아닌 구체로 답해야 할 때다.

인생 그리고 행복. 그렇다. 둘은 둘이 아니고 하나로 묶여 사이좋게 같이 다닌다. 우리가 지금까지 살아온 이유도 행복이고 살아가야 할 이유도 행복이다. 나는 인생의 목적이 무엇이냐는 이 거창한 질문에 행복보다 더 압축된 추상명사를 알지 못한다.

'하지만 모든 추상의 답이 그렇듯이 구체를 제시하지 못하는 한에 있어서 추상은 그저 허구이자 허울일 뿐이다.'

나는 행복의 구체를 찾아 나서고자 한다. 행복이란 말 자체가 사치가 된 우리. 행복하냐고 묻는 것이 조롱이 되어 버린 우리. 하루하루 버티는 힘겨운 삶을 사는 우리가 지금보다 0.001%라도 행복해지기 위한 길을 찾아보고자 한다.

지금보다 행복해지기 위해서는?

어떤 정신과 의사가 환자들을 대상으로 물었다. 지금보다 행복해지기 위해서는 어떤 변화가 있어야 할 것이냐고. 어떤 이는 건강해져야 한다, 어떤 이는 돈을 많이 벌어야 한다, 어떤 이는 공부를 잘하고 싶다, 어떤 이는 애인이 있었으면 좋겠다 등등의 대답을 했다고 하는데 이 중에서 정신과 의사를 가장 놀라게 한 대답은 바로 이것이다.

"다시 태어나야 할 것 같아요."

재미있는 것은 이 사람의 사회적 지위, 경제적 수준 등 외부에 비쳐지는 객관적인 조건이 그리 나쁘지 않았다는 점이다. 행복은 바뀌지 않는 객관이 결정하는 것이 아니라 바꿀 수 있는 주관이 결정하는 것이다. 행복에 있어서는 객관보다 주관이 주다. 자기 자신이 객관에 어떤 의미를 부여하느냐에 따라 행복의 정도가 변할 수 있는 것이다. 행복은 자신이 자기 자신을 어떻게 바라보느냐에 달려 있는 것이다.

지금 이 순간 가장 행복한 일은?

가장 행복했었던 시간 또는 순간을 생각해보기 바란다. 아련하게 떠오르는 무엇인가가 있는가? 언뜻 떠오르는 것이 없다고 해서 크게 실망하지는 않아도 된다. 분명 있었을 것인데 내 기억력의 한계로 인해 잊혀진 것이라고 위안할 수 있으니 말이다. 하지만 질문을 현재형으로 바꿔보자. 지금이 순간 가장 행복한 일은 무엇인가? 이제 피할 수 있는 길은 없다. 막다른 골목이다. 억울하지 않은가? 떠오르지 않는다면 억지로라도 찾아내야 한다. 행복은 인간으로 태어난 이상 권리를 넘어 의무다.

나는 요즘 불혹이 되던 해(2010년) 세상에 나온 둘째 아들 지원이를 바라보는 것만으로도 참 행복하다. 나의 불쑥 솟아오른 배를 보고 지원이가 "아빠 뱃속에 내 동생 들어있어" 하고 배에 귀를 댄다. 웃는 얼굴, 우는 얼굴, 잠자는 얼굴, 성내는 얼굴, 삐진 얼굴, 응가 하는 얼굴. 손가락 하나하나, 발가락 하나하나, 잠꼬대하는 말투에 이르기까지. 어느 하나 예쁘지 않은 것이 없다. 한 가지 섭섭한 것은 무조건 엄마 편이라는 점인데, 이것까지도 예쁘다. 행복을 과거의 먼 곳에서 찾는 것은 어리석은 일이다. 지금 여기, 이 순간, 이 찰나 행복한 일을 찾아 마음껏 즐기는 것이 우리의 삶의 태도로 맞는 것이다. 그래야 미래도 행복할 수 있다."[11] 행복이 우리 곁에서 멀리 떨어져 있었던 것이 아니라, 우리가 행복 곁에서 멀리 떨어져 있었던 것이다.

돈, 그 놈의 돈?

돈 때문에 힘든가? 욕심을 버리는 것은 이상이고, 당장 돈이 없어 힘든 것은 현실이다. 나는 이상과 현실의 다툼에서 이상이 이기는 것을 성현이 아닌 중생의 수준에서 본 적이 없다. 하지만 돈이 없음을 현재로 바꾸고 돈이 있음을 미래로 바꿔보면 어떨까.

환각적 미래겠지만 매주 로또를 사서 일주일간 지갑 속에 고이 넣고 다니고, 약간의 용돈을 모아서 주식에도 투자해보자. 언젠가 부자가 될 수도 있다는 불가능 쪽에 바짝 달라붙어 있는 일말의 가능성은 힘든 오늘을 이겨 낼 수 있는 진통제는 될 것이다. 어쨌든 누군가는 로또에 당첨되고 누군가의 주식은 수백 배가 오르지 않는가? 물론 과다한 진통제 투약은 바람직하지 않다. 주식을 예로 들자면 매일 주식시세를 볼 정도로 투자해서는 곤란하다. 일주일에 한 번 정도 시세를 확인할 정도의 금액을 주식에 투자해야 한다. 그것이 일주일의 행복을 만들어준다면 그것으로 족한 것이다.

미국 직무훈련기간 중에 재테크 전문가가 일반 대중과 일문일답하는 것

---

11 당연한 이야기지만 그렇다고 내일은 없다는 자세로 먹고 마시고 놀라는 의미는 아니다. 이 말은 행복이라는 말 자체를 왜곡한 것이다.

을 본 적이 있다. 어떤 사람이 이렇게 질문했다. 대학을 나와 직장을 다니다가 대학원에 다시 진학해서 졸업을 했는데 현재 대학과 대학원 학자금을 위해 진 빚으로 경제적으로 너무 어렵다고. 이 전문가의 답은 참으로 냉정했다. 첫째, 뚜렷한 의지나 비전 없이 대학 나와서 대학원에 진학하지 말 것, 둘째, 이자율이 아무리 낮더라도 지금부터 한 푼이라도 적금해서 우선 빚을 청산할 것.

불혹을 한참 넘어선 우리들. 아직도 경제적 어려움에 힘들어한다는 것은 정말 짜증나는 일이 아닐 수 없다. 하지만 어쩌랴. 지금은 어렵더라도 내일은 오늘보다 나을 것이라는 희망으로 버텨내고 또 이겨 낼 수밖에. 인내하면서 기다리다 보면 분명 기회는 온다. 이제 더 이상 기회가 지나간 후에 기회를 놓쳤다고 땅을 치고 후회해서는 안 된다. 무엇을 준비해야 하는가는 이제 스스로 알 정도가 되지 않았는가.

떨어지지 않은 사과

인생이 뜻대로 안 된다고 낙담하지 말자. 늦은 불혹이 되어 인생을 돌아보니 뜻대로 안 된 일이 오히려 더 좋은 결과를 가져오는 경우도 꽤 있었다. 긍정적 사고가 바탕이 된다면……. 아래의 글은 이를 단적으로 보여준다.[12]

---

[12] 이립 7년(2007년) 겨울 나는 증권계좌를 만들기 위해 여의도의 ○○증권사를 찾았다. 점심시간에 짬을 내어 일을 보고 국회로 들어가려고 했는데 여직원의 일처리가 여간 어리숙하지 않았다. 겨우 계좌를 만들어 돌아와 보니 또 뭐가 잘못되었다고 연락이 와 다시 찾아갔는데……. 화를 참을 수 없어 계좌를 취소한다고 하자 이것도 제대로 못하는 것이었다. 죄송하다고 죄송하다고 하면서 책을 한 권 건네주었는데, 이 책이 나에게 행복이라는 무거운 주제를 가벼운 발걸음으로 접근할 수 있게 해주었다. 그 책은 《3초 만에 행복해지는 명언 테라피》(히스이 고타로)에서 발췌한 소책자였다.

91년 가을이었습니다. 연이은 태풍으로 일본 아오모리현의 사과가 90%정도 떨어져 버렸습니다. 애써 재배한 사과가 90%나 팔 수 없게 되자 사과를 재배하던 농민들은 기운을 잃고 한탄과 슬픔에 빠졌습니다. 하지만, 이때에도 결코 한탄하거나 슬퍼하지 않았던 사람이 있었습니다. '괜찮아, 괜찮아'라고.

사과가 다 떨어져서 팔 수 없게 되었는데 그 사람은 왜 괜찮다고 한 것일까요?

바로 다음과 같은 생각 때문이었습니다.

"떨어지지 않은 나머지 10%의 사과를 〈떨어지지 않은 사과〉라는 이름으로 수험생에게 팔자. 1개당 만 원에."

조금은 엉뚱하죠?

그런데 보통 사과 가격의 10배 이상 비싼 그 사과가 날개 돋친 듯이 팔렸습니다. 〈떨어지지 않은 사과!〉라는 이름 때문에 특히 수험생들에게 폭발적인 사랑을 받았습니다. 그는 태풍으로 땅바닥에 떨어진 90%의 사과를 의식하지 않고, 떨어지지 않은 10%의 사과를 보았던 것입니다.

시점(視點)이 달랐던 것입니다.

절망에 빠져 고개를 떨구기보다는 위를 쳐다보며 희망의 씨앗을 발견하는 지혜!

같은 상황에도 불구하고, 한탄만 하고 슬퍼하는 사람이 있는가 하면, 오히려 즐겁게 돈을 벌고 타인에게 기쁨까지 안겨주는 사람이 있습니다.

우리도 이제 떨어진 사과가 아니라 떨어지지 않은 사과에 집중하도록 하자. 그러면 행복이 온다. 달아나던 행복이 우리를 다시 찾아온다. 믿어보자.

늦은 불혹의 다릿돌

장지갑 / 접이식 지갑

《책 앞에서 머뭇거리는 당신에게》(김은섭)에서 장지갑과 관련된 이야기를 옮겨본다. 얼마나 도움이 될런지는 모르겠으나 한 번 시도해 볼만하다고 생각한다.

학창시절 중소기업을 경영하던 아버지의 회사가 도산하는 바람에 한때 노숙자 생활을 했고, 우울증에 걸렸다가 10년이라는 긴 세월동안 공부에 매달려 세무사가 된 사람이 있다. 「부자들은 왜 장지갑을 쓸까」(21세기북스)라는 책을 쓴 카메다 준이치로다. 그는 '지갑은 인생을 바꾸는 최고의 도구'라며 그 이유에 대해 다음과 같이 밝혔다.

"돈을 소중하게 여기는 사람은 대부분 돈의 입장을 이해하고 돈의 마음을 잘 알고 있습니다. 어떤 대접을 받아야 돈이 기뻐할지를 항상 생각하고 있습니다. 제가 접이식 지갑을 사용하던 시절, 지갑과 돈에 늘 세심하게 신경을 쓰는 경영자가 이렇게 말한 적이 있습니다. '그런 지갑을 사용하면 돈이 들어오지 않을 거요. 지갑의 기본은 장지갑이지. 접이식 지갑을 쓰면 그 안에 든 돈이 가엾지 않소?' 당시에는 돈을 단순한 물건으로만 여겼기 때문에 그 말이 전혀 가슴에 와 닿지 않았습니다. 하지만 실제로 장지갑을 쓰고 있는 지금은 그 말을 이해할 수 있습니다. 장지갑은 애초에 돈, 특히 지폐를 편하게 넣기 위한 형태로 만들어졌습니다. 장지갑은 빳빳한 새 지폐를 넣었을 때 그 모양을 그대로 유지할 수 있게 해줍니다. 쓸데없이 접을 필요가 없습니다. 또한 접이식 지갑의 경우 남성들은 바지 뒷주머니에 넣고 다닐 때가 많은데, 장지갑은 뒷주머니에 넣으면 앉기 불편합니다. 따라서 돈이 엉덩이에 깔리는 일이 별로 없습니다."

어쩌다 이야기가 행복에서 돈으로 옮겨온 듯하다. 그만큼 돈은 행복해지기 위한 중요한 요소이다. 돈이 없어도 행복할 수 있다는 명제를 사실로 받아들이기에는 우리는 아직 젊은 것인가, 아님 철이 덜 든 것인가? 아무튼 장지갑을 통해 돈에 대한 생각과 태도를 바꿔보자. 누가 아나, 돈과 행복 둘 다 잡을 수 있을지.

12개의 통장

돈 이야기 하나만 더 하고 가자. 월급을 받아서 저축한다는 것은 쉬운 일이 아니다. 불혹의 전에도 그랬고 지금도 그렇고 앞으로도 그럴 것이다. 주택 구입한다고 은행에서 빌린 빚, 자식들 학원비라고 들어가는 사교육비 등등 정작 나를 위해 쓰는 돈은 얼마 되지도 않는데 매달 허덕인다. 이럴 때 나만의 방법을 소개하고자 한다. 월 12만 원의 여유가 있다고 하자. 12만 원 적금통장을 하나 만드는 것이 아니라 1만 원 적금통장 12개를 만드는 것이다. 적금통장의 숫자를 12개로 늘려 부자가 된 것 같은 착시 현상을 마음껏 즐기는 것이다. 그리고 매달 남는 자투리 돈을 모아 저축하다보면 통장 하나하나에 두툼한 목돈이 쌓여 있음을 확인할 수 있을 것이다.

통장 12개로 부자 되기를 시작해보자.

애인 만들기

운동, 산책, 책, 영화 감상, 음악 감상 뭐든지 다 좋다. 나만의 그(녀)와 데이트를 할 수 있도록 애인을 만들어라. 데이트는 단둘이 하는 것이 원칙이다. 다만, 가끔은 여럿이 같이할 수 있는 모임에도 나가는 것을 꺼릴 필요는 없다. 예를 들어 책 읽기와 글쓰기가 나의 애인이라고 하자. 주로 혼자 방 안에서 데이트를 하지만 가끔은 도서관에서, 그리고 가끔은 모임을 만들어 서로의 생각과 느낌을 공유하는 것이다. 나의 애인을 가끔은 남들에게 자랑하고 살아야 하지 않겠는가.

내일 지구가 망하더라도……

행복을 이야기하다 보니 언제 본지도 정확히 기억나지 않는 영화가 한 편 떠오른다. 나폴레옹과 러시아 황제의 명으로 어쩔 수 없이 출전한 러시아 장군이 이끄는 군대가 비가 내려 진흙이 되어버린 들판에서 서로 대치하고 있는데……. 러시아의 소장파 장교들이 장군 앞에서 밤늦게까지 격렬하게 그리고 진지하게 작전회의를 한다. 하지만 장군은 그리 집중해서 듣지도 않다가 수고들 하라며 잠을 자러 간다. 어린 시절 '뭐, 저런 장군이 있어' 하고 한심하게 생각했는데…….

지금 생각해보니 그 장군은 무슨 수를 써도 내일 나폴레옹을 이길 수 없음을 이미 알고 있었던 것이다. 그러니 잠이나 푹 자두자는 것이었다. 그렇다. 내일 지구가 망하더라도 오늘은 행복해야 한다.

다릿돌 5

이상과 현실 :
제자의 답에 공자가 답하다

네 번째 다릿돌(행복)에서 욕심을 버리는 것은 이상이고, 당장 돈이 없어 힘든 것은 현실이라고 했다. 그리고 나는 이상과 현실의 다툼에서 이상이 이기는 것을 성현이 아닌 중생의 수준에서 본 적이 없다고 했다. 그렇다면 공자님은 과연 이상과 현실 중에서 무엇을 선택하셨을까?

공자의 사상을 논하는 것은 어려울까?

나는 그렇게 생각하지 않는다. 《논어》의 한 구절 한 구절을 꼭꼭 씹으면 어느덧 맛이 느껴지는 순간이 온다. 바로 이거구나 싶은 순간이 오는 것이다. 하지만 유교는 어렵다. 스승의 담백한 가르침을 먼 후세의 제자들이 비비꼬아서 어렵게 만든 것이다. 불교, 기독교도 이와 크게 다르지 않다. 나는 부처, 공자, 예수의 말씀에 직접 다가가는 것이 오해의 소지를 줄일 수 있는 최선의 방법이라고 생각한다. 아래에서 《사기》에 실려 있는 공자와 제자 3인간의 문답을 통해 공자에게 직접 다가가 보도록 하자.

광야를 헤매다 : 공자와 제자 3인의 대화

공자와 제자들은 자기를 알아주는 군주를 찾아 10여 년에 걸친 유랑생활을 한다. 그러던 중······.

초왕은 공자가 진과 채의 국경지대에 머물고 있음을 알자, 사자를 파견해서 자기 나라로 초빙했다. 어떻든 한 번 만나 보리라. 공자의 일행은 그 자리에서 출발 준비를 했다. 이 이야기를 듣고 당황한 것은 진·채의 대부들이었다.

"공자는 현인이다. 제후에 대한 비판은 하나하나가 적중하고 있다. 이 고장에 장기간 머물고 있었으니, 우리의 내정에도 밝을 것이다. 우리가 하고 있는 짓은 무엇 하나 공자의 뜻에 맞지 않는다. 초는 말할 것도 없이 큰 나라다. 그 초나라가 공자를 등용한다면, 우리 진이나 채의 대부들에게 있어서는 불길한 사태가 될지도 모른다."

대부들의 일치된 의견에 의해서 당장 추격자가 파견되어 초나라로 향하는 도중인 공자의 일행은 들판 한가운데서 포위되었다. 공자 일행은 꼼짝 못하게 되고, 식량도 떨어져 굶주림과 피로 때문에 일어날 기력조차 잃고 있었다. 그런데 공자만은 조금도 동요의 빛이 보이지 않았다. 평소와 다름없이 시를 강의하고 거문고를 타며 노래를 부르고 있었다.

분통이 터진 **자로**가 공자에게 대들었다.
"군자도 궁할 때가 있습니까?"
"물론 군자도 궁할 때가 있다. 그러나 소인처럼 낭패하진 않는 법이다."

자로뿐만 아니라 **자공**에게도 분명히 분노의 빛이 나타나 있었다. 이것을 보고 공자가 말했다.
"너는 내가 뭐든지 다 알고 있는 인간이라고 생각하느냐?"
"물론입니다. 그렇지 않다는 말씀입니까?"
"그렇다. 나는 다만 내 길을 꾸준히 가고 있을 뿐이다."

그러나 제자들의 동요는 시간의 흐름과 함께 더할 뿐이었다. 공자는 한 사람 한 사람씩 불러 이야기하기로 했다. 먼저 자로가 불리어 갔다.

공자와 자로의 문답

공자: 《시경》에 무소(코뿔소)도 아니고 호랑이도 아닌데 나는 광야를 헤맨다는 말이 있는데 우리가 지금 처해 있는 상태가 이와 같다. 이런 경우를 당하는 것은 우리가 잘못되었기 때문일까?

자로: 우리들이 사람들의 신뢰를 받지 못하는 것은 우리들이 인자(仁者)로서 아직 불충분하기 때문이며, 우리들의 길이 사람들에게 행하여지지 않는 것은 우리들이 지자(知者)로서 아직 불충하기 때문이라고 생각합니다.

공자: 아니다. 그것은 잘못이다. 인자가 반드시 신뢰를 받는다면 어째서 백이·숙제의 비극이 일어날 수 있는가. 또 지자의 길이 반드시 행하여진다면 어째서 왕자 비간과 같은 인물이 학살당하는 일이 있겠는가.

공자와 자공의 문답

공자: 《시경》에 무소(코뿔소)도 아니고 호랑이도 아닌데 나는 광야를 헤맨다는 말이 있는데 우리가 지금 처해 있는 상태가 이와 같다. 이런 경우를 당하는 것은 우리가 잘못되었기 때문일까?

자공: 선생님의 길은 너무나 높고 멉니다. 그렇기 때문에 천하는 선생님을 받아들이지 못하고 있는 것입니다. 세상 사람들이 받아들이기 쉽도록 길을 조금만 더 가까운 것으로 만드시면 어떨까요?

늦은 불혹의 다릿돌

공자: 훌륭한 농부는 농작물을 잘 심지만 반드시 좋은 수확을 얻는 것은 아니다. 또 훌륭한 공인(工人)은 명기를 만들지만 반드시 평판이 좋다고만은 할 수가 없다. 이와 마찬가지로 군자는 충분히 길을 닦고 천하를 다스릴 규범을 만들지만 반드시 천하에 받아들여진다고는 할 수 없는 것이다. 그런데 너는 충분히 길을 닦지도 않고, 천하에 받아들여질 것만 생각하고 있다. 뜻이 너무나 비소(卑小)하지 않은가.

공자와 안회의 문답

공자: 《시경》에 무소(코뿔소)도 아니고 호랑이도 아닌데 나는 광야를 헤맨다는 말이 있는데 우리가 지금 처해 있는 상태가 이와 같다. 이런 경우를 당하는 것은 우리가 잘못되었기 때문일까?

안회: 선생님의 길은 너무나 높고 멉니다. 그렇기 때문에 천하는 선생님을 받아들이지 못하고 있는 것입니다. 그러나 선생님은 어디까지나 이상의 길을 가십시오. 받아들여지느냐 않느냐는 문제가 아닙니다. 만일 우리가 게을러서 길을 닦지 못한다면 그것은 우리의 수치입니다. 그런데 우리가 충분히 길을 닦고도 등용되지 않는다면 그것은 위정자의 수치입니다. 지금 세상에서는 오히려 받아들여지지 않는 것을 군자의 자랑으로 여겨야 하지 않을까요?

공자는 이 말을 듣고 회심의 미소를 띠었다.

공자: 과연 훌륭한 마음가짐이다. 가령 네가 재산가라면 나는 집사로라도 고용되고

싶구나.

위 글은 어느 정도 과장도 있어 보인다. 우선 목숨이 위험한 상황에 제자를 한 명씩 불러서 문답을 했다는 것은 어딘지 어색하다. 하지만 공자의 인간적인 면이 잔잔히 드러나면서 우리에게 많은 것을 생각하게 해준다.

상황을 다음과 같이 정리해보자. 밤이 깊어 적들이 내일 아침까지는 쳐들어 올 수 없어 비교적 대화를 나눌 짬이 생겼다. 이 여유를 공자는 아끼는 제자 한 명 한 명을 불러 혹시나 마지막이 될 수도 있는 가르침을 주는 데 할애한다. 마치 우리 자신이 공자의 제자가 되어 스승 앞으로 불려 나아가 문답을 하고 있다고 상상해보자.

과연 나라면 어떻게 답을 했을 것인가?

일대일 문답 전의 공자에 대한 자로와 자공의 태도는 불경스러운 수준을 넘어 거의 대드는 것에 가깝다. 그만큼 당시 상황이 위급하고 다급할 수도 있었겠지만 어쩌면 공자 학단의 스승과 제자의 관계는 우리가 생각하는 것보다 훨씬 자유스럽고 수평적이었을 수도 있다. 스승과 제자의 관계가 엄격하고 수직적으로 바뀐 것은 어쩌면 유교가 교조주의적으로 변질되면서 나타난 현상일 것이다.

진, 채나라의 대부들의 행태는 그야말로 가관이 아닐 수 없다. 공자는 현인이지만 등용하지는 않고 다른 나라에 가는 것은 안 되니 죽이려 한다. 지금 우리의 경우 과연 이들과 크게 다르다고 단언할 수 있겠는가? 인재를 등용하는 것이 어려운 것은 단순히 인재가 세상에 없기 때문만은 아닐 수도 있다. 인재를 알아보는 눈이 우리에게 없을 수도 있고, 더 나아가 인재임을 알지만 우리의 자리를 보전하기 위해 인재를 못 본 척할 수도 있다.

제자 3인의 답 중 누구의 답이 참에 가깝다고 보는가? 이런 문답이 있은 다음 공자는 초나라에 구원을 청했다. 사자로 간 사람은 자로, 자공, 안회 중 누구였을까? 안회라고 생각하는가? 아니다. 사자는 자공이었다. 초나라 소왕이 당장 군사를 파견하여 일행은 겨우 궁지를 벗어날 수가 있었다. 공자는 안회의 대답에 만족하면서도 사자로서는 현실적 재능이 뛰어난 자공을 보냈다.

'현실과 이상'
'이상과 현실'

현실과 이상 중에서 이상을 택하여 멋지게 죽느냐, 다소 자존심은 상하지만 현실을 택하여 후일을 기약하느냐. 당신이 만약 한 조직의 우두머리로서 위와 같은 상황에 직면했다면 어찌 했겠는가? 이상인가? 현실인가? **참**은 도대체 어디에 있는가?

유교의 죽음관

《논어》 선진 편에는 다음과 같은 이야기가 나온다.

계로가 귀신 섬기는 일에 대해 여쭙자, 공자께서 말씀하셨다.
"사람도 제대로 섬기지 못하는데 어찌 귀신을 섬길 수 있겠느냐?"
"감히 **죽음**에 대하여 여쭙겠습니다."
공자께서 대답하셨다.
"삶도 제대로 알지 못하는데 어찌 죽음을 알겠느냐?"

제자 계로가 사후(死後) 세계에 대해 묻자 공자는 그런 것은 모른다, 그런 것에 시간 낭비하지 말라, 사후세계가 있고 없고가 무슨 상관이냐, 인간세상의 현실에 집중하라는 답변을 한 것이다. 제자는 스승이 사후세계의 모습에 대한 궁금증을 한 방에 날려 줄 것으로 기대하고 있었을 것이다. 제자는 약간 실망했을지도 모르지만 물러나와 '아, 그렇구나!' 하면서 스승의 솔직한 답에서 크게 깨달았을 것이다. 만약 공자가 착한 일을 하면 편안한 곳에 가고, 악한 일을 하면 고통스러운 곳에 간다거나 좀 더 과하게 나가셔서 나를 믿으면 ○○에 가고 나를 믿지 않으면 △△에 간다고 했다면 우리에게 유교 외에 다른 종교는 존재할 수가 없었을 것이다. 공자의 매력은 인간적이라는 점, 그것도 너무나 인간적이라는 점에 있다.

참고로 유교의 죽음관에 대해 김용옥은 《중용, 인간의 맛》에서 이렇게 쓰고 있다.

효라는 것은 사망한 자를 생존자와 같이 섬기는 마음의 자세를 의미한다. 사람이 죽었다고 죽는 순간부터 입을 싹 다시는 것은 매정할 뿐만 아니라 그러한 인간에게 기대할 인품이라는 것은 없다. 유교에는 천당이 없다. 사후세계는 보장되지 않는다. 죽음과 동시에 "나"는 존속하지 않는다. 그러나 "나"는 역사 속의 공감과 공존 속에서 지속된다. "나"가 존속되는 것은 결국 효의 연속성 속에서 이루어지는 것이다. 천국은 오직 역사 속에 내재하는 것이다. 그래서 인간은 역사의 심판을 두려워해야 한다. 아무리 최고 권력자가 되어도 역사 속에서 바른 판결을 얻지 못하면 그는 잡귀도 되지 못한다. 나라는 존재는 유구한 생명의 연속의 한 고리라는 자각, 그리고 나의 선업이 후세의 인간세의 복지를 가져온다는 이 과거─현재─미래의 연대감이야 말로 인간이 존속하는 의미이며, 그것이 곧 제사의 본질이라는 사실을 이 장은 웅변하고 있다.

공자는 사후세계에 대해 모른다고 하셨지만 역설적이게도 가장 강력한 사후세계를 제시한 것이 되었다. 이 세상에 가장 무서운 사람은 '역사에 이름을 남기겠'다고 다짐하고서 실천하는 사람이다. 천당에 가겠다고 착한 일하는 사람과 역사에 이름을 남기겠다고 역사에 이름을 남길 순간만을 찾는 사람하고 누가 더 무서운가. 이 사람에게 죽음은 역사에 이름을 남기기 위한 아주 좋은 수단일 수도 있을 것이다. 이런 사람이 무슨 바른 말을 언제·어디서 할지, 무슨 바른 행동을 언제, 어디서 할지 어떻게 알겠는가. 하지만 요즘에는 역사에 이름이 남든 안 남든 신경 쓰지 않겠다는 몰염치한 인간이 부쩍 늘어난 것 같다. 역사에 이름을 남길 사람이 한시라도 빨리 그리고 많이 나오기를 바라본다.

삼년상의 유래

《논어》양화 편에는 다음과 같은 글이 나온다.

재아가 여쭈었다.

"삼년상은 기간이 너무 깁니다. 군자가 삼 년 동안 예를 행하지 않으면 예가 반드시 무너지고, 삼 년 동안 음악을 하지 않으면 음악이 반드시 무너질 것입니다. 묵은 곡식은 다 없어지고 새 곡식이 등장하며, 불씨를 얻는 나무도 다시 처음의 나무로 돌아오니, 일 년이면 될 것입니다."

공자께서 말씀하셨다.

"쌀밥을 먹고 비단옷을 입는 것이 너에게는 편안하냐?"

"편안합니다."

"네가 편안하다면 그렇게 하여라. 대체로 군자가 상을 치를 때는, 맛있는 것을 먹어도 맛이 없고, 음악을 들어도 즐겁지 않으며, 집에 있어도 편하지 않기 때문에 그렇게 하지 않는 것이다. 지금 네가 편안하다면 그렇게 하여라."

재아가 밖으로 나가자 공자께서 말씀하셨다.

"여(재아)는 인(仁)하지 못하구나! 자식은 태어나서 삼 년이 지난 연후에야 부모의 품에서 벗어난다. 대체로 삼년상은 천하에 공통된 상례이다. 여도 그 부모에게서 삼 년간의 사랑을 받았겠지?"

일단 재아를 면전에서 꾸짖지 않았다는 점이 인상적이다. 삼년상은 공자의 가르침 중 반드시 지켜야 할 핵심인데 제자가 근본적 의문을 제기하며 도전해 들어온다. 그것도 아예 일 년 정도면 족하다는 것이다. 공자는 쌀밥을 먹고 비단옷을 입는 것이 편안하다는 제자의 당돌한 답을 듣고 눈이 뒤집어져 몽둥이로 마구 두들겨 패거나 회초리로 고통이 살에 녹아들어 사라질 때쯤 때린 곳을 또 때리면서 너의 잘못을 네가 아느냐고 추궁하지 않았고, 너 같은 제자는 더 이상 인정하지 않겠다고 파문(破門)을 선언하고 돌아앉지도 않았다. 공자는 재아가 나간 후 그저 '인하지 못하구나!' 하고 탄식하며 중얼거렸다. 인간적 풋풋함이 듬뿍 느껴진다. 그러기에 제자들이 공자에게 다가갈 수 있었던 것이다. 공자를 만나다 보면 분명 뛰어나신 분이기는 하지만 나도 노력하면 그 경지에 갈 수도 있을 것 같은 느낌을 받곤 한다. 그 이유가 너무나도 인간적이기 때문이 아닌가 싶다.

재아의 물음이 현실적이다. 삼년상으로 잃는 것이 너무 많다는 것이다. 공자의 답은 이상적이다. 인간으로서의 최소한의 조건을 말하고 있다. 재아가 나간 뒤의 공자의 탄식조의 중얼거림이 《논어》에 기록되지 않았다면 아마도 우리 조상들은 상당한 융통성을 발휘할 수 있었을 것이다.

참고로 여기서 한 가지 강조하고자 하는 점은 계량화의 조심성이다. 말이나 글에 숫자를 넣을 때는 항상 신중해야 한다. 특히 직위가 높은 사람일수록 조심해야 한다. 공자께서 삼년상이 아니라 오년상 또는 십년상이라고 했다면 어찌 되었겠는가? 그런데 현대사회는 삼일장이다. 어쩌다 이렇게 극단적으로 축소되었을까?

다릿돌 5 / 이상과 현실 : 제자의 답에 공자가 답하다

"현실과 비판적으로 타협하라"

이상과 현실의 갈등에서 "현실과 비판적으로 타협하라"라는 막스 베버(M. Weber)의 말이 답이 될지 모르겠다. 나는 현실을 외면한 그 어떠한 궁리도 거부하고 배격할 것이다. 앞으로 현실과 이상의 갈등 속에서 나의 답이 어떻게 변해갈 것인지 궁금하다. 그 변함이 참에 이르는 길이기에 나는 세월 속에서 차분하게, 진지하게 그리고 설레며 기다릴 것이다. 그리고 참 속으로 나아갈 것이다.

스승과 제자 :
우리에게 참스승이란?

학창시절의 스승님들을 떠올리다 보면 시험문제를 맞추기 위한 지식의 전달보다는 어쩌다 하신 말씀과 행동이 더 크게 다가오곤 한다. 공자도 스승으로서 완벽하지는 않았을 것이다. 하지만 불완전하다고 스승의 자격이 없는 것은 아니다. 완벽하기 위해 노력하는 모습에서 우리 제자들은 언뜻언뜻 배우고 익히고 실천해나가는 힘을 얻는다. 이 시대 우리가 참스승을 바라는 것은 너무 큰 욕심일까?

당신의 학창시절은 긍정적이었는가? 그렇다면 다행이다. 하지만 나는 그저 긍정적이지만은 않았다. 이것은 대부분의 학창시절의 기억을 지우고 싶다거나 대부분의 스승님들이 부정적인 기억으로 남아있다는 의미는 아니다. 오히려 그 반대이다. 하지만 대부분의 옛 일들이 그렇듯이 강력한 몇몇의 사건(트라우마)이 긍정의 답이 선뜻 나오는 것을 가로 막고 있다.

우리는 **'사랑의 매'**인지 아닌지를 우리 스스로 판단할 수 없었고 사랑이 담긴 매질임을, 매 맞은 후 지체 없이 아직 분이 안 풀린 듯 쳐다보고 있는 스승에게 허리를 굽혀 감사의 표시를 하고 인정해야 했다. 그렇지 않으면 일종의 반항으로 취급되어 또 맞아야 했다. 과연 그 매질 중 어느 정도가 사랑의 매였을까?

어떤 스승은 우리 부모님들이 가져다 준 촌지를 받지 않았다는 사실만으로 우리들의 영웅이 되기도 했고, 대학 진학률을 높이려는 스승님들의 안간힘은 우리를 위한 것인지 학교를 위한 것인지 의심스러울 정도였다. 학교 성적을 올리기 위해서 체육, 교련, 음악, 미술시간을 줄이고 국영수 시간을 늘리기도 했고 심지어 내신을 조작하는 과감함을 보여주기도 했다.[13]

직선제로 반장을 뽑은 후 선생의 확신과 달리 원하는 학생이 당선되지 않자 아무런 하자가 없는 절차를 문제 삼아 선생이 직접 반장을 임명하기도 했다. 가진 것이 없는 부모를 둔 학생의 가슴에 못을 박는 행위를 버젓이 했고 우리들은 그저 지켜보았다. 아무도 공개적으로 문제 제기를 하지 못했다. 어느 누구도 그런 선생한테는 배우지 않겠다고 교실을 뛰쳐나가지

---

[13] 누군가 내게 증거가 있냐고 엄중히 묻는다면 나는 물증은 없다고 대답할 수밖에 없다. 그렇지만 나도 그 누군가에게 엄중히 묻겠다. 내 말이 사실이 아니라고 양심에 의지해 답할 수 있냐고.

못했다.[14]

스승들은 자신들의 영역을 신성화하려고 하면서도 상대적으로 궁핍한 자신들의 삶을 후회스러워 했고 학생들은 그런 스승들의 푸념을 들어줄 여력이 없었다. 하지만 그땐 최소한 스승이 노동자는 아니었다. 아는 지식을 전달해주는 것으로 할 일을 다 했다고 여기시지 않으셨다. 무엇인가 신성한 일을 하고 있는 그런 분위기. 스승들에게는 누구도 범접할 수 없는 영역이 분명 있었다.

일제강점기에 있었던 일본인 스승과 조선인 제자의 이야기를 소개한다.

일제강점기 학병으로 강제 징집되어 만주로 끌려간 한 조선 청년이 탈영을 하다가 붙잡혀 사형 집행장으로 끌려가게 되었다. 사형집행을 맡은 일본 장교는 초등학교 시절의 담임 스승이었다.

"마지막으로 할 말이 있는가?"
"일본 장교에게는 할 말이 없다. 다만, 스승님께는 할 말이 있습니다."
"말해보라."
"스승님, 저는 조선으로 돌아가 홀어미를 보살펴야 합니다."

일본인 장교는 10년 전 조선의 시골 학교에서 자신의 이야기를 한마디도 놓치지 않으려는 그 아이의 똘망똘망한 눈빛이 눈에 들어왔다.
"풀어주라. 모든 책임은 내가 진다."

14　　여기서 한 가지 정리하고 넘어가야 할 것이 있다. 우선 선생과 스승의 차이다. 선생은 너무 일상적으로 아무에게나 붙어 다녀 고유의 존경심을 불러일으키지 못한다. 스승은 일단 순우리말인 것이 마음에 들고 힘든 여건 속에서도 제자들 잘 되기만을 바라는 분들에게 어울리는 단어다.

다릿돌 6 / 스승과 제자 : 우리에게 참스승이란?

우리에게 이중적 지위가 생기는 경우가 간혹 있다. 이런 상황은 선택을 피할 수 없을 때 극적으로 구성된다. 이중적 지위의 한 편이 스승일 때 과연 어떤 선택을 해야 할까? 스승으로서의 지위를 포기하게 할 다른 지위가 있는가?

참스승의 모습을 《살아 있는 동안 꼭 해야 할 49가지》(탄워잉)에 나오는 류 선생님의 이야기를 통해 살펴보도록 하자.

그녀는 다른 아이들과 어울리면서부터 자신이 남들과 다르다는 사실을 깨닫고 화가 났다. 하루하루 사는 게 싫었다. 세상을 증오했다. 어떻게 언청이로 태어났단 말인가. 학교에 들어가자 친구들은 그녀를 놀렸다. 사람들이 자신의 모습을 무척 싫어하고 혐오한다는 것을 그녀는 분명히 깨달았다. 입술은 보기 싫게 일그러졌고 코는 구부러졌으며 이는 비뚤비뚤하게 났다. 또 말까지 더듬는 여자아이를 누가 좋아하겠는가. (중략) 그녀는 갈수록 확신하게 됐다. 가족 외에는 아무도 자기를 사랑하지 않을 것이며, 좋아해줄 사람조차 없을 거라는 사실을 말이다. 2학년이 되자 그녀는 류 선생님 반이 되었다. 류 선생님은 아름답고, 따뜻하고, 상냥한 분이었다. 모든 아이들이 선생님을 좋아하고 존경했다. 하지만 그녀보다 선생님을 사랑하는 아이는 없었다. 그녀와 류 선생님 사이에 특별한 사연이 있었기 때문이다.

저학년 아이들은 해마다 '귓속말 시험'이라는 것을 치렀다. 차례대로 앞으로 걸어나가 오른쪽 귀를 막으면, 왼쪽 귀에 선생님이 한마디씩 속삭이는 것이다. 그러면 아이는 방금 들은 것을 큰 소리로 말해야 한다.

그런데 그녀는 선천적으로 왼쪽 귀가 멀어서 소리를 들을 수 없었다. 그녀는 이 사실을 굳이 선생님께 이야기하고 싶지 않았다. 친구들이 더 놀릴 것이 뻔했기 때문이다.

그녀는 '귓속말 시험'을 잘 치를 자신이 있었다. 그녀는 그와 비슷한 놀이를 할 때, 귀를 정말 막았는지 사람들이 확인하지 않는다는 사실을 알고 있었다. 들은 말을 제대로 하는지만 확인할 뿐이었다.

그녀는 아이들과 놀 때마다 귀를 막은 척만 했고 한 번도 들킨 적이 없었다. (중략) 그녀의 차례가 되었다.

그녀는 왼쪽 귀를 류 선생님께 향하고 오른손으로 귀를 꽉 막는 척 했다. 그런 다음, 막았던 손을 살짝 들었다. 이렇게 하면 선생님의 말씀을 놓치지 않고 들을 수 있다. 그녀는 숨을 죽인 채 선생님의 말씀을 기다렸다. 잠시 후, 선생님은 그녀의 귀에 입술을 바싹 대고 뭐라고 속삭였다.

선생님의 말씀 한마디가 따스한 햇살처럼 그녀의 마음을 비춰주었다. 그 말은 그동안 상처받았던 어린 영혼을 부드럽게 어루만져 주었다. 그리고 인생에 대한 그녀의 생각을 송두리째 변화시켰다. 그때, 그녀의 인생이 시작된 것이었다.

선생님의 나지막한 속삭임을 들은 그녀는 너무 놀라 꼼짝도 못하고 그만 얼어붙어버렸다. 눈물이 볼을 따라 하염없이 흘러내렸지만 그녀는 아무 말도 할 수 없었다.

그녀는 한참을 나무 인형처럼 서 있었다.

선생님이 그녀의 귓가에 속삭인 말은 바로 이 한마디였다. 선생님의 말 한마디는 점점 커져 그녀의 가슴속을 가득 채웠다.

"네가 내 딸이었으면 좋겠구나!"

우리가 류 스승과 같은 스승을 바라는 것은 가당치도 않은 무리한 일인가? 어느 직업이나 그 직업에는 귀감이 되는 바람직한 상(像)이 있다. 그것은 속세에서 하루하루 살아가는 평범한 사람들은 도저히 도달할 수 없는 경지인 경우가 대부분이다. 하지만 스승에 대해서만은 불가능하더라도 그 끈을 놓고 싶지 않다.

아래에서 내가 직접 겪은 일화를 통해 스승의 상(像)에 대해 생각해보자.

〈일화 1〉 "상조야, 너는 아무 소리도 내지 말고 입만 크게 벌려"

나에게도 귓가에 속삭여 주신 스승이 계셨다. 전교 합창대회. 우리 반은 담임 스승과 음악 스승의 열정이 뭉쳐져서 반드시 1등을 해야 했다. 쉬는 시간에도 몇 번씩 노래를 불러야 쉴 수 있었고, 방과 후에 모여서 연습을 계속했다. 그러던 중 대회 하루 전에 담임 스승의 특별한 부탁으로 음악 스승의 강도 높은 마무리 특별지도가 있었다. 음악 스승께서는 조용히 돌아다니시면서 한 명 한 명의 목소리를 점검했다. 나름 목소리를 높여 열심히 부르고 있는 내 뒤에 오셔서 귓가에 속삭이셨다. 그러지 않아도 음치였던 나는 그 이후 완전히 음치가 되었다. 그때 스승님께서 '상조는 무한한 발전 가능성이 있는 목소리를 가지고 있구나'라고 속삭여 주셨다면 아마 난 지금 성악가가 되어있을지도 모른다. 하지만 한편으론 참으로 고마운 스승이시다. 확실하게 안 되는 것은 안 된다고 알려 주셨으니까. 지금도 노래방에서 노래를 부를 때면 그때의 음악 스승의 목소리가 들린다.

"상조야, 너는 아무 소리도 내지 말고 입만 크게 벌려."

그런데 전교 합창대회가 꼭 1등을 해야 하는 대회인가? 아무튼 당시 스승님들의 열정은 아무도 못 말리는 수준이었던 것 같다. 본의 아니게 조금 그릇된 길로 인도할 수 있는 가능성이 있더라도 열정이 넘치는 스승님들이 필요하지 않을까? 우리에게 불필요한 승부욕을 불러일으켰고 나에게 잊혀지지 않는 아픔을 주기는 했으나 어찌 되었든지 우리는 합창대회를 통해 하나가 될 수 있었다. 근데 그 스승님들께서는 아직도 예전처럼 당당하실까? 만나 뵈면 **"사실 그때 저 노래 불렀어요. 그것도 아주 크게요"** 하고 말씀드려야지.

〈일화 2〉 "너도 네 엄마한테 맛있는 거 싸달라고 해!"

중학교 때 숟가락만 들고 오는 아이가 있었다. 지금 아이들은 믿기 어렵겠지만 당당히 친구들의 뜨뜻한 밥과 맛난 반찬을 골라 먹었고 몇몇 부잣집 아이들을 빼고는 우리에게도 그리 크게 거부감은 없었다. 하지만 이런 상황이 피해자 부모를 통해 스승의 귀에 들어가게 되었고 스승은 특공부대의 기습작전보다 더 은밀하게 점심시간에 교실을 급습하셨다. 우리는 숟가락만 들고 온 아이의 입이 다 터지도록 얻어맞는 것을 밥 먹다 말고 숟가락을 들고 지켜보아야 했다. 그리고 스승은 말씀하셨다.

"너도 네 엄마한테 맛있는 거 싸달라고 해!"

이런 경우 누가 스승을 존경할 수 있겠는가? 류 스승의 경우에는 어떻게 하셨을까? 아무도 모르게 그 아이의 도시락을 싸 주시지 않았을까? 그 도시락을 먹은 아이는 나중에 돈을 많이 벌어 가난한 아이들을 위해 도시락을 무료로 제공하는 자선사업가가 될 수도 있지 않았을까? 무력은 우리 반에서 숟가락만 들고 오는 아이가 사라지도록 했지만 우리 사회에 자선사업가를 길러낼 수 있는 절호의 기회를 사라지게 한 것이다. 근데 이상하게도 그 아이가 무척 부자가 되어있을 것 같다는 생각이 떠나질 않는다. 자기만 아는, 돈만 아는 부자가 되지 않았기를 바라본다.

〈일화 3〉 퇴학의 기준

고등학교 시절 ○학년 담임은 K 스승이셨고, △학년 담임은 Y 스승이셨다. 두 분 다 스승으로서의 **자존심**이 굉장했는데, 나의 모교 스승님들의 대체적인 특징이었다. 두 분의 교육 철학은 몇 번의 경고를 무시한 친구에 대한 퇴학 처분에서 갈렸다. K 스승님은 돈, 눈물, 압력에도 그 아이의 퇴학을 결정하였고 실행하였다. 그 어떤 유혹, 간청, 압박도 아무 소용없었다. 기준은 단 하나 **'우리'**였다.

Y 스승님은 돈, 눈물, 압력 등 그 어느 것도 필요 없었다. 퇴학은 있을 수 없었다. 기준은 단 하나 **'그 녀석'**이었다.

스승으로서의 자존심. 학교에 짜장면 배달 온 젊은이가 스승님께 **아저씨**라고 불렀다고 노발대발하며 물리력을 사용하시던 모습. 경복궁에 사생대회를 갔다가 **"아저씨, 오늘 못 들어가세요"**라고 말한 경비병에게 물리력을 행사한 후 결국 들어가서 사생대회를 했던 기억. 그 스승님에게 아저씨는 자신에 대한 모욕을 넘어 스승님들에 대한 모욕이었고 이를 참는다는 것은 자존심을 버리는 것이었으리라. 교육자로서 자신의 양심에 물어보아 부끄럼 없이 결정한 일을 누군가 정당치 못한 방법으로 바꾸려 하는 것을 용납하지 않았고, 그 결정으로 그 어떠한 이득도 취하려 하지 않았다. 이것이 바로 스승으로서의 자존심이다. 이 시대 스승의 자존심을 지키고 계신 분들이 얼마나 되실까? 내가 생각하는 것보다 많을까, 아니면 적을까? 사회는 스승님들께서 자존심을 지킬 수 있는 여건을 마련해주고 있는가?

〈일화 4〉 "너도 때려, 인마."

고등학교 독일어 시간은 공포의 시간이었다. 스승님께서는 본격적인 수업 시간 전에 항상 10명 가까운 학생들에게 질문을 하셨다. 그중 반 이상은 얻어 터졌다. 이런 공포 상황 때문에 우리들은 영어 시간에도 독일어 책을 꺼내놓고 외우는 경우가 종종 있었다. 영어 스승님께서 이 사실을 아시고 복도에서 독일어 스승님께 큰 소리로 항의를 하셨다. 우리는 무슨 작전이라도 성공한 듯 들떠 있었는데……. 약간의 고성이 오가는 것 같더니만 독일어 스승님께서 하시는 말씀이 복도에 쩌렁쩌렁 울려 퍼졌다.

"너도 때려, 인마."

우리는 영어 책을 덮고 다시 독일어 책을 펼쳤다.

독일어 스승님 대신 영어 스승님이 무력을 활용하셨다면 우리의 영어 실력은 어떠했을까? 분명 성적이 오르지 않았을까? 그러니 너도 때리라고 하신 것일까? 체벌에서 감정을 뺄 수 있다면 체벌은 분명 효과가 있다. 하지만 우리는 아예 체벌을 없앴다. 마음껏 두들겨 패는 일이 비일비재하던 시대에서 어느 한순간 스승이 제자의 몸에 손을 살짝이라도 대면 난리법석이 나는 시대로 전환되었다. 극에서 극으로의 변화. 뭔가 정상이 아니다. 우리는 양극에서 참을 찾아야 한다.

〈일화 5〉 "단음이야, 장음이야?"

독일어 시간을 앞둔 쉬는 시간, 하늘은 먹구름으로 어두컴컴해져 가고 있었다. 한 친구가 우리들의 묵인과 지지 하에 불을 켜는 스위치를 발로 차서 부셔버렸다. 스승님께서 들어오시더니 불이 켜지지 않는 상황을 보시고는 "누가 그랬어, 나와" 하시는 것이었다. 아무도 나서지 않았고 잠깐 동안 숨소리도 들리지 않는 침묵이 흘렀다. 때맞추어 번개와 천둥이 내리쳤다. 우린 이제 다 죽었구나 싶은 순간. 스승님께서 한 명씩 독일어에 대해 묻고 때리기 시작하셨다. 그러던 중 한 아이에게 **"Fuβ가 단음이야 장음이야?"** 하고 물으셨다. "네, 장음입니다." 스승의 몽둥이가 내리쳤다. 그 뒤 아이에게 똑같이 물으셨다. "Fuβ가 단음이야 장음이야?" 그 아이는 이게 웬 떡이냐는 듯 "네, 단음입니다"라고 대답하며 방심하고 있는데 스승의 몽둥이가 예외 없이 내리쳤다. 물어볼 것이 거의 떨어진 것도 있었고 60명 가까이 내리치다 보니 내리치는 것이 당연한 몸동작이 되었기 때문이었다. 스승의 입가에 그리고 우리의 입가에 웃음이 감돌았다.

하지만 스승님은 누가 스위치를 부셨는지 더 이상 묻지 않았다. 우리는 맞든 틀리든 맞았지만 기분이 좋았다. 우리는 친구를 지켰고 스승님은 우리가 친구를 지킬 수 있도록 배려해주셨다. 만약 책상 위에 올라가 스위치 고장 나게 한 놈 나올 때까지 의자 들고 있으라고 하셨다면 우리 반 친구들의 마음이 어떻게 변해갔을까? 우리는 친구로서 친구를 잃어버리고 말았을 것이다.

그러고 보면 우리들은 맞아도 싼 짓을 참으로 많이 했었다. 맞고도 기분 좋은 경우는 이런 아주 예외적인 경우에 가능한 것이다.

남강 이승훈

《함석헌 평전》(김성수)에는 남강 이승훈에 대한 이야기가 여러 군데 나온다. 아래의 이야기는 그중 하나이다.

남강은 무슨 일이든 솔선수범하는 스승으로 유명했다. 누구를 불러 시키지 않고, 먼저 팔을 걷어 부치고 앞장을 섰다. 그가 감옥에 있을 때는 혼자 변소를 청소하는 것으로 유명했다. 그건 이곳 오산학교에서도 마찬가지였는데, 한겨울에 아무도 하기 싫어하는 변소 청소를 그는 교장 신분에도 불구하고 스스로 나서 해치우곤 했다. 잔뜩 쌓인 채 얼어 버린 똥 무더기를 부수다 보면 가끔씩 똥 부스러기가 튀어 입속으로 들어가기도 했다. (중략) 1931년 5월 9일, 남강 이승훈은 그토록 아끼던 오산학교와 교사들, 그리고 학생들을 남겨두고 세상을 떠났다. 마지막 숨을 거두는 순간에도 그는 학생들을 생각했다. 남강은 유언으로 자기 몸을 땅에 묻지 말고 학생들의 생물 표본으로 삼으라고 했으나 일제는 남강의 유언조차 지키지 못하게 했다.

나는 함석헌이 그랬듯이 남강의 모습에서 참스승의 모습을 본다. 이런 스승 밑에서 어떻게 비행청소년이 생길 수 있겠는가? 그런데 우리 사회에는 분명 비행청소년이 꽤 많다. 그것은 참스승이 그만큼 없다는 반증이 아닌가. 우리가 이만큼 살고 있는 것도 스승의 덕이요, 우리가 이만큼밖에 살고 있지 못하는 것도 스승의 탓이다. 이것은 스승이 평생 짊어지고 가야 할 숙명이다.

라훌라 :
부처님의 가르침은 속세에서 실천 가능한 것인가?

여섯 번째 다릿돌(스승과 제자)에서 나는 스승으로서의 지위를 포기하게 할 다른 지위가 있는가라고 물었다. 부처님은 스승이자 아버지로서 제자이자 아들에게 무슨 말씀을 하셨을까? 이러한 부처님의 가르침은 과연 속세에 사는 우리들에게는 어떤 의미가 있는 것일까?

부처님의 최초 경전으로 불리는 《숫파니타파》에 실려 있는 부처님과 라훌라의 대화를 통해 부처님의 말씀에 조심조심 다가가 보기로 하자.

스승께서 말씀하셨다.
"라훌라야, 늘 가까이 함께 있기 때문에 너는 어진 이를 가볍게 여기는 것은 아니냐. 모든 사람을 위해 횃불을 비춰 주는 사람을 너는 존경하고 있느냐?"

라훌라는 대답했다.
"늘 함께 있다고 해서 어진 이를 가볍게 여기는 일은 없습니다. 모든 사람을 위해 횃불을 비춰주는 사람을 저는 항상 존경하고 있습니다."

"사랑스럽고 즐거움이 되는 다섯 가지 욕망의 대상을 버리고, 믿음으로 집을 떠나 고통을 없애는 사람이 되라.

선한 친구와 사귀라. 마을을 떠나 깊숙하고 고요한 곳에서 머물라. 그리고 음식의 양을 절제할 줄 아는 사람이 되라.

옷과 음식과 병자를 위한 물건과 거처, 이런 것에 욕심을 부려서는 안 된다. 다시는 세속으로 돌아가지 말라.

계율을 지키고 다섯 가지 감각을 지켜 네 몸을 살피라. 참으로 이 세상에 대한 미련을 버리라.
육체의 욕망 때문에 아름답게 보이는 겉모양을 떠나서 생각하라. 육신은 부정한 것이라고 마음에 새겨 두고 마음을 하나로 집중시키라.

마음에 자취를 두지 말라. 마음에 도사린 오만을 버리라. 오만을 없애면 그대는 평화로운 나날을 보내리라.”

이 글에 나오는 라훌라는 부처님이 출가하시기 전에 낳은 아들이다. 스승과 제자 사이의 대화이기 전에 아버지와 아들 간의 대화이다. 따르는 제자들이 많아 아버지로서 아들과 차분히 앉아서 대화할 시간이 많지는 않았을 것이다. 모처럼 만에 시간이 생기셨나 보다. 라훌라의 말은 아버지의 첫 질문에 대한 답밖에 기록되어 있지 않다. 하지만 이 짧은 글 속에서 아버지께서 알려주신 방법대로 실천하겠다는 아들의 무언(無言)의 음성을 들을 수 있다. 아버지는 아들의 장래를 걱정하고 아들은 아버지의 근심을 덜어드리려 한다.

부처님의 가르침은 명확하다. 어려운 말도 없다. 몰라서 실천하지 못한다고 변명하기에는 단어의 수준이 너무 평이하다. 만약에 우리가 부처님께 ‘당신의 가르침을 어찌 우리가 정확히 파악할 수 있겠습니까. 당신의 말씀을 통해 그 대강을 생각해볼 수 있을 뿐입니다’라고 말씀드린다면 뭐라고 하실까. 아마 크게 혼내실 것 같지는 않지만 ‘나의 깨달음이 어려운 것이 아니라 그 실천이 어려운 것이다’라고 말씀하시지 않을까.

부처님께서는 아들에게 다시는 속세로 돌아가지 말라고 하신다. 어떤 종교 지도자가 자신의 아들과 다른 이의 아들을 차별적으로 가르친다면 그 사람이 아무리 바른 내용을 설파한들 그는 사이비 종교의 교주에 불과하다. 다른 이의 아들에게는 가진 것을 다 가져오라고 하고, 자기 아들에게는 막대한 유산을 물려주는 종교인이 있다면 그가 뭐라 말하든 다 거짓임이 자명할 것이다. 부처님은 다른 이들의 자식들에게 하셨듯이 자신의 자식에게 모든 것을 버리라고 하신다. 우리 가문에서는 내가 버렸기에 너는 버리지 않아도 된다가 아니다. 다 버려라. 그것도 속세의 미련을 버리라고 하신다. 부처님의 말씀은 속세에 살면서는 깨달음에 도달할 수 없으며 설사 도달한다 하더라도 실천할 수 없다는 것을 암시하고 계신 것이 아닐까.

그렇다면 속세에 사는, 속세에서 벗어나기는 이미 그른 우리들은 어찌하여야 하는 것인가?

《삼국유사》에 나오는 원광법사 이야기는 우리를 더욱 당황하게 만든다.

어진 선비 **귀산**은 사량부 사람으로 한동네에 사는 **추항**과 친구였다. 두 사람이 만나서 말했다.

'우리들이 덕망 있는 선비와 교유하길 기약하면서 먼저 마음을 바르게 하고 몸을 닦지 않는다면 아마도 욕을 초래할 것이다. 그러니 어찌 어진 사람을 찾아가 도를 묻지 않을 수 있겠는가?'

이때 **원광법사**가 수나라에 들어갔다가 돌아와서 가슬갑에 머무르고 있다는 말을 듣고 두 사람이 문으로 들어가 아뢰었다.

'속된 선비들은 무지몽매하여 아는 것이 없으니, 한 말씀만 해 주시면 평생토록 경계로 삼겠습니다.'

원광법사가 말했다.

'불교에는 보살계가 있고 거기에 따로 열 가지가 있으나, 너희들이 다른 사람의 신하 된 몸으로는 아마도 감당할 수 없을 것 같다. 지금 세속에는 다섯 가지 계(**세속오계, 世俗五戒**)가 있다. 첫째는 충성으로 임금을 섬기는 것이고(사군이충, 事君以忠), 둘째는 효도로서 어버이를 섬기는 것이고(사친이효, 事親以孝), 셋째는 믿음으로 벗과 사귀는 것이고(교우이신, 交友以信), 넷째는 싸움터에 나가서는 물러남이 없는 것이고(**임전무퇴, 臨戰無退**), 다섯째는 살생을 가려서 하는 것이다(**살생유택, 殺生有擇**). 너희들은 이를 실행하는 데 소홀함이 없어야 한다.'

귀산 등이 말했다.
'다른 것은 잘 알겠습니다만, 이른바 살생을 가려서 하는 것만은 잘 알지 못하겠습니다.'

원광법사가 말했다.
'육재일(六齋日)과 봄여름에는 살생을 하지 말아야 하니, 이는 시기를 가리라는 것이다. 부리는 가축을 죽이지 말라고 하는 것은 말, 소, 닭, 개를 말하는 것이다. 미물을 죽이지 말라고 하는 것은 그 고기가 한 점도 되지 못하는 것을 말하니, 이는 바로 대상을 가리라는 것이다. **또한 죽일 수 있는 것도 꼭 필요한 양만큼만 죽이고 많이 죽이지 마라.** 이것이 곧 세속의 좋은 계다.'

귀산 등이 말했다.
'지금부터 이를 받들어 두루 행하여 감히 실수하는 일이 없도록 하겠습니다.'
이후에 두 사람은 전쟁터에 나가 모두 나라에 뛰어난 공을 세웠다.

원광법사는 불교의 가르침을 속세에 살면서 지키는 것은 불가능하다는 전제에서 가르침을 전한다. 원광법사의 앞 세 부분(사군이충, 사친이효, 교우이신)은 인류 보편적 가치에 바탕을 두고 있다. 하지만 뒤의 두 가지(임 전무퇴, 살생유택)는 가히 충격적이다. 임전무퇴와 살생유택은 전쟁에서 살인에 대한 조건부 면죄부를 준 것이다. 임전무퇴는 싸움터에서 물러서지 말라는 것이니 이것은 덤비는 적을 다 죽이라는 것이다. 임전무퇴 앞에서 살생유택은 제 목소리를 내기가 쉽지 않다. 굳이 의미를 찾자면 등을 보이 며 도망가는 적을 쫓아가서까지 죽이지는 말라는 정도가 될 것이다. 또한 살생유택은 생명의 존귀에 대한 가치판단을 하고 있다. 죽여도 되는 생명 과 살려두어야 하는 생명의 구분을 전제로 한다. **하지만 누가 원광법사를 비난할 것인가.** 나라의 존망이 백척간두에서 위태로울 때 나라를 위해 목 숨이라도 바치겠다고 찾아온 젊은이들에게 불교의 가르침에 따라 속세와 의 연을 끊고 도를 닦아 깨달음을 얻으라고 할 것인가?

과연 부처님께서 당시 원광법사의 입장이셨다면 어떻게 답변하셨을까?

세속에는 다른 계가 있다고 하셨을까, 아니면 속세에서 나오라고 하셨 을까? 과연 후자라면 신라는 어떻게 되었을까? 백제 법왕의 이야기로 가 보자.

백제 제29대 법왕(法王)의 이름은 선(宣)인데 효순(孝順)이라고도 한 다. 개황 10년 기미년(590년)에 즉위하여, 이 해 겨울 조서를 내려 살 생을 금하고 민가에서 기르는 매 같은 새들을 놓아 주게 하고 또 고 기 잡는 도구를 불태워 모두 금지시켰다.

법왕의 시도는 세속에 부처님의 가르침을 그대로 실천한 것이다. 법왕의 결단에 어떠한 정치적 의도도 없었다고 단정하기란 쉽지 않다. 하지만 법왕의 결단은 놀랍다. 하지만 이 결정으로 민초들의 삶은 나아졌을까? 백제의 운명은? 이제 처음의 질문으로 돌아가 보자.

"부처님의 가르침은 속세에서 실천 가능한 것인가?"

답을 할 시간이다. 조심스럽다. 분에 넘치는 질문이기에 어설픈 답이 될 것이 분명하지만 이 책은 나이가 들어감에 따라 추가, 수정될 것이고 수정에는 이유를 밝힐 것이다. 질문을 좀 구체적으로 바꾸는 것이 적절할 것으로 보인다. 부처님의 가르침 중에서 속세에서 허우적거리는 우리가 실천할 수 있는 것들은 무엇일까?

소식(小食)하라. 필요 이상 먹는 것으로 인해 누군가는 굶주려야 한다.

금연(禁煙)·금주(禁酒)하라. 몽롱함은 나에겐 즐거움이지만 누군가에게는 아픔을 준다.

오만(傲慢)을 버려라. 나의 눈을 가려 모두가 적이 된다.

욕심(慾心)을 버려라. 탐하면 탐할수록 삶이 거칠어진다.

진리(眞理)를 찾으라. 참의 부존재를 부정하고 끊임없이 참을 찾아 나서라.

조금이라도 덜 먹는 것이, 조금이라도 덜 피우는 것이, 조금이라도 덜 오만한 것이, 조금이라도 덜 탐하는 것이, 조금이라도 참에 가까운 답을 실현하려는 노력이 속세에서 허우적거리는 우리 중생들이 부처님의 뜻에 따라 살아가는 것이라고 생각하고 실천에 옮기도록 하는 것. 초라한 나의 답이다.

꿈과 욕망

꿈과 욕망의 차이는 무엇일까? 학생들에게 너의 꿈이 뭐냐고 묻는 말은 오늘날 어떤 직장에 다니고 싶냐는 물음과 별반 차이가 없다. 언제부터인가 꿈이 곧 직업을 의미하게 되었다. 하지만 양자는 분명히 다른 것이다. 부처님은 욕망을 버리라고 하셨지 꿈을 버리라고 하시지는 않았다. 직업은 꿈을 이루기 위한 하나의 수단에 불과한 것이다.

만약 "나의 꿈은 세상을 밝게 하는 것입니다. 그러기 위해서 화가가 되고 싶습니다"라고 말하는 학생이 있다면 분명 이 학생은 꿈이 있는 것이다. 하지만 우리 주변에서 꿈을 꾸지 못하고 그저 직업 수준에서 꿈을 가지고 있다고 착각하는 사람들이 대부분인 듯하다. 이런 현상은 속세에 사는 어른들의 욕망이 여리고 맑은 동심을 탁하게 만든 결과이다. 아이들 앞에서 돈이 세상의 전부인 듯 말하고 다니고, 꿈 꿀 시간에 어른들의 욕심을 주입했기 때문이다. 우리 아이들이 꿈을 가질 수 있도록 분위기를 조성하는 방법에는 어떠한 것이 있을까? 꿈이 뭐냐고 물으면 어제 꿈 안 꿨다고 말하는 둘째 아들 지원이가 멋진 꿈을 가지도록 해줄 수 있는 방법에는 무엇이 있을까?

법구경 : 억제, 절제, 정진

더 느리게, 더 조금씩 읽을수록 마음이 더 맑아지는 책, 《법구경》에서
옮겨 본다.

더러운 것을 깨끗하게 보고

감각의 욕망을 억제하지 않으며

먹고 마시는 일에 절제가 없고

게을러서 정진하지 않는 사람은

악마가 그를 쉽게 정복한다

바람이 연약한 나무를 넘어뜨리듯이

더러운 것을 더럽게 보고

감각의 욕망을 잘 억제하며

먹고 마심에 절제가 있고

굳은 신념으로 정진하는 사람은

악마도 그를 정복할 수 없다

바람이 바위산을 어찌할 수 없듯이

어떤 글이 '좋은' 글인가?

우리는 꿈과 욕망의 차이가 불분명한 사회에 살고 있다. "너의 꿈은 무엇이니?"라는 물음에 "제 꿈은 시인입니다. 제 글을 읽고 많은 사람들이 희망을 가질 수 있었으면 해서요"라고 답하는 어린아이들에게 우리는 어떤 반응을 보이고 있는가? 혹시 "너 밥 굶고 싶어?"라고 답하고 있지는 않은가. 이런 어른이 좋은 글을 못쓰는 것이야 당연지사이지만 동심에 찬물을 끼얹는 만행은 어찌할 것인가?

내가 글쓰기를 좋아한다고 하자 '좋은' 글이란 어떤 글인지에 대해 누군가 내게 묻는다. 좋은 글이라는 것 자체가 합의할 수 없는 관념이다. 사람마다 좋은 글로 판단하는 기준이 다른 것은 극히 당연하다. 하지만 한 번 도전해볼 가치는 있다고 본다. 좋은 글에 대한 다양한 의견이 모아지면 좋은 글의 조건 또는 자격을 하나하나 알 수 있으리라. 여기서 나름 찾아보고자 한다.

첫째 아들 은서의 초등학교 3학년 《○○초등학교 문집》을 읽으면서 몇 가지 눈에 띄는 글을 발견했다. 무엇보다 재미있는 점은 어른의 손(검열)을 거친 글들이 꽤 눈에 띈다는 점이었다. 어른의 개입 흔적은 글에 숨지 못하고 주책없이 드러난다. 드러남 없이 고칠 수 있는 어른이 있다면 그(녀)는 분명 동심을 유지하고 있거나 동심을 담을 수 있는 글재주가 있다는 면에서 위대하다. 혼자 고민하고 고민하면서 한 줄 한 줄 써 내려간 의지를 엿볼 수 있는 글을 읽을 때는 나의 초등학교 시절의 글쓰기가 생각나기도 했다. 이 중 가장 인상적이었던 김승겸의 글을 아래에 싣는다.

2010 인구주택총조사

오늘 인터넷으로 인구조사를 했다. 우리 집의 참여번호는 JZT-EBTN-LJ이었다. 나는 기껏 우리 아빠에 대한 것을 모두 적었는데 모두 지워져 버렸다. 그래서 아빠랑 다시 했다. 인터넷 조사를 하다 보니 사회 시간에 배운 '질문지법'이 생각났다. 질문지법의 장점은 여러 사람을 한꺼번에 조사할 수 있다는 점이다. 단점은 정답이 아닌 곳에 표시할 수도 있다. 우리 아빠가 전세 집인데 귀찮다고 우리 집이라고 하셨다. '우리 진짜 집은 동부이촌동에 있는데…….'

또 다른 단점은 하나를 풀면 또 하나가 나오고 하나를 풀면 또 나오고……. 그래서 아빠께선 필요 없는 질문이 너무 많은 것 같다고 하셨다. 또, 인터넷으로 응답을 하지 않으면 조사원이 나와 조사를 한다고 한다. 이것은 '면담법'과 비슷한 것 같다. 우리 엄마께서는 우리 집에 남이 들어오는 것이 싫다고 하시며 그것이 인터넷 조사를 한 이유라고 하셨다.

이 조사를 통해 알게 된 점은 사회에서 공부했던 것을 실제로 경험해보아서 참 재미있고 좋았다. 그리고 아빠 회사의 이름, 부서 등도 알게 되었다. 슬펐던 점은 엄마가 아이를 낳을 계획이 있냐는 질문에 없다고 표시하셨을 때 마음이 아팠다. 이번 인구조사를 통해 대한민국의 인구에 나를 비롯해 우리 가족이 포함된다는 것이 자랑스러웠다. '우리나라의 인구는 과연 몇 명이나 될까?'

승겸이 가족들의 일상 속에 '인구주택총조사'라는 하나의 독특한 일거리가 생겼다. 이 일거리는 가족을 한 자리에 모이게 했고 가족 구성원이 평소에 가지고 있었던 속마음을 표출시켰다.

'좋은 글은 일상에서 나온다.'

독특함은 평범한 일상 속에 부드럽게 녹아있어야 한다. 독특함이 일상을 눌러서는 좋은 글이라고 할 수 없다. 현실에서 0.001%의 가능성에 불과한 이야기를 마치 우리 시대의 대표적 이야기인 양 써 내려간 아침 드라마 같은 글은 황당한 것은 그렇다 치고, 나쁘지 않은 글이면 천만 다행이다. 작가는 일상에서의 우리의 모습을 소박하고 담백한 문체로 옮길 수 있어야 한다.

승겸이 아빠, 엄마의 모습에서 우리의 모습을 본다. 웃음이 나오다가도 웃고 있는 내가 부끄러워진다. 나 하나쯤 대충 기록한다고 해서 무슨 대세에 지장이 있겠느냐는 아빠, 누가 집에 온다는 것이 싫다는 엄마의 모습 등에서 우리의 모습을 본다.

'구체는 보편을 전제로 해야 한다.'

승겸이 가족만이 이해하고 공감할 수 있는 이야기라면 아무래도 좋은 글이라고 하기는 어려울 것이다. 좋은 글은 많은 사람들과 공감할 수 있는 글이어야 한다. 나의 이야기가 우리의 이야기가 될 수 있어야 한다. 엄마가 동생을 낳을 계획이 없다고 말했을 때의 승겸이 마음이 우리의 마음으로 옮겨온다. 승겸이는 최소한 2명 이상의 자녀를 낳아 멋지게 키울 것이다.

'머릿속에 장면이 그려지면서 가슴을 울리는 글.'

하나하나를 작가가 세밀하게 묘사하지 않아도 세세한 모습이 그려지는 글. 온 가족이 컴퓨터 앞에 모였을 것이다. 아빠는 약간은 귀찮은 듯 인터넷 조사를 대충하려고 한다. 그 와중에 지금까지 한 내용을 날린 후 인터넷 조사 대신에 방문조사를 받자고 제안하자 엄마는 누가 집에 오는 것이 싫다며 계속하라고 약간 언성을 높인다. 이런 상황에서 승겸이는 학교에서 공부한 질문지법, 면담법 등을 생각한다. 아빠는 자가(自家)가 아님에도 자가라고 하고, 아기를 더 낳을 것이냐는 질문에 엄마는 단호히 아니라고 말하고 이 말은 승겸이에게 상처를 준다. 좋은 글은 자연스레 그림으로 그릴 수 있는 글이다.

선보 생각 1

좋은 글 : 그려지는 글

김소월의 시 《개여울》을 읽으며 느껴보자. 무엇인가가 그려지는가?

개여울

당신은 무슨 일로
그리 합니까?
홀로이 개여울에 주저앉아서

파릇한 풀포기가
돋아나오고
잔물은 봄바람에 헤적일 때에

가도 아주 가지는
않노라시던
그러한 약속이 있었겠지요

날마다 개여울에

나와 앉아서

하염없이 무엇을 생각합니다

가도 아주 가지는

않노라심은

굳이 잊지 말라는 부탁인지요

　어느 봄날 한 여인이 개여울에 나와 다소곳이 앉아있는 것을 멀찌감치 나무 그늘 밑에서 꽤 오랫동안 바라보고 있는 듯하다. 떠나간 님을 기다리는 여인의 마음이 개울을 건너 내게로 전해져 온다. 이 시의 백미는 제1연의 '**그리**'이다. 품사는 부사인데 일반적으로 아무것도 설명하지 못하는 그런 천덕꾸러기 같은 단어였던 '그리'가 이 시에서는 모든 것을 다 설명하고 있다. 그 다음 연들은 다 '그리'에 대한 부차적 설명에 불과하다. 모든 내용이 '그리'로 수렴된다. 이 시를 읽기 전 개여울이 어딘지 아냐고 물으면 모른다고 답할 수밖에 없었던 내가 이 시를 읽고 난 후 개여울이 어딘지 아냐고 물어오면 바로 그림으로 그려서 설명할 수 있게 되었다. 거기에 개여울에 앉아 있는 여인의 마음까지 담아내었으니 어찌 좋은 글이 아닐 수 있으랴.

좋은 글 : 동심(童心)

　좋은 글의 조건 중 단연 최고는 동심이다. 성인소설을 쓰더라도 동심이 바탕이 되어야 좋은 글의 반열에 오를 수 있다. 앞으로 나의 글이 좋은 글이 되느냐 여부는 어깨에 힘을 빼고 동심이 이끄는 대로 연필이 굴러갈 수 있도록 그냥 놔둘 수 있느냐에 상당 부분 달려 있을 것이다. 승겸이의 글이 좋은 글인 이유도 동심이 가감 없이 투영되어 있기 때문이다.

　어른으로 성장해가면서 동심에서 멀어지는 것은 당연지사일까. 우리 인간이 성장해가는 과정이 동심의 축소, 소멸 과정인 것이 안타깝다. 하지만 칼 융의 말대로 어린아이가 우리 안에 숨어 있다고 믿고 최대한 동심을 지켜보는 것은 어떨까?

　"모든 성인들의 삶에는 어린아이가 한 명 숨어있다. 영원한 어린이, 늘 무언가가 되어가고 있고, 그러나 결코 완성되지는 않으며, 끝없이 보살펴주고 관심을 가져주고 교육을 시켜줄 것을 요구하는 어린아이가 우리 안에 숨어 있다."

좋은 글 : 어떻게 하면 좋은 글을 쓸 수 있을까?

읽어라. 글을 쓰기 위해서는 글을 읽어야 한다. 글은 주로 책을 의미하지만 그 외에 신문, 잡지 등도 포함한다. 많이, 그리고 깊게 읽도록 한다.[15]

봐라. 많이 돌아다녀야 한다. 밖의 세상과 부딪쳐야 글이 나온다. 낯설음을 두려워하지 말라.

사색해라. 혼자만의 시간을 확보해라. 걸어 다니는 것은 사색을 위한 좋은 방법이다.

들어라. 사람들을 많이 만나보라. 그들의 삶에 대한 이야기를 차분히 들어주라. 경험보다 좋은 글 소재는 없다.

써라. 일단 써라. 써야 쓸 수 있다. 부담 없이 일기를 써본다. 일기가 역사가 되는 순간. 그 자체로 누구도 쓸 수 없는 나를 넘은 우리의 책 한 권이 된다.

---

[15] 책을 읽다보면 점점 책장 넘기는 속도가 빨라지는 것을 알 수 있다. 이때 주의해야 한다. 나는 '많이'와 '깊이' 중 하나를 선택하라면 깊이를 선택하는 것이 좋다고 본다. 가벼이 많이 읽는 것보다는 깊이 적게 읽는 것이 낫다. 특히 두 번, 세 번 그 읽는 횟수가 늘어날수록 맛이 우러나오는 책. 우리가 곁에 두어야 할 책이다.

좋은 글 : 좋은 논문은?

위에서는 주로 감성적인 글에 대해 알아보았다. 여기서는 논리적인 글에 대해 잠시 살펴보도록 하자. 양자의 차이가 크다는 입장이 다수일 것이나 나는 양자에 차이가 없다는 점에 방점을 두고 싶다. 아래의 글은《논문의 힘》의 작가 김기란과의 인터뷰 내용을 옮긴 것이다.[16]

움베르토 에코는 "논문을 쓴다는 것은 스스로 즐거움을 얻는다는 의미이며, 논문은 마치 돼지와 같아 버릴 것이 전혀 없다"며 그의 저서《논문을 잘 쓰는 방법》을 맺었다. 에코에 따르면 도전하는 마음으로 즐기며 논문을 쓰다 보면 좋은 논문을 쓸 수 있게 되고, 그 논문은 결과물로서 존재하는 동시에 다른 연구의 시작점으로서 존재해 도무지 버릴 것이 없는 특별한 경험의 산물로 남게 된다.

그렇다면 논문에서의 **논리성**은 어떻게 갖춰지는 것일까.

"논문에서 논리성을 갖추기 위해서는 그것에 이르기 위한 단계를 차분히 밟아가는 것이 필요합니다. 남의 말과 글을 잘 듣고 읽으며 이해하는 능력, 그것을 분석하는 차원에서 필요한 성찰과 반성의 능력, 이러한 단계를 거친 뒤 자신만의 주장을 세우고 그것의 위치를 판단할 수 있는 능력이 바로 그것입니다. 특히 마지막 단계는 메타인지적 능력과 관련되어 있습니다. 이는 자신이 부족한 것이 무엇이며 그리하여 필요한 것이 무엇인지에 대해서 스스로 판단하며 전략적으로 사고

16　고려대학교 대학원 신문(제210호 월간 2016년 3월 2일) 참조

하는 능력입니다. 그러나 이러한 단계들을 인식하며 보고서나 논문을 작성하는 것을 강조하는 경우는 드뭅니다. 그것은 아마 빠른 판단을 강요하는 우리 사회의 분위기와도 맞물려 있을 것입니다. 글쓰기의 단계들을 제대로 거치지 않고, 주장을 빨리 만들고 펼치기를 바라는 것이죠. 단순히 정보를 축적하는 것은 결코 주장을 만드는 과정이 아닙니다. 그것으로 공부를 열심히 하고 있다는 것을 자위하는 함정에 빠지기는 너무 쉽습니다."

이 책은 논문을 쓰는 사람의 윤리성에 대해서 말하는가 하면, 논문이라는 장르 자체가 가지는 윤리성에 대해서 말하기도 한다. **윤리성**이 논문의 존재론적 조건이라는 것이다. 그 의미를 물었다.

"우리는 어떤 문제가 발생했을 때, 나보다 현실을 더 많이 알고 있고 더 많은 능력을 가진 누군가가 나타나서 이것을 손쉽게 해결해주길 바랍니다. 그런데 논문은 그런 과정을 거쳐서 쓰이는 것이 아니지요. 긴 시간을 두고 생각하고 주장을 만들어가는 과정을 담고 있습니다. 물론 그 과정이 당장 현실의 문제를 뒤엎을만한 굉장한 것은 아닙니다만, 남에게 문제 해결의 공을 넘기지 않는다는 데 그 윤리성이 있다고 생각합니다. 다시 말해, 일단 자신의 문제부터 돌아보는 것, 앞선 연구들을 인정하되 그것들과 내 논리가 어떻게 다를 수 있는지 고민하고 반성해보는 것 자체에 윤리성이 숨어 있다고 생각합니다. 한편으로 그것은 자신의 논문이 어떻게 공공재로서 가치를 획득할 수 있는지를 생각하는 것이기도 합니다."

앞으로 나의 글의 상당 부분은 논리적인 글이 될 것이다. 학문하는 사람으로서 늘 공공재로서의 가치를 획득할 수 있는 논문을 쓰도록 노력할 것을 다짐한다. 뻔한 것을 가설로 만들어놓고 별것도 아닌 조작적 정의를 컴퓨터 프로그램의 도움을 받아 통계적으로 분석한 후 과학적으로 검증한 듯 행세하는 유치찬란한 논문은 쓰지 않을 것이다. 또한 어렵게 써서 그들만의 주고받기가 되는 현학적인 논문도 쓰지 않을 것이다. 깊이 있되, 읽으면 누구든지 알 수 있는 글. 조금이라도 사회에 기여하는 논문. 조금이라도 사회의 아픈 곳을 어루만져주는 논문. 우리가 써야 할 논문이요, 좋은 글이다.

'어떤 글이 좋은 글인가'에 관한 생각을 정리하다 보니 **'어떤 사람이 좋은 사람인가'**라는 질문의 답과 유사한 듯하다. 메마른 사람이 아니라 촉촉한 사람, 사람 냄새가 나는 인간[17], 격이 다르기보다는 결이 다른 사람. 좋은 글을 쓸 수 있는 좋은 사람일 것이다.

---

[17] 사람과 인간. 인간과 사람. 양자의 차이는 무엇일까. 사람은 순우리말이고 인간은 한자어라는 것 외에 의미상으로는 차이가 없어 보이는데 느낌상으로는 차이가 제법 있다. 인간은 조금 부정적이고, 사람은 조금 긍정적이다. '사람 냄새가 나는 인간'과 '인간 냄새가 나는 사람' 중 어느 사람 또는 인간이 더 좋은 글을 쓸 수 있는 좋은 사람 또는 좋은 인간일까?

깨달음 :

나는 인간이다

아홉 번째 다릿돌에 서서 깨달음을 생각해보고자 한다. 깨달음이 반드시 거창할 필요는 없다. 소박한 깨달음이 오히려 참된 깨달음일 수 있다. 늦은 불혹의 깨달음들이 더 성숙되고 새로운 깨달음과 부딪쳐 가면 앞으로 나의 발길이 어디로 향할 것인지? 나는 깨달음이 가라는 방향으로 그저 나아가 볼 생각이다.

우선 **총론적 깨달음**을 정리해보고자 한다.

내가 늦은 불혹이 되도록 한 가지 깨달은 것이 있다면 그것은 '**나**'가 인간이라는 점이다. 이 무슨 말 같지도 않은 싱거운 깨달음이냐고 반문할 수 있을 것이다. 하지만 분명 나의 모든 생각과 행동은 바로 이 깨달음, 즉 '**나는 인간이다**'에서 시작한다. 소크라테스가 '너 자신을 알라'고 한 것은 너의 무지를 알라는 의미이기 전에 '**너**'가 인간임을 알라는 의미였을 것이다. 이 깨달음의 구체적 내용을 살펴보도록 하자.

우선 인간으로 태어난 것은 기적이다. **기적.**

무생물에서 무슨 일이 발생하여 생물이 창조 또는 진화되어 나오기 시작한 것인지 알 수 없으나 이는 두말할 것 없이 기적이다. 무생물에서 생물이 나오기 시작한 것이 기적일 텐데, 하물며 인간으로 살고 있는 것이야 말하면 무엇하랴. 이것은 구체적 부모 자식 간의 인연을 따져 들어가기 전에 존재 그 자체만으로도 기적이다. 인간의 육체적 생명이 끝나 무생물로 돌아가 영겁의 시간이 흐른 뒤에 기적의 힘을 얻어 다시 인간으로 태어날 수 있는 가능성을 과학적으로 계산한다면 지금 이 순간의 삶이 얼마나 귀중한 것이랴. 어찌 한 인간으로서의 삶을 질질 끌려 다니며 헛되이 보낼 수 있으랴.

하지만 인간은 불완전하다. **불완전성.**

모든 살아있는 것들은 불완전하다. 엄격한 완전성 측면에서 볼 때 묵묵히 자신의 자리를 지키는 생명 없는 것들보다 살아남고자 바둥바둥거리는 생명 있는 것들이 오히려 불완전하다. 살아남으려 발버둥치는 안타까운 모습이 이를 방증한다. 중요한 점은 인간은 이 불완전성을 인식할 수 있고 깨달을 수 있다는 점이다. 모든 것을 다 아는 경지에 이를 수 있다는 말이 아니다. 모르는 것을 모른다고 알고, 아는 것을 안다고 아는 것. 이것이 인간으로서의 모든 배움의 출발점이요, 종착점이다. 하지만 불완전성을 깨닫지 못하고 자신이 마치 완전한 듯 말하고 행동하는 이가 있거든 그들은 인간이 아니라 잡것들이다. 황당한 경우는 이 잡것들이 어느 집단의 선지자처럼 대우받을 때이다. 모르는 것을 안다고 그럴듯하게 우기는 잡것들을 볼 때마다 나는 다시 한 번 깨닫는다. 인간은 불완전하다.

그렇지만 신은 인간에게 자유의지를 주셨다. **자유의지.**

자유의지는 감히 자신에게 생명을 주신 신의 존재를 의심하는 선까지 가기도 한다. 존재는 신에 의해 가능했지만 어떻게 사느냐의 문제는 전적으로 인간에게 달린 것이다. 신의 완전성과 인간의 자유의지는 양립 가능하다. 인간의 자유의지는 신의 완전성의 상징이다. 신께서 그러신다. 너희 맘대로 함 살아봐라. 하지만 책임질 일을 했으면 책임져야 한다. 신의 뜻은 멀리 있지 않다. 바로 나의 양심이 곧 신의 명령이다.[18]

---

18 글을 쓰다 보니 내가 신의 존재를 긍정하는 입장에 선 것 같다. 신의 존재 여부가 인간의 삶에 영향을 미치는 것은 썩 좋은 현상은 아닌 듯하다. 자연스러운 것이 좋다. 신의 존재로 설명하는 것이 자연스러운 부분과 신의 부존재로 설명하는 것이 자연스러운 부분을 서로 억지로 맞출 필요는 없다.

나의 총론적 깨달음을 기반으로 나의 **각론적 깨달음**을 정리해 본다.

1. 인간에 대해 **실망**하던 시절이 그립다. 늦은 불혹, 이젠 인간에게 실망조차 하지 않는다. 인간에게 실망하다가는 너무 실망할 일이 많아 인생 고달파서 아예 살 수가 없기 때문이다.[19] 긴 말이 필요 없다. 구체적 인간에게 실망할 때 아직 인간에게 선한 마음이 있음을 보여주는 구체적 사람을 찾아보라. 우리가 인간에게 실망해서 인간이 선한 존재라는 믿음에 의심이 생길 때 인간은 분명 선한 존재라는 믿음을 포기하지 않게 해주는 사람을 가져보라. 나는 우리 아들들을 보면서 그 가능성을 본다. 어린 시절 첫째 아들과 지금의 둘째 아들의 모습을 보면 인간은 분명 최소한 한때는 선했다.[20] 주위를 환하게 해주는 선한 기운을 가능한 한 오랫동안 유지하는 방안과 원형 그대로 되살릴 수 있는 방안을 찾아내야 한다. 적어도 선한 기운을 빼앗아서는 안 된다. 이것이 선함을 잃어버린 우리가 더 이상 죄를 짓지 않는 일이요, 우리에게 남겨진 최소한의 몫이다.

2. 나는 나보다 **큰 사람**을 만나기를 원해왔다. 그 사람으로부터 도움을 받아 인생 편히 살자는 무임승차의 못된 심보가 전혀 없었던 것은 아니지만 그보다는 묻고자 함이요, 듣고자 함이요, 배우고자 함이요, 존경하고자 함이요, 깨닫고자 함이었다. 그러나 머리가 커가면

---

19 실망스러운 인간이 믿음을 주는 인간으로 바뀔 가능성과 더 실망스러운 인간으로 **뻔뻔**하게 변할 가능성 중 어느 경우의 수가 큰가? 나는 그 답을 알고 있기에 슬프다.
20 중2인 첫째 아들이 말을 듣지 않고 실망시킬 때에는 어린 시절의 사진을 본다. 그땐 분명 선했다. 그리고 웃는다.

서, 세상을 알아가면서 모든 면에서 나보다 뛰어난 사람은 어디에도 없다는 것을 알았다. 그것은 나의 거친 우월감에서 나온 것이 아니다. 그것은 나도 인간이요, 내가 찾는 그분도 인간이기 때문이었다. 무작정 큰 사람을 찾아 나서는 것보다 스스로 큰 사람이 되도록 노력하는 것이 큰 사람을 만나게 될 가능성을 높이는 지름길이다. 남에게 기대서 가는 것보다 내가 남의 기댐이 되어야 한다.

3. **언어의 한계성**으로 다투는 어리석음을 범하지 말자. 귀에 들리는 웅성거림에 의존하지 말고, 마음에 여울지는 울림에 집중하라. 그래야 말의 꼬투리를 잡아 싸우는 유치한 짓거리에서 벗어날 수 있다. 싸우고자 한다면 말은 그럴듯하게 하면서 마음은 썩어있는 인간과 싸워라. 괜히 말재주 없는 선한 영혼에게 상처를 주지 말라. 언어의 한계를 극복하는 방법은 말하는 이의 마음결을 느끼는 것이다.

4. **부분**을 보고 전체를 유추하지 말아야 하고 **전체**를 보고 부분을 예단해서는 안 된다. 어떤 사람을 싫어해서 그 사람이 태어나고 자란 지역 사람 모두를 싫어하고, 어떤 나라를 싫어해서 그 나라에서 태어나고 자란 사람 모두를 싫어해서는 안 된다. 어떤 인종은 대게 게으르다고 대충 때려잡고서는 그 사람의 게으름을 인종의 탓으로 돌려서는 안 된다. 이 시대에 누가 그러냐고? 멀리서 찾을 것도 없다. 21세기에 사는 늦은 불혹의 우리들 사이에서조차 비일비재하다. 학교, 지역, 혈연 등을 통해 '뭔가' 해볼 생각을 하는 자들은 모두가 정도의 차이는 있지만 다 이런 거지같은 유형의 사람에 속한다. 여기서 보다

중요한 것은 '뭔가'가 무엇인가이다. '뭔가'마저 거지같다면 절대 그들과 어울리지 마라. 까딱 잘못하면 얼떨결에 역사에 죄를 짓게 된다. **전체는 전체일 뿐이다.** 전체는 부분의 단순한 합이기도 하지만 부분의 융합적 총합이기도 하다. **부분은 부분일 뿐이다.** 부분은 전체의 단순한 분해이기도 하지만 전체의 발전적 해체이기도 하다.

5. 우선 **수신(修身)**하자. 수신은 내 몸과 마음을 돌보는 것이다. 수신은 세상에 나가기 위한 필수 전제요, 진지한 준비다. 내 몸과 마음의 돌봄이 나를 넘어 나보다 약자에게 이를 때, 내가 세력을 얻으려 하는 이유가 남보다 잘 먹고 잘 살기 위함이 아니라 나보다 약한 자를 돕고 그들이 일어날 수 있도록 손을 내밀기 위함일 때, 무의식적으로 그리고 의식적으로 나를 고정화시킨 것들에 대한 존중과 그 존중을 뒤엎는 타파까지 나아갈 수 있을 때 나는 수신을 넘어 세상으로 나아가리라.

인간의 의미

인간이란 말은 두 가지 의미를 함축하고 있다. **하나는 신이 아니라는 것, 둘은 짐승이 아니라는 것**이다. 인간이 신이 아니라는 점은 인간에게 주제를 알라고 말한다. 분수를 알라고 말한다. 인간이 짐승이 아니라는 점은 인간에게 염치가 있어야 한다고 말한다. 부끄러워할 줄 알아야 한다고 말한다. 인간의 위치가 애매하고 어렵다. 주변이 온통 불확실성으로 가득하다. 하지만 인간의 불완전성을 인정하고 양심이라는 등불이 밝혀주는 곳으로 자유의지를 저어 가다보면 분명 우린 도착해 있을 것이다. 인간으로서의 삶의 최고 경지에.

인간은 나아지고 있는가?

인간이 현생 인류로 진화하는 데 얼마나 오랜 시간이 걸렸을까? 구석기 시대(70만 년 전)에서 신석기 시대(1만 년 전)로의 이전은 일반적으로 **신석기 혁명**으로 불리 운다. 수렵과 채집생활에서 농경생활을 통해 비로소 정착생활의 가능성을 연 것이다. 하지만 석기라는 측면에서는 뗀석기(깨뜨리는 석기)에서 간석기(가는 석기)로 변했다는 의미인데, 이런 단순한 변화를 이끌기 위해 걸린 시간(69만 년=70만 년-1만 년)을 생각해보라. 그 이후의 인류는 급진적 발전을 이루어 이제 학습 능력을 갖춘 인공지능이 인간을 지배할지도 모른다는 불안감까지 느끼고 있다.

하지만 재미있는 것은 현재의 우리가 돌을 깨뜨려 사냥을 하던 구석기 시대의 꾸부정한 인간보다 과연 현명한가에 대해서는 의문이 든다는 점이다. 나는 답에 자신이 없다. 그들은 모든 일을 스스로의 노동으로 해냈다. 하지만 우리는 스스로 할 줄 아는 것이 거의 없다. 그들은 독립적이었지만 우리는 의존적이다. 노래 가사가 화면에 나오지 않으면 끝까지 부를 수 있는 노래도 없고, 내비게이션이 없으면 길을 찾지도 못하고, 핸드폰을 잃어버리면 우리의 인간관계는 암흑에 빠져버리고 만다.

이영무 선생은 《사기(하)》에서 이와 관련하여 이렇게 썼다.

정확한 조사를 해 보지는 않았으나 사기에 등장하는 인물은 유명무명의 인물을 통틀어 수천 명에 이를 것이다. 물론 이름뿐인 자도 있지만, 갖가지의 입장과 성격을 가진 인간이 한데 엉겨 역사를 형성해 가는 모습은 장관이다.

사기에는 일반적으로 생각되는 인간관계의 기본적인 형이 농축되어 수록돼 있다. 더욱이 놀랄 만한 것은 장사에서 발견된 마왕퇴한묘(馬王堆漢墓)의 대공부인(軑公夫人)의 유체가 윤이 나고 생생함을 잃지 않은 것과 같이, 사기의 등장인물은 2천 년 전이라고 상상할 수 없을 만큼 생생하며, 또한 인간관계의 형태도 현대의 그것과 상통하는 데가 많다. 과학의 발달이나 사회관계는 별문제로 하고 긴 역사를 거쳐 오는 동안 인간 자신에게 어느 정도의 변화가 있었을까를 생각하면 한심할 정도다.

인간은 수많은 시행착오를 거쳐 가면서 역사를 축적해왔으나 여전히 제자리걸음을 하고 있다. 오히려 퇴보한 측면도 강하다. 잔머리만 늘어난 것이 아닌가 싶다. 어느 누가 인간이 나아지고 있다고 단언할 수 있으랴.

신동문 :

내 노동으로

인간이라면 누구라도 예외 없이 내 노동으로 살아갈 수 있어야 한다. 노동하지 않음에도 희희낙락하는 그들은 도대체 누구인가? 현대사회가 웃기는 것은 노동하지 않는 자가 노동하는 자보다 더 큰 소리치고 산다는 것이다.

신동문(1927~1993)은 시인이다.[21] 내가 그를 알게 된 것은 미국으로 직무훈련을 갔을 때 세리토스 시립도서관에서였다. 멋스러운 도서관은 한국 책들을 꽤 소장하고 있었다. 나는 흥분했고 이 책들을 다 읽어 버리리라 다짐하면서 서가를 서성이다가 낡은 책《신경림의 시인을 찾아서》를 집어 들었다. 그 책 안에는 우리가 알고 있는 유명한 시인들의 모르던 이야기도 많이 나왔지만 나의 눈을 사로잡고 나의 가슴을 울먹이게 한 이야기는 바로 생소한 이름의 신동문 시인에 관한 글이었다. 그리고 잠시 나의 기억 속에 침전되어 있다가 한국에 돌아와 불혹 6년(2016년 2월)에 CJB 청주방송에서 방영한 '시처럼 뜨겁던 이름, 신동문'을 보고 그 이름은 다시 나의 가슴에서 타올랐다.

신동문(辛東門)

교과서에 나오는 시인 정도를 알고 지내는 나에게는 분명 생소한 이름이었다. 하지만 그의 진지하고 숭고한 삶의 이야기는 나의 관성적이고 메마른 삶을 차분하게 돌아보게 해주었다. 그리고 한 인간으로서 한 인간을 존경하게 되었다.

그는 2살 때 아버지를 여의고 서울대 문리학과에 입학한 후 가난과 결핵으로 자퇴할 정도로 병마와 궁핍한 삶에서 자유롭지 않았다. 젊은 시절 결핵으로 입원한 청주도립병원에서 시체를 내가는 시구문이 동쪽 문이어서 아호를 동문(東門)으로 정했다고 한다. 이것은 그에게 죽음이 항상 따라다니는 두려움에서 언제 오더라도 상관치 않겠다는 수용의 의미로 전환

---

[21] 본명은 신건호이며 동문은 필명이다.

되었음을 의미하는 것이리라.

한국전쟁 기간 중에는 공군으로 자원입대하여 풍선을 통해 기류 등을 파악하는 업무를 담당하고 이를 소재로 《풍선과 제3포복》이라는 시집을 발간하게 되었고 등단도 하게 되었다. 4·19혁명 때는 거리로 나아가 독재정권과 맞섰고 이를 〈아! 신화같이 다비데군群 들〉이라는 시에서 생동감 넘치게 표현했다. 이 후 젊은 세대 문인들이 어려울 때 찾아와 술 한 잔 하면서 상의를 하는 심리적 중심 역할을 하게 되었다고 한다.

일반적으로 신동문 시인은 재래의 서정시에 반기를 든 현실참여, 현상타파의 저항시인으로 평가받고 있다. 서정주 시인과의 순수문학이냐 참여문학이냐에 관한 논쟁(《세대》 1960년)에서 그는 이렇게 말했다.

"중요한 것은 언제나 **상황의 시**를 써야 한다는 일이다. 즉, 현실에서 기회와 소재를 얻어야 한다는 것이다. 특수한 경우도 시인에게 취급되면 필연적으로 보편적인 경지가 된다. 나의 시는 전부가 상황의 시다. **나의 시는 현실에서 생겨난다.** 나의 시가 뿌리박는 곳은 현실이며, 나의 시가 돌아갈 곳도 현실이다."

세상에는 순수문학도 있어야 하고 참여문학도 있어야 한다. 나는 어설픈 참여문학보다는 설익은 순수문학이 더 낫다고 생각한다. 그 이유는 최소한 설익은 순수문학은 작가의 박약한 재주를 탓하며 웃고 넘어가면 그만이지만 어설픈 참여문학은 여린 영혼에게 상처를 주어 흉터를 남길 수 있기 때문이다.

글 쓰는 사람들이 현실에 참여한다는 것이 얼마나 어려운 일인가는 어렵지 않게 짐작할 수 있다. 무엇보다 참여문학이 가치를 발하기 위해서는 글에 대응하는 실천이 뒷받침되어야 할 터인데 얼마나 많은 고통을 견뎌야 할 것인가. 신동문 시인의 참된 실천적 삶을 보면 참여문학의 참 가치를 알 수 있다.

〈모작 조감도〉, 〈아니다의 주정酒酊〉, 〈반도호텔 포취〉, 〈썩어진 지성에 방화하라〉 등의 시와 글을 발표하고 출판 기획자로 활동하던 그는 1975년 6월 〈베트남 전쟁Ⅲ: 35년 전쟁의 총평가〉를 실은 자신이 대표로 있던 잡지 《창작과 비평》이 판매 금지가 되면서 3번째 연행되었고 그해 9월 어디론가 사라졌다. 그 후로 단 한 편의 시도 쓰지 않았다. 이것은 은둔이자 절필이었을까?

《신경림의 시인을 찾아서》에서는 이와 관련된 내용을 아래와 같이 서술하고 있다.

그는 한때 《경향신문》에서 특집 부장으로 일을 했다. 1960년대 초 엄청나게 쌀값이 오른 일이 있었다. 그가 맡고 있는 특집란에 이를 비판한 독자의 글이 실렸는데, 이렇게 쌀값이 올라가지고는 도저히 살 길이 없으니 쌀이 남는다는 북한에서 (그때만 해도 이것이 사실이었다) 수입이라도 하는 것이 좋지 않겠느냐는 내용이었다. 이 일로 그는 중앙정보부에 끌려가 혹독하게 고문을 당했고 신문사에서 쫓겨났다. 이후 그의 글은 지상에서 자취를 감추었다(시 말고도 《새벽》, 《세대》 등 잡지에서 그는 날카로운 시평을 썼었다).
70년대 초에 그는 충북 단양에 농장을 마련하여 내려가 농사를 짓는 한 편 침술을 배워 의료 혜택을 받지 못하는 농민들을 치료했다. 물론 무료였고, 멀리서 찾아오는 환자에게는 잠도 재워주고 밥도 먹여 주어, 마침내 **신바이처**라는 별명을 얻었다.[22] 아프리카에 가서 의료 봉사를 한 시바이처에 성을 바꾸어 넣은 별명이었다. 이런 생활은 작고하기까지 20년 이상을 이어졌다. 끝끝내 다시 시를 쓰지 않았지만 그 내력은 아무한테도, 아주 가까운 사람한테도 얘기하지 않았다. 하지만 그를 잘 아는 사람들은 그 원인을 대개 두 가지로 짐작을 한다. **첫째, 그는 결벽한 사람이다.** 시고 잡문이고 번역이고 완벽한 것이 아니면 안하는 사람이다. 완벽한 것이 되지 않으니까 아예 글을 쓰지 않게 되었다는 것이다.

둘째, 경향신문 사건 때 그는 정보부에 끌려가서 혹독하게 고문을 당한 끝에 밖에 나가면 다시는 글을 쓰지 않겠다는 각서를 썼다. 강요된 각서니까 지킬 의무는 없다. 그러나 그는 그 각서를 쓴 일을 몹시 부끄러워했다. 정말 글을 쓰는 사람이라면 죽어도 그따위 각서는 쓰지 않았어야 옳다고 생각했다. 그것을 쓴 자신에 대한 자학으로, 그는 그 각서를 지켜 글을 쓰지 않았다는 것이다. 그의 결벽성의 표현이기는 이 역시 같다. 나는 그의 병에 가까운 결벽과 고집을 아는지라 대놓고 왜 글을 쓰지 않느냐고 물어 본 일은 없다. 다만 무슨 얘기 끝에 "침술도 시야. 앓는 사람한테 침을 놓아 낫는 것을 볼 때 좋은 시를 썼을 때의 기쁨 몇 배의 기쁨을 느끼거든"하던 그의 말은 지금도 기억하고 있다. (중략) 스스로 수천 명의 병을 침으로 고쳐 주던 그 자신이 췌장암에 걸린 것을 안 것은 1993년 봄, 그 가을에 그는 세상을 떠났다. 그가 남긴 유언은 쓸모가 있는 장기가 남아 있으면 모두 기증할 것, 화장을 하여 농장에 뿌리고 무덤은 쓰지 말 것, 이 둘이었다. 그는 그가 죽은 뒤 시집이 만들어지기도 원치 않았다. 병석에서도 시집 얘기만

---

22 ▪▪▪ 신동문의 침술원에는 '침방 노래방'이라는 작은 간판이 있었다고 한다. 침의 대가는 무료지만 노래를 불러야 했다고 한다. 침을 잘 받기 위해서 그랬을 것으로 보이지만 허리가 아파서 온 할머니가 노래를 부르는 모습을 상상하면 웃음이 나기도 한다.

나오면 **"쓰레기만 하나 더할 뿐"**이라면서 사양했다.[23] 그대로 평소 그가 자주 찾던 단양 남한강변의 언덕 근린공원에는 평소 단양인으로 자처한 그를 따르던 단양 사람들과 동료·후배들의 성금으로 만든 시비가 세워져 있다. 역시 남한강변인 단양군 적성면 애곡리 그의 농장에는 그가 애지중지하던 과수들이 돌보는 이 없어 스산하고, 많은 사람들을 먹이고 재우면서 침을 놓던 집은 폐가가 되어 서 있다.

말이나 글은 매번 옳은 듯하지만 행태나 행동은 전혀 올곧지 못할 때. 이러한 언행의 극명한 불일치에 대해 전혀 양심의 가책을 느끼지 않는 인간을 볼 때, 우리는 이제 크게 실망하지도 않는다. 말이나 글이라도 그럴 듯하게 못 쓰는 사람보다는 그래도 조금이라도 나은 사람일지도 모른다는 일말의 가능성 때문이 아니라 양적으로 그런 류의 인간의 수가 워낙에 많아서 불혹이 다간 지금 이런 일로 실망하기 시작하면 인생이 너무 슬퍼서 제 정신으로 살아가기가 힘들기 때문이다.[24]

자신의 작품과 삶의 궤적이 조금이라도 벗어나서는 안 된다는 신념을 가지고 있던 신동문 시인은 어쩔 수 없는 강압적 상황에서의 굴복조차 받아들일 수 없었고 그 이후 절필한 것으로 보인다.[25] 하지만 신동문 시인이

---

23 어떤 글(인간)이 쓰레기일까? 겉으로 민중, 민중하면서 속으로 지 속은 다 챙기는 그런 글(인간). 강자에게 비굴의 끝이 어딘지를 보여주고, 약자에게 강자에게서 받은 굴욕감을 마음껏 앙갚음하는 것을 인생의 재미로 여기는 글(인간). 두 말할 것 없이 그런 글(인간)이 쓰레기다. 하지만 나 역시 자꾸 글 쓰는 것이 두려워진다. 혹시 쓰레기만 하나 더하는 것은 아닌지. 참 많이 두렵다.

24 아홉 번째 다릿돌(깨달음)에서 인간에게 실망할 때 아직 인간에게 선한 마음이 있음을 보여주는 사람을 찾아보라고 제안한 바 있다. 신동문 시인은 바로 그런 분이다.

25 나는 신동문 시인이 시를 다시 쓰지 않은 이유는 다양하고 복잡할 것으로 추측한다. 참고로 방송에서 유종호 문학평론가는 가장 주축이 되는 이유는 본인 자신이 도회에서 출

단순히 은둔하고 절필했다고 보는 것은 적절치 않다. 그의 말처럼 농촌으로 떠났다고, 여론의 눈에 띄지 않는 곳에 산다고 은둔이라는 말을 써서는 안 되는 것이고, 누구든 독재정권의 부당함에 맞서지 않는 것을 은둔이라고 보아야 한다면 그는 농촌에서 지내는 동안 적어도 무기력하지는 않았으며 농부와 침쟁이로서 이곳 주민들과 함께 나름대로 열심히 땀을 흘렸고 침을 놓았다고 보아야 하기 때문이다. 신동문 시인에게 노동은 그 어느 것보다도 신성한 것이었고 침을 놓는 것은 시를 창작하는 일만큼이나 보람된 일이었음에 분명하다. 이것이 그가 선택한 또 다른 현실 참여요, 불의에 대한 저항인 것이다.

나는 1967년 그의 마지막 시 **〈내 노동으로〉**에 은둔과 절필에 대한 답이 있다고 본다.

내 노동으로

내 노동으로
오늘도 살자고
결심을 한 것이 언제인가

판사 같은데 근무하면서 심신을 소비하는 생활 그 자체에 대한 염증이 있었고 이것보다는 내가 시골 가서 정말 알토란도 심으면서 생산을 하는 일에 종사하고 싶었을 것으로 보고 있다. 아마도 자신에 대한 실망감, 동료에 대한 실망감, 사회에 대한 실망감 등이 복합적으로 작용했을 것이다. 더 나아가 어쩌면 신동문 시인조차도 그 이유를 잘 모를지도 모른다. 하지만 분명한 점은 신동문 시인은 구체적 인간에 대한 실망은 했어도 추상적 인간과 본질적 인간성에 대한 실망은 하지 않았다는 점이다.

머슴살이하듯이

바친 청춘은

다 무엇인가.

돌이킬 수 없는

젊은 날의 실수들은

다 무엇인가.

그 여자의 입술을

꾀던 내 거짓말들은

다 무엇인가.

그 눈물을 달래던

내 어릿광대 표정은

다 무엇인가.

이 야위고 흰

손가락은

다 무엇인가.

제 맛도 모르면서

밤 새워 마시는

이 술버릇은

다 무엇인가.

그리고

친구여

모두가 모두

창백한 얼굴로 명동에

모이는 친구여

당신들을 만나는

쓸쓸한 이 습성은

다 무엇인가.

절반을 더 살고도

절반을 다 못 깨친

이 답답한 목숨의 미련

미련을 되씹는

이 어리석음은

다 무엇인가.

내 노동으로

오늘을 살자

내 노동으로

오늘을 살자고

결심했던 것이 언제인데.

이 시를 읽고서 얼마나 가슴이 울컥거리던지. 나는 '내 노동으로' 오늘을 살자고 생각이나 해보았는가. 기름진 밥을 먹고 더부룩한 배를 붙들고 사무실에 앉아서 면세점에서 구입한 핸드크림을 발라 보들보들해진 손으로 보고서나 만지작만지작 하는 나의 일이 노동이 아닐 때, 나는 누군가의 노동 덕에 살아가고 있는 것 일진데, 감히 나는 그들의 위에서 존재하는 것으로 생각해온 것은 아닌지. 그들이 가끔이나마 나를 올려다보거나 나를 찾아와 아쉬워할 때 버르장머리 없이 우쭐거리지는 않았는지. 그들은 나 없이 살 수 있으나 나는 그들 없이 단 하루도 살 수 없음에도 불구하고 소위 전문적인 일을 한다고 거만하지는 않았는지. 감사해야 할 사람과 감사받아야 할 사람이 뒤집어진 것을 당연히 여긴 것은 아닌지. 조금 더 배웠다고 노동에서 자유로워져서는 안 되는 것은 아닌지. 혹시 노동에서 벗어나기 위해 공부하려고 한 것은 아닌지. 노동하지 않는 자는 원칙적으로 굶어야 마땅한 것은 아닌지. 최소한 자기가 먹을 쌀을 자기가 소유한 농지에서 자기의 노동으로 생산할 수 있어야 하는 것은 아닌지.

자본주의든 사회주의든, 인간이 만든 어떤 제도이든 노동에서 자유로운 계급 또는 계층이 나옴으로써 오늘날 모든 문제의 근원이 된 것이다. 노동의 신성함을 잊어버리고 오히려 노동을 천시하는 풍조에서 어찌 진정한 인간다운 삶이 가능하겠는가.

불혹 6년(2016년) 한국개발연구원(KDI)로 파견을 나와 세종시에 내려와 혼자 살다보니 이제까지 무슨 호강으로 컵라면도 내 손으로 해 먹어보지 않았던 '나'가 청소, 설거지를 다 해본다. 그때마다 흥얼거린다. "내 노동으로, 오늘을 살자." "내 노동으로, 오늘을 살자." 그리고 얼마나 뿌듯한지. 내 노동으로 뭔가를 한다는 것이 이처럼 흥이 날 줄이야.

신동문 시인에 대한 평[26]

1. 작은 바람에도 우리의 삶이 흔들릴 때 우리가 기억해야 하는 이름이다.

---

[26] CJB 청주방송에서 방영한 '시처럼 뜨겁던 이름, 신동문'에서 옮겨 적었다.

2. 홍기삼 문학평론가

시는 그냥 자동기계처럼 동전만 넣고 버튼만 누르면 나오는 게 시가 아니다. 여러 가지 시에 대한 열정, 삶에 대한, 자연에 대한, 사회에 대한, 역사에 대한 꿈이 영글어서 욕망이 영글어서 그 열망과 열정과 언어가 영글어서 그 가까스로 한 방울 한 방울 떨어지는 것이 시의 언어인데 시인이 시가 안 써져서 못 쓰는 것을 가지고 시인이 게으르다, 현실 도피적이라고 해서는 안 된다.

3. 이어령 선생

신동문 선생은 아무도 몰라줬지만 기고만장하게 지성인의 고고함을 가지고 굴하지 않고 혼탁한 시대를 살았었다.

반골정신을 가진 하나의 그 꼬장꼬장한 충청도 맑은 선비 정신을 가진 한 선비. 그보다도 내가 느껴지는 건 **인간적 따스함**이에요. 모든 사람을 품는 것, 그리고 긍정적으로 보는 것, 특히 약한 사람이나 소외된 사람들에게 자기 자신도 병약하고 돈이 항상 없어서 가난했음에도 항상 남을 도와준 것.

참 생채기에 난 인간의 피. 우리도 모르는 그 뼛속의 아픔. 이런 것들을 동시대의 언어로 얘기할 수 있는 시인.

가풍 : 내 노동으로

　붓글씨로 '내 노동으로'를 심혈을 기울여 써 볼 생각이다. 세 번째 다릿돌(집)에서 말한 내가 지을 집 거실에 액자로 걸어놓을 것이다. 집에 사는 자는 물론이고 찾아오는 자들도 볼 수밖에 없는 곳에서 집안의 가풍으로 당당히 자리하도록 할 것이다. 그리고 나는 시간 날 때마다 속으로 속으로 다짐할 것이고, 나의 후손들에게도 다짐할 것을 다짐받을 것이다.

'내 노동으로'

나의 삶의 좌표로서

안일해질 때 나를 다그칠 것이고,
게을러질 때 나를 질타할 것이고,
몽롱해질 때 나를 후려칠 것이고,
더부룩할 때 나를 굶주릴 것이고,
드러누울 때 나를 일으킬 것이고,

땀의 소중함을 잊을 때 나를 땀 흘리게 할 것이다.

그날 엘리베이터가 고장 났다.

선보는 걸어서 19층을 올랐다.

반쯤 올라갔을 때 안쓰러워 제안을 했다.

"힘들면 안아 줄까?"

선보는 다행스럽게도

슈퍼맨에게 그게 무슨 말이냐는 듯

주먹으로 거절했다.

제 2 부

개인과 조직 사이에서 :
생강처럼

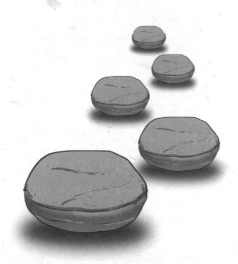

전문가 :

과연 그들은 믿을 만한가?

남의 노동으로 먹고사는 자가 전문가임을 전문가 스스로 인정해야 한다. 그 놀고먹음을 만회하기 위해서 끊임없이 노력하는 것. 이것이 참 전문가가 되기 위한 출발선이다.

우리는 누구나 전문가가 되기를 원한다. 최소한 전문가로 인정받고 대접받기를 원한다.[1] 사회 또한 전문가를 원한다. 전문가가 아닌 자가 설 자리는 점점 줄어들고 있다. 개인도 원하고 사회도 원하니 전문가는 피할 수 없는 현실이자 추구해야 할 당위가 되었다. 하지만 역사적으로 반드시 그런 것만은 아니었다. 예를 들어 아테네의 직접민주주의는 기본적으로 비전문가주의에 입각하고 있었다. **'인간은 공동체의 일에 참여함으로써 진정한 인간이 된다'**는 대전제 하에 동등성의 원리에 입각하여 공직자를 추첨으로 선출한 것이다. 소크라테스, 플라톤 등에 의해 한심한 정치 시스템으로 철저히 비판받았지만 현대사회에서 우리가 이러한 아테네 방식을 도입하지 못하는 것이 단순히 사회가 너무 분업화·전문화되어 있어서라고 단정할 수 있을까? 스파르타와의 전쟁 중 사망한 군인들의 장례식에서 페리클레스가 행한 연설을 들어보자.

"아테네 시민은 누구나 자신의 생계 문제 때문에 국사를 등한시하지 않는다. 기업 활동에 종사하는 사람이라 할지라도 정치에 관해 매우 훌륭한 생각을 가지고 있다. 공공 문제에 아무런 관심도 없다고 해서 나라에 해를 끼치는 사람은 아니겠지만, 그러한 사람들을 아무런 쓸모도 없는 사람이라고 여기는 것은 오직 우리 아테네인들뿐이다. 우리들 가운데 정책수립가는 물론 소수이겠지만 우리 아테네 시민들은 모두가 건전한 정책판단자들이다."[2]

---

[1] 전문가가 되려는 목적이 전문가로 인정받고 대접받기를 원하는 것이라면 이것은 '목적의 자기모순의 오류'를 범한 것이다. 차원이 좀 다른 이야기이지만 대통령이 되는 이유가 대통령으로서 인정받고 대접받는 것이어서야 되겠는가. 참고로 목적의 자기모순의 오류는 이 오류에 자주 빠져본 내가 만든 개념이다.

[2] 《법사상사》, 강경선·이재승 공저, 한국방송통신대학교 출판부, 2000년

논의를 한정하기 위해 우리 시대 바람직한 전문가의 상(像)을 그려보도록 하자. 분야별 전문가마다 개별적 요건이 있겠지만 여기서는 기본적이고 공통적 요건이 무엇인가에 대해 보다 구체적으로 논의해보고자 한다.

미리 결론을 정해 놓고 사후에 논리를 만들지 말라

히틀러가 쿠데타를 일으켰을 때 그는 오스트리아인이었다. 그 당시 히틀러에게 적용되어야 할 법은 「공화국수호법」이었다. 동법에 따르면 쿠데타 범죄를 저지른 외국인은 부가적으로 강제 추방되어야 했다(제9조). 그러나 법원은 '히틀러와 같이 그토록 독일적으로 생각하고 느끼는 사람에게 동 조항은 그 목적과 의미에 비추어 적용할 수 없다'고 멋대로 해석하였다.[3]

우리는 소위 전문가들이 먼저 결정을 내려놓고 자신들의 결론에 합당한 논리를 만들어 내는 데 얼마나 놀라운 재주가 있는지 잘 알고 있다. 위 이야기는 이러한 끼워 맞추기식 추론 방식이 양심의 통제 범위를 넘어 자신들의 이해관계에 좌우될 때의 위험성을 극적으로 보여주고 있다. 만약 이들이 히틀러를 법에 따라 추방했다면 제2차 세계대전을 막을 수도 있었던 것이다.

전문가에게 물어보자. 결론을 먼저 내렸느냐고. 아무도 결론을 먼저 내렸다고 하지 않을 것이다. 이것은 사후에 근거를 찾는 거꾸로 추론 방식이 무의식적으로 아무런 저항 없이 능청스럽게 일어날 수 있다는 점을 보여준

---

3 《법사상사》, 강경선·이재승 공저, 한국방송통신대학교 출판부, 2000년

다. 항상 의식적으로 결론을 먼저 내리지 않도록 긴장하고 주의해야 하는 이유이다.

공부를 멈추어서는 안 된다

전문가의 오류 저변에는 고객은 판단을 잘못한다는 확고한 원칙이 깔려 있다. 뇌수술을 하는 의사이건 배관공이건 모든 전문가는 그의 분야에 관한 한 우리의 신뢰를 요구한다. 그러나 많은 책에는 우리의 신뢰를 동요시키는 일화로 가득 차 있다.

가장 충격적인 일화는 19세기에 있었다. 그것은 진취적인 치과 의사였던 윌리엄 T.G 모톤(William T.G. Morton)박사가 에테르를 마취제로 쓰기 시작한 때였다. 오랫동안 외과 의사들은 비명을 지르는 환자들에게 톱을 휘둘러 절단수술을 감행했다. 모톤 박사가 새로운 지식을 도입했을 때 일부 외과 의사들은 이 새로운 아이디어에 대해 반대했다. 그들은 고통이(인간—특히 여자—의 필요한 부분이라는 것 외에도) 일종의 치료제라고 주장했다. 그것은 수술 후의 감염을 예방한다는 것이었다.[4]

이런 일이 어찌 가능했을까? 누가 이렇게 가르쳤을까? 어떻게 하여 이러한 허무맹랑한 믿음이 외과 의사들 사이에서 받아들여지고 있었을까? 잘못된 믿음이 누군가에 의해 전문가 집단에 퍼지고 이것을 아무런 의심 없이 받아들이는 것은 19세기 같은 미개한 사회에만 있는 것이고 발전된 현대사회에는 없다고 확신할 수 있는가? 그 믿음의 진원지가 소위 전문집

---

[4] 《세계 최고 지성 36인이 말하는 21세기의 세계(상)》, 시사영어사, 2003년

단의 대가(大家)라는 사람에 의해 만들어졌을 때 아무도 의심치 않거나 의심하는 행위 자체를 용납하지 않고 있는 것은 아닌가? 혹시라도 마취제가 치과 의사에 의해 소개되어 외과 의사들이 받아들이지 않았다면?

전문가(집단)란 이렇게 속이 좁은 집단일 수도 있다는 경각심을 잊어서는 안 된다. 자기가 속한 집단에서 의례 당연시해오던 것을 항상 의심하면서 공부를 계속해야 한다. 공부를 멈추고자 하는 자는 업무도 멈추어야 한다. 공부만 멈추고 업무를 계속하면 전문가를 믿고 따르는 자들에게 엄청난 고통을 줄 수 있다.

전문가로서의 양심은 타협의 대상이 아니다

중국의 동북공정이나 일본의 독도에 대한 태도를 보자. 멀쩡한 우리의 혼과 우리 땅을 자기 조상의 역사와 자기의 영토라고 주장하는 정치인과 그 정치인을 학문적으로 뒷받침하려는 자들을 보면 과연 전문가란 무엇을 하는 존재인지 의심하지 않을 수 없다. 중국의 양심적인 학자들은 어디에 있는 것인가? 일본의 양심적인 학자들은 어디에 있는 것인가? 학자에게 양심을 요구하는 것은 철없는 풋내기의 순진성이란 말인가?

우리 또한 비판에서 완전히 자유롭다고 할 수 없다. 연구 용역을 주는 기업이나 정책결성자들이 이미 내린 결정을 과학이라는 이름으로 정당화해주고 있는 것은 아닌지.[5] 혹시 사회과학에 정답은 없다는 말로 그럭저럭

---

[5] 우리나라에 학파가 잘 성립하지 못하는 이유 중 하나일 수 있다. 용역을 주는 사람의 입맛에 맞는 용역 결과를 주다 보니 일관된 주장과 논리를 펴야하는 학파가 성립하기 어려워지는 것이다.

욕먹지 않을 수준의 연구 결과에 만족해하고 있는 것은 아닌지. 이제 냉철하게 스스로를 돌아보아야 한다.

사사오입 개헌의 논리도 결국 전문가가 준 것이다. 이 수학자에 의해서 우리나라의 민주주의는 얼마나 후퇴했단 말인가? 돈과 권력에 빌붙어 먹고 사는 전문가가 사라지지 않는 한 전문가는 의심받아야 한다. 우리가 데이터베이스의 신뢰도를 이야기할 때 몇 건이라도 틀린 자료가 섞여 있다면 신뢰하지 못한다고 한다. 수많은 양심적 전문가들 사이에 끼어서 돈 많은 기업과 힘 있는 정치권에 알랑알랑 거리는 전문가가 있는 한 전문가 집단은 신뢰받지 못할 것이다.

많이 배운 자가 전문가라고?

나는 시골 음식점에서 별 기대 없이 먹다가 간혹 쾌재를 부를 때가 있다. 서울에서는 맛볼 수 없는 맛을 만났을 때이다. 그 맛은 그 고을을 다시 찾게 해주고 그 고을을 사랑하게 해준다. 유명한 요리 학교를 나온 전문가를 능가하는 이 시골 아낙의 솜씨는 무엇인가? 이 깊은 맛은 도대체 어디에서 나오는 것인가? 만약 누군가 이 시골 아낙의 솜씨를 보다 발전시키기 위해서 정식 요리학교에 들어가 수업을 들을 수 있도록 주선해주었다고 생각해보자. 과연 그녀의 음식 맛은 어떠해졌을까? 서울의 맛이 되었을 것이다. 전문가주의의 무서운 측면은 바로 여기에 있다. 누가 더 전문가인지 우리는 항상 긴장하면서 바라보아야 한다. 실속 없는 휘황찬란한 겉모습이 전문가의 전문성을 보증하는 것이 결코 아니다.

가장 위험한 순간

스포츠에서 이겼다고 방심하는 순간이 가장 위험한 순간이듯이, 선거에서 이겼다고 자만하는 순간이 가장 위험한 순간이듯이, 전문가가 내 주장이 맞다고 확신하는 순간이 가장 위험한 순간이다.

당신의 전공은?

세 번째 다릿돌(집) 이야기에서 나는 전공을 이렇게 설명했다.

'전공이 있다는 것은 미칠 수 있는 분야가 있다는 말과 같다. 내가 미치면 나 외의 사람들은 미치지 않고도 미친 경지를 볼 수 있다. 이것이 우리가 전공을 가져야 하는 이유이고, 전공을 가진 자가 행복한 이유다.'

박사학위가 있어야 전공이 있는 사람이 되는 것은 아니다. 자신이 관심을 가지고 있는 분야가 있다면 그것이 바로 당신의 전공이다. 그 분야에 대해 하나하나 알아나가는 것이 즐겁다면 그것이 바로 당신의 전공이다. 그 분야를 통해 아름다운 세상을 만들어 가는 것에 조금이라도 기여할 수 있다면 그것이 바로 당신의 전공이다. 그런 전공을 가지고 있다면 당신은 참 전문가가 되기 위한 출발선에서 발을 뗀 것이다.

조직인 :

어떻게 하면 굵고 길게 살 수 있을까?

조직에서 되도록 오래 버티라고들 말한다. 가늘게 살더라도 길게 살라고 한다. 좀 씁쓸하지만 고개가 끄덕여진다. 그래도 함 찾아보자. 굵고 길게 사는 법. 기왕 기적적으로 인간으로 태어났는데 굵고 길게 살아봐야 하지 않겠는가?

우리는 예외 없이 조직의 구성원으로 살아간다. 인간이 조직 밖에서 존재할 수 없다는 말은 인간을 '참으로' 초라하게 만들지만 **'참'**으로 들린다. 결국 인간은 조직 생활 안에서 인생의 참맛을 찾아야 한다. 쉽게 풀어쓰자면 **'어떻게 하면 조직에서 굵고 길게 살 수 있을까?'**에 대한 답을 찾아야 하는 것이다. 이제 그 구체적 방법을 하나하나씩 만나 보자.

합리적·합리화 그리고 원칙

합리적이라는 말을 너무 좋아라하지는 말아라. 약관(弱冠) 5년(1995년)에 처음으로 직장생활을 시작했을 때는 합리적인 사람이라는 평을 얻기 위해서 나름 많은 노력을 했다. 하지만 이립(而立)을 거쳐 불혹(不惑)이 다 지나가는 지금 합리적이라는 말은 이제 별로다. 그리 내키지 않는다. 정확히 언제부터인지는 모르겠지만 인간적임에서 떨어져 있음, 정이 메말라 있음으로 들린다. 살아보니 사실 그렇기도 하더라. 합리적인 사람과 이야기할 때는 벽을 보고 이야기하는 느낌이 드는 경우가 많았다. 반박하기 쉽지 않은 자신의 논리를 쭉 이야기해놓고 이러니 곤란하다고 하면 배움이 약한 자, 말솜씨가 어눌한 자는 "그렇군요" 하고 인정하고 자리에서 일어날 수밖에 없다. 그때 밀려오는 설명하기 어려운 못마땅함, 바로 그것이 '합리적'이 품고 있는 한계다.

합리적이라는 말과 관련해서 생각해볼 점들이 있다. 하나는 **'합리화'**다. 무언가를 **합리화한다**는 말은 소위 배운 자들이 흔히 빠져드는 자기모순이다. 합리화는 곧 자기 합리화다. 타를 위해 합리화한다는 것 자체가 모순이다. 자신의 이해관계를 슬쩍 집어넣고는 오직 조직을 위해서는 어쩔 수 없다고 시치미를 떼는 것으로 구린내가 진동한다. 굵고 길게 살려는 사람은 이런 진정성 없는 못난 짓거리를 하지 말아야 한다. 겉만 번지르르한 포장을 찢고 맨 몸으로 나와 민낯으로 사람들을 대할 수 있어야 한다.

다른 하나는 '원칙'이라는 말이다. 사람 할 말 없게 하는 것이 원칙대로 했다는 말이다. 하지만 이 말처럼 대책 없는 말도 없다. 원칙은 언제, 누가 세운 것인가? 일단 시간적으로 과거의 것이고, 세운 자들의 이해관계가 들어가 있는 것이다. 특히 원칙을 세운 자들이 힘 있는 자들이라면 이 원칙이라는 말은 의심스러울 수밖에 없다. 이 세상에서 가장 쉬운 일이 원칙대로 하는 것이고, 가장 어려운 일 또한 원칙대로 하는 것이다. 전자는 원칙의 탈을 쓴 거짓 원칙일 때가 많다. 힘 있는 자들이 흔들고 밀어 닥칠 때 꿋꿋이 지킬 수 있어야 진정한 원칙이다.

그렇다고 비합리적이고 비원칙적인 사람이 되라는 의미는 아니다. 여기서 중요한 것은 합리와 원칙에 의한 결정이 100점짜리라고 단정하지 말라는 것이다. 합리와 원칙이라는 말로 '나는 할 만큼 했으니 어쩔 수 없다'라고 스스로의 포기와 멈춤을 합리화하지 말라는 것이다. 합리의 이름으로 원칙을 합리화하지 말라는 말이다.

싸움에도 때가 있다

아래의 이야기는 조직의 일원으로 살아가는 것이 그리 호락호락하지 않다는 것을 잘 보여준다.

우리나라의 공군의 발전에 기여한 지도자 중 한 사람은 용감하고 상상력이 풍부한 에메트 로우지 오도넬 장군이었다. 사람들이 그에게 지도력이 무엇이냐고 물었을 때 그는 젊은 시절 군복무 중에 있었던 일화를 들려주었다. 그가 덴버 시 근교에 있는 공군기지에서 젊은 중위로 어느 장군의 부관으로 복무하던 어느 날 장군이 그에게 명령을 내렸다. 그는 부드럽게 이의를 제기하면서 다른 방법을 제안하였다. 그 장군은 "오도넬 군, 나더러 명령을 취소하라는 말인가?" 하고 힐난했다. 그러자 당돌한 오도넬 중위는 대답했다. "장군님, 저는 장군님께서 무조건 복종만 해서 현재의 직위까지 진급하지는 않았으리라고 믿습니다." "물론이지. 그러나 대령까지는 상관의 말에 절대 복종했어"라고 장군은 말했다. 〈세계최고 지성 36인이 말하는 21세기의 세계(상), 시사영어사〉

때를 기다릴 줄 알아야 한다. 별을 달 때까지 무작정 기다리라는 말은 아니다. 상사의 지시사항에 문제가 있다는 생각이 들더라도 바로 면전에서 반대 의견을 제시하는 것은 어리석은 일이다. 상사에게 후퇴할 수 있는 퇴로를 끊어 버리는 일이 될 수 있다. 단순한 반대가 아니라 대안을 제시할 수 있어야 한다. 자신에게 설득할 수 있는 힘이 생길 때까지, 기회가 올 때까지 기다릴 줄 알아야 한다. 심사숙고해야 한다. 힘이 없는 자가 그 자리에서 결판을 내려 하는 것은 용기이기 전에 객기에 불과하다. 그렇다고

"네, 네" 하며 굽실굽실 거리며 살라는 것은 아니다. 싸워야 할 일에는 싸우지 않고 싸우지 말아야 할 일에는 싸움을 서슴지 않는 사람이 되어서는 안 된다는 것이다. 싸워야 할 일에 바로바로 싸우기보다는 때를 보아서 싸워야 하며, 싸우지 않아야 할 일에 시비를 걸어오는 자가 있거든 그 자의 잔꾀에 걸려들어서는 안 된다. 나의 옳음이 참이라면 적이 생김을 두려워하지 말고 자신에게 힘이 없음이 비굴로 이어지지 않도록 경계하며 조용히 힘을 키우고 자신에게 힘이 생겼을 때는 오히려 그 힘을 두려워하라. 머리는 숙이되 가슴은 숙이지 말라. 때를 기다릴 줄 아는 사람에게만 가능한 일이다.

생강처럼

인간은 고심고심하여 조직을 만들었지만 조직은 인간을 가차 없이 구속한다. 조직이 인간을 자유롭게 했다는 말은 여태껏 들어본 적이 없다. **개인으로서의 인간과 조직인으로서의 인간은 양립 가능한 것인가?** 어떻게 하면 조직의 일원으로서의 삶과 조직 밖의 하나의 인격체로서의 삶 간에 조화를 이루며 살 수 있을 것인가? 이에 대한 **율곡 이이**의 답은 이렇다.

'생강과 같은 사람이 돼라.'

생강은 맛있는 국물을 만듦에 있어 반드시 필요한 존재이지만 국물에 우러나 있을 뿐 자신을 드러내지는 않는다. 그렇다고 결코 자신 본연의 맛

을 버리지는 않는다. 국물에 들어있는 생강을 씹어 보라. 우리는 안다. 그
것이 바로 생강임을. 생강처럼 조직에 융화하고 그러면서도 개성을 잃지
않는 삶을 살라는 것이다. 사실 조직이라는 유기체 역시 조직의 목표에 무
조건적으로 순종하는 사람을 원하지 않는다. 가끔 조직을 긴장시킬 수 있
는 사람이 필요한 것이고, 그것은 바로 조직에게 하나의 부품 취급을 받아
야 하는 개인의 억눌린 개성에서 나온다. 조직은 이를 통해 창의적으로 환
경 변화에 적응할 수 있는 것이다.

아래의 박상순 시인의 시를 통해 개성의 의미를 생각해보자.

6은 나무 7은 돌고래, 열 번째는 전화기

첫 번째는 나
2는 자동차
3은 늑대, 4는 잠수함

5는 악어, 6은 나무, 7은 돌고래
8은 비행기
9는 코뿔소, 열 번째는 전화기

첫 번째의 내가
열 번 째를 들고 반복해서 말한다
2는 자동차, 3은 늑대

몸통이 불어날 때까지

8은 비행기, 9는 코뿔소

마지막은 전화기

숫자놀이 장난감

아홉까지 배운 날

불어난 제 살을 뜯어먹고

첫 번째는 나

열 번째는 전화기

이 시를 읽고 어떤 생각이 드는가? 이것도 시인가라는 생각이 들다가도 어린 시절의 어떤 놀이 같기도 할 것이다. 정끝별 시인은 《어느 가슴엔들 시가 꽃피지 않으랴 1》에서 '박상순보다 시를 잘 쓰는 사람은 많을지 모르지만 그 누구도 박상순처럼 시를 쓰지는 못한다. 그게 중요하다'라고 평했다. 이것이 바로 개성이다. 개성을 잃지 않기 위해서 항상 조직과 긴장관계를 유지하라. 다만, 박상순 시인보다 조금이라도 더 나가면 조직이 과연 받아줄 지는 의문이다.

찾아오는 이를 따뜻하게 맞이하라

누군가 나를 찾아오는 것은 참으로 반가운 일이다. 훗날 그 누군가로부터 자신이 도움을 받을 수 있다는 이해득실의 얄팍한 계산 때문이 아니다. 그것은 진실로 부차적인 것이다. 누군가를 도울 수 있다는 것 그 자체가 보람된 일이다. 절대로 귀찮아해서는 안 된다. 오히려 고마워해야 한다. 나로 인해 누군가가 행복해질 수 있다면 이보다 나를 행복하게 만드는 일이 또 어디에 있겠는가. 찾아온 이의 부탁을 앞뒤 재지 않고 무조건 이루어지도록 도우라는 뜻은 아니다. 성심성의껏 억울한 일이 없도록 도우라는 것이다. 내가 힘을 보태 시소의 균형을 맞출 수 있다면 나의 힘은 제대로 쓰이고 있는 것이다. 찾아온 이의 뜻이 옳다면 뜻을 같이하라는 뜻이다.

《사기》 열전에는 다음과 같은 이야기가 전해져 온다.

그리하여 주공은 결국 주나라 도읍에 머물면서 성왕을 보좌하였고, 자기의 영지인 노나라에는 아들인 백금을 보냈다. 백금을 보내면서 주공은 이렇게 말했다.

"나는 문왕의 아들이며 무왕의 아우이고 성왕의 숙부이다. 제후들 중에서는 고귀한 존재로 인식되고 있는 몸이지만, 그러한 나일지라도 남이 나를 방문하러 온다면 머리를 감거나, 식사를 하다가도 그것을 그치고 만났으며, 결코 예의에 어그러짐이 없도록 노력하고 있다. 그러면서도 또한 내가 미흡한 점이 없는가, 우수한 인재를 놓치고 있지 않나 염려하고 있다. 너도 이제 노나라에 가면 나라를 다스린다 하여 결코 교만한 티를 내서는 안 된다는 것을 명심하라."

자신을 찾아오는 사람을 문전박대하는 무례를 범하지 말라. 찾아온 사람은 인연을 맺고자 하는 것이다. 그 사람이 찾아온 이유를 들어 보라. 인연으로 할 것인지 여부는 그 다음 결정하면 된다.

논리적-합리적 방법의 극단적인 예[6]

프란시스 베이컨(Francis Bacon)은 15세기 어느 수도원에서 수도자들 사이에 벌어진 다음과 같은 논쟁에 대한 기록을 통하여 논리적-합리적 방법의 극단적인 예를 보여주고 있다.

수도자들은 말의 이(teeth)가 몇 개인가에 관해서 모든 서적과 기록을 총동원하여 10여 일간 격렬한 논쟁을 벌였다. 그러나 말의 입안을 들여다보면 알 수 있다는 젊은 수사의 제안을 '기존의 서적에 그러한 방법이 언급되지 않았다'는 이유로 묵살하였다. 결국 그들은 역사적·신학적 증거가 부족하기 때문에 이 문제는 영원한 수수께끼로 남을 수밖에 없다고 결론을 내렸다.

현실을 직시하지 못한 모든 논쟁은 허황된 말장난 그 이상이 아니다. 문제도 현실에 있고 답도 현실에 있다. 자신의 논리에 갇혀 자신만이 합리적이라고 생각하는 것은 참으로 어리석은 짓이다. 나는 현실을 외면한 그 어떠한 논리와 합리도 거부할 것이다.

---

[6] 행정조사방법론(남궁근) 참조.

참 웃긴 사람

조직 생활을 하다보면 참 웃긴 사람을 만나게 된다. 우리도 이 중에 한 사람일 수 있다는 점을 잊어서는 안 될 것이다.

－당연히 해야 할 일을 해놓고 자랑하는 사람
－누구나 할 수 있는 일을 해놓고 큰 소리 치는 사람
－누구나 다 아는 이야기를 자기만 모르고 있는 사람
－누구나 다 아는 이야기를 자기만 알고 있는 것처럼 행동하는 사람

조직 생활의 팁(tip)

1. "현장 다녀왔어?"

○○○ 장관이 □□□ 국장을 엄청 깨고 있었다. 밖에까지 목소리가 쩌렁쩌렁했다.

"현장 다녀왔어?"

"아직 못 다녀왔습니다."

"현장도 안 다녀오고 보고서 쓰니 이 정도밖에 안 되지."

장관 비서가 결재를 대기하고 있던 △△△ 국장에게 오늘은 결재 받지 않는 것이 좋겠다고 말하자 걱정 없다는 듯 △△△ 국장이 웃음 띤 얼굴로 보고를 들어갔다. 아나나 다를까 ○○○ 장관이 물었다.

"현장 다녀왔어?"

"네, 다녀왔습니다."

△△△ 국장은 기다렸다는 듯 자신 있게 대답했다.

"현장 다녀왔는데 보고서 수준이 이것밖에 안 돼? 어떻게 현장 안 갔다 온 것보다 못해. 도대체 뭐 하는 거야?"

윗사람이 오늘 깨기로 결심하면 오늘은 다 깨지는 날이다. 윗사람의 기분이 좋은 날을 선택해서 결재 받으러 가는 것. 자신이 원하는 방향으로 결정이 나도록 유도할 수 있는 좋은 방법 중 하나이다.

2. "내가 너 보고 사인한다."

리더 A하고 리더 B 간에 다툼이 있다고 하자. 중간에서 참 난처하지 않을 수 없다. 이럴 땐 어떻게 해야 하는가?

A 리더에게 가서 "B 리더 때문에 힘드시죠." B 리더에게 가서 "A 리터 때문에 힘드시죠"라고 말하면 의외로 리더 A와 리더 B가 "내가 너 보고 사인한다"라고 순순히 결재해줄 때가 있다.

다만, 자주 쓰면 이중간첩으로 몰릴 수 있으니 주의.

3. 돌아올 사람

조직의 우두머리가 조직의 실세 라인을 자주 교체하는 스타일일 때 대부분의 사람들이 떠나는 사람을 버리고 새로 들어온 사람에게 다가가려 한다. 하지만 이런 경우 떠나는 사람에게 연락해서 소주 한 잔 하면서 억울한 심정을 그저 들어주기만 해도 얼마나 고마워하는지 모른다. 다시 돌아와서 제일 먼저 찾아준다. 참 인간이란 게 무지몽매한 것이 분명 잘린 사람들 중 돌아올 사람이 있다는 것을 경험을 통해 알면서도 그걸 못한다.

4. "아무거나"

상사가 "양념갈비 먹을래, 생갈비 먹을래. 난 아무거나 좋다"라고 물어보면 무엇을 선택하는 것이 좋을까? 정말 아무거나 선택해도 괜찮을까?

아니다. 답은 양념갈비다. 대체로 사람들은 무의식적으로 자신이 조금이라도 먹고 싶은 것을 먼저 말하기 마련이다. 그것도 모르고 자기가 먹고 싶은 것을 고르면서 자꾸 헛나가게 되면 윗사람이 결국 선택권을 주지 않는다. 재량을 주지 않으면 아랫사람은 그저 시키는 일이나 해야 하는 하수인으로 전락하고 만다.

5. 정녕 배울 점이 없거든……

모든 사람에게는 배울 점이 있다고 생각해라. 아무리 봐도 정녕 배울 점이 없거든 저렇게 살면 안 된다는 것을 배워라. 조직 생활하면서 어떻게 마음에 드는 사람하고만 근무를 할 수 있겠는가. 마음이 맞지 않은 사람에게서 장점을 찾아내다 보면 다른 사람들이 당신과 일하고 싶어 하고, 그러다 보면 조직에서 굵고 길게 살아 갈 수 있는 것이다.

석우로(昔于老) :

할 말, 못할 말, 안 할 말

말은 사람의 가벼움과 무거움을 보여주는 척도다. 아무리 덩치가 커도 입이 가벼우면 그 사람에 대한 무게감은 뚝 떨어진다. 석우로는 할 말, 못할 말, 안 할 말을 잘 가려서 할 줄 알아야 한다는 점을 무시무시한 실례를 통해 보여주고 있다.

우리는 말을 함부로 하는 시대에 살고 있다. 설익은 말들이 설치고 다녀 순수한 사람들의 영혼에 씻을 수 없는 상처를 주곤 한다. 지식을 밟고 일어선 오만의 말들이 주인 행세를 하고 다녀 지혜의 말들은 점점 구석에 몰려 힘을 잃어가고 있다. 목소리 큰 사람이 강한 사람으로 치부되어 조직의 맨 앞에 선다. 조직 내 갈등이 조직을 넘어 조직 간의 갈등으로 확대 재생산된다.

이제 우리는 알고 있지 않은가?

할 말, 못할 말, 안 할 말 구분 못하고 떠들어대는 사람 중에 얼마나 허당들이 많은지를. 말하는 것보다 듣는 것이 더 큰 내공을 필요로 한다는 것을. 말이 돌고 돌아 결국 그 화가 자신에게 돌아 올 수 있다는 것을.《삼국사기》열전 **석우로(昔于老)** 편에 나오는 이야기를 통해 다시 한 번 확인하는 시간을 가져보자.

석우로는 신라 내해 이사금의 아들이다. (중략)

16년에 고구려가 북변을 침범하자, 출격하였으나 이기지 못하고 후퇴하여 마두책을 확보하였다. 그날 밤에 군사들이 추워 고생하므로 석우로는 친히 다니며 위문하고 손수 불을 피워 따뜻하게 해주니, 군사들의 마음이 감격하여 솜을 두르고 있는 것 같았다. (중략) 첨해왕 7년 계유년(253)에 왜국의 사신 갈나고가 와서 사관에 머물고 있을 때 우로가 그 접대자가 되었다. 사신과 농담하면서 "조만간 네 임금을 염노(鹽奴, 소금 만드는 자)로 삼고 네 왕비를 취사부(炊事婦)로 삼겠다" 하였다. 왜왕이 이 말을 전해 듣고 노하여 장군 우도주군을 보내어 우리를 치므로, 왕은 유촌으로 나가 있게 되었다. 석우로는 "지금의 환란은 내가 말조심하지 않은 까닭이니, 내가 당해야 한다" 하고 드디어 왜군에 당도하여 말하기를 "전일의 말은 농담인데 군사를 일으켜 이 지경에 이를 줄이야 생각인들 했겠느냐" 하였다. **왜인은 대답도 않고 석우로를 잡더니 나무를 쌓고 그 위에 올려놓아 불태워 죽이고 떠났다.**

석우로의 아들이 어려서 걷지 못하므로 다른 사람이 안아서 말에 태우고 돌아왔는데, 뒤에 그가 흘해이사금이 되었다. 미추왕 대에 왜국의 대신이 예방하였다. **석우로의 아내**가 국왕께 청하여 사사로이 왜국 사신을 접대하다가 사신이 만취 상태가 되자, 장사(壯士)를 시켜 뜰 아래로 끌어 내리고 불태워 죽여 전일의 원수를 갚았다. 왜인이 분하게 여겨 금성을 공격하였으나 이기지 못하고 돌아갔다.

단 한 번의 말실수가 석우로의 인생을 망쳤고 나라 간 전쟁을 가져왔으며 대를 이은 복수극을 초래하였다.[7] 이 글을 좀 자세히 살펴볼 필요가 있는데 무엇보다 말실수가 술자리에서 일어났다는 점이다. 술은 진심을 나오게 한다. 가슴 깊이 차분히 가라앉아 있는 본마음을 슬슬 건드려 목을 넘어 혀를 타고 상대의 귀에 이르게 한다. 나는 석우로가 평소 왜를 상당히 얕잡아 보고 있었다고 생각한다. 나라와 나라 사이에는 못할 말과 안할 말이 있는 법인데 이놈의 술이 그만 그 금기를 깨 버린 것이다. 그렇다고 술자리의 말을 왕에게 전한 왜의 사신이나 그 말에 발끈하여 군사를 일으킨 왜왕이나 상당히 옹졸해 보인다. 술자리에서 한 말을 트집 잡는 것은

7　《삼국사기》의 저자들의 석우로에 대한 평은 어떠했을까? '사신(史臣)이 논한다'에 나와 있는 평을 옮긴다. '석우로가 당시 대신이 되어 군국사를 장악하고 싸우면 반드시 이기거나 비록 이기지 못하여도 패하지는 아니하였으니, 그 꾀가 반드시 남보다 뛰어난 것이 있다고 본다. 그러나 말 한마디 잘못함으로써 스스로 죽음을 취했고, 또 양국으로 하여금 싸움을 하게 하였다. 그 아내가 원수를 갚았지만 역시 변칙적이요, 정도는 아니다. 만약 그렇지만 않았다면 그 공업은 역시 기록될 만하다.'

사나이다움에서 벗어난 양아치들이나 하는 짓거리다. 어찌 되었거나 술이 원수다.

석우로는 그래도 멋진 장군이요, 큰 정치인이다. 부하들을 사랑했고 자신의 잘못을 자신이 책임졌기 때문이다. 추운 겨울날 혼자 장작불을 태워 몸을 녹이고 있는 장군과 손수 불을 피워주며 병사들에게 따뜻한 말 한마디 해주는 장군. 누가 멋진 장군인지 판단한다는 것 자체가 우스운 일이다. 문제는 현실에서 이런 당연히 해야 할 일을 하는 장군이 드물다는 점이다. 이 모순된 상황이 바로 우리의 현실이고, 우리가 타파해야 할 현실이며, 항상 자신을 돌아다보아야 하는 이유다.

자기 말에 책임을 지는 정치인에 대해서는 말이 필요 없다. 우리가 이리도 정치를 불신하는 이유가 어디에 있는지를 보면 알 수 있다. 웬만한 정치인이라면 적이 자신의 말을 핑계 삼아 공격해오면 아랫사람을 사절로 보내 어떻게든 무마하려 했을 것이다. 하지만 그런 경우 책임을 지는 사람은 아무 죄도 없는, 아무 말도 하지 않은, 단지 아랫사람이라는 이유로 불구덩이 속에서 타들어가야 하는 바로 그 사람이다. 석우로는 책임을 아랫사람에게 돌리거나 회피할 수 있는 충분한 힘이 있었음에도 불구하고 그 유혹을 떨치고 당당히 스스로 책임을 졌다. 치사하지 않았고 구차하지도 않았다. 오늘날 보기 드문 큰 정치인이다.

왜의 국력이 당시 신라와 대적할 정도로 강대했음을 알 수 있다. 아무리 전쟁을 일으키고 싶어도 힘이 없으면 참을 수밖에 없는 것이다. 특히 자존심이 상하는 결례를 받았다고 전쟁을 일으킨다는 것은 그만큼 힘이 있었다는 사실을 말해준다. 석우로가 불타는 모습을 신라인들이 그냥 바라볼 수밖에 없었다는 점도 이를 방증한다. 신라인들의 마음이 어떠했을까. 아내, 가족들의 마음은 어떠했을까. 어려서 아직 걷지도 못하는 석우로의 아들은 과연 그 모습을 보았을까. 절절하고 끔찍하다.

석우로 아내의 복수극은 어떠한가?

여기에도 술이 등장하는데 아무튼 술은 우리들 삶에서 경계 대상 1호다. 복수가 복수를 낳는다는 것. 그리고 간혹 그 복수가 복수 받아야 할 사람이 아닐 때. 이런 어처구니없는 복수가 쌓이고 쌓이면 어느 순간 누군가와 같은 하늘에서 살 수 없게 된다. 석우로 아내의 복수극을 보면서 〈마태복음〉 18장 21절, 22절이 떠오른다.[8] 하지만 다른 한 구석에서는 저쪽에서 불태웠으니 우리는 가마솥에 삶아 버려야 하는 것 아닌가 하는 적보다 더 잔인하고 자극적인, 적의 간담을 서늘하게 하는 복수의 모양새가 자꾸 떠올라 예수님의 말씀을 가로막는다. 아하, 이 극한의 괴리는 언제 수그러들어 참을 찾을 것인가!

8　21절: 그 때에 베드로가 나와 이르되 주여 형제가 내게 죄를 범하면 몇 번이나 용서하여 주리이까. 일곱 번까지 하오리이까.
22절: 예수께서 이르시되 네게 이르노니 일곱 번뿐 아니라 일곱 번을 일흔 번까지라도 할지라.

험담

말 중에 제일로 몹쓸 말은 험담이다. 당신 앞에서 남을 험담하는 사람은 당신이 없을 때 다른 사람 앞에서 당신을 험담하는 사람이라는 사실을 명심해라. 더 나아가 그 사람은 맞장구치는 지금 당신의 말을 곧 그 사람에게 옮길 것이다. 누군가를 험담하는 이가 있거든 그 사람을 불쌍히 여기고 가까이에 두지 말아야 한다.[9] 그래야 불필요하게 적을 만들지 않을 수 있다.[10]

말의 흠

1. 《논어》 학이(學而) 편
子曰 "巧言令色 鮮矣仁"(자왈 "교언영색 선의인")

공자께서 말씀하셨다.

---

[9] 국어시험 문제 하나. 위 문장에서 '그 사람'은 3번 나온다. 각각 누구를 말하는가?
[10] 영어에서 주어가 3인칭이고 현재일 때에는 일반동사의 원형에 (e)s가 붙는다. 3인칭이란 나와 네가 대화하는데 존재하지 않는 존재를 말한다. 왜 차이를 두었을까? 아마도 제3자에 대해 말할 때, 특히 현재를 말할 때는 한 번 더 생각하라는 뜻이 아니겠는가?

"말을 교묘하게 하고 얼굴빛을 곱게 꾸미는 사람들 중에는 인仁한 이가 드물다."

2. 〈속담〉
- 가루는 칠수록 고와지고 말은 할수록 거칠어진다.
- 혀 아래 도끼 들었다.
- 입찬소리는 무덤 앞에 가서 하라

3. 《시경》의 대아(大雅) 억(抑) 편
白圭之玷(백규지점) 尙可磨也(상가마야)
射言之玷(사언지점) 不可爲也(불가위야)

백옥에 생긴 흠은 갈면 없앨 수 있다
허나 말에 생긴 흠은 지울 수 없다

무슨 말이 더 필요하겠는가. 할 말, 못할 말, 안 할 말을 구분할 줄 아는 사람이 되도록 최대한 노력해야지. 스스로 점검하는 것 외에 별다른 방법이 없다. 누가 감히 늦은 불혹에 이른 우리가 무심코 던진 말의 시시비비를 알려주는 인간관계의 단절 위험을 감수한 수고를 해주겠는가. 우리가 3인칭이 되었을 때 술안주로만 삼아 수면 전만다행이지.

우두머리의 자질 :
진정으로 우두머리가 되고 싶은가?

우두머리는 결정을 기다리는 자리가 아니라 결정을 해야 하는 자리다. 그렇기에 우두머리는 늘 외롭다. 그래도 꼭 우두머리가 되고자 한다면, 기왕 할 거라면 우두머리다운 참 우두머리가 되어야 한다. 여기서 논하는 참 우두머리의 자질을 통해 자신의 그릇 크기를 재어보면 좋을 것이다.

우두머리의 자질을 논하기에 앞서 우리말과 외래어에 대해 잠시 생각해보고자 한다. 우두머리라고 하면 왠지 낯설다. 하지만 우두머리는 순우리말이다. 우리에게 익숙한 **지도자(指導者)**는 한자어이고 **리더(Leader)**는 영어다. 국어사전에는 세 글자가 다 들어가 있다. 이제 넓게 보면 다 우리말인 것이다.

한자가 들어온 이래 순수한 우리말은 뒷방으로 밀려났다. 한자어를 섞어서 쓰면 뭔가 배운 사람처럼 보이고 순수한 우리말을 쓰면 못 배운 사람처럼 보이기 시작한 것이다. 당나라 유학생들이 교육 분야 등 사회지도층으로 광범위하게 포진하면서 이런 현상은 더욱 심해졌을 것이다. 한마디로 한자어를 쓰면 유식해보였기에 점점 한자가 우리말을 대체한 것이다.

근래에 일어나고 있는 영어의 유행도 매한가지이다. 영미권으로 유학을 다녀온 사람들이 본토에서는 제대로 한마디도 못하다가 조국에 돌아와서 영어를 남용함으로써 일어나는 현상이다.[11] 문제는 아무도 이 흐름을 막아서지 못하고 있다는 점이다. 대세라고 주장한들 그리 틀린 말은 아니다. 하지만 우린 너무 쉽게 대세라고 인정하고 있는 것은 아닌지 생각해보아야 한다.

'근데 우두머리는 왜 있나?'

대세가 중요 길목에서 바람직하지 않은 방향으로 급류를 달 때 대세를 당당히 거스르기 위해서가 아닌가. 그런데 우두머리가 앞장서서 외래어를

---

[11] 한자와 영어의 힘 중 하나는 축약이다. 우리말은 길고 여유롭지만 한자와 영어는 짧고 급박하다. 말이 짧아지고 있는 현대인의 언어 습성에 어느 것이 더 맞는지는 쉬이 짐작할 수 있다. 이것이 안타깝게도 점점 우리말의 설자리를 좁히는 이유 중 하나일 것이다.

쓰면 이건 무슨 경우인가.

외래어를 쓰더라도 최소한 우리말을 알고 나서 쓰자. 나도 이런 대세 속에서 교육을 강하게 받아 온 사람이라서 조금만 긴장감을 놓으면 외래어를 사용한다. 나는 평소 최고의 책은 **국어사전**이라고 말하곤 한다. 그 안에는 우리 조상들이 나누던 순수한 우리말이 참으로 정겨운 음으로 활자화되어 있기 때문이다. 말과 글이 민족의 얼이라는 것은 국어사전을 읽어보면 느낄 수 있다. 외래어와 비교하여 우리말의 아름다움은 무엇보다 소리에 있다. 다정다감한 소리에 우리 조상들의 얼이 녹아들어 있는 것이다. 우두머리. 한 번 소리 내어 읽어보라. 귓가에 맴도는 이 소리감을 물 건너 온 지도자나 리더의 그것과 어찌 비교할 수 있겠는가.

이제 본론으로 돌아가서 우두머리의 자질에 대해서 보다 구체적으로 생각해보도록 하자. 우리는 조직의 일원으로 살아가는 한 누군가의 우두머리이다. 하지만 누구나 우두머리라는 사실과 누가 우두머리다운 참 우두머리인가는 전혀 별개의 문제다. 이것은 편재성과 희소성의 극명한 차이를 보여준다. 나는 우두머리의 자질을 습득하려는 노력들이 하나하나 쌓이면 자신도 모르는 사이에 우두머리다운 참 우두머리에 가까이 갈 수 있다고 확신한다.

우두머리의 자질 1 : 우두머리는 뭔가가 달라도 달라야 한다

육군장교 시절 대대본부 앞 연병장에서 소대 간 축구시합을 하는 모습을 마치 내가 축구공을 차듯 신나게 내려다보고 있었다. 평소 나를 아껴주시던 부여단장이 조용히 오시더니 축구하는 사람 중에 누가 소대장인지 알겠냐고 물어보셨다. 나는 거리가 상당히 떨어져 있어서 정확히는 모르겠다고 답했다.

그러자 부여단장은 우두머리는 멀리서 봐도 바로 알 수 있어야 한다고 말씀하셨다. 축구를 제일 잘해서 축구시합을 지배하든지, 실력이 안 되면 종횡무진 죽거니 하고 뛰어 다니든지, 그것도 안 되면 목소리가 제일 크든지, 최소한 옷이라도 사병들과 다르게 입어야 한다는 것이다. 우두머리는 뭔가가 달라도 달라야 한다는 것이다.

우두머리의 자질 2 : 사자 사냥

영국 식민지시절 인도에서 사자 사냥을 할 때에는 개가 맨 앞에, 인도인이 창을 들고 중간에, 말을 탄 영국인이 총을 들고 마지막에 섰다고 한다. 아무리 독한 훈련을 받았다고 하더라도 개가 감히 사자에게 달려든다는 것은 상상할 수도 없는 일이다. 본능에 반하고 생태계 질서에도 분명 어긋나는 황당한 경우이다. 인도인이 창을 들고 사자에 달려드는 상황 또한 떠올리기 쉽지 않다. 어떻게 이런 믿기 어려운 사자 사냥 대열이 가능했을까?

개는 창을 든 인도인을, 창을 든 인도인은 총을 든 영국인을 믿었던 것이다. 혹시라도 내가 위험한 상황이 되면 내 뒤에 나보다 더 강력한 능력을 갖춘 자가 나를 도와 줄 것이라고 믿었던 것이다. 우두머리는 부하들을 지켜줄 수 있어야 한다. 우두머리를 믿고 따라 나서면 백전백승한다는 믿음을 줄 수 있어야 한다. 그래야 부하들은 자신들보다 강한 자에게 두려움을 잊고 눈을 뒤집고 달려드는 것이다.[12]

우두머리의 자질 3 : 목계(木鷄)

목계라는 말은 《장자(莊子)》의 〈달생편(達生篇)〉에 나오는 투계(싸움닭)에 대한 우화에서 유래되었다.

투계를 몹시 좋아하던 중국의 어느 왕이 당시 투계 사육사였던 기성자란 사람에게 최고의 투계를 만들어 달라고 했다. 맡긴 지 10일이 지난 후 왕은 기성자에게 닭이 싸우기에 충분하냐고 물었다. 이에 기성자는 "닭이 강하긴 하나 교만합니다. 그 교만이 없어지지 않는 한 최고의 투계는 아닙니다"라고 대답하였다. 또 10일 뒤에는 교만함은 버렸으나 너무 조급해 진중함이 없다고 답했으며, 다시 열흘 뒤에는 눈초리가 너무 공격적이어서 최고의 투계는 아니라고 대답하였다.

다시 10일이 지나 40일째 되는 날 왕이 묻자, 기성자는 "이제 된 것 같습니다. 다른 닭이 아무리 도전해도 움직이지 않아 마치 나무로 조각한 목계(木鷄)가 됐습니다. 어느 닭이라도 그 모습만 봐도 도망칠 것입니다"라고 대답하였다고 한다. 〈네이버 지식백과〉

---

[12] 형과 9살 차이의 늦둥이로 태어난 7살의 지원이는 또래 아이들을 만나면 꼭 나이를 묻는다. 그리고 형 나이를 묻고, 아빠 나이를 묻는다. 그리고 우리 형은 16살, 우리 아빠는 47살이라고 당당히 밝힌다. 니들 형보다, 니들 아빠보다 나의 형이, 나의 아빠의 나이가 많다는 것을 분명히 해두는 것이다. 인도인의 사자 사냥과 같은 이유일 것이다. 나한테 까불면 나의 형이, 그 다음 나의 아빠가 나를 도와줄 것이니 내 앞에서 까불지 말라는 뜻인 것이다. 늦둥이로 태어난 장점을 마음껏 활용하고 있는 것이다.

우두머리는 몸과 마음이 경망스러워서는 안 된다. 가벼이 보여서는 안 된다. 부화뇌동해서는 안 된다. 어떠한 일이 닥치더라도 당황해서는 안 된다. 우두머리는 꿈쩍하지 않는 뚝심을 가지고 있어야 한다. 우두머리가 흔들리면 다 흔들린다. 그리고 결국 모두가 무너진다.

우두머리의 자질 4 : 병사의 종기를 빨아 주다

《사기》에는 명장이자 명관료였던 오기에 관한 이야기가 나온다.

오기는 아내를 죽이면서까지 노나라의 장군이 되어 제나라를 크게 이겼으나, 평판이 좋아지지 않아 해임되고……. (중략) 노나라를 떠난 오기는 위나라 문후의 평판을 듣고 그에게 일을 하겠다고 청원했다. 문후는 오기란 어떤 인물이냐고 재상 이극에게 물었다.

"욕심이 많고 여자를 좋아하지만 그의 군사에 대한 능력은 명장인 사마양저도 발치에 미치지 못할 정도입니다."

그리하여 문후는 오기를 장군으로 맞아 들였다. 과연 오기는 진나라를 공격하여 다섯 도읍을 함락시켜 이극의 말을 증명했다.

그러면 장군으로서의 오기의 행동은 어떠했는가. 그는 언제나 가장 신분이 낮은 병사들과 같은 옷을 입고 또 같이 음식을 먹었다. 잘 때는 자리를 깔지 않으며, 행군할 때는 마차에 타지 않았다. 그리고 자기의 식량은 자기가 직접 가지고 다녔다. 이렇게 그는 병사들과 고락을 같이했다.

이런 일화도 있다. 병사 한 명이 종기가 나서 괴로워하자 오기는 그 종기의 고름을 입으로 빨아 빼내 주었다. 그러나 이것을 안 그 병사의 어머니는 아들을 지휘하는 장군의 호의를 고마워하기는 고사하고 슬프게 울었다는 것이다. 어떤 사람이 이상하게 생각하여 물었다.

"당신의 아들은 일개 병사에 지나지 않는데 장군이 직접 고름을 빨아 주셨습니다. 그런데 왜 우는 것입니까?"

이 말에 그 어머니는 이렇게 대답했다는 것이다.

"그렇지 않습니다. 바로 전년에는 오기 장군께서 그 애의 아버지의 종기 고름을 빨아내 주셨습니다. 그 후 그 애 아버지는 전장에 나갔습니다. 그분은 오기 장군의 은의에 보답하기 위해서 끝까지 적에게 등을 보이지 않고 싸우다가 죽었습니다. 들으니 이번에는 제 아들의 종기 고름을 빨아내 주셨답니다……. 이제 그 애의 운명은 결정되었습니다. 그래서 우는 것입니다."

문후는 이렇게 용병술이 훌륭하고 공평무사하며 병사들의 인망이 두터운 오기를 서하의 태수로 임명하고, 진나라와 한나라에 대비하여 변방을 굳혔다.

우두머리는 부하가 굶고 있을 때 밥을 먹어서는 안 된다. 우두머리는 부하들이 밥 먹은 것을 확인하고 난 후 밥을 먹어야 한다. 우두머리는 개인의식을 동료의식으로, 동료의식을 동지의식으로 확대 재생산해낼 수 있어야 한다. 진정으로 동고동락할 자세가 바탕이 되어야 가능한 일이다.

우두머리의 자질 5 : 병(兵)의 장(將)과 장(將)의 장(將)

한나라 6년 초왕 한신이 반역을 꾀하고 있다는 상서가 있었다. 고조 유방은 한신의 반역에 대해서는 두려움에 떨었다. 군사를 동원하여 한신을 진압할 자신이 없었기 때문이었다. 진평의 계책(순행을 빙자하여 제후들을 소집하도록 하고, 마중 나와 있는 한신을 잡아 가두는 것)으로 겨우 한신을 잡을 수 있었다. 아래의 이야기는 고조가 한신과 장군들을 품평하면서 나눈 이야기이다.

고조: 짐에게는 몇 만 정도의 군사를 거느릴 역량이 있다고 보시오?
한신: 폐하께서는 기껏해야 10만 정도이겠지요.
고조: 그러면 귀공은?
한신: 저는 다다익선(多多益善)입니다. 용병에는 자신이 있습니다.

고조는 웃었다.

고조: 그런데 귀공은 왜 나에게 붙잡혔소?
한신: 폐하께서는 **병(兵)의 장(將)**이 되실 역량은 없습니다만, **장(將)의 장(將)**이 되실 힘은 갖추고 계십니다. 제가 사로잡힌 것은 그 때문입니다. 더욱이 폐하의 경우는 그 재능이 실로 저 따위와 비교할 수 없는 천부의 것이어서 아무나 갖출 수 있는 것이 아닙니다.

위의 대화가 한신이 고조에게 잡힌 후에 있었다는 것이 재미있다. 천하를 얻기 위해 생사를 같이했지만 천하를 얻은 후에는 서로 죽이지 않을 수 없었던 인간군들. 고조가 옛 일을 생각하며 사로잡은 한신하고 한 잔 술을 마셨는가 보다. 은근히 마음을 떠본다. 이에 대한 한신의 답이 걸작이다. **병(兵)의 장(將)**과 **장(將)의 장(將)**이라. 고조는 그날 제대로 취했을 것이다.

1타 2피 식의 회식 자리

1. 경쟁에서 진 사람과 이긴 사람을 같은 자리에 불러서 식사 자리를 마련하는 어리바리한 짓은 하지 않도록 주의해야 한다. 더구나 그것이 선의의 경쟁이 아닌 경우에는 말할 것도 없다. 경쟁에서 이긴 사람에겐 축하의 자리이자, 의기양양함을 일정 정도 끌어내려야 하고, 경쟁에서 진 사람에겐 위로의 자리이자, 처져있음을 일정 정도 끌어올려 주어야 한다. 둘은 방향이 다르다. 방향이 다른 사람들을 불러다가 우두머리가 이런저런 이야기를 하는 것은 분위기를 솔선하여 어색하게 만드는 짓이다.

2. 전보 인사로 떠나는 사람과 오는 사람을 같은 자리에 불러서 식사 자리를 마련하는 어리숙한 짓은 하지 않도록 주의해야 한다. 더구나 누군가 원하지 않는 자리에 가게 된 경우에는 말할 것도 없다. 떠나는 사람은 과거의 추억을 이야기하고 싶어 하고, 오는 사람은 장래의 계획을 이야기하고 싶어 한다. 둘은 방향이 다르다. 방향이 다른 사람들을 불러다가 우두머리가 이런저런 이야기를 하는 것은 분위기를 솔선하여 어색하게 만드는 짓이다.

우두머리의 휴가관

1. 자기는 휴가 가면서 부하들에겐 가지 말라고 하는 형
2. 자기는 휴가를 가지 않으니 당연히 부하들도 가지 말라는 형
3. 자기는 휴가를 가지 않으니 은근히 부하들도 가지 않았으면 하는 형
4. 자기는 휴가를 가지 않으면서 부하들은 휴가 가도 좋다는 형
5. 자기는 휴가라고 해보았자 집에 있어야 하지만 휴가를 가는 형

부하의 입장에서 어떤 우두머리 밑에서 일하고 싶겠는가? 순서대로 나열해보기 바란다. 나는 어떤 우두머리인지 골라보라. 양자가 불일치하다면 문제가 심각한 것이다.

다릿돌 15

황산벌 :

죽으려 하는 자 죽고, 살려 하는 자 살았으니……

660년 여름에 들어선 황산벌에는 핏발 돋은 혈기왕성한 장정들을 거느리고 백제, 신라의 우두머리들이 백척간두에 선 나라의 운명을 걸고 대치하고 있었다. 그들의 선택과 결과는 어떠했는지. 문헌의 빈 공간을 역사적 상상력을 통해 메워 가며 당시를 재현해보고자 한다. 누가 죽고 누가 살아남았는지. 그리고 오늘날 우리가 그 당시의 황산벌에 있었다면 누가 죽고 누가 살아남았을지 추적해보려 한다.

부여는 **'부여스럽다'**는 말이 참으로 잘 어울리는 고을이다. 부여스럽다라는 말의 함축적 의미야 사람마다 다를 수 있겠으나 '스럽다'라는 단어가 붙을 수 있다는 것은 부여의 매력이요, 부여의 자랑이다. 대한의 어느 고을이 부여만큼 애잔할 것이며, 부여만큼 빈 공간에 그 많은 사연을 담고 있을 것인가. 비어있음이 채워 있음보다 더 많은 이야기를 전해줄 수 있음을 보여주는 곳. 특히 채움의 공간이 비움의 공간이 되어야 했던 바로 그 순간에 일어난 비극적인 일들이 상상력을 단숨에 극한까지 몰고 가는 곳. 어찌 부여를 사랑스럽게 안아 주지 않을 수 있으랴.

2016년 여름의 퍼질 듯 아늑한 **부소산성**과 660년 여름의 피비린내 진동하는 아비규환의 부소산성. 부소산성을 거닐 듯 오르면서 겨우 균형을 유지하던 과거와 현재의 균형추는 낙화암에 이르러 결국 나를 660년 여름으로 이끈다. 한번 빠져든 나는 헤어나지 못하고 호흡이 곤란하여 어지러이 두 발로 서 있지를 못한다. 그저 여기서 주저앉아 있을 수밖에 없다. 그날 마치 아비와 어미를 잃은 젖먹이 어린 것이 그랬듯이. 이 토실토실한 흙에는 백제인의 붉은 피가 스며들어 있고, 이 아늘아늘한 바람에는 백제인의 울부짖음이 어려 있다.

부소산성은 몸매의 긴장감을 아직 놓지 않은 중년 여성의 젖가슴처럼 봉긋이 솟아 올라있는 부여의 주산인 부소산에 구렁이가 꽈리를 틀듯이 흙을 다져 쌓아 올린 토성이다. 660년 어름 백제군과 사비성 민초들은 이곳에서 마지막으로 항전했다. 나당 연합군은 부여나성을 넘어 부소산성으로 몰려들었다. 사비성은 온통 불길에 휩싸였고 창과 칼이 부딪치는 소리, 창이 살을 후비는 소리, 칼이 살을 베는 소리, 후비는 자와 베는 자의 거친 기합 소리, 후벼지는 자와 베인 자의 숨넘어가는 소리, 아낙이 어린 자식을 안고 우는 소리 등이 뒤엉켜서 사비성은 아수라장이 되었다. 나당연합군은 점점 부소산성으로 포위망을 좁혀 왔고 이제 우리를 지켜줄 몇 남지도 않은 남정네들마저 하나둘 눈앞에서 쓰러져갔다. 살려달라고 할 것도 없었고 살려 줄 것도 없었다. 짐승 같은 놈들은 피 묻은 손으로 침을 닦고 입맛을 다시며 조여 왔다. 이제 남은 길은 뛰어내리는 것, 그것 하나밖에 없었다.

"여기가 삼천궁녀가 떨어져 죽은 낙화암이야."

어린 아이들의 천진난만한 목소리가 아니었다면 나의 혼은 현재로 돌아오지 못하고 660년 여름을 여전히 헤매고 있었을 것이다.

숙소로 겨우 돌아온 나는 《삼국사기》를 꺼내 660년 여름의 기록을 펼쳤다. 나의 혼은 사시나무 떨듯 떨며 황산벌로 달려 나갔다. 《삼국사기》의 기록을 통해 유추해보면 660년 여름 백제와 신라 장군들은 이미 제정신이 아니었다. 저 놈들을 모조리 죽이지 않으면 내가 죽는 것을 넘어 내 아내, 내 아들, 내 딸 등 우리가 모조리 죽어야 하는 전쟁. 이것은 타협과 공생의 선을 훌쩍 뛰어넘어 선 나라와 나라의 운명을 건 외줄타기 전쟁이었다. 상대방을 밀어 낭떠러지로 떨어뜨려야 내가 무사히 건널 수 있는 것이다. 지는 자는 모든 것을 잃어야 하는 절박감은 오직 나라를 위해 목숨을 바쳐야 한다는 일념으로 교육받고 훈련받은 이들에게 이성은 설자리가 없었다. 황산벌에서의 혈투는 이를 극적으로 보여 준다. 660년 여름 태양이

다릿돌 15 / 황산벌 : 죽으려 하는 자 죽고, 살려 하는 자 살았으니……

살을 지질 듯이 내리쬐는 황산벌에는 백제와 신라의 우두머리들이 자신들만 믿고 있는 병사들을 이끌고 마주했다. 거기에는 죽으려 하는 자도 있었고, 살려 하는 자도 있었다.

계백은 나당연합군이 백강과 탄현을 넘었다는 소식에 결사대를 조직하고자 했다. 자신과 목숨을 함께해온 옛 부하들의 인연을 통해 이리저리 모인 군사들은 결사대는커녕 오백(500)도 되지 않는 오합지졸이었다. 정규부대는 당군을 막기 위해 모조리 백강 어귀로 출정했으니 이것은 당연지사였다. 이 오합지졸을 죽음을 두려워하지 않는 눈이 뒤집힌 살인병기로 만들기 위해선 방법은 하나뿐이었다. 계백은 흐리멍덩한 오백의 오합지졸이 보는 앞에서 "살아서 욕을 보는 것보다 차라리 속히 죽는 편히 낫다"며 자신의 아내와 자식을 베었다. 칼에는 피가 흥건할 뿐 칼을 던진 자와 칼을 받은 자에게 미련이라곤 없었다. 이 소식은 삽시간에 사비성 안에 퍼졌고 신라 놈들이 사비성을 넘어 들어오면 우리 처자식은 모두 겁탈당하고 죽는다며 난리법석이 났다. "이래도 뒈지고 저래도 뒈진다."
"어차피 뒈질 것, 계백장군을 따라 신라 놈 들 하나라도 쑤시고 뒈지자." 사비성에 남아있던 사내라고 생긴 것들은 죄다 집 안에 있는 낫, 도끼, 곡괭이 등을 들고 계백의 집 앞에 모여들었다. 드디어 피가 부글부글 끓는 백제의 오천(5,000) 결사대가 조직된 것이다. 계백은 처자식의 피를 축축이 머금고 있는 칼을 들어 올리고는 "살아서 돌아올 생각을 추호라도 품고 있는 자들은 돌아가라. 우리가 사는 유일한 길은 오직 저 신라 놈들 중 어느 한 놈도 살아서 사비성으로 들어오지 못하게 하는 것이다."

계백은 "신라 이 ○만 한 새끼들, 이 ○○○ 새끼들" 하고 입에 거품을 물고 씨부렁거리는 병사들을 이끌고 유유히 황산벌로 나아갔다.

황산벌에 도착한 계백은 진을 치고 평소 알고 지내던 황산벌을 관할하는 촌장을 불렀다. 부하들을 다 물리친 후 계백은 촌장의 두 손을 잡고서 말했다.

"어르신, 꼭 약조를 지켜주셔야 합니다."

"어찌, 이 보잘 것 없는 늙은이에게 그런 끔찍한 부탁을 하십니까?"

"이 계백을 살리고 백제를 살리는 유일한 길입니다."

촌장은 눈물을 흘리며 계백에게 약조를 반드시 지키겠다는 말을 하고는 물러났다.

오만(50,000)의 신라군은 느닷없이 나타난 오천의 백제군이 피에 굶주린 미친 늑대 놈들로 보였다. 이 잡것들의 핏기가 도는 눈은 뒤집어져 이미 사람을 대여섯 명은 잡아먹고 온 것 같았다. 어쩐지 별 탈 없이 여기 황산벌까지 잘도 오는가 싶더니만. 이제 돌아가기에도 너무 깊이 들어 왔는데. "시벌, 얼라 놈들. 아무리 배때기를 찌르고 후벼도 끝까지 일어서서 뭔가를 휘두르네. 시벌."

신라 장군 **김유신**은 특단의 조치가 필요했다. 이러다가 사비성 구경도 못보고 우리 다 죽는다. 우리를 살리기 위해 누군가 그럴 듯하게 죽어주어야 한다. 먼저 자신의 동생 흠춘의 얼굴을 바라보았다. 흠춘

다릿돌 15 / 황산벌 : 죽으려 하는 자 죽고, 살려 하는 자 살았으니……

은 미간을 찌푸리며 올 것이 왔다는 듯 아들 **반굴**을 불러 "신하가 되면 충성이 제일이요, 아들이 되면 효도가 제일이다. 위태로움을 보고 목숨을 바치는 것은 충성과 효도를 다 오롯하게 하는 길이다"라고 모두 내 말을 다 들으라는 듯 큰 소리로 말하자, 반굴은 아비의 말이 끝나기가 무섭게 적진에 들어가 힘껏 싸우다 창에 찔려 말에서 떨어져 허망하게 죽고 말았다. 김유신은 사사로이는 자신의 조카인 반굴의 죽음을 한심한 듯 쳐다보았다. '혼자 뛰쳐 들어갔으면 멋지게 뒈져야지. 저렇게 칼 한 번 제대로 휘두르지 못하고 쓰러지면 어떻게 하나. 이것으론 턱 없이 부족하다. 아직 병사들의 눈이 두려움에 떨고 있다.'

보다 더 극적인 무엇인가가 필요하다. 유신은 다음으로 장군 **품일**의 눈을 응시했다. 품일은 유신의 강렬한 눈빛을 심호흡으로 크게 들여 마신 후 고개를 돌려 아들 **관창**을 불러 "네가 비록 나이는 어리지만 지기(志氣)가 있으니 오늘은 바로 공명을 세워 부귀를 얻는 날이다. 용맹이 없어서야 되겠느냐?"라고 입술을 깨물며 힘주어 말했다. 이에 관창이 미친 듯이 돌진하여 여러 명을 죽인 후 계백 앞에 산 채로 끌려가자 계백은 관창의 어린 용모를 보고 "기특하구나. 돌아가거라" 하였다. 관창이 멀쩡히 돌아오자 병사들이 웅성웅성 수군거리는 것이었다.
'이거 결국 우리 아랫것들만 개죽음하는 거잖아.'
차라리 가만히 있는 것보다 못한 상황이 된 것이다. 신라군의 사기는 다시 한 번 무너지고 있었다. 관창은 '아무튼 아랫것들이란. 내 우여곡절 끝에 살아 돌아왔건만 아무도 반겨주지 않는구나. 이 ○○○○ 새끼들아. 내가 꼭 죽어야 니들이 앞장서 싸우겠다면 기꺼이 죽어 주마.

늦은 불혹의 다릿돌

까짓것 그거 하나 못할 성 싶으냐'고 속으로 외치며 "앞서 내가 적진 중에 들어가서 능히 장수를 베고 기(旗)를 꺾지 못하였으니 깊이 한이 되는 일이다. 이번에 들어가면 반드시 성공하고 말겠다"라고 하늘을 향해 울부짖은 후 부하들을 향해 주먹을 불끈 지켜 올리고는 손으로 우물물을 움켜 마신 후 "여기 대(大)신라의 화랑 관창이 나간다. 다 덤벼라. 이 백제 얼라들아"라고 젖 먹던 힘까지 다해 포효하며 다시 적진으로 돌격하여 맹렬히 치고받았다. 관창은 결국 피투성이가 되어 계백 앞으로 또 한 번 끌려갔다.

"머리에 피도 안 마른 어린놈이 실로 죽는 것이 두렵지 않은 게구나."
계백의 목소리가 땅에 깔렸다.
"나는 신라의 자랑스런 화랑이다. 임전무퇴라고 배웠다."
관창은 나름 눈을 부릅뜨고 대들 듯 몸부림치며 하늘을 향해 목소리를 높였다.
계백의 눈가가 치르르 떨렸다.
'이 젖내기도 화랑이라고, 임전무퇴라고…… 유신 이 놈, 결국 어리디어린놈들의 젖비린내 나는 피로 나를 넘어 가겠다는 거냐.'
계백은 담담히 명했다.
"그냥 놔 주거라."
"장군, 이 놈 때문에 우리 군사가 열도 더 죽었구먼요. 죽여야 합니다. 우리 아그들이 보고 있습니다."
부장들의 간청에도 계백은 흔들리지 않았다.
"그냥 놔 주라고 하지 않았느냐."

계백이 뒤로 돌아서 막사로 들어설 참이었다.

"계백 네 이놈, 나를 살려주면 다시 달려들 거다. 네놈의 목을 벨 때까지 달려들 거다. 나를 더 이상 구차하게 만들지 말고 어서 죽여라. 이 치사하고 더러운 ○○ 자식아."

"이런 쥐 ○만 한 새끼가, 감히 우리 장군님을 능멸해. 네놈의 소원대로 해주마."

조미압의 칼이 관창의 목을 갈랐다. 관창의 두 동강난 머리가 데굴데굴 굴러 계백의 발걸음을 막아섰다.

"이런 미련한 놈아, 신라 놈들이 보고 있는 거 안 보이냐!"

"그러니 죽여야죠. 덤비는 놈은 누구나 이놈처럼 된다는 것을 보여 줘야죠."

"네놈이 감히……."

계백의 칼이 조미압의 눈을 무섭게 노려보자 조미압은 칼을 떨어뜨리며 무릎으로 땅을 치며 털썩 주저앉았다. 계백이 늘어진 조미압의 목을 내려치려는 순간, 부하들이 달려들어 계백을 말렸다.

"장군 지금 한 사람이라도 더 있어야죠. 참으십시오. 틀린 말도 아니지 않습니까?"

계백은 부들부들 떠는 칼을 다시 한 번 고쳐 잡으며 외쳤다.

"할 수 없다. 관창의 목을 말안장에 묶어서 신라 진영으로 보내라. 단단히들 마음먹어라. 저 잡것들이 이제 눈깔 뒤집고 달려들 거다. 이번만 막아내면 우리가 이긴다! 백제가 이긴다! 자신들 있나!"

"자신 있습니다!"

"진짜 자신들 있나?"

"자신 있습니다! 자신 있습니다!! 자신 있습니다!!!"

관창의 말은 주인의 목을 가지고 주인의 아버지랍시고 품일의 앞으로 달려와 멈췄다. 품일은 자식의 베어진 목을 움켜 쳐들고 옷소매로 피를 씻으며 울부짖었다.

"내 아들의 얼굴이 마치 살아있는 것 같다. 능히 나라일로 죽었으니 후회가 없을 것이다."

유신은 옆에서 멍하니 목이 잘린 관창의 얼굴을 바라보는 눈치 없는 부장의 옆구리를 칼집으로 치면서 함성을 선창하라고 명했다. 이를 기회로 관창의 처형 모습을 바라보며 숨소리조차 없던 신라 진영에서 갑자기 함성이 터져 나왔다. 유신은 눈을 지그시 감고 속으로 쾌재를 불렀다.

'옳거니 드디어 계백 네놈이 걸려들었구나. 이제 지긋지긋한 네놈과의 악연도 여기서 끝을 맺는구나.'

유신은 때를 놓치지 않고 즉시 전군에 공격명령을 내렸고 황산벌이 피로 질척질척 해진 그날 해질녘 계백은 쓰러졌고 백제도 무너졌다.

김유신이 "계백을 죽이지 마라. 반드시 사로잡아라"라고 명했지만 이미 계백은 사지가 너덜너덜해져 있었다. 말에서 내린 김유신이 계백을 끌어안고 말했다.

"이렇게 죽을 것을 뭐 그리 죽으라고 싸웠노. 우리가 남이가. 처자식은 걱정 말고 편히 가소."

계백의 눈가에서 붉은 눈물이 뚝 떨어지더니 비웃듯이 피씩 웃었다.

169

그러자 부장들이 "저 놈이 아직도 지가 패장인 줄 모르는가 봅니다. 저 놈을 사비로 끌고 가 백제 놈들이 보는 앞에서 사지를 잘라야 합니다."

"됐다. 적장에 대한 최소한의 예의를 지켜라. 내가 니들을 그렇게 가르쳤더냐. 네놈들의 수준이 이 모양밖에 안 되니 이 늙은이가 아직도 전쟁터에서 전전긍긍하는 거다."

유신이 뒤도 쳐다보지 않고 나무랐다.

계백이 유신에게 마지막 힘을 다해 말했다.

"나를 여기 내 부하들과 함께 잠들게 해주라."

유신은 고개를 끄덕였고 계백은 고개를 떨궜다.

사비성을 점령한 유신은 계백이 황산벌에 오기 전에 이미 자기 손으로 처자식을 죽였다는 이야기를 듣고 계백의 그 마지막 웃음과 말이 마음에 걸려 계백의 시신을 당장 찾아오라고 명했다. 하지만 이미 계백의 시신은 사라진 뒤였다. 촌장이 계백과의 약조를 지켰던 것이다.

'이 지독한 인간. 죽어서까지 나를 괴롭힐 작정이구나.'

신라군이 계백의 시신을 찾지 못했다는 이야기가 무너진 사비성을 넘자 계백이 아직 살아있다는 이야기로 온 백제 땅에 퍼져나갔다. 이후 백제부흥운동이 들불처럼 일어나게 되었던 것이다.

연약한 처자식을 베어버린 피눈물에 젖은 칼을 차고 전투에 나선 지아비이자 아비. 갓 목이 베어진 아들의 머리채를 잡아들어 올리고는 자식이 자랑스럽다며 울부짖던 아비. 황산벌 전투는 이런 극단적 아비들이 이끄는 부대 간의 전투였다. 이게 어디 인간이 할 짓인가 싶겠지만 그 당시 백제와 신라는 이미 제 정신이 아니었다. 이때 이미 두 나라는 같은 하늘 아래 존재할 수 없었던 것이다. 하나는 반드시 없어져야 했다. 계백과 유신은 통합되는 나라와 통합하는 나라의 상징이자, 아픔이요, 충(忠)의 결정체였다.

이 와중에 더러운 목숨을 부지하면서 살아남은 잡것들이 있었다. 《삼국사기》 신라본기 태종무열왕 편을 보면 아래의 글과 마주친다.

> 백제군을 크게 무너뜨려 계백은 전사하고 좌평 **충상, 상영** 등 20여 명을 사로잡았다. (중략) 그리고 백제의 관민도 다 그 재능을 헤아려 등용하니, 좌평 충상, 상영, 달솔 자간은 일길찬의 위를 제수 받아 총관에 보직되고, 은솔 무수는 대내마의 위를 제수 받아 대감에 보직되고, 은솔 인수는 대내마의 위를 제수 받아 제감이 보직되었다.

결국 좌평 충상, 상영은 황산벌에 있었고 거기서 살아남아 신라의 앞잡이가 되어 사비에 다다른 것이다. 좌평이라면 지금의 장관급인데 이 자들이 신라에 들이 붙어서 부귀영화를 누렸다는 것이다. 이들은 이기면 공을 차지하려했을 것이고 설사 진다 하더라도 신라에 투항하여 살아남을 수 있을 것으로 계산하고 황산벌에 왔을 것이다. 죽어가는 부하들이 보는 앞에서 유신에게 살려달라고 무릎 꿇고 싹싹 빌었을 것을 생각하면 구역질이 난다. 죽으려 하는 자는 죽고, 살려 하는 자는 살았으니. 이것이 백제 패망의 원인이 아니고 무엇이겠는가.

나는 오늘날 나의 주변 사람 중에 황산벌에 있었다면 누가 살아남으려 했을지 머리에 가득히 떠오른다. 어찌하여 그 역겨운 인간들은 대부분 많이 배운 자, 옳은 말 많이 한 자, 목소리가 큰 자들이란 말인가! 황산벌은 우리에게 분명히 가르친다. 살려 하는 자가 힘을 가져서는 안 된다. 그자들이 힘을 가져서는 안 된다. 그렇다면 누군가 나서서 그것들이 힘을 가지려 할 때 손목을 비틀어야 한다. 그래야 나라가 바로 선다.

조미압(租未押)은 누구인가?

이런 급박한 와중에 조미압이란 간자가 있었으니……. 백제 멸망을 극적으로 만든 조미압을 만나보자. 《삼국사기》 열전 김유신 편에는 조미압에 관한 이야기가 전해진다.

급찬 **조미압**이 부산현령(夫山縣令)의 신분으로 백제에 사로잡혀 가서 좌평 **임자**(任子)의 집 종이 되었다. 그 뒤 그가 정성껏 일을 보살펴 한 번도 게으름을 부린 적이 없으므로 주인은 어여삐 여겨 의심치 아니하고 출입의 자유를 주므로 이틈에 도망해 돌아왔다. 김유신에게 백제의 사정을 알리니 김유신은 조미압이 충성스럽고 정직한, 쓸모 있는 인물임을 짐작하고 드디어 말하기를 "내 들으니 임자가 백제의 일을 전담하는 처지라 하는데 내가 그와 의사를 통하고 싶으나 아직 못하고 있다. 그대는 나를 위하여 다시 가서 말해 주겠는가" 하였다. 조미압은 대답하기를 "공이 저를 불초로 여기지 아니하시니, 시키신다면 비록 죽어도 후회가 없겠습니다" 하였다. 조미압이 드디어 다시 백제로 들어가 임자에게 말하기를 "저의 생각에 이미 국민이 된 이상 마땅히 국속(國俗)을 알아야 하겠기에 수십일 동안 구경다니느라 돌아오지 못하였던 것이오나, 견마(犬馬)가 주인 그리는 정성을 억제할 수 없어 지금 왔습니다" 하니 임자는 이 말을 믿고 책망하지 않았다.

조미압이 틈을 타서 아뢰기를 "전번에는 죄를 주실까 두려워서 감히 바로 말씀드리지 못하였으나 실상인즉 신라에 갔다 왔습니다. 그런데 김유신이 저에게 부탁하여 주인님께 말씀을 드려 달라고 하였습니다. 그의 말이 '나라의 흥망은 미리 알 수 없는 것이니, 만약 그대의 나라가 망할 경우에는 그대가 우리의 나라에 의탁하고, 우리나라가 망하면 내가 그대의 나라에 의탁하도록 하자'고 하였습니다." 임자는 듣고 아무런 말이 없었다. 조미압은 황공하여 물러가 수개월 동안 대죄(待罪)하고 있었다. 두어 달이 지난 어느 날 임자를 불러들여 묻기를 "네 전번에 김유신의 말이 어떻더라고 말하였느냐" 하니 조미압은 황공스럽게 대답하며 전과 같이 말하였다. 임자는 말하기를 "네가 전한 뜻을 나는 벌써 다 짐작하였다. 돌아가서 알려주는 것도 무방하다"고 하였다. 조미압은 드디어 돌아와서 일러 주고 겸하여 안팎의 사정을 자세히 설명하니, 김유신은 더욱 백제를 병탄(倂呑)할 생각을 깊이 하였다.

이 이야기의 시기는 대략 655년이다. 나당연합군에 의해 사비성이 불에 타 재가 되기 5년 전이다. 당시 양국에서 신하로서 최고지도자는 백제의 임자, 신라의 유신이다. 이 둘 사이에 조미압이 있었다.[13] 유신은 천신만고 끝에 살아서 돌아온 조미압을 다시 임자에게 돌아가 자신의 뜻을 전하

---

[13] 조미압이 황산벌에 있었다는 것은 나의 역사적 상상력에 근거하고 있음을 밝혀둔다. 나는 분명 그가 황산벌에 있었고 충상, 상영과도 관련이 있었을 것으로 추측한다.

라고 하면서 임자의 마음을 슬쩍 떠본다. 사실 가서 죽으라는 것이나 다름없는데 조미압은 기꺼이 유신의 뜻에 따른다. 임자는 두어 달이 지난 다음 조미압에게 다시 신라로 가서 유신의 말에 동의한다는 뜻을 전하라고 한다. 유신이 다시 살아온 조미압의 이야기를 듣고 백제 귀족층의 허점을 읽었으리라.

'어라, 이놈들 봐라, 이거 썩어 가는 고목(枯木)이구만.'

임자는 최소한 조미압을 통해 유신의 전략을 알아내야 했었다. 최대한 백제 사람으로 만들어 백제에 충성하도록 했어야 했다. 그것이 불가능하다면 조미압의 목을 베어 소금에 절여 "곧 네놈도 이놈과 똑같이 되리라"라는 편지와 함께 유신에게 전했어야 한다. 이 정도의 지략도 없고, 이 정도의 배짱도 없는 이가 어찌 자신의 나라를 위해서는 거짓도 서슴지 않는, 목숨도 가벼이 여기는 상대방을 이길 수 있었으랴. 살려 하는 자는 살아남을 수는 있어도 죽으려 하는 자를 이길 수는 없는 것이다.

선보 생각 2

김유신

김유신에 대한 비판이 가능할 수도 있을 것이다. 거시적인 측면에서의 비판, 어찌 외세(당)를 끌어들여 삼국을 통일하려 했는가에 대반 비판은 받아들일 수 없다. 그것은 황산벌에서 증명된다. 더 이상 긴 말이 필요 없을 듯하다.[14] 하지만 어찌 지 자식은 앞세우지 않고 부하 장군들의 아들들을 나서게 한 것인가에 대한 비판에 대해서는 한 번 생각해보기로 하자. 《삼국사기》 열전 김유신 편에서 그 답을 더듬어 본다.

이때 장창당만이 유독 영을 따로 설치하고 있다가, 당병 3,000여 명을 붙들어 대장군의 진영으로 보냈다. 이에 여러 당(군영)에서 일제히 말하기를 "장창영이 따로 있다가 공을 이루었으니 반드시 후한 상을 얻을 것이다. 우리가 모여 있는 것은 한갓 수고로울 뿐이다" 하고 드디어 각각 군사를 갈라 분산하였다. 당병 및 말갈병들이 그들이 진을 치기도 전에 공격하여 크게 무너뜨렸다. 장군 **효천**과 **의문** 등이 죽었다.

유신의 아들 **원술**이 비장(裨將)이 되어 역시 전사하려 하니, 그의 보좌 **담릉**이 만류하며 이르기를 "대장부는 죽는 것이 어려운 것이 아니요, 죽음을 택하는 것이 어려운 일이니, 만일 죽어 이루어짐이 없을 바에는 살아서 훗날에 공을 도모함 같지 못합니다" 하였다. 원술의 대답이 "남아는 구차히 살려고 아니한다. 장차 무슨 면목으로 우리 부친을 뵙겠는가?" 하고 바로 말에 채찍을 가하여 달려가려 하였으나, 담릉은 말고삐를 잡고 놓지 아니하므로 드디어 죽지 못하였다. 상장군(의복, 춘장 등)을 따라 무이령(지금의 김천)을 벗어나니 당병이 뒤를 추격하였다. 거열주(지금의 거창) 대감 일길간 **아진함**이 상장군에게 말하기를 "공 등은 힘을 다하여 속히 떠나도록 하라. 내 나이는 벌써 70이니 앞으로 산다 한들 얼마나 살겠는가. 지금이야말로 바로 내가 죽을 날이다" 하고 문득 창을 비껴들고 진중으로 돌입하여 전사하였는데, 그 아들 역시 뒤따라 죽었다.

대장군 등이 남모르게 조용히 서울(경주)로 들어왔다. 왕이 소식을 듣고 유신에

---

14 ▋ 아직도 거시적인 측면에서의 비판이 유효하다고 생각하는 분들은 황산벌 혈투 장면을 다시 한 번 읽어 보기 바란다. 이런 식의 비판이 유효하려면 신라는 백제, 고구려를 위해서 앉아서 망해야 했다는 것과 같다.

게 묻기를 "군사가 이같이 무너졌으니 어찌하오" 하자 유신은 아뢰기를 "당나라 사람들의 꾀는 측량할 수 없으니 장병들을 시켜 긴요한 곳을 지키게 해야 합니다. 다만 원술이 왕의 명령을 욕되게 하였을 뿐 아니라 가훈마저 저버렸으니 베어야 옳습니다" 하였다. 왕이 말하기를 "원술은 비장인데 그에게만 중한 형벌을 내릴 수는 없소" 하고 용서하였다.

원술은 부끄럽고 두려워서 감히 아버지를 뵙지 못하고 전원에 숨어있다가 아버지가 세상을 떠난 뒤에 어머니를 뵙기를 원하였다. 그 어머니가 말하기를 "부인은 삼종의 의가 있는데 지금 과부가 되었으니 마땅히 자식을 따를 것이나, 원술 같은 자는 이미 아비에게 자식 노릇을 하지 못하였으니 내가 어찌 그 어미가 될 수 있겠느냐" 하면서 만나주지 않았다. 원술은 통곡하고 몸부림치며 차마 떠나지 못하였다. 부인이 끝내 만나주지 않으므로 원술은 탄식하며 "담릉 때문에 신세를 그르쳐 이 지경에 이르렀다" 하고 태백산으로 들어갔다.

을해년(675) 문무왕 15년에 당병이 와서 매소천성(양주)을 공격하였다. 원술은 그 소식을 듣고 예전의 부끄러움을 씻으려 힘껏 싸워 공을 세우고 상까지 받았다. 그러나 부모에게 용납되지 못한 것을 한스럽게 여기어 벼슬하지 않은 채 세상을 마쳤다.

쉽게 이야기해서 전투에서 패했는데도 불구하고 전장에서 죽지 않고 멀쩡히 살아서 돌아온 것은 나라와 가문에 욕을 보인 것이니 아비로서 아들을 죽이겠다는 것이다. 아비는 그렇다 치고 어미는 또한 어떠한가. 어미는 아비에게 자식 노릇 못했으니 얼굴도 보지 않겠다는 것이다. 원술이 대문 앞에서 통곡하고 몸부림치는 모습이 눈에 선하다. 서라벌 백성들은 유신의 집 앞에서 서글피 우는 자가 원술이고 끝내 어미 얼굴도 못 보고 태백산에 들어간 것도 원술임을 알았을 것이다. 독한 사람들이라고 수군수

군거리는 소리가 들리지 않는가? 그러면서도 유신의 집안을 우러러 보았을 것이다. 자식을 잃은 늙은 부부부터 아비를 잃은 어린 것에 이르기까지 감히 누가 유신을 비난할 수 있으랴.

신라가 삼국을 통일할 수 있었던 저력이 어디에 있었는지 알 수 있다. 나는 만약 반굴에 이어 관창이 황산벌에서 신라군의 사기를 올리는 데 실패했었다면 마지막 카드는 분명 김유신의 아들 중 한 명이었을 것이라고 확신한다. 이것이 바로 우리가 말하는 노블리스 오블리제인 것이다. 윗사람이 자기 자식을 안전한 곳에 보내놓고 아랫사람의 자식들 보고 나가 멋지게 뒈지라고 하면 죽기야 할지 몰라도 멋지게야 죽겠는가. 하는 수 없이 죽는 자와 기꺼이 죽는 자는 그 근본이 다른 것이다. 아랫사람을 기꺼이 죽이기 위해서는 윗사람이 더 기꺼이 죽을 준비가 되어있어야 한다.

선보 생각 3

당신은 어디에 속하는가?

위의 글에서 우리는 다양한 인물들을 만났다. 상당한 무리가 따르지만 이들을 한 번 분류해보고자 한다.

- 죽으려 했고 죽은 자: 계백, 반굴, 관창, 아진함, 아진함의 아들
- 죽으려 했으나 살아남은 자: 유신, 흠춘, 품일, 조미압, 원술
- 살려 했으나 죽은 자: 효천, 의문

• 살려 했고 살아남은 자: 임좌, 충상, 상영, 자간, 무수, 인수, 의복, 춘장, 담릉

당신은 과연 어디에 속하는가? 진한 커피 한 잔을 옆에 두고 자신에게 물어보자. 나는 어느 부류에 속하는가?

수학여행 :

우리들은 흥분했었다

　부여를 보았으니 이제 경주로 가보자. 경주와의 인연은 수학여행을 통해서였다. 우리는 경주보다는 수학여행 자체에 흥분하고 있었다. 이제 웬만한 일로는 흥분치 못하는 나이가 되어 그 시절의 흥분된 우리들이 떠오르니 어찌나 그 시절이 그리운지. 아! 그립다. 아! 사무치게 그립다.

학창시절 두 번의 수학여행이 있었다. 초등학교 6학년과 고등학교 2학년. 수학여행의 목적지는 모두 경주였다. 나와 경주의 인연은 수학여행에서 시작된 것이다. 목적지가 어디든 무슨 상관이 있었으랴, 그저 우리들은 흥분했었다. 스승님들 또한 우리 못지않게 흥분하셨다. 아래 글에서 우리들에는 스승님들도 포함되는 경우가 많다. 이해의 편의를 위해 미리 밝혀 둔다.

초등학교 6학년 수학여행(6월 5일~7일)

서울에서 승차감이 떨어지는 학교 버스로 6시간 넘게 달려와 제일 먼저 마주친 것은 **첨성대.** 이렇게 조그마한 것인 줄 몰랐기에, 하늘 높은 줄 모르고 솟아있을 것으로 확신하고 있었기에, 위대한 유산은 뭐니뭐니해도 보는 이를 압도할 정도로 크고 봐야 한다는 스케일 콤플렉스 때문에, 어린 나는 아담한 규모의 첨성대가 천오백 년 가까이 고이 간직하고 있던 아름다움을 못보고 덩치 작음의 초라함에 실망하고 시선을 떨구고 말았다.

장기간의 차량 탑승으로 인한 피로감, 첨성대가 안겨 준 예기치 못한 실망감, 그 어떤 것도 우리들의 흥분을 진정시킬 수는 없었다. 초등학교 6학년 공식적으로 집 밖에서 친구들과 잠을 잘 수 있다는 것은 어마어마한 경험이었다. 이러한 흥분은 예기치 못한 사태로 이어지는데……

6학년 3반 친구들이 좁은 방에서 서로 영역 시비가 붙어 단체 싸움이 일어났고, 이에 대한 담임 스승님의 응징은 우리들이 보는 앞에서 참혹하게 일어났다. 때리는 스승님의 흥분은 맞는 친구들의 흥분을 절규로 변이 시켜 서라벌 벌판으로 울려 퍼지도록 했다. 하지만 그것도 잠깐 우리들은 잠을 자지 않고 이리 뛰고 저리 뛰고 난리법석을 떨었다.

스승님들의 수차례 경고 후 드디어 남자아이들은 숙소 뒷마당에 모이라는 명이 떨어졌다. 뒷마당은 삐죽삐죽한 자그마한 자갈이 비교적 고루 깔려 있었는데 스승님은 우리들을 4열종대로 세운 후 뛰라고 하셨다. 달밤에 멋들어진 달리기가 시작된 것이다. 처음에는 한두 바퀴 돌다가 그만둘 것으로 예상했는데 그게 아니었다. 멈추라는 신호가 없었다.

'어, 이거 장난 아니다.'

점점 힘들어하는 아이들이 생겼다. 처음에는 낙오하는 아이들에게 한심한 듯 뭐라고 질타를 하시던 스승님도 나중에는 걱정이 되셨는지 오히려 뒤처지는 아이들을 그만 뛰고 나오라고 하셨다. 30분 이상을 뛰었던 것으로 기억되는데 나는 상원이와 서로 격려하면서 끝까지 뛰었다. 그냥 멈추어도 되는 것이었지만 끝까지 뛰었다. 누가 이기나 보자는 유치한 오기는 아니었다. 그냥 뛰는 것이었다. 완주한 친구는 5명 정도. 해냈다는 성취감. 누구를 이겼을 때와는 분명 다른 개운함. 뭐랄까 이 기분. 팔을 뒤로 하여 손바닥으로 땅을 짚고 앉아서 숨을 고르며 바라본 서라벌 달밤은 참 맑고 밝았었다.

한밤의 마라톤이라는 스승님의 응급처방을 받은 우리들은 방으로 들어가자마자 골아 떨어졌다. 하지만 스승님들은 달이 아직 지배하는 시각에 벼락 치듯 우리를 깨우셨다. 아, 잠을 제대로 못자는 고통. 겨우 일어나 버스에 올라타 토함산에 올랐다. 가는 내내 창에 머리를 칠 정도로 졸았는데 버스에서 내려 내 생애 최고의 장관을 보았다. **토함산 일출.** 동해바다는 운해로 뒤덮여 있었고 그 안에서 용광로에서 갓 나온 쇳물 같은 붉은 불덩이가 꿈틀거리며 솟아오르고 있었다. 서서히 모습을 드러낸 불덩이는 감히 범접할 수 없는 기운을 세상에 쏟아내며 온 세상의 어둠을 녹여버렸다. 우리는 일제히 탄성을 질렀다. 우와~.

토함산 일출로 세상에 둘도 없는 우주의 뜨거운 기를 받은 우리들은 **석굴암**으로 향했다. 석굴암에 정좌하시고 계신 부처님의 모습은 초등학교 6학년의 눈에도 완벽했다. 동해에서 떠오르는 태양을 가부좌한 채로 맞아들여 그 자비의 빛을 온 세상에 전해주는 불상. 부처님의 반듯하고 온화하며 늠름한 모습을 뵈면서 경외감을 느꼈다.

일출과 석굴암으로 눈이 초롱초롱해진 우리들은 토함산을 내려와서 **불국사**를 방문했다. 국어 시간에 배운 경주에 관한 기행문에서 석가탑은 남성적이고, 다보탑은 여성적이라고 한 이유를 실제 보니 무슨 말인지 알 것 같았다. 석가탑은 단순한 듯 듬직했고, 다보탑은 화려한 듯 사랑스러웠다. 어찌 이리도 성격이 다른 두 탑이 이리도 조화로울까? 역시 세상은 남자와 여자가 어울려 살아야 하는가 보다.[15]

---

[15] 불국사 대웅전 앞의 공간에서 석가탑과 다보탑을 비교하지 않고 보는 것은 불가능하다. 석가탑은 다보탑을, 다보탑은 석가탑을 통해 설명되어진다. 두 탑의 이질성은 분명 동질성을 뛰어 넘는다. 그러면서도 서로가 서로에게 의지하고 있다. 인간이 인식할 수 있는 단어로는 도저히 설명이 불가한 고차원의 조화로운 경지를 보여주고 있다.

우리는 아침을 먹고 **대왕암**이 있는 감포 앞바다로 갔다. 죽어서도 나라를 위해 용이 되고자 했다는 문무왕에 대한 이야기를 들었고 '한 나라의 왕이라면 이 정도는 되어야지' 하고 생각했다.[16] 바닷가에서 뛰어 놀았다. 그리고 포석정, 안압지, 국립경주박물관, 원성왕릉 등을 보고 다시 숙소로 돌아왔다. 그날 우린 모두 푹 잤다.

고등학교 2학년 수학여행[17]

또 경주란 말인가?

나는 조금 실망했었다. 하지만 고등학교 2학년 때의 경주는 초등학교 6학년 때의 경주와는 사뭇 달랐다. 첨성대도 어느 정도 예쁘장하게 보이고 왕릉의 부드러운 선이 눈에 들어오기 시작했다. 사실 두 번째 수학여행에서는 어디에서 무엇을 보았는지 잘 기억이 나지 않는다. 비교적 좋은 숙소에서 비교적 좋은 음식을 먹으면서 편하게 지내고 온 것으로 기억된다. 졸업한 동문 선배들의 직·간접적 찬조가 있었던 것으로 들었고 학교에서 이 돈을 수학여행 가는 우리들을 위해 전액 썼기에 가능했다고 들었다.

고등학교 2학년생들에게 수학여행은 공식적인 일탈의 해방구였다. 술을 사오자는 제안에 다들 동의했지만 누가 담을 넘어 사올 것인가에 대해

---

16   문무왕은 김춘추(태종무열왕)와 김유신에 가려 잘 알려져 있지 않지만 우리 역사에서 손 꼽히는 왕이다. 대왕암의 존재는 최고 우두머리의 삶과 죽음이 어떠해야 하는지를 분명히 말해주고 있다. 우리나라 역대 왕들이 문무왕 반 정도만 닮았어도 우리는 지금의 우리가 아닐 것이다.

17   초등학교 때에는 일기가 있어 언제 갔는지를 알 수 있으나 고등학교 때에는 일기를 쓰지 않아 언제 갔는지 알 수가 없다. 일기를 다시 시작해야겠다는 결심과 실천을 더 늦추어서는 안 될 것으로 보인다.

서는 자발적으로 나서는 친구가 없었다. 결국 가위바위보로 결정을 했는데 하필 나를 포함한 3명이 선발되었다. 우리는 어둠 속으로 뛰어들었는데 그만 현수막을 묶는 줄에 걸려서 넘어지고 말았다. 3명이 동시에 넘겨졌는데, 세상에. 내 얼굴 바로 옆에 날카로운 나무뿌리가 올라와 있는 것이 아닌가. 하마터면……. 지금도 그 생각만 하면 아찔하다. 인생이 참으로 허망하게 막을 내릴 수도 있음을 깨닫는 순간이었다. 아무튼 우리는 성공적으로 임무를 완수하여 친구들의 기대에 부응할 수 있었다.

그런데 술을 마신 것은 우리만이 아니었다. 스승님들께서는 완전히 만취가 되셨다. 스승님께서 제자들 방을 돌아다니시며 술 가진 거 한 병만 달라고 하실 정도였으니……. 우리는 처음에는 없다고 하다가 한 병 드렸는데 어린아이처럼 해맑게 웃으시며 너무 늦게까지 마시지 말고 일찍 자라고 하시는 거다. 그건 우리가 드리고 싶은 말씀이었는데, 술 취한 눈으로 술 취하신 스승님들을 보니 너무나 인간적으로 느껴졌고 전혀 어색하지도 않았다. 그러고 보니 수학여행을 간다고 하니 우리보다 스승님들께서 더 즐거워하셨던 것 같다. 당시 학생인 우리만 지쳐 있었던 것이 아니었다. 우리 모두 무척이나 지쳐 있었던 것이다.

우리는 다음 날 **국립경주박물관**을 찾았다. 스승님들은 어제 과음으로 상당히 힘들어하셨다. 설명은 기대할 수도 없는 상황(아마 공부도 해오시지 않았던 것 같다). 몇 시까지 보고 싶은 것 마음껏 보고 정문 앞에 모이라는 말씀을 하시며 우리에게 자유 시간을 주셨다.

삼삼오오 짝을 지어 우리는 박물관 이곳저곳을 돌아다녔다. **에밀레종**

앞에서 일본 고등학교 수학여행 팀을 만났다. 한 스승의 열정적 설명, 그리고 학생들은 작은 노트에 한 글자도 놓치지 않으려는 듯 열심히 받아쓰고 있었다. 스승의 설명이 끝나자 스승의 지시로 바로 다른 곳으로 이동해 갔다. 그야말로 일사분란, 질서정연. 집단 안에 개인은 없었다. 지금도 가끔 이런 질문을 내게 던진다. 우리와 일본 학생 중 누가 더 많이 배워 갔을까? 우리와 일본 학생 중 누가 더 기억에 남는 수학여행이었을까? 누가 누구를 더 신기하게 바라보았을까?

초등학교 스승님들은 한 곳이라도 더 많이 보여주시려 했는데 고등학교 스승님들은 되도록 한곳에 오래 머무르려 하셨던 것 같다. 우리는 서울로 돌아와 일상으로 복귀했다. 적응하는 것이 그리 힘들지 않았던 것으로 기억된다. 후회 없이 잘 놀다 온 기분이었다. 물론 스승님들은 언제 그랬냐는 듯, 아무 기억이 나지 않는다는 듯, 바로 스승의 권위를 찾으셨다.

선보 생각 1

경주와 부여

경주에 대한 나의 애정은 절대에 가깝다. 그것은 부여와 비교하여 난형난제다. 경주는 차있고, 부여는 비어있다. 경주를 보고 느끼지 못하는 자는 우리나라 어디를 가도 느낄 수 없을 것이며, 부여를 보고 느끼는 자는 우리나라 어디를 가도 느낄 수 있을 것이다. 경주는 자연사한 듯 담담하

고, 부여는 돌연사한 듯 애잔하다. 경주는 보임 속에 보이지 않음이, 부여
는 보이지 않음 속에 보임이 나를 상상하게 하고 읊조리게 한다. 어찌 글로
담아내지 않을 수 있으랴.

첨성대에는 뭔가 있다

내가 어린 마음에 감히 초라하다고 말한 첨성대에 대해 죄송스런 마음
이다. 경주를 읊을 책에서 당당히 자신의 위상에 맞도록 다루어질 것이다.
여기서는 맛보기로 조금만 다루어본다. 부담스럽지 않은 돌덩이가 서로가
서로의 받침이 되어 천오백 년 가까이 한 자리에서 존재한다는 것 자체만
으로도 참으로 장한 유물이다. 그동안 얼마나 많은 땅의 흔들림과 비바람
이 괴롭혔겠는가. 이것은 기하학 등 체계적 계산력이 바탕이 된 과학적 지
식과 돌 하나하나에 혼을 바쳐 다듬고 쌓아 올리는 정성 없이는 불가능한
일이다.

첨성대는 우선 음미할 줄 알아야 한다. 그러기 위해서는 선덕여왕 시절
로 나를 보낼 수 있어야 하는데, 처음에는 좀 어색하지만 여러 번 시도하
다 보면 선덕여왕이 첨성대에 시찰 나온 그 순간으로 날아가 볼 수 있다.

다음 단계는 첨성대가 담고 있는 상징성과 과학성에 대한 이해가 필요
하다. 간단하게 두 가지 정도만 언급한다. 27단은 선덕여왕이 27대왕이라

는 사실, 364개의 돌은 365일의 하늘을 바라본다는 의미를 담고 있다.[18] 재미난 것은 $27^2+364^2=365^2$이라는 사실이다. 뭔가 있을 것 같지 않은가? 분명 뭔가 있다. 우리가 모르고 있거나 알려하지 않았을 뿐.

첨성대에 관해 어느 정도 알았다면 이제 모든 것을 잊고서 그저 첨성대를 천천히 돌면서 자신의 발걸음이 유독 움직이지 않으려는 지점을 찾아보자. 바로 그곳이 당신에게 첨성대가 가장 아름다워 보이는 곳이요, 당신과 첨성대의 궁합이 제일 잘 맞는 곳이다. 이제 하루 종일 첨성대만 바라보고 있으라고 해도 그것이 벌이 될 수 없다. 아름다운 여(女)와 하루 종일 둘만의 데이트를 즐기라고 하는데 어느 남(男)이 싫다고 할 것인가.

신물(神物) 에밀레종

왜 우리 시대에는 에밀레종과 같은 신물이 나오지 못하는 것인가? 에밀레종은 종의 완성을 위해 젖먹이 어린 것을 쇳물에 던졌다는 있어서도 안 되고, 있을 수도 없는 믿지 못할 설화를 사실일 수도 있겠다고 반신반의하게 만드는 신물이다. 이 설화는 에밀레종을 만들기 위해 자신의 목숨을 포함한 모든 것을 바치는 장인들의 모습을 바라본 민초들이 어디선가 새어나오고 주워들은 이야기를 입에서 입으로 주고받으면서 살이 붙고 다듬어

---

[18] 사실 돌의 개수에 대해서는 다양한 의견이 있다. 돌의 개수도 제대로 세지 못하냐고 뭐라고 할 수 있으나 이것이 그리 단순한 문제만이 아니다. 뭔가가 있기 때문이다.

져 전해져 내려왔을 것이다. 여전히 많은 사람들은 있을 수도 없고 있어서도 안 되는 이야기라며 의심하여 받아들이지 않았을 텐데……. 하지만 에밀레종 앞에 서서 끊어질 듯 이어지는 소리를 들은 자들은 자신의 의심이 보지 못한 자, 듣지 못한 자의 억측임을 인정하지 않을 수 없었으리라. 종소리에 어미를 원망하는 아기 울음소리가 녹아있음이 분명한데 어찌 설화를 단순히 믿지 못할 이야기로 치부할 수 있었겠는가. 신물 에밀레종은 존재 그 자체로 설화의 진실성을 더해주었던 것이다.

우리 시대 세워지고 복원된 그 많은 유물 중 설화가 생길 조그마한 불씨라도 있는 것이 있는가? 내가 아는 바로는 전무(全無)다. 종교는 일상이 되어 장인들에게 혼을 불어넣는 동력을 제공하지 못하고 있고, 부끄러워해야 할 인간들이 나만 잘못한 게 아니지 않냐고 고개를 뻣뻣이 들고 대드는 썩어 문드러진 천민 장인정신 하에서 설화는 요원한 이야기다. 게다가 어마어마한 돈을 들여 세워놓은 유물의 존재 그 자체가 그저 그런 것임을 만천하에 보여주고 있다. 이러다가 이야깃거리 하나 없는 그저 그런 것들만 후손들에게 남겨 주게 생겼다.

첫 발자국 :

처음을 넘어, 처음처럼

　《첫 발자국》은 나의 첫 번째 책이다. 이 책이 나왔을 때의 감동을 어찌 글로 표현할 수 있으랴. 그 황홀한 기쁨의 잔영이 나로 하여금 이 힘든 과정을 다시 하도록 만들고 있다. 열일곱 번째 다릿돌은 앞으로 나의 글들이 '처음을 넘어, 처음처럼' 쓰였으면 좋겠다는 바람과 '두 번째 발자국'을 쓰겠다는 독자들과의 약속을 조금이라도 지켜보려는 노력을 반영한 것이다.

《첫 발자국》은 미국 유학시절 방학 기간에 여행 다니면서 보고, 듣고, 읽고, 느끼고, 만져본 이야기들을 엮은 내 인생의 첫 번째 책이다. 여행 중에 틈틈이 써 놓은 글들이 한 권의 책으로 묶여 출판되기까지는 우여곡절이 많았다. 미국 유학시절 첫 여행지였던 나이아가라와 이타카를 다녀온 후 흥분된 상태에서 마구 써 내려간 글을 꿈이 큰 형에게 보냈는데 이렇게 답이 왔다.

'유상조! 드디어 수필가로 우뚝 서다.'

이 과장된 한마디의 치켜세움이 나에게 작가로서의 삶을 맛볼 수 있도록 해준 것이다. 그 이후로 여행을 가면 항상 종이와 펜을 가지고 다니면서 순간순간의 감상을 옮겨 적었고 숙소로 돌아와서 정리한 후 잠자리에 들었다.

한국으로 돌아와 어느 정도 정리된 따끈따끈한 원고를 따뜻한 햇볕이 비추는 마루의 창을 등진 내 책상 위에 놓았는데 친척 형이 와서 쭉 읽어보고는 한번 내보자며 출판사를 소개시켜 주었다. 출판사는 시장성에 의문을 제기하면서 수정을 요구했고 나는 당시 책에만 집중할 수 있는 여건이 아니었기에 제안을 받아들일 수 없었다. 무엇보다 나의 글을 출판한다는 것 자체에 의의가 있다는 생각이었기에 불혹이 시작되는 해(2010년) 자비출판으로 책을 세상에 내보냈다.

그 당시 가지고 있던 주식을 팔아서 나의 글은 세상과 만나게 되었는데 아직도 그 결정에 대해 가끔 집에서 지청구를 듣곤 한다. 반응은 의외로 뜨거웠다. 물론 내 주변을 크게 벗어나지 않는 비교적 작은 범위에서의 뜨거움이었지만 나는 책을 내는 기쁨을 만끽할 수 있었다.

많은 사람들로부터 아들 은서에 대한 사랑이 절절하다는 평이 많았는데, 사실 나는 그런 내용으로 글이 엮어지고 있다는 것 자체를 인식하지 못하고 있었다. 특히 책을 내는 것에 대해 신중해야 한다는 충고를 해주시던 분들도 대체로 이 정도면 크게 창피한 수준은 아니라고 보셨던 것 같다. 가장 극적인 평은 책을 읽고 실제로 책에 나온 곳으로 미국 여행을 떠난 분들이었다.

책에 친필 서명을 하고 책을 돌리기도 했는데 책이 누구에게 가느냐에 따라 커다란 차이가 생겼다. 결정적 차이는 읽은 자와 읽지 않은 자의 차이보다는 읽지 않은 자들 내에서의 차이였다. 주로 아내를 통해 아내의 친구들에게 간 책은 다 읽히고 여러 번 읽히기도 했는데 반해 나를 통해 나의 친구들에게 간 책은 중간에서 읽힘이 멈춘 안타까운 경우가 많았다. 그들 역시 두 부류로 나뉘었는데 한 부류는 저자 앞에서 당당함을 넘어 뻔뻔하게도 읽다 말았다면서 앞으로 책 좀 재미있게 쓰라고 나의 글 솜씨를 나무랐다. 일종의 적반하장 작전을 구사한 것이다.

다른 한 부류는 책의 내용을 거의 다 외우고 있는 저자 앞에서 마치 다 읽은 듯이 스멀스멀 넘어가려고 했다. 가끔 다 읽었는지를 확인하기 위해 책 내용에 관한 구체적 질문을 던지는 짓궂은 장난을 치기도 했다. 다 읽고서 기억을 못하는 것과 다 읽은 척을 하는 것은 표정에서 분명히 구분이 되었다. 읽은 척한 분들의 당황하는 모습이 어찌나 재미있던지.

모든 분들이 나의 사랑스러운 독자들이자 친구들이다. 그래도 난 읽지도 않고서 나를 나무란 분들보다는 읽은 척하면서까지 나를 작가로서 인정해주신 분들에게 더 정감이 간다. 책을 내보면 이 말이 무슨 말인지 알 것이다. 우리 삶에 있어 '~척'하지 말고 살아야 한다는 말은 원론적으로 맞다. 하지만 '읽은' 척은 그 중에서는 상당히 괜찮은 척이 아닐까 싶다.

나는 《첫 발자국》을 통해 세상에 처음으로 나의 거친 느낌과 다듬어지지 않은 생각들을 마음껏 풀어 놓았고 세상은 보드랍고 다듬어진 말과 글로 나의 글을 응원해주었다. 아래의 글은 《첫 발자국》에 대한 인터넷에 실린 댓글들이다. 많은 격려가 되었다. 모든 분들께 진심으로 감사드린다.

책장을 열면 끝까지 읽어지는 글

책장을 열면 작가가 미국 여행을 통하여 많은 것을 보고 배우고 느꼈다고 한다. 이에 못지않게 독자에게도 여행 중 배우고 익혀야 할 것이 무엇인지 잘 안내하고 있다. 특히 여행을 통해 보고 느낀 것을 증감 없이 진술하게 기술하고 있어 책을 열면 부담 없이 호기심을 가지고 끝까지 읽게 되며, 다 읽고 나서도 한 번 더 읽고 싶어진다. 그것은 여행지마다 지역의 역사와 기후 및 지질 구성에 이르기까지 사전 지식을 소개하고 있어, 자칫 나들이에 그치기 쉬운 여행을 배움의 장으로 이끌어가는 동기가 된다. 또한 자연의 소중함과 인류와 자연의 관계가 소중함을 알리고 후손을 생각하는 작가의 세계관을 펼치고 있음은 나라 안팎의 발전에 하나의 비전을 밝히고 있다 하겠다.

작가의 첫 작품에 문학적인 구성이나 표현 기술이 다소 부족한 점이 오히려 독자에게 더 가까이 다가가게 함은 나름대로 작가의 바람직한 혼을 담아 쓴 글이기 때문이라고 본다. 미국의 이타카, 나이아가라, 애틀랜타, 시카고, 애리조나, 유타,

라스베가스, 플로리다 등등의 미국 일부에 지나지 않는 여행길에서 얻은 보람은 살아가는 동안 큰 자양분이 될 것이다. 더욱 작가의 깊은 통찰과 함께 많은 이들에게 여행의 즐거움과 큰 보람을 얻을 수 있는 다음 작품이 기대된다.

즐기는 여행의 참 맛

첫 발자국은 여행기이다.

그러나 저자는 단순히 여행하면서 보고 느낀 감상을 넘어 자기 자신, 가족, 주변 사람들을 되돌아보고 성찰함으로써 보편적인 우리 삶의 이야기를 끄집어내고 있다. 미국은 광활한 대지, 문화적 다양성을 가지고 있어 우리나라와는 사뭇 다른 국가이다. 그렇기 때문에 우리가 미국을 여행할 때에는 여행의 본질을 잊고 그 규모와 다양함에 압도되기 쉽다. 저자는 이러한 미국을 유학생의 신분으로 여행하면서 경치에 감탄하는 것이 아닌, 경치를 즐기는 여행의 참맛을 보여 주고 있다. 첫 발자국은 바쁜 일상에 쫓기던 우리에게 나 자신과 주변을 돌아보는 여유를 일깨워주는, 그런 책이다.

타지에서 나를 살피다

《첫 발자국》은 저자의 미국 여행을 담은 수필집이다.

미국 여행기는 서점가에 숱하게 널려 있지만, 이를 수필로 정리해 "읽는 맛"을 갖춘 책은 그리 많지 않다. 첫 발자국을 읽다보면, 저자가 여행지에 들러 그 광경을 보고 어떤 생각을 떠올린다기보다는, 이미 저자가 갖고 있던 폭넓은 사상이 여행이라는 기회를 통해 구체화되는 듯한 느낌을 많이 갖게 된다. 그 때문에 지극히 개인적일 수 있는 여행지에서의 감상이 읽는 사람의 공감을 얻게 된다.

진한 감동—첫 발자국을 읽고

"여행은 하나의 철학을 접하고 익히는 뜻깊은 과정이다."

글쓴이가 글을 시작하며 언급한 여행기를 쓴 배경이다. 이 책은 여행기라기보다는 미국 여행이라는 프리즘을 통하여 투영된 글쓴이의 철학, 국가관, 인생관, 가족애 등이 글쓴이의 맛깔스런 문체를 통하여 적당하게 어우러진 소품이다.

글쓴이는 시각에 들어온 사물을 그대로 보지 아니하고 내면에 깊은 통찰을 통해 재구성하여 자신만의 언어로 다시 시각화하여 보여준다. 한 가지 예를 들어보자. 글쓴이는 이타카에서 바라보는 하늘을 다음과 같이 묘사하고 있다.

"이타카의 하늘에는 구름의 존재가 분명하다. 하늘색에 가려 경계가 불분명하고 흐릿한 구름이 아니라 자기만의 모습, 빛깔 그리고 흐름을 가지고 있다. 그렇다고 하늘이 구름의 힘에 밀려 그저 배경에 불과한 것도 아니다. 구름은 손에 잡힐 듯이 낮게 깔려 있고 구름이 하늘을 차지하고 있어도 어둡거나 침침하지 않다. 덩치에 비해 가벼워 보이는 솜사탕 같은 구름부터 금방이라도 비를 쏟아 낼 것 같은 몸이 꽤나 무거워 보이는 회색빛의 구름까지 다양한 구름들이 갈등 없이 공존하며 바람 따라 흘러가다가 쉬는 곳이 여기이다."

글쓴이의 시적인 유려한 문체는 이 책 곳곳에서 드러난다. 글쓴이가 이타카 가는 길을 묘사한 것을 인용해보면 "산과 산은 길을 품었다가 다시 토해 내고, 길은 산등성이를 따라 굽이굽이 산을 감으면서 올라가고 내려가기를 반복하면서……" 라고 묘사하여 책 위에 한 편의 풍경화가 펼쳐지는 느낌이다.

나이아가라 폭포를 묘사한 장면은 현장감이 있고 책 여기저기에 흩뿌려져있는 글쓴이의 인생과 국가에 대한 단상은 잠시 책을 덮고 고요한 내면의 세계에 몰입하기에 충분하다. 사물과 인생에 대한 깊은 성찰이 없으면 여행을 통하여 얻을 수 있는 것은 사진 몇 장과 지나간 추억일 뿐이다.

생각보다 재미있는 이야기

처음엔 개인적인 글인 줄 알았지만 읽을수록 재미있네요.
어떤 사물이나 상황을 이런 시각으로 볼 수도 있구나 하는 점. 가끔 아······. 이렇게 살아야 하는구나 느끼기도 하고요······.
저자의 순수함이 돋보이고······.
준비를 많이 하시고 공을 많이 들이신 게 보입니다.
미국 여행을 가시는 분, 유학 준비중인 분, 혹은 다녀오셨지만 반추해보길 원하시는 분에게 잘 어울릴 만한 책인 것 같습니다.

모처럼 인터넷 댓글을 읽어보니 꿈보다 해몽이 낫다는 말이 생각난다. 여러모로 《첫 발자국》은 과분한 칭찬을 받은 것이 분명하지만 앞으로 더 좋은 글을 써야겠다는 다짐을 하는 계기가 된 것 또한 사실이다. 《첫 발자국》에 이은 미국 여행기 후편을 내놓지 못한 점이 아쉽다. 책 속에서 분명 미국 서부와 동부에 다녀온 이야기를 다음에 엮어 출간하겠다는 약속을 했는데 아직 지키지 못했다. '두 번째 발자국'은 언제 나오는 것인지 궁금해하시던 분들도 있었는데 나의 게으름으로 원고는 쌓여 있는 데 막상 책으로 부화하지는 못했다.

이제 내 인생의 두 번째 책이 세상으로 나간다. 주제가 여행보다 넓은 인생이다. 어떤 평이 있을는지 모른다. 얼마나 많이 읽힐는지 모른다. 얼마나 깊이 읽힐는지 모른다. 이 두려움, 이 궁금함. 책을 내는 자만의 기대감이다. 바람이 있다면 이 책이 '**처음을 넘어, 처음처럼**' 독자분들께 다가갈 수 있었으면 하는 것이다. 아래의 로스앤젤레스(LA)에 관한 내용은 '두 번째 발자국'을 위해 준비해둔 글의 일부이다. 앞으로 책을 내면서 한 편 한 편씩 공개하는 것이 약속을 지키는 가장 현실적인 방안인 것 같다. 인생을 살면서 되도록 약속은 지키고 살아야 하지 않겠는가.

나의 미국 유학시절은 이립(而立) 5년(2005년) 이후 2년간이다. 그 중 LA를 찾은 것은 2006년 말에서 2007년 초에 이르는 겨울방학이었다. 아내의 이모부와 이모, 그리고 할머니께서 살고 계신 멋들어진 집에서 베이스캠프를 차리고 약 한 달 동안 이곳저곳을 다니며 마음껏 즐겼던 기간이다.[19] 원고 초안에는 LA에 도착한 첫 날의 광경을 이렇게 묘사하고 있었다.

아들 은서는 좁은 학교 아파트에 있다가 넓은 단독주택에 오자 그야말로 흥분상태였다. 1층과 2층을 이어주는 곡선의 미를 뽐내는 계단에서 오르락내리락 뛰어다니기도 하고, 계단 위에서 바로 아래로 뛰어내리기도 하는 모습이 마치 온 세상을 다 가진 듯했다. 약간은 위험해 보였지만 어린 시절에나 누릴 수 있는 특권으로 생각하고 그냥 즐거운 마음으로 지켜보았다. 이들 녀석이 즐거워하면 나도 덩달아 즐거운 것, 이것이 바로 천륜인가 보다.

아래층 사람의 성질이 까탈스러우면 조마조마해야 하는 한국의 따닥따닥 붙은 좁은 아파트가 집값이 올라서 거품이라는 미국의 널찍한 규모의 집값보다 비싸다면 과연 어떻게 해석해야 할까. 대한민국의 거품은 이제 경제적 거품의 단계를 지나 정신적 거품이 된 것은 아닐까. 우리나라가 거품 없이 살아 갈 수 없는 나라가 되어가는 것은 아닌가? 이러다 거품이 붕괴되는 날에는 우리나라는 어떻게 되는 것일까?

저녁 식사는 이모가 정성들여 숙성시켜 놓으신 LA갈비를 즉석에서 구워 먹었다. 지금까지 먹어본 갈비 중 그 맛이 담백하기로 단연 으뜸이었다. 고급 식당에서 비싼 값을 지불해야 맛볼 수 있는 갈비보다도 한 차원 높고 깊은 맛이 나의 미각을 사로잡았다. 치아에 조금 무리가 갈 정도로 양껏 먹으며 여행의 참맛 중 하나는 맛있는 음식으로 입이 호강하는 것에 있음을 다시 한 번 느낄 수 있었다.

우리 가족이 묵을 방은 그야말로 깨끗이 청소가 되어있었고 욕조에는 칫솔을 제외한 제반 물품들이 자기 위치에서 반듯하게 차렷 자세로 우리를 반겨주었다. 이모부는 하얀 종이 위에 고등학교 시절의 기말고사 준비 계획표 같은 자대고 빳듯하게 정성스레 손수 그리신 표를 보여주시며 우리 가족의 의견을 물어보셨다. 상단에는 날짜·요일이, 좌측에는 오전·오후·저녁의 시간대가 있고, 가보면 좋은 곳, 같이 외식할 음식점 그리고 볼 만한 공연 등이 정연히 적혀있는 계획표였다. 그야말로 정성어린 환대를 준비하고 계셨던 것이다. 송구한 마음과 은근한 기대가 교차되면서 LA에서의 첫 날 밤은 이렇게 지나갔다.

LA를 포함하여 얼바인(Irvine), 샌 디에고(San Diego), 라스베가스 (Las Vegas) 등에서 무척 많은 곳을 보고 돌아다녔다. 캘리포니아 주립대 (UCLA, UCIrvine), 게티 센터, LA 성당, 헌팅턴 도서관, 디즈니랜드, 레고랜드, 시 월드를 방문했고, 해안가(헌팅턴, 뉴포트, 산타 모니카, 라구나, 라호야, 코로나도 등)에서 태평양을 보았으며, 공연(중세시대, 중국 상하이 서커스, 호두까기 인형 등)을 즐기기도 했다. 이 중 지면 관계상 어느 곳에 대한 글을 옮길 것인가를 고민했는데 뜻밖에도 가장 눈에 들어오는 글은 **이모부와 나눈 대화**였다.

이모부님과의 대화

거의 매일 저녁 식사 후에 이모부와 가벼운 포도주 또는 차를 마시면서 많은 이야기를 나누었다. 이번 여행의 최대 보람은 바로 이모부와의 대화를 통해 많은 생각을 할 수 있었다는 점이다. 어르신들의 삶의 경험과 경륜에서 자연스럽게 흘러나오는 말씀은 작가 지망생인 나에겐 글쓰기의 보고와 같은 것이다.

• LA 지역의 범죄 문제

360도 경치를 볼 수 있는 베버리 힐스의 고급주택에 사시던 이모부 친구 한 분이 강도에 의해 살해된 사건을 이야기해주셨다. 집안에 엄청난 현금이 있는 것을 알고 잠입한 후 현관문을 열고 들어오실 때 총으로 살해했다고 하는데 아직까지 범인의 행방도 모른다고 한다. 이 사건 이후에 이모부와 이모는 매번 같은 길로 가게에서 집으로 오지 않도록 주의하고 계신다고 한다.

LA 지역에서는 너무나 많은 살인사건이 일어나다 보니 경찰도 초등수사 외에는 특별히 수사를 진행하는 경우가 없다고 한다. 내가 LA에 있을 때에도 신문에서 거의 매일 빠지지 않고 총기 살인사건이 보도되는 것을 보고 엄청나게 심각한 상황이라는 것을 알게 되었다. 이러다 보니 죄수가 넘쳐나 교도소가 부족하고, 비좁은 교도소 내에서는 조직폭력배 간의 살인사건 등 관리 문제가 심각하다고 한다. 그래서 심지어 교도소를 다른 나라 또는 다른 주에 건설하고 비용을 지불하는 방안을 고려중이라고 하니 문제의 심각성이 어느 정도인지 알 수 있다.

• 2006년 10대 뉴스

이모부께서 올해 10대 뉴스를 뽑아 보자는 제안에 나는 북한 핵실험 강행을 뽑았다. 이유는 북한이 자신들이 핵을 보유한 나라라는 것을 세계에 알렸다는 것 그리고 그것이 우리 민족의 운명에 어떤 영향을 미칠지에 대한 두려움과 걱정 때문이었다. 국제정치학 시간에 배운 **공포의 균형** (balance of terror)이 떠올랐다. 핵을 가지려는 이유가 무엇인가? 약소국에서 벗어나기 위함인가? 총으로 흥한 자 총으로 망하듯이, 핵으로 흥한 자 핵으로 망하는 것은 아닐지. 우리 민족의 운명이 어쩌다 이리 되었는지 답답했다. 균형보다는 공포에 방점이 갔다.

이모부는 우리 민족도 하면 잘할 수 있다는 것을 보여준 반기문 외교통

상부 장관의 유엔사무총장 당선과 김연아의 피겨스케이트 국제대회 우승을 뽑으셨다. 아무래도 외국에서 오랫동안 생활을 하시다 보니 세계에 자랑할 일들을 자연스럽게 뽑게 되신 것 같다. 이모부와 이야기를 나누다 보니 나보다 조국에 대한 애정과 관심이 훨씬 많으신 것을 느낄 수 있었다.

대한민국에 대한 애정과 관심은 한반도에 오래 산다고 강화되는 것은 아니다. 꽤 슬픈 이야기이지만 한반도에 오래 살수록 어쩌면 대한민국에서 벗어나고 싶다는 생각을 갖게 해주는 일들이 너무나 많다. 좁은 땅덩어리에서 아옹다옹 싸우고 불필요한 경쟁으로 인한 소모전에 자신의 정력을 낭비하는 것보다는 외국에서 자기의 능력을 마음껏 펼치는 것이 오히려 애국일지도 모른다.

참고로 《주간한국》이 선정한 2006년 10대 뉴스를 보면, 북한 핵실험 실시, 5·31지방선거 여당 참패, 바다이야기 수사, 전시작전통제권 환수 논란, 한미 FTA 협상, 괴물 최다 관객 신기록, 론스타 외환은행 헐값인수, 법원·검찰 갈등, 반기문 유엔사무총장 취임, 부동산 가격 폭등 등이다.

• 전쟁: 유태인과 우리의 국가관
내가 미국에 있는 동안에 이스라엘과 레바논은 전쟁중이었다. 이모부와 유태인에 대한 이야기를 나누기 전까지는 매번 있는 일이라는 생각 외에는 특별히 관심을 두고 있지 않았다.

이제 전쟁이라는 것이 나와 상관없는 그런 평범한 일상이 되어 버린 느낌이다. 바로 오늘 수많은 사람들이 포탄에 의해 살점이 찢기고 뼈가 부서지고 부모형제를 잃는 이 현실이 나에게 그리 충격적인 일이 되지 않은 지참으로 오래되었다. 어쩌다 이렇게 되었을까? 전쟁이 너무나 먼 나라에서 일어나 실감이 나지 않고, 너무 자주 일어나 내성이 생겼고, 나 하나 제대로 먹고 사는 문제도 벅차다는 현실이 이런 나를 만들었다고 그럴듯한 이유를 만들어 낼 수도 있을 것이다. 그 어떤 이유도 구차한 변명이 될 수밖에 없는 것은 인류에 대한 애정이 깊지 않음에 근본 원인이 있음을 모르지 않기 때문이다. 내 자신이 부끄러워지고, 초라해지고, 한심해진다.

자기 나라에서 전쟁이 발발한다면 어떨까. 아마도 자기 부모형제가 살고 있는 땅에서 전쟁이 일어난다면 관심을 갖지 않는 사람은 없을 것이다. 하지만 외국에 있는 사람이 굳이 전쟁이 일어난 자기 나라로 돌아가려할 것인가?

이모부의 말씀에 의하면 최근까지 1만 명 정도의 유태인이 이스라엘로 돌아갔다고 한다. 이모부 역시 전쟁이 나면 이스라엘 사람들이 본국으로 돌아가서 전쟁에 참전한다는 이야기를 듣기만 하셨는데 실제 이모부가 알고 지내던 유태인도 최근에 사업을 정리하고 가족과 함께 이스라엘로 돌아갔다고 한다. 친한 친구가 이번 전쟁에서 사망해서 가만히 있을 수가 없다는 것이 이유였다고 한다.

우리의 경우는 어떨까? 내가 한국에 돌아가서 둘째를 낳을 거라고 하면 아들 낳으면 어떻게 하려고 그러냐고 말하는 분들이 꽤 있었다. 그래서 내가 "그게 무슨 말이세요" 하고 물으면 "군대 가야 되잖아요" 하고 나를 한심한 듯 쳐다보며 대수롭지 않게 대답한다. 한국에 돌아와서 대화를 하다보면 왜 made in USA를 만들어 오지 않았냐고 태연히 묻는 사람도 있었다. 이런 기가 막힌 상황이 어떻게 발생하게 되었을까?

과연 어느 나라 국민이 정상일까? 자기 조국을 지키기 위해서 타국의 희생을 당연시 하며 똘똘 뭉치는 민족도, 자기 조국을 지키는 일을 신성한 의무로 생각하기보다 피할 수 있으면 피해야 하는 부담으로 여기는 민족도 정상이 아닐 것이다.

이스라엘이 주변 아랍권과 함께 평화롭게 어울려 살고 싶으면 이스라엘은 평화를 원한다는 신뢰를 아랍권에 주어야 한다. 전쟁을 통해서라도 자기 민족의 이익을 우선하는 강경파 대신에 평화를 위해 목숨을 걸면서까지 전쟁을 억제할 수 있는 세력의 힘이 커져야 한다. 신뢰는 인내, 양보와 포용 없이는 불가능하다. 힘이 있는 자가 먼저 신뢰 형성을 위해 노력하고 고통을 견뎌내야 한다. 친한 친구가 죽었다고 이스라엘로 돌아간 분이 친구를 죽인 적을 용서할 수 있을 때 이스라엘이 진정으로 평화를 실현하는 국가, 민족이 될 수 있지 않을까.

우리의 경우는 남을 용서하기에 앞서 일단 **대한민국**을 자신의 목숨을 걸어서라도 지키고 싶은 나라로 만들어야 할 것이다. 그러기 위해서는 지도자들의 솔선수범이 반드시 전제되어야 한다. 지도자 자신은 물론이고 지도자의 아들들이 전쟁의 선봉에 서서 기꺼이 목숨을 바칠 때 국민들도 나라를 지키는 신성한 의무를 자랑스러워하며 뒤 따를 것이다. 삼국 중 가장 약소국인 신라가 삼국을 통일할 수 있었던 것은 당나라의 힘을 빌린 점도 있지만 그 보다 더 근본적으로는 지도자의 노블리스 오블리제 때문이다.

• 운영하시는 식료품점에 관한 이야기

처음에는 이모부와 이모가 운영하는 가게가 동네에 유일하여 독점적 지위에 있었던 태평성대였다고 한다. 현재는 주위에 5개의 가게가 있어서 완전경쟁 상태가 되어 예전 같지 않다고 하셨다. 이모부께는 죄송한 말씀이지만 역시 소비자의 입장에서는 완전경쟁이 참으로 좋은 것 같다. 경쟁은 당하는 사람, 경쟁을 받아들여야 하는 사람이나 조직에게는 부담이지만 경쟁을 지켜보는 사람들에게는 후생을 증대시키는 즐거운 볼거리가 아닐 수 없다. 물론 선의의 경쟁이어야 한다.

처음에는 가게 주변이 백인 동네였는데 차츰차츰 멕시칸들의 동네가 되었다고 한다. 직접 가보니 점원은 물론이고 손님들의 대부분이 멕시칸들임을 한눈에 알 수 있었다. 당시 LA 시장이 멕시칸이니 이들의 존재는 양적인 면에서 그리고 질적인 면에서 점점 힘을 발휘하고 있다고 할 것이다.

원래 상가건물의 주인은 유태인이었다고 한다. 이모부께서는 이 상가건물을 사기 위해서 명절 등에 선물을 들고 찾아가 건물을 사고 싶다고 하셨지만 매번 거절당하셨는데, 유태인의 경우 일단 사들인 부동산을 파는 경우가 거의 없다고 한다. 결국 그 유태인이 죽으면서 자식들에게 유언으로 건물을 팔려면 이모부에게 팔라고 해서 건물을 소유하게 되셨다고 한다. 건물의 임대료만으로도 상당한 수입을 올리고 계신 모습을 보면서 역시 자본주의의 꽃은 임대수익이라는 생각이 떠올랐다. 이건 젊은 사람이 가질 생각은 아니다 싶었지만 쉬이 사라지질 않았다. 다양한 임차인 중 그래도 장사가 가장 잘 되어 임대료를 꼬박꼬박 잘 내는 사람은 장애인들을 위한 의족 등을 만드는 가게 운영자라고 한다. 전쟁이 가져다준 호황 분야 중 하나라고 하니 참으로 씁쓸하지 않을 수 없다.

식료품점에서는 질 좋은 고기를 값싸게 공급하는 것이 손님을 유치하는 데 상당히 중요하다고 한다. 푸줏간 일을 사람을 고용해서 직접 하실 때에는 점원이 좋은 고기를 슬쩍슬쩍 빼돌리는 것을 보시고 이 분야를 임대해주셨다고 한다. 타인에게 가게를 맡기면 아예 트럭을 갖다 놓고 다 가지고 도망치는 일도 있다고 한다. 사람 사이에 믿음이 사라지면 그 부수비용은 엄청난 것이다.

그 밖에도 처음에 정착하실 때 가끔씩 찾아와 괴롭히는 사람 때문에 총을 구입한 이야기, 실제 강도가 들어와서 돈을 빼앗길 뻔한 이야기 등을 해주셨다.

• 아들 은서의 별명: 해피(happy)

이모부께서 은서의 별명은 해피(Happy)라고 지어주셨다. 그저 하루하루를 즐겁고 행복하게 지내는 모습을 보시고 이렇게 지어주신 것 같다. 밝고 명랑하게 그리고 남에게 호감을 주는 성격과 외모를 가지고 태어난 것을 신에게 감사드릴 뿐이다. 최근에 은서가 가장 궁금해하는 것은 38세인 아빠가 왜 자기가 다니는 유치원의 23세 선생님보다 키가 작을까? 이다.

선보생각

그 밖의 이야기 그리고……

–마약, 총기사건, 미숙련 노동자 등으로 미국이 서서히 병들고 있다.

–미국의 재정적자 규모가 너무나 엄청나서 공항, 도로 등 사회간접자본
에 대한 투자가 계속 지연되고 있다.

–간호사 인력이 부족한데 미국의 경우 스스로 양성하는 것이 아니라
외국에서 사람을 수입하려고 한다. 근본적인 해결책이 되기 어렵다.

–앞으로 조직 생활을 함에 있어서 이미지 관리에 신경 써야 한다. 한
번 이미지가 형성되면 바꾸기가 쉽지 않다.

–할리우드 스타들이 암에 걸리는 경우가 많은 것은 파티 음식을 많이
먹기 때문이다. 파티 음식들은 겉으로는 맛있어 보이지만 잘 씻지 않
아 농약 등이 남아있을 가능성이 많으니 식사는 되도록 집에서 할 수
있도록 하라는 당부의 말씀도 잊지 않으셨다.

참 많이 뵙고 싶다. 하지만 더 이상 좋은 말씀을 들을 수가 없다. 이모
부님의 명복을 진심으로 진심으로 두 손 모아 빈다. 아, 세월이여! 아, 인생
이여!

서재필 :

너라면 어찌 했겠느냐!

나는 '최초, 처음'이라는 말을 참 좋아하는 사람이다. 내 첫 책의 제명이 《첫 발자국》인 것도 이를 반영한 것이다. 하지만 미국인 친구가 건네준 글을 읽고 '최초, 처음'이라는 단어는 '최초, 처음'으로 나의 가슴에 애틋하게 다가왔다. 과연 무슨 일이 있었던 것일까?

미국 LA 랜드 연구소에서 직무훈련을 할 때 미국인 친구가 **최초의 한국계 미국인(The first Korean-American)**이 누군지 아냐고 물어온 적이 있다. 내가 고개를 저으며 모른다고 했더니 그러면 **필립 제이슨(Philip Jaisohn)**을 아냐고 물어서 별로 대수롭지 않게 역시 모른다고 했다. 그 멋진 친구는 나를 상당히 똑똑한 사람으로 여기고 있었는지 약간은 실망한 듯, 그리고 약간은 뿌듯한 듯 나에게 글을 건네주었다.[20]

Philip Jaisohn, M.D.(The first Korean-American, 1864-1951)[21]

Philip Jaisohn, M.D., the man who left an indelible mark in Korean history as the leader of the social, political, and literary reform movement was born in 1864 at Kanae Village, Bosung, Jeollanam-do, Korea. As a child, he studied Confucian classics and Chinese writing and at age 18, he was successful in the government examination. The next year he studied at the Youth Military Academy in Tokyo, Japan. Upon his return to Korea, he was appointed the commandant of the Korean Military Academy.

20 　영어가 조금이라도 불편하신 분은 뒤에 번역해놓은 글을 읽으면 된다. 영어를 모르는 것은 불편할 뿐 부끄러운 것이 아니다. 우리말과 글을 제대로 모르는 것이 부끄러운 일이다. 요즘은 어찌된 일인지 반대로 된 것 같다. 나는 외국어 고등학교의 입학시험에 영어뿐만 아니라 국어가 반드시 들어가야 한다고 생각한다. 그래야 외고다운 외고 아닌가. 우리말도 모르는 것들이 입만 살아가지고 영혼 없는 외국말을 떠드는 꼴은 꼴불견 중에서도 최상위 급이 아닐 수 없다.

21 　필립 제이슨(Philip Jaisohn)은 서재필 박사의 영어 이름이다. 나는 제이슨이 조선이라는 음에서 온 것이 아닐까 하고 상상해보았다. 미국인으로 귀화를 하지만 조선인임을 잊지 않겠다는 의지를 담고 있는 것이 아닐까. 조선인으로 살아갈 수밖에 없는 자신의 운명을 표현한 것이 아닐까하고. 하지만 서재필을 거꾸로 하여 '필재서'로 만든 다음 필을 필립으로 재서를 제이슨으로 음역한 것이라고 한다. 참고로 Jaisohn이라는 성의 철자는 미국인들도 전혀 사용하지 않는 고유한 철자 표기이다.

However, in 1885, failing a revolt for modernization of Korea the feudalistic government, he escaped to Japan with two other young leaders and later arrived in San Francisco as a political refugee.

Jaisohn graduated from the Hillman Academy in Wilkes—Barre, PA in two years. Although he initially desired to study law, after working with Dr. Walter Reed of Washington, he enrolled in Columbian Medical College (now George Washington University) and he became the first Korean ever to receive an American M.D. degree in 1892. Two years earlier he had become the first Korean to be a naturalized U.S. citizen and the following year he married Muriel Armstrong, a socialite, a daughter of the U.S. Post Master General and a relative of President James Buchanan, thus becoming the first Korean ever to marry an American in the U.S.

Very much worried about the political future of his native land, Dr. Jaisohn returned to Korea in January 1896 and initiated another revolution — a revolution in social, political, economic, educational, medical and health care, and planted the seed of democracy in his native land. Refusing the offer of high office as a minister in the government, he started the reform movement by publishing the first Korean newspaper using the Korean alphabet, "The Independent". April 7, 1896 has since been observed as the birthday of modern journalism in Korea.

A very conservative Korean government, alarmed by the sweeping political and social changes that had been brought by the reform movement, tricked Dr. Jaisohn into leaving the county on May 14, 1898 with a fake telegram informing his wife that her mother was dying. This was the second time Dr. Jaisohn had to leave his beloved country.

On March 1, 1919, Koreans throughout the county rose up in a non-violence independence movement, which was brutally crushed by Japan with violent police action resulting in 5,000 deaths and tens of thousands imprisoned and tortured. On April 16-19, Dr. Jaisohn organized the historical First Korean Congress at the Little Theatre in 1714 Delancy St., Philadelphia, as a part of the Korean independence movement. He also established the Korean Information Bureau and published the Korean Review, a monthly journal, and organized the League of the Friends of Korean, through which he fought for the cause of Korean independence.

At the end of World War II, Dr. Jaisohn was invited by the U.S. Military government in South Korea as its Chief Advisor and in that capacity, he served both Korea and the U.S.A. effectively and devotedly until the time of the founding of the Republic of Korea in August 1948.

Dr. Jaisohn returned to the United States where he passed away on January 5, 1951 at age 87 in Norristown, PA. In 1994, Koreans in America bid farewell to Dr. Jaisohn as his ashes were sent to Korea. After receiving a tumultuous welcome by the people of Korea upon arrival at Kimpo Airport, his ashes were permanently buried in the National Cemetery on April 8, 1994.

의학박사 필립 제이슨: 최초의 한국계 미국인(1864-1951)

사회, 정치, 인문 개혁 운동의 지도자로서 한국 역사에 잊혀지지 않는 발자취를 남긴 의학박사 필립 제이슨은 1864년 대한민국 전라남도 보성 가내마을에서 태어났다. 어린 시절 그는 유교 고전과 한문을 공부했고, 18살에 과거시험에 합격했다. 다음 해에 일본, 도쿄에 있는 신흥군관학교에서 공부했고, 한국으로 돌아오자마자 한국군관학교의 지휘관으로 임명되었다.

그러나 1885년에 봉건적 정부에 대항한 조국의 근대화를 위한 정변(갑신정변)이 실패로 돌아가자 그는 다른 두 명의 지도자와 함께 일본으로 도피했다.[22] 그리고 그 후 정치적 망명자로서 샌프란시스코에 도착했다.[23]

제이슨은 2년 만에 펜실베이니아 주 윌키스-베레에 있는 힐맨 학교를 졸업했다. 비록 그는 처음에는 법을 공부하기를 원했지만, 워싱턴에서 월털 리드 박사와 함께 일한 후에 그는 현재 조지 워싱턴 대학교가 된 콜롬비아 의과 대학에 입학했다. 그리고 그는 처음으로 1892년에 미국 의학 박사학위를 취득한 최초의 한국인이 되었다. 이보다 2년 전에 그는 미국에 귀화해 미국 시민이 된 최초의 한국인이 되었고 다음 해에 그는 미국 우체

---

[22] 뒤에서 보듯이 갑신정변은 1885년이 아니라 1884년 12월 4일(음력 10월 17일)에 일어났고, 두 명의 지도자(아마도 김옥균, 박영효를 지칭하는 것으로 보임)보다 다수의 지도자들이 일본으로 망명했다. 약간의 착오가 있는 것으로 보인다.

[23] 조선 정부는 갑신정변의 주역을 송환하라고 일본 정부에 압박을 가하고 일본 정부는 이들의 존재를 부담스러워하게 된다. 이런 상황에서 서재필은 박영효, 서광범과 함께 미국으로 왔으나, 박영효는 일본으로 돌아가게 되고 서재필과 서광범은 미국에 남았다. 말도 통하지 않는 이국만리에서 손짓, 발짓으로 어렵게 일자리를 구하기도 했고, 불청객이나 정신병자, 부랑아로 몰려 쫓겨나기를 반복하다가 미국인 후원자를 만나 본격적으로 학교를 다닐 수 있게 되었다고 한다. 참고로 서광범(1859-1897)은 1892년 미국시민권을 획득하고 미연방정부 교육국 번역관으로 취업하였다. 그 후 귀국하여 김홍집 내각에서 법무대신, 학부대신으로 임명되었고, 주미특명전권공사로 미국에 온 후 지병이었던 폐병이 악화되어 미국에서 돌아가셨다.

청장의 딸이자 대통령 제임스 부차난의 친척인 사교계의 명사 **뮤리엘 암스트롱**과 결혼을 했다. 그래서 미국에서 미국인과 결혼한 최초의 한국인이 되었다.

모국의 정치적 미래에 대해 깊은 걱정을 하여, 제이슨 박사는 1896년 1월 대한제국으로 돌아가 또 다른 혁명을 주도했다. 사회, 정치, 경제, 교육, 의료 분야에서의 혁명과 민주주의의 씨를 퍼트렸다. 정부 고위직의 제안을 거부하고, 그는 최초로 한글을 사용한 **"독립신문"**을 발행하여 개혁운동을 시작했다. 1896년 4월 7일은 한국의 근대 언론의 탄생일로 기념되고 있다.

매우 보수적이었던 대한제국 정부는 개혁운동이 야기하는 광범위한 정치적, 사회적 변화에 심히 우려를 하게 되었고, 어머니(장모)가 위중하다는 정보를 그의 아내에게 거짓 전신으로 알림으로써 1898년 5월 14일에 제이슨을 모국에서 떠나게 하는 술수를 썼다. 이로써 사랑하는 조국을 두 번째로 떠나게 되었다.

1919년 3월 1일에 조선인은 전국에서 비폭력 독립운동을 일으켰으나 폭력을 휘두르는 경찰에 의해 5천 명이 죽고, 수만 명이 감옥에 가고 고문을 당하는 등 일제에 의해 잔인하게 진압되었다. 4월 16일부터 19일까지 서재필 박사는 독립운동의 일환으로 필라델피아 델란시 거리, 1714 번지에 있는 작은 극장에서 역사적인 첫 한국의회를 조직했다. 그는 또한 한국정보국을 설립하고 월간 한국재조명을 출간하였으며 한인동지연맹을 조직했다. 이를 통해 그는 한국 독립의 대의를 위해 싸웠다.

세계 2차 대전이 끝나고 제이슨 박사는 남한 미군정에 최고 고문으로 초대되었고, 그는 1948년 8월에 대한민국이 세워질 때까지 조선과 미국 모두를 위해 효과적이고 헌신적으로 봉사했다.

제이슨 박사는 미국으로 돌아와 1951년 1월 5일에 향년 87세로 펜실베이니아 주 노리스타운에서 운명하셨다. 1994년에 미국에 있는 한국인들이 그의 유해를 한국으로 보낼 때 마지막 작별인사를 했다. 김포공항에 도착했을 때 대대적인 환영을 받은 후에 그의 유해는 1994년 4월 8일 국립묘지에 영원히 안장되었다.

글을 받아들고 가벼운 마음으로 읽어 내려가는데 전혀 예상치 못한 일이 일어났다.[24] 최초의 한국계 미국인의 낯설기만 한 필립 제이슨이 서재필 박사라는 것을 점점 확신하게 되면서 눈으로 읽히는 글이 머리와 가슴을 치고 울리며 요동치기 시작한 것이다.

나에게 '최초, 처음(First)'이란?

나는 **'최초, 처음(First)'**이라는 말을 참 좋아하는 사람이다. 밤새 눈이 온 새벽. 누군가 걸어간 발자국을 따라가기보다는 발이 눈에 푹푹 빠지더라도 아무도 발을 올려놓지 못한 살포시 내려앉아 있는 눈에 자연스레 발길이 가는 사람이다. 이렇듯 '최초, 처음'은 나의 무의식을 지배하고 있는 뿌리 깊은 편견 중 하나였다. 누구도 건드리지 않은 태초의 순수함을 범했

---

[24] 영어로 읽으신 분들은 우리의 글로 읽을 때의 느낌하고 뭔가 다르다는 것을 알 수 있을 것이다. 양자의 차이에 대해서는 후에 보다 자세히 다루기로 하자. 분명한 것은 영어는 우리를 다른 세상으로 들어갈 수 있는 문을 열어 줄 수 있는 열쇠 중 하나라는 점이다. 이 점은 미국인이 우리의 말과 글을 이해할 때에도 마찬가지이다. 언어는 단순히 의미를 전달하는 수단을 넘어 한 민족의 혼을 담아내고 있는 그릇이기 때문이다. 내가 이처럼 평범하고 공식적이며 딱딱한 글에 감성적이 되었던 것은 서재필 박사가 그랬듯이 미국이라는 낯선 땅에서, 영어라는 낯선 언어로 읽었기 때문일 것이다.

다는 우쭐함이 원인이 아닐까 싶다.

이 글에 따르면 서재필 박사는 '최초, 처음'이라는 타이틀을 5개나 가지고 있다. 최초의 미국 국적을 취득한 한국인, 최초의 미국 의학 박사학위를 취득한 한국인, 최초로 미국인과 결혼한 한국인, 최초로 한글을 사용한 독립신문의 발행, 최초의 한국의회 조직 등. 그렇다고 서재필 박사를 기록의 사나이라고 말할 기분이 나지 않는다. 이 글을 읽고 '최초, 처음'이라는 단어는 '최초, 처음'으로 나의 가슴에 애틋하게 다가왔다. 이 흥분될 만한 기록을 앞에 두고 '최초, 처음'은 '최초, 처음'으로 온실에서 별 탈 없이 세상물정 모르고 지내던 유약한 나의 감정 기반을 뿌리째 뽑고 말았다. 내 마음에서 걷잡을 수 없는 서글픔이 된 것이다. 얼마나 힘들었을까, 얼마나 무서웠을까, 얼마나 외로웠을까, 얼마나 한심했을까, 얼마나 괴로웠을까, 얼마나 서러웠을까. 얼마나 그리웠을까.

서재필 박사가 미국 명문 집안의 아낙과 결혼한 이야기는 참으로 신선하다.[25] 과연 무엇이 그녀를 무일푼의 실패한 혁명가, 초라하기 그지없는 출신 불명의 사나이에게 사랑을 느껴 결혼까지 하도록 했을까? 분명 재력은 아니고, 분명 정치권력도 아니다. 혹시 외모? 암스트롱 여사께서 어떻게 생각하실지 모르겠지만 내가 보기엔 재력이나 정치권력만큼이나 분명 아니다. 그것은 분명 서재필 박사의 고귀한 인격, 인품이었을 것이고, 그것을 알아 볼 수 있었던 그녀의 혜안이었으리라.

---

[25] 뮤리엘 암스트롱은 서재필 박사가 평생을 독립운동 참여 등으로 가정 생계에 초연하여 빚과 파산, 굶주림에 시달리면서도 남편을 탓하거나 원망하지 않고 이는 서재필 박사가 독립운동에 전심전력할 수 있는 배경이 되었다고 한다.

조지훈 선생은 수필집 《동문서답》의 '**매력이란 무엇이냐**'라는 글에서 매력을 성적 매력, 금권의 매력, 미의 매력, 지능의 매력, 인격에 대한 매력으로 구분한 후 '**인격**'**에 대한 매력**을 아래와 같이 서술하였다.

신뢰와 존경을 바탕으로 하는 이 매력은 이른바 인간적인 매력으로서 최고의 것이다. 선배를 따르거나 친구를 사랑하거나 이성간의 애정도 그 구경(究竟)은 이 인격적인 매력에 귀결된다. 그만큼 사람이란 너그럽고 고결하고 거룩한 가슴 안에 안기고 싶은 욕망이 있기 때문이다. 그러므로 남성에게는 여성의 매력이 창부형(娼婦型)에서 모성형(母性型)에로 상승하게 마련이요 여성에게도 남성의 매력은 시종형(侍從型)에서 군주형(君主型)으로 옮겨가게 마련이다. 나를 포용하고 위안하고 쓰다듬어 주는 인격의 힘이 없는 모든 사랑은 수명이 짧은 법이다. 삭삭한 붙임 맛, 달콤한 행동은 매력의 시초는 될 수 있으나 그것만으로 만족해지지는 않는다. 불만을 자각할 때 매력이 풀어지기 시작하는 법이다. 그러므로 인간의 어떠한 미세한 약점도 덮어줄 수 있는 인격적 매력, 교양의 매력이야말로 모든 매력의 최고 경지가 되지 않을 수 없는 것이다.

분명 그녀는 성적 매력, 금권의 매력, 미의 매력, 지능의 매력 등을 뛰어넘는 서재필 박사의 인격에 대한 매력에 흠뻑 빠진 것이리라. 육체적 힘이 점점 힘을 잃어가는 늦은 불혹의 나이. 이제 우리가 집중해야 할 매력은 무엇인가? 혹시 집중하고 있는 매력이 집중해야 할 매력과 다르지는 않은가?

"너라면 어찌 했겠느냐!"

갑신정변! 나의 마음을 다시 한 번 이리도 무너뜨린 것은 바로 갑신년(1884년)에 일어난 김옥균, 박영효, 홍영식, 서광범, 서재필 등 급진 개화파의 위로부터의 혁명이다. 우리 근대사에 갑신정변이 없었다면 나라가 넘어가는데 글 꽤나 배웠다는 조선의 엘리트들은 다 지네들 이익이나 챙기지 않았냐고 할 때 과연 무엇이라 대답할 수 있었을까.[26] 대답의 궁색함을 생각하면 갑신정변의 역사적 의의를 알 수 있으리라.

갑신년의 정변이 더욱이 나의 가슴에 아로새겨진 이유는 이들의 시도가 권력의 단맛을 이미 맛본 노쇠한 정치인들의 권세 유지를 위한 자기기만이나 반작용이 아니라 아직 권력의 때가 묻지 않은 순수한 젊은이들의 근본적 개혁을 향한 돌직구였기 때문이다. 그들의 젊은 혈기는 이대로는 안 된다, 뭔가를 해야 한다, 그것도 더 늦기 전에 뭔가 결판을 내야 한다고 끓어올랐을 것이고 성급하게도 한 판 승으로 승부를 내고자 했던 것이다. 내가 역사가 단순히 암기과목이 아니라는 사실을 깨닫고 역사에 대해 스스로 생각할 능력을 키워나가면서 나를 가장 긴장하게 한 질문은 이것이다.

"너라면 어찌 했겠느냐!"

서재필 박사가 조용히 책을 읽으며 망중한을 즐기는 나를 찾아와 내 손을 잡고 같이 거사하자고 했다면 나는 어찌 했겠는가 말이다. 내 숨이 멈

---

[26] 나는 우리 근대사가 무기력하지 않았음을 보여 준 두 사건으로 동학과 갑신정변을 꼽는다. 전자는 아래로부터, 후자는 위로부터의 처절한 몸부림이었다. 우리 근대사가 아쉽고 서글프고 하늘이 원망스러운 것은 이들의 피맺힌 절규가 청, 일 등 외세에 의해 처절하게 짓밟혔기 때문이다.

추는 듯하고 손이 떨려 펜을 잡을 수가 없다. 내 답은 무엇인가? 어서 답을 하지 못하고 무엇 하느냐? '나'가 나를 추궁하는 것. 이것이 역사를 공부하는 참맛 중 최고의 맛이다. 국립묘지에 가게 되면 꼭 찾아뵙고 한참을 있다가 와야겠다.

갑신정변의 삼일천하 일지[27]

12월 2일 새벽 2시
- **박영효** 집에서 동지들과 거사 일정 및 역할 최종 확정
- 비가 오면 12월 5일로 연기

12월 3일: 좌석 배치도 등 거사 계획 재확인

12월 4일: 1일차
- 한성부 정동에 신축한 우정국 낙성축하연에 거사 실행(밤 10시)
- 우정국총판 **홍영식**의 초청으로 다수의 내외귀빈 참석
- 이웃집에 불을 질러 혼란을 일으킨 다음 행동 전위대로 나선 **서재필**을 비롯한 토야마 군관학교 출신 사관생도들이 초청한 사대당 요인들을 모조리 암살하려 했으나, 겨우 **민영익**에게 중상을 입힘에 그침

27　위키백과 참조.

-고종에게 사대당과 청국군이 변을 일으켰다고 거짓으로 보고하고, 고종과 명성황후를 규모가 작아 수비가 수월한 경우궁으로 옮김
-국왕의 소명이라 하여 대신들에게 소집을 명했고(밤 11시), 이에 따라 입시하려던 윤태준, 한규직, 이조연, 민영목, 민태호, 조영하 등의 사대당 일파 척결

12월 5일: 2일차
-개화파의 신내각 발표
-서재필은 병조참판 겸 정령관으로 임명됨
-명성황후 측에서 청나라 총독 **원세개(袁世凱)**에게 편지를 보내 개입 요청

12월 6일: 3일차
-혁신정강 발표
-청과의 사대관계 단절, 문벌과 양반 제도 폐지, 지조법 개정과 재정기관의 일원화 등 14개조가 김옥균의 《갑신일록》에 전함
-청나라와 조선 연합군 군사 1,500명이 창덕궁을 공격(오후 3시)
-일본군(200명)은 전세가 불리해 지자 재빨리 후퇴
-개화파의 조선군(150명)은 수십 명의 전사자를 내고 중과부적으로 패퇴
-고종은 박영효, 김옥균 등의 만류에도 불구하고 명성황후가 있는 북관묘(北關廟)로 돌아감
-김옥균, 박영효, 이규완, 정란교, 서광범, 변수 등 일행 9명은 창덕궁 북문으로 빠져나가 옷을 번복하고 일본 공사관에 숨음
-박영교(박영효의 형), 홍영식은 끝까지 왕의 곁에 남아있다가 청군에

의해 목숨을 잃음

12월 12일

-인천주재 주조선 일본 영사관 직원 고바야시의 주선으로 제일은행 지
　점장 기노시타의 집에 은신
-**묄렌도르프**가 추격대를 이끌고 오자, 기노시타의 배려로 일본인 옷으
　로 갈아입고 제물포항에 정박 중이던 **츠지 가츠사부로**(선장)의 일본
　선박 치토세마루 호에 승선

12월 13일

-묄렌도르프가 외무독판 조병호와 인천감리 홍순학을 대동하고 병사
　를 이끌고 추격
-일본 공사 **다케오에 신이치**에게 갑신정변의 주동자들을 내놓을 것을 요구
-배 안에서 이를 지켜보던 일행은 품속에서 비상약을 쥐고 자살을 각오
-한참을 묄렌도르프와 우물쭈물 대던 다케오에는 배로 올라와 어쩔
　수 없다는 뜻을 내보임
-이에 대해 선장 츠지 가츠사부로는 다음과 같이 말을 하고,

"내가 이 배에 조선 개화당 인사들을 승선시킨 것은 공사의 체면을 존
중했기 때문이다. 이분들은 다케오에 신이치로 공사의 말을 믿고 모종의
일을 도모하다가 잘못되어 쫓기는 모양인데, 죽을 줄 뻔히 알면서도 이들
더러 배에서 내리라는 것은 도대체 무슨 도리인가? 이 배에 탄 이상 모든
것은 선장인 내 책임이니 인간의 도리로는 도저히 이들을 배에서 내리게
할 수 없다."

늦은 불혹의 다릿돌

−직접 묄렌도르프에게 아래와 같이 말함으로써 그들을 따돌림

"그런 사람은 없으며, 일본의 선박을 함부로 수색할 수는 없다. 임의로 수색했다가는 본국에 통보하여 외교 문제로 삼겠다."

−츠지 선장의 배려로 서재필과 일행은 구사일생으로 목숨을 건짐.

정치는 우리 민족의 희망이다

《하와이 이민 100년, 그들은 어떻게 살았나?》[28]에 나와 있는 **단산시보**(1925년 7월 22일자)[29]에 실린 글에서 다시 한 번 서재필 박사를 만나보자.

1925년 7월 초 호놀룰루에서 있었던 범태평양 기독청년대회(Pan Pacific YMCA Conference)에 한국에서 신흥우(서울 청년회 총무), 김양수(조설일보 주필), 송

28　이 책은 이덕희 선생이 미주한인 이민 100주년 기념사업회와 재외동포재단의 후원으로 발간한 책이다. 나라 잃은 백성의 서러움과 이를 이겨 내기 위해 얼마나 열심히 살았는지에 관한 이야기가 자세히 실려 있다. 특히 '사진신부'에 관한 이야기는 우리 역사의 아픔을 고스란히 전해준다.

29　단산시보(檀山時報)는 강영효가 1925년 5월부터 약 10개월간 한글로 써서 등사판으로 발행했던 신문이다. 당시 한인 사회에는 여러 단체가 있었고 각 단체가 기관지를 발행하면서 각기의 의견을 주장하고 있었다. 단산시보는 중립노선을 취하면서 상해 임시정부의 정통성을 강조한 독립지였다. 단산이란 제호는 중국인들이 호놀룰루를 한자어로 부른 이름인데, 강영효는 단군이 내려온 백두산도 단산이고 단군의 자손인 한인들을 단족(檀族)이라고 해 한민족을 상징하는 뜻에서 '단산'이라는 제호를 사용한 것이다. 당시 발행되던 국민보, 태평양잡지(이후 태평양주보로 바뀜), 태평양 시사가 기관지였기에 편파적일 수 있었다면, 단산시보는 중립노선을 지키려는 노력의 결과였다고 할 수 있다. 그러나 기관의 재정 혜택을 받지 못해 운영이 오래 계속될 수 없었다. 현재까지 찾아낸 10부는 다른 기관지에서는 볼 수 없는 기사들을 많이 포함하고 있어 당시를 연구하는데 중요한 자료가 되고 있다고 한다.

진우(동아일보 주필), 유억겸(조선신교 대학 교감), 김종철(일본 와세다 대학 출신인 교육가) 등이 참석했고 미주 본토에서 서재필 박사가 참가했다. 서재필 박사는 7월 16일에 하와이 각 단체장들과 만나 오찬을 나누며, 풍파 많은 하와이 한족 사회가 지나간 모든 일을 덮어두고 서로 단합하여 앞으로 나갈 방편을 의논하는 것이 좋겠다는 취지로 연설했다. 단산시보는 7월 22일자 3면에 서재필 박사의 연설 후에 있었던 단체장들의 발언을 실었다.

이승만 박사: 나는 모든 일을 잘하려고 하였고 아무든지 혐의가 없소. 이렇게 모이는 것은 서 박사가 계시면 될는지? 우리끼리는 모이기 어렵소.

이태성 씨(누우아누 청년회 YMCA 서기): 사람마다 자기 맡은 일만 잘 하면 잘 되겠단 말씀이야요.

김영기 씨(교민총회장): 사람마다 양심대로 독립단체에 가든지 민단에 가든지 자기 마음대로 가서 돈이나 잘 내서 일을 보아가면 그만이오.

현순 씨(미 감리목사): 장래 우리 일을 더 잘하려면 백성을 속이지 말고 참빛으로 인도할 것이오, 인도자라는 사람이 서 박사가 와 모아주기를 바라지 말고 자기네끼리 서로 모여서 음식도 대고 담화도 하여야 되겠으니 이 박사부터 시작하면 나 같은 가난한 자도 찻잔이나 준비하여 모이겠소. 또 무슨 정책이든지 두어 사람만 모여서 우물쭈물 하지 말고 공중에 나와서 정견을 발표하여 봅시다.

황사용 씨(미 감리목사): 나는 시골 사람인고로 시골 인심을 잘 압니다. 시골 사는 한인들은 우리 하와이에서 사는 한인 가운데 여러 단체가 있더라도 자치기관 하나만 되기를 원합니다.

늦은 불혹의 다릿돌

안원규 씨(실업가): 합한다고 하면 도리어 해가 많소. 그런고로 합한다는 말은 그 만두고 우선 이곳에 모인 우리부터 정의를 돈독합시다. 여러분이 원하시면 나라도 먼저 음식을 차리고 당신들을 청하겠습니다.

박용만 씨(독립단 영수): 우리는 다 실패한 사람이고 실패한 사람은 다 물러가는 것이 이치에 상당하니 실패한 우리는 물러가고 청년들에게 맡겨서 일을 진행합시다.
민찬호 씨(기독교 목사): 나는 말은 좋아 아니하고 일만 좋아하는 사람이올시다.

이승만 박사(다시 일어나며): 모이기는 무엇을 모인단 말이오. 모임은 고치지 않고 모이면 무슨 일이 되오. 그런즉 여러분이 회개들 하시오.
신흥우 씨(본국 대표): 당신네들을 먼데서 망원경을 끼고 들여다 볼 것 같으면 다 샘플들이요.

그리고 단산시보는 '이같이 소위 두뇌자라 칭하고 또는 오늘날 우리 사회가 허임하는 중요 인물들이 모인 석상에서도 무슨 좋은 효과를 얻지 못하고 도리어 모였던 본의를 잃어버리고 마는 것은 참으로 통곡할 사실이며 이와 같이 쓸쓸하게 되었다는 소문을 듣게 된 본보는 서 박사와 같이 섭섭함을 금치 못했더라'는 말로 끝을 맺었다.

대화록이 어제 일처럼 생생하여 마치 내가 모임에 참석하여 여러 훌륭한 분들의 말씀을 듣고 있는 것 같다. 어떤 분의 말씀이 옳은 것일까? 혹은 마음에 와 닿는가?

국회 ○○자문위원회 위원들과 함께 하와이로 출장을 간 일이 있었다.

거기서도 이승만 박사는 정치학자, 역사학자, 하와이 주민들을 분열시키고 있었다. 긍정적인 측면을 강조하는 분에게 이승만 박사는 국부였으나, 부정적인 측면을 강조하는 분에게는 나라를 망친 장본인에 불과했다. 극단의 평가가 비교적 점잖한 분위기 속에서 공존하다가 술이 들어가면서 뜨거워지더니 험악해져 물리력이 사용될 수도 있는 위험한 수준에 이르기까지 했다. 마치 1925년 7월 16일의 하와이 호놀룰루에서의 범태평양 기독청년대회의 분위기처럼.

이승만 박사는 살아서도 죽어서도 대한민국을 분열시키고 있었다. 대한민국 초대 국회의장이자 초대 대통령의 평가가 이리도 갈리다니……. 이것은 우리 민족의 강점이라기보다는 약점이요, 허점이다. 다양한 의견이 존재한다고 하기에는 너무 극단적이다. 중(中)이 존재하기 힘든 극단은 강(强)보다는 약(弱)이다.

서재필은 '같이' 가자고 하고 이승만은 '따로' 가자고 한다. 서재필은 아우르려고 하고 이승만은 벗어나려 한다. 서재필은 끌어안으려 하고 이승만은 밀쳐 내려한다. 이승만 박사를 옹호하는 분들은 아마도 그가 있는 곳에 분열이 있었으나 그 분열을 탓하기에는 현실이 너무나도 급박하고 호락호락하지 않았냐고 되물을 것이다. 부정하기 어렵다. 더구나 우리는 더함이 빼기보다 항상 참이 아니라는 것을 인정할 수밖에 없는 사례들을 많이 알고 있다.

만약 서재필 박사가 초대 대통령이 되셨다면 어떤 평가를 받으셨을

까?[30] 모든 이들의 존경을 받으셨을까? 정치는 포용과 배제의 균형일 진데. 정치에서 어느 정도의 배제는 불가피할 텐데. 배제된 자들의 비판을 무력화시키고 그저 비난에 불과하다고 만들 수 있는 기준은 무엇일까?

적을 앞에 두고 분열한다는 것이 곧 패배를 의미하는 것은 아니다. 차이를 인정하는 것이 오히려 더 강력하게 적에게 대항할 수 있는 경우가 있으므로 분열이 반드시 적을 이롭게 하는 것만은 아니다. 하지만 분열이 정당화되기 위해서는 최소한 두 가지 전제가 있어야 한다.

하나는 분열의 이유가 분열을 정당화할 만한 것이어야 한다는 점이다. 지도자 간의 권력 다툼 또는 사사로운 감정싸움이 분열의 이유라면 어찌 분열이 정당화될 수 있겠는가? 둘은 통합을 위한 노력을 병행할 수 있어야 한다는 것이다. 분열은 보다 큰 통합을 위한 전 단계로서 의미가 있는 것이지 분열된 상태로 지속하는 것을 목적으로 하지 않는다. 자신과 의견이 다른 사람에게 회개하라고 꾸짖는다면 과연 통합을 위한 만남 자체가 가능하겠는가. 의견이 다를수록 자주 만나서 서로의 의견차를 줄여 나가도록 해야 하지 않겠는가. 이것이 분열을 위한 분열과 더 큰 분열을 막기 위한 분열을 구분하는 기준이 될 것이다.

무엇보다 중요한 점은 이제 우리에게 이승만을 능가하는 정치 지도자가

---

[30] 　사실 해방 이후 상당수 유력인사들이 서재필 박사에게 대통령 출마 요청을 하였다. 하지만 이승만 박사를 대통령으로 추대하려는 대한독립촉성국민회의의 견제를 받았고 서재필 박사는 1948년 7월 4일 공식적으로 불출마를 선언했다. 1948년 6월 11일 서재필 박사에게 보내는 연명의 간원문은 다음과 같이 시작한다. '지금 조국이 요구하는 사람은 명령하는 사람이 아니라 인민의 뜻을 알아서 이에 충실히 순종하는 정직한 민주주의적 지도자입니다. 이 나라에는 그러한 인격자가 한 분 계시니 그는 서 박사입니다.'

나와야 한다는 것이다. **정치는 우리 민족의 희망이다.** 현실의 정치가 분열적이라고 하더라도 결국 통합은 정치로부터 온다. 정치인들의 위대한 개성이 민초들의 가난한 삶을 어루만져 행복하게 웃으며 하루하루 걱정 없이 살 수 있도록 해주어야 한다.

모든 이를 포용할 수 있다고 생각하는 것은 무모요, 모든 이를 배제하고 갈 수 있다고 생각하는 것은 아집일진데 과연 **포용과 배제의 균형점은 무엇일까?** 무조건적 포용과 무조건적 배제의 극에서 참은 과연 어디에 존재하는 것일까?

다릿돌 19

우리는 현충일에 어디서 무엇을 하고 있는가?

우리는 현충원에 몇 번이나 가보았을까? 우리는 군에서 무엇을 배웠을까? 나라를 지키는 이 신성한 의무와 그 의무를 수행하다 목숨을 바치신 분들이 있었기에 오늘의 우리가 있음을 누구도 부정할 수 없을 텐데……. 우리는 현충일에 도대체 어디에서 무엇을 하고 있는 것일까?

미국에서 이 글을 읽고 우리들 이야기와 어찌나 딱 들어맞던지 많이 놀랐었다. 찬찬히 읽어 보기를 바란다.[31]

Dad's Memorial Day letter is a reminder of sacrifice

Nearly five decades ago, a father who was disappointed by the lack of turnout at a Memorial Day ceremony wrote a letter to his five sons about honor, duty and patriotism. That letter was published and, now, he's hoping a new generation will take time to remember. Tom Sheehan, a Korean War veteran, has been to every Memorial Day service for the past 63 years. "If I miss it, God forgive me." he said.

Sheehan knows more than most about the sacrifices made by men and women in the armed services and the losses felt by families of the fallen. It's why, 47 years ago in Indiana, Pa., he and his wife got their five sons up early to get a good seat at the Memorial Day ceremony to pay tribute; however, it turned out, there was no need. "The ceremony was a short, brief little thing. The band played the National Anthem, and it was over. When I got home, I was really furious because, I thought to myself, 'This is Korea all over again.'" he said through tears.

Pained by the lack of participation, Sheehan said he wrote an open letter to the local paper with a message to his five sons that would later

---

31　역시 영어가 부담되시는 분들은 주저 없이 아름다운 우리말로 번역되어 쓰인 글을 읽으면 된다.

become a message for countless others. The letter read: "Fifty people out of a community of over 15,000 American citizens — you're probably wondering where everyone was that day that American honors the memory of its dead soldiers. Well, boys, we wonder ourselves. They've forgotten things that make America great —— the things that are the heart and soul of true Americans. They forgot that brave men and women have died so that they could enjoy this bright, beautiful, free land on Memorial Day."

His letter was published and picked up by newspapers all over the Northeast. It would later earn Sheehan a special medal from the Freedom Foundation. Sheehan admitted he wrote the letter more out of anger than expectation, but a year later, at Indiana's next Memorial Day services, his expectations were exceeded. "They had over 500 people, and they had a band and honor guard and the military. It was just beautiful. The ceremony was right." he said.

But most dear to Sheehan were the letters that came from Vietnam soldiers who'd read his words and echoed his plea. "The problem of which you have so effectively written is part of the age—old problem of taking for granted the things for which others have paid." he said, reading what one veteran wrote him.

Sheehan said he plans to go to Dulaney Valley Memorial Gardens on Monday to pay tribute, just like always, and he's hoping others will take time out of their days, too, to honor our nation's heroes. "I just want them to remember the sacrifice, the pain, the honor and the devotion of duty they bring to our nation." he said.

희생의 의미를 상기시켜 주는 아비의 현충일 편지

거의 50년 전 현충일 행사에 참석자 수가 적은 것에 실망한 어떤 아버지가 명예, 의무, 그리고 애국심에 대해 그의 5명의 아들들에게 편지를 썼었다.[32] 그 편지는 신문에 실렸고 지금 그는 새로운 세대가 기억의 시간을 갖기를 바라고 있다. 한국전쟁의 퇴역 군인인 탐 쉬한(Tom Sheehan)은 과거 63년 동안 모든 현충일 행사에 참석해 왔다. "만약 내가 참석하지 않는다면, 내 자신을 용서하기가 어려울 것입니다"라고 그가 말했다.

쉬한은 군인들의 희생과 전몰자의 가족이 느끼는 상실에 관해 다른 사람들보다 더 잘 알고 있다. 이것이 47년 전 펜실베이니아 주 인디애나시에서, 그와 그의 부인이 경의를 표하는 현충일 행사에서 좋은 자리에 앉기 위해 5명의 아들들을 일찍 일어나게 했다. 하지만, 그럴 필요가 없다는 것이 밝혀졌다. "행사는 짧고, 간결한 초라한 것이었지요. 악단이 국가를 연주했고 그것으로 끝이었죠. 내가 집에 돌아왔을 때, 내 스스로 '한국전쟁이 또 한 번 더 잊혀진다'고 생각하니 나는 너무나 화가 치밀었지요. 그는 울먹이면서 말했다.

참석자 수가 적다는 것에 마음의 상처를 받은 후에, 쉬한은 나중에 수많은 사람들을 위한 호소문이 된 그의 아들들에게 전언이 있는 공개서한을 지방 신문에 썼다고 말했다. 편지를 읽어 보면 이렇다. "1만 5천 명이 넘는 미국 시민이 사는 한 지역사회에서 50명이라니--너희들은 미국인이 전몰 군인을 기리는 그날, 모든 사람들이 어디에 있었는지 아마도 의아하게 생각할 것이다. 그렇지, 아들들아, 참으로 놀라운 일이지. 그들은 미국

---

[32] 편지 내용은 뒤에 실어 놓았으니 꼭 읽어 보기를 권한다.

을 위대하게 만드는 것을 잊고 있는 것이다.--- 그것은 진정한 미국인에게 가장 중요한 것임에도 말이지. 그들은 용감한 남자와 여자의 죽음이 있었기에 그들이 현충일에 멋지고, 아름답고, 자유로운 땅에서 즐길 수 있다는 것을 잊고 있었단다."

그의 편지는 신문에 실렸고 북동지역 전역에 있는 신문들에 의해 보도되었다. 이것으로 쉬한은 자유 재단으로부터 특별한 메달을 받게 되었다. 쉬한은 자신이 바람보다는 노여움에서 편지를 썼다는 것을 인정했다. 그러나 1년 후 인디애나 시의 다음 현충일 행사에서 그의 바람들은 초과 달성되었다. "500명이 넘는 사람들이 있었고 밴드와 의장병 그리고 군인이 있었다. 이것은 그저 아름다웠다. 올바른 행사였다"고 그가 말했다.

그러나 쉬한에게 가장 귀중한 것들은 그의 이야기를 읽고 그의 간청에 응답한 베트남 참전용사로부터 온 편지들이었다. "당신이 가장 효과적으로 써내려간 문제는 다른 사람들의 희생을 당연한 것으로 여기는 오래된 문제의 일부분이다." 그가 한 참전용사가 그에게 쓴 것을 읽으면서 말했다.

쉬한은 월요일에 다른 때와 마찬가지로 경의를 표하기 위하여 듈라니 벨리 기념 정원에 갈 계획이다. 그리고 그는 다른 사람들이 우리 조국의 영웅들을 기리는 날에 역시 시간을 내주기를 바라고 있다. "나는 단지 그들이 우리의 조국에 바친 희생, 고통, 명예 그리고 의무에 대한 헌신을 기억해 주기를 원한다"고 그가 말했다.

쉬안의 이야기를 요약해보면 현충일 행사를 앞자리에서 제대로 보기 위하여 아들 5명을 새벽에 깨워 달려갔더니 자리는 텅 비어있고 행사 진행도 초라하여 아들들에게 너무나 민망할 뿐만 아니라 화가 치밀어 오르는 것을 참을 수 없어 지역신문에 공개서한을 보내고 이것이 자극제가 되어 다음 해 현충일 행사부터는 참석자 수도 많아지고 행사에 내실이 생겼다는 것이다. 쉬안은 우리에게 묻는다.

당신은 현충일에 어디서 무엇을 하고 있는가?

그저 공휴일 중의 하나로 여기고 있지는 않은가? 그저 직장에 가지 않아도 되니 퍼지게 늦잠을 자거나 사전 준비된 계획 하에 산과 강에서 즐겁게 놀고 있지는 않은가? 오전 10시에 울리는 사이렌 소리에 일어서서 묵념이나 제대로 하고 있는가? 조기를 계양하는 자그마한 수고도 귀찮아하고 있지는 않은가? 현충일에 상암동 월드컵 경기장에서 울려 퍼지는 관중들의 열광적 응원 소리는 무엇인가?[33] 현충원을 방문하여 호국영령들에게 감사의 마음을 전한 적이 있던가? 나 역시 이런 고리타분한 질문에 자신 있는 대답을 할 수 있을 정도로 떳떳하지 못하다. 이 글을 읽고 잊혀 져서는 안 되지만 잊혀져가는 질문을 던져본다.

'누구로 인해 내가 오늘날 이 풍요 속에서 자유를 만끽하면서 살 수 있단 말인가?'

---

[33] 그들이 경기 종료 후 집으로 돌아가는 발걸음에는 전혀 거리낌이 없었다. 현충일인지 아는 것 같지도 않았다. 현충일이 그들의 삶의 방식을 단 하루도 바꿀 수 없다는 것인가. 이건 아니다 싶다. 현충일이 아무리 휴일이라 하더라도 나라를 지키기 위해 목숨을 버리신 분들의 넋을 조용히 기리는 것이 맞다. 축구 경기를 하지 않는 것이 맞고, 무슨 이유인지 꼭 해야 한다면 보러가지 않는 것이 맞다. 그래야 현충일이다. 이것은 전몰 장병에 대한 최소한의 예의다.

옛적부터 고마움을 모르면 그것은 금수만도 못하다고 했다. 우리가 대한의 딸, 아들로서 해야 할 마땅한 일 중 으뜸은 이 분들에 대한 고마움을 잊지 않는 것이요, 그 분들의 못다 핀 생이 헛되지 않도록 우리의 삶에 더욱 정진하는 것이리라.

참고로 이 글은 한 사람의 노력으로 많은 변화를 가져올 수 있다는 사실을 보여준다. 쉬안의 편지는 잊혀가던 현충일을 기억하는 현충일로 바꾸어놓았다. 이제 더 이상 나 하나쯤이야 하는 이런 맥 빠진 생각은 말자. 모든 변혁의 출발은 나 하나쯤으로부터 시작된다고 믿자. 나 하나로 인해 티핑 포인트(tipping point)[34]를 넘길 수 있다고 믿자. 나 하나는 최소의 단위이지만 출발의 단위이자, 완성의 단위이다.

'부분이 바뀌면 (언젠가) 전체가 바뀐다.'

'나'는 부분이지만 분명 전체를 바꿀 수 있는 힘을 가지고 있는 '부분'이다. 믿고 나아가자.

---

[34] 작은 변화들이 어느 정도 기간을 두고 쌓여, 이제 작은 변화가 하나만 더 일어나도 갑자기 큰 영향을 초래할 수 있는 상태가 된 단계를 말한다. 〈네이버 사전〉

한국전쟁이 잊혀진 전쟁이라니?(This is Korea all over again)

한국전쟁이 미국인들에게 잊혀진 전쟁이 된 이유는 무엇일까? 가장 큰 이유는 제2차 세계대전과 베트남 전쟁 사이에 스쳐지나가는 전쟁이었기 때문일 것이다. 당사자에게는 커다란 슬픔이 제3자에게는 강 건너 불구경과 같은 경우가 종종 있다. 우리에겐 너무나 아픈 전쟁이었지만 미국인들에겐 두 전쟁에 비해 그리 아프지 않은 전쟁이었을 수도 있을 것이다. 누군가에게는 커다란 아픔이 끈끈히 이어져 서로가 서로를 증오하는 싹이 되고, 누군가에게는 언제 그런 일이 있었냐는 듯 세월 속에 잊히는 신세가 된다는 것이 나의 마음을 시리게 한다. 가끔 한국전쟁이 우리에게도 점점 잊히는 전쟁이 되어가는 것은 아닌가 하는 생각이 든다. 한국전쟁을 잊는 날, 우리는 또 다른 한국전쟁을 경험하게 될지도 모른다는 섬뜩한 생각이 머리를 스친다.

우리의 조상, 고구려인은 결혼하는 날 수의(壽衣)를 지었다고 한다. 이런 상무정신이 아니고서는 어찌 호전적인 주변 이민족의 침략을 막아낼 수 있었겠는가. 우리도 고구려인처럼 결혼하는 날 수의를 지어 놓자는 운동을 하면 멀쩡한 사지를 가지고 군을 가지 않은 자들이나 아기를 밴 몸으로 한국에선 그리 조심조심하여 미동도 하지 않다가 비행기를 타고 바다를 건너는 위험을 무릅 쓰고 원정출산을 한 그들은 과연 뭐라고 할 것인가? 나는 그 부모의 그 자식들은 반드시 군에 입대하여 부모의 부끄러운 죄를 씻어야 한다고 생각한다. 제대하는 날, 그 자식들은 대한민국 국민으로서의 최소한의 요건을 갖추게 될 것이다.

군이 원하는 것

1. 국군의 날 행사에서 국가원수가 차를 타고 지나가며 군을 사열하는 광경을 텔레비전을 통해 본 기억이 있다. 마침 비가 내리고 있었다. 줄맞추어 열병한 군인은 단 한 명도 우산이나 비옷을 입고 있지 않는데 국방부 장관이 군이 국가원수에게 우산을 받쳐주고 있었다. 이런 마음으로는 문(文)이 무(武)를 통제·관리할 수 없다. 만약 국가원수가 "여러분 나도 비를 맞겠습니다! 여러분이 있기에 제가 있는 것이 아니겠습니까! 여러분 사랑합니다"라고 말했다면 어떠했을까. 그리고 다음 날 국가원수가 지독한 감기에 걸렸다고 한다면 어떠했을까. 비록 비를 맞고 감기에 걸리는 허약한 국가원수지만 어느 군이 그를 진정으로 따르지 않겠는가? 월급 몇 푼 올려주는 것으로 군의 사기가 오를 것으로 생각하는 것은 커다란 착각이다. 군을 진심으로 존중하는 마음을 바탕으로 그들과 눈비를 함께 맞을 수 있어야 사기가 올라가는 것이다. 군이 원하는 것은 바로 이것이다.

2. 우리의 금수강산에 군 골프장을 짓는 것에 대해 의견을 묻자 전역한 어떤 군 장성이 그런다. 군인이 위수지역을 벗어나지 못하게 하는 면도 고려해야 한다면서 은근슬쩍 군 골프장 짓는 것을 방어하려고

한다. 순간 얼마나 한심하던지. 솔직히 그때 한 대 후려치고 싶었으나 꾹 참았다. 그렇게 골프가 좋으면 왜 군인을 하나. 골프선수 하지. 이런 창피한 발언을 허여멀건 얼굴의 예비역 장군이라는 자가 하고 있으니 군 사기가 어떨 것인지 걱정이 이만저만이 아니다.

군 골프장을 누가 이용하는가? 대부분 장군들이다. 장군들이 세상에 위수지역을 골프 때문에 벗어나지 않는가? 아직도 이런 식의 말같지도 않은 이유를 근거로 대면서 수십, 수백억을 군 골프장 짓는데 나라 돈을 쓰거나 쓰려 하는 자들이 있다. 이러니 군이 존경받지 못하는 것이다. 세련됨이 아니라 낡음으로 한눈에 알 수 있는 다 쓰러져가는 군인 아파트를 보라. 무엇이 우선 되어야 하는가? 아직도 눈물 나도록 열악한 막사에서 생활하는 군인들이 많다. 무엇이 우선 되어야 하는가? 우리의 장비 중 노후화되어 교체되어야 하는 장비가 얼마나 많은가? 도대체 무엇이 우선되어야 하는가?

군에 있을 때 군 골프장 근처에서 근무한 적이 있다. 골프공에 맞을 수 있다며 조심조심하라고 한다. 군 사기가 이래서야 어떻게 되겠는가. 윗사람은 주말에, 평일에 골프를 치고 아랫것들은 골프공에 맞을까 봐 눈치 살피며 지나가야 하는가?

원칙적으로 최소한 일주일에 한 번 정도는 장군들도 사병들과 동일하게 먹고 자고 뒹굴어야 한다. 그래야 사기가 오른다. 사기가 오른 군이어야만 나라를 지킬 수 있다. 군이 직업인 분들은 항상 긴장을 풀어서는 안 된다. 대접받으려 해서는 안 된다. 그래야 군에 잠깐 있다가 가는 병사들을 최강의 군으로 만들어 낼 수 있지 않겠는가.

평화 시기가 길어진다는 것은 전쟁이 점점 가까워지고 있다는 의미도 될 수 있다. 물론 우리 모두가 진정으로 그런 일이 없기를 바라고 있지만 역사가 그렇지 않을 수 있음을 우리에게 너무나 자주 보여주었음을 잊어서는 안 된다.

군에서 흘린 눈물

1. **각개전투** 훈련 중 내 왼손 검지 손톱 아래의 살점이 철조망에 찢겨진 적이 있었다. 나는 그것도 모르고 계속 앞으로 전진을 하는데 옆에 있던 동료가 피가 흐른다며 조교를 불렀다. 그래서 보니 내 살점이 덜렁덜렁 거리지 않는가. 고지 탈환도 못하고 나는 대기 장소로 먼저 내려와 혼자서 검붉은 피로 응어리진 손가락을 움켜쥐고 있으려니 어머니가 떠오르면서 가슴 한구석이 울컥울컥 했다.

   울음을 겨우 삼킬 수 있을 때쯤 내가 처량히 앉아 있는 곳으로 훈련을 마친 동기들이 '각개전투!', '각개전투!'를 외치면서 2열종대로 뛰어왔는데 그들의 얼굴과 목소리에도 땀과 눈물이 뒤섞여 있었다. 고지를 탈환한 후 애국가를 부르고 어머님의 은혜를 불렀는데 어찌 안 울 수 있었겠는가. 애국가에서 눈물을 흘리지 않았던 몇몇 충성심이 의심되는 동기 녀석들도 어머님의 은혜에서는 결국 모두 울었다고 한다. 내가 살점이 덜렁거리는 손가락을 움켜잡고 어머니를 생각하며 울고 있을 때 동기 녀석들은 어머님의 은혜를 부르며 울고 있었던 것이다.

2. **혹한기** 훈련 중 있었던 일이다. 참으로 추운 날이었다. 한 여름의 산 속도 밤이 되면 서늘하거늘, 한 겨울의 산 속이야 오죽하랴. 아침에 일어나 군화를 신으려 하는데 꽁꽁 얼어붙어 발이 도저히 들어가지 않았다. 한참을 고생한 후에 군화를 신을 수 있었는데 괜히 아무런 잘못도 없는 통신병을 나무랐다. 그런데 다음 날에 일어나 보니, 통신병이 내 군화를 꼭 껴안고 자고 있지 않은가. 눈물이 핑 돌았다. 하도 기특해서 야간 수색·매복 훈련을 마치고 돌아와 어둑어둑한 텐트 안에서 새우깡을 건네주자 그의 얼굴에서 눈물이 뚝뚝 떨어지는 것이 아닌가.

그대는 그 눈물의 의미를 아는가? 나는 대한의 사내와 어머니라면 이 눈물의 의미를 알 수 있을 것이라 확신한다. 이 눈물의 의미를 모른다면 그들은 도대체 누구인가? 내 알바 아니라고 고개를 돌리는 그들은 도대체 누구인가?

〈참고〉 An Open Letter To My Five Sons

Written by Tom Sheehan in 1966

Boys, were sorry that we got you up so early on Memorial Day. Your mother and I wanted you to be sure that you have a good place to see how Americans pay tribute to their war dead — to the silent heroes. We feel sort of foolish about getting you up now! You're probably wondering what all the rush was about because there wasn't any crowd like we said there would be. As a matter of fact, it might have been better if we just hadn't shown up because it was such a disgraceful ceremony.

Fifty people out of a community of over 15,000 American citizens? You're probably wondering why everyone was not there that day and why they weren't honoring the memory of its dead soldiers? Well, boys, we wondered that ourselves! We know that some of them were doing the proper things as those people we saw placing flowers on the graves of their remembered loved ones. Remember the little flags that people were putting on the graves at the cemetery? **These people didn't forget because it was their loved ones that died fighting for liberty.** Finally, we must admit that some Americans simply forgot what the day was all about.

Fellows, these people aren't bad Americans. They've just lost something. They aren't moved by the prayers for God's blessing on our land and its brave dead: they don't get a lump in their throat when Taps are sounded. And they're ashamed to pray in public sometimes or place a lousy two-dollar wreath on a grave for an American serviceman. They can't work up any compassion for the tears of a mother or father who has lost a child – who has died so that we can live in freedom.

Fellas, feel sorry for them boys because they've lost the things that have made America strong. They've lost gratitude and love of valor. They've lost all the things your mother and I are trying to teach you about honor, love, respect, God and country, and respect especially for the dead. They've forgotten the things that make America great – the things that are the heart and soul of true Americans. They forgot that brave men and women have died so that they could enjoy this bright, beautiful, free land on Memorial Day.

Thank God that we went to see the service so that you could see the job you boys must do as future citizens to strengthen the spirit of America. Pray tonight that the Americans, the Australians, and the Koreans that are dying in Vietnam to preserve freedom for the world – pray that more Americans remember their sacrifice next Memorial Day. Then, after all these prayers, say one last prayer for peace on earth.

Good night sailors and soldiers of the future.

Mom and Dad

나의 다섯 아들에게 보내는 공개서한
1966년 탐 쉬한이 씀

아이들아, 우리가 너희들을 현충일에 너무 일찍 깨운 것이 미안하구나. 엄마와 아빠는 너희들에게 어떻게 미국인들이 조용한 영웅들인 전몰 장병을 기리는지를 보여주기 위하여 좋은 자리에 앉는 것을 확실히 하려 했단다. 우리는 지금 너희들을 깨운 것을 조금은 어리석었다는 느낌이 드는구나! 너희들은 우리가 말한 것과 달리 그곳은 전혀 혼잡하지 않았기 때문에 아마도 급히 간 것에 대해 의아하게 여길 것이다. 사실, 그것은 너무나 부끄러운 행사여서 우리가 단지 참석하지 않는 것이 더 나을 뻔했구나.

1만 5천 명이 넘는 미국 시민이 사는 한 지역사회에서 50명이라니? 너희들은 전몰 군인을 기리는 그날 모든 사람들이 어디에 있었는지 아마도 의아하게 생각할 것이다. 그렇지, 아들아, 참으로 놀라운 일이지. 우리가 사람들이 사랑으로 기억하는 영웅들의 무덤에 꽃을 놓는 것을 보았듯이 그들 중 어떤 사람들은 적절한 일을 하고 있다는 것을 우리는 알고 있단다. 사람들이 공동묘지의 무덤에 꽂아둔 작은 국기들을 기억하니? **이 사람들은 자유를 위해 싸우다 죽은 사람이 바로 자신들이 사랑하는 사람들이었기 때문에 잊지 못하는 것이란다.** 결정적으로 우리는 어떤 미국인들은 이 날이 무엇에 관한 것인지 완전히 잊고 있다는 것을 인정해야겠구나.

애들아, 이런 사람들이 나쁜 미국인들은 아니란다. 그들은 단지 어떤 것을 잃어버린 것이지. 그들은 우리 땅과 용감히 죽은 자에 대한 신의 은총을 위한 기도에 마음이 움직이지 않는 것이란다. 영결 나팔이 울릴 때 그들은 가슴이 벅차오르지 않겠지. 그들은 가끔 공개적으로 기도드리는 것과 변변치 않은 2달러 화환을 미국 군인의 무덤에 놓는 것을 부끄럽게 여긴단다. 그들은 자식을 잃은 어머니와 아버지의 눈물에 어떠한 동정심도 생기지 않는 것이란다. 그들의 죽음으로 우리가 자유롭게 살 수 있는데도 말이지.

애들아, 미국을 강하게 만들어준 것들을 잃어버렸기에 그들이 가엽구나. 그들은 고마움과 전우애를 잃어버린 것이다. 그들은 너의 엄마와 내가 너희들에게 가르치려 노력했던 명예, 사랑, 존경, 신과 조국 그리고 특별히 죽은 자들에 대한 존경심에 관한 모든 것을 잃어버린 것이란다. 그들은 미국을 위대하게 만드는 것을 잊고 지내고 있단다. 그것이 진정한 미국인에게 가장 중요한 것임에도 말이지. 그들은 용감한 남자와 여자의 죽음이 있었기에 그들이 현충일에 멋지고, 아름답고, 자유로운 땅에서 즐길 수 있다는 것을 잊고 있었단다.

우리가 행사에 가서 너희들이 미국의 정신을 강하게 하기 위해 미래의 시민으로서 반드시 해야 하는 역할을 알 수 있게 된 것을 신에게 감사드리자. 오늘밤 베트남에서 세계의 자유를 지키기 위해 죽어가는 미국인, 오스트레일리아인, 한국인을 위해 기도하도록 하자. 그리고 더 많은 미국인들이 다음 현충일에는 그들의 희생을 기억할 수 있도록 기도하자. 그 다음에 이 모든 기도에 더해서 세계의 평화를 위해 마지막 기도를 하자.

미래의 군인들이여 잘 자거라.

엄마와 아빠

편지 중에서 나의 마음을 가장 울린 부분은 '이 사람들은 자유를 위해 싸우다 죽은 사람이 바로 자신들이 사랑하는 사람들이었기 때문에 잊지 못하는 것이란다'(These people didn't forget because it was their loved ones that died fighting for liberty)라는 부분이다.

연평해전 추모식에서 전사한 아들을 생각하며 오열하는 어머니들의 모습이 눈에 들어온다. 세월은 전쟁에서 죽은 자를 포함하여 모든 죽은 자들을 객관화, 추상화하는 힘을 가지고 있다. 이것은 단순화의 힘에서 시작하여 망각의 힘으로 이끈다. 하지만 아비와 어미의 마음속에서는 죽을 때까지 객관화, 추상화되지 못한다. 그저 한 없이 귀엽기만 한 내 새끼일 뿐이다. 어찌하면 그 아픔을 보듬어줄 수 있으랴.[35]

---

35 우리 역사에서 전쟁이 얼마나 많았던가. 그때마다 전몰 장병의 가족들에게 그에 합당한 대우를 해주었다면 지금 국민 대다수가 국가유공자가 되었을 것이고 우리나라는 자연스레 복지국가가 되었을 것이다.

다릿돌 19 / 우리는 현충일에 어디서 무엇을 하고 있는가?

효 :

자식을 둔 부모로서 효를 생각하다

효는 자식이 생기기 이전과 이후로 나뉜다. 이전에는 사실상 효의 의미를 잘 모른다. 이후에는 어떠한 것이 효인지 분명히 안다. 하지만 실천은 여전히 어렵다. 세월만 흐른다.

효란 무엇인가? 한자의 기원을 통해 살펴보면 효(孝)는 늙을 로(老)와 아들 자(子)로 이루어져 있다. 늙을 로(老)는 노인이 지팡이에 의지하고 있는 모습에서 나온 것이다.[36] 즉, 자식이 늙은 부모의 지팡이 역할을 대신하는 것, 이것이 바로 효란 것이다. 그렇다면 어떤 지팡이가 되어 드리는 것이 효에 이르는 길일까?

이런 시각에서 본다면 우리의 삶은 효와 거리가 멀다. 우선 지팡이가 되기 위해서는 부모를 모시고 살아야 하는데 현실은 어떠한가? 언제부터인지 자식도 원치 않고 부모도 원치 않는다. 왜일까? 이유를 일일이 나열하는 것은 우리 삶의 치부를 드러내는 것과 같다. 우리에게 사생활이란 가치는 그 무엇보다도 중요시되고 있다. 아파트라는 폐쇄적 공간 속에서 가족 단위는 개인 단위로 다시 쪼개져서 나름의 공간을 확보하고 문을 닫아 버린다. 그 누구도 나만의 삶에 낯선 자가 되어 버린 것이다.

이러한 삶에 익숙한 우리는 부모로서, 그리고 자식으로서 한참을 떨어져 살다가 다시 한 집에 살기에는 서로가 서로에게 불편한 존재가 된 것이다.[37] 거기에 아들이 결혼하여 며느리가 들어오게 되면? 그만 하자. 이 세상 딸, 아들들 입장만 난처해질 뿐이다. 하지만 한 가지는 분명히 해두자. 오

---

[36] 서양에는 효에 대한 고유명사가 없어 filial piety(자식의 경건함, 독실함) 정도로 표현한다. 고유명사가 없다는 것은 그들의 의식 속에 효를 다른 개념과 구별하여 특정할 필요성이 없었다는 것을 의미한다. 그러기에 효를 표현하기 위해서는 일반명사 앞에 형용사가 꾸며 주어야 한다. 우리들의 효에 대한 관념이 점점 서구화되고 있지는 않은지 생각해볼 일이다. 하나의 단어가 고유명사로 받아들여지기 위해서는 그 언어를 공유하고 있는 사람들로부터 반복적인 인정과 동의를 받아야 할 것이다. 서양에서는 그러한 공감대 형성에 실패한 것이다.

[37] 기러기 아빠로 장기간 지낸 분의 이야기다. 모처럼 만에 미국에 가서 아들 녀석 얼굴 보면서 이런저런 이야기를 하고 싶어서 거실에 앉아 있는 아들 옆으로 가면 아들 녀석이 방으로 쓱 들어가고, 방에 들어가면 아들 녀석이 거실로 쓱 나가더란다. 모처럼 만에 찾아온 아버지에 대한 그리움보다 어색함이 더 강하게 작용한 것이다. 같이 살지 않다가 같이 산다는 것은 이처럼 생뚱맞은 것이다.

늘의 며느리는 내일의 시어머니요, 오늘의 시어머니는 어제의 며느리였다는 점.

떨어져 사는 것이 개인의 선택 문제가 아니라 사회의 추세요, 역사의 흐름이라고 받아들인다고 치자. 그 다음으로는 어떠해야 하는가? 우리는 가끔 부모님 댁에 찾아뵙는 것을 무슨 큰 선행이라도 하는 것처럼 여기고 있지는 않은지. 부모님께 용돈 드리는 것으로 효를 실천했다고 여기고 있지는 않은지. 과연 그것이 효의 본체일까? 《삼국유사》에 실려 있는 '빈녀양모(貧女養母): 가난한 딸이 어머니를 봉양하다'라는 글의 일부를 소개하고자 한다.

효종랑이 남산의 포석정에서 놀고자 하니 문하의 식객들이 모두 급히 달려왔는데, 두 사람만이 유독 늦게 왔다. 효종랑이 그 까닭을 물었더니 이렇게 대답했다. "분황사 동쪽 마을에 스무 살쯤 되는 한 처녀가 눈먼 어머니를 끌어안고 서로 소리쳐 울고 있었습니다. 그래서 동네 사람들에게 물었더니 '이 처녀는 집이 가난해서 밥을 빌어 어머니를 공양한 지 몇 년이 되었습니다. 마침 흉년이 들어 구걸만으로는 밥을 얻기가 어려워지자, 남의 집에서 품을 팔아 30석의 곡식을 얻어 주인집에 맡겨 두고는 일을 해왔습니다. 날이 저물면 쌀을 가지고 와 밥을 지어 드리고 함께 어머니와 잔 후 새벽이면 주인집으로 돌아가서 일을 했습니다. 이렇게 하며 며칠이 지나자 어머니가, 옛날에는 거친 음식을 먹어도 마음이 편안했는데, 요즈음에는 좋은 음식을 먹어도 가슴을 찌르는 듯하여 마음이 편치 못한 것은 무슨 까닭이냐고 물었습니다. 처녀가 사실을 말하자 어머니가 큰 소리로 울고, 처녀는 어머니를 배만 부르게 봉양하고 마음은 기쁘게 하지 못한 것을 탄식하여 서로 붙들고 우는 것입니다'라고 했습니다. 이것을 보느라 늦었습니다."

그러고 보면 옛날이나 지금이나 효를 용돈 액수의 과다로 계량화하고 있는 경향이 있는 것 같다. 자식을 둔 부모로서 우리는 효의 방법론에 대해 누구보다 잘 알고 있다. 하지만 실천이 쉽지 않다. 공자께서도 《중용》에서 '자식에게 바라는 것으로써 아버지를 잘 섬겼는가? 나는 이것에 능하지 못하도다'라고 말씀하셨다. 안타까운 시간은 흘러간다.

참고로 빈모양녀 이야기의 결말은 다음과 같다.

효종랑은 이 말을 듣고는 눈물을 흘리며 곡식 백 곡(斛)을 보냈다. 효종랑의 부모도 옷 한 벌을 보냈으며, 효종랑의 무리 1,000명도 조 1,000석을 거두어 보내 주었다. 이런 사실이 조정에 알려지자 진성왕이 곡식 500석과 집 한 채를 내려 주고, 군사를 보내 그 집을 호위하여 도둑을 지키도록 했으며, 그 마을에는 정문(旌門)을 세워 효양리(孝養里)라 했다. 이후에 모녀는 그 집을 희사해서 절로 삼고 양존사(兩尊寺)라 이름 지었다.

《삼국유사》는 우리 민족의 삶과 얼에 흠뻑 젖어있다. 이 글은 당시 효를 얼마나 중시했는지를 알게 해줄 뿐만 아니라 다양한 상황을 유추해볼 수 있는 재미난 이야깃거리를 많이 보여준다. 먹고 살 것이 없으면 남의 집 노예가 되어 삶을 유지해나가야 했고, 도둑도 꽤 있었고, 힘센 사람이 모이라고 번개 치면 하던 일 그만두고 다들 잘 모였고, 윗사람보다 약속 장소에 먼저 나가 있어야 했고, 윗사람이 선행을 하면 따라들 많이 했나 보다. 그리고 혹시라도 윗사람보다 약속 장소에 늦으면 그에 합당한 이유가 있어야 그나마 곤경을 벗어날 수 있었나보다. 다음에 경주에 가면 분황사 동쪽 마을, 효양리를 찾아가 볼 생각이다.

자식이 먹는 것만 봐도 배부르다

불혹 5년(2015년) 8월 15일(토) 광복절 저녁을 첫째 아들 은서와 함께했다. 메뉴는 삼겹살. 아들이 중학생이 될 때까지 단 둘이서 저녁 외식을 한 것은 처음인 것 같다. 자연스레 나는 고기를 굽고 아들은 먹었다. 아버지가 그랬듯이 나는 고기를 굽고 어릴 적 내가 그랬듯이 아들은 먹었다. 자식이 먹는 것만 봐도 배가 부르다는 말이 무슨 말인지 그날 완벽히 체험했다.

나는 고기 대신 소주 한 잔을 음미하며 넘겼다. 행복했다. 배불러 더는 못 먹겠다는 아들 녀석과 집으로 돌아오는 길, 문득 다음에는 아버지를 위해 고기를 구워드려야겠다는 생각이 들었다. 그날 밤 별빛이 참 푸근했다.

모정과 부정

이 이야기는 고등학교 영어 스승님의 실화에 기반을 둔 것이다. 한국전쟁 중 서울에서 대학을 다니던 스승은 충청도 고향 마을에 내려가 계셨는데 인천상륙작전이 성공하여 전세가 역전된 후 낮에 연합군(UN군)이 지나갔다고 한다. 마을 사람들은 다들 길거리로 나와 태극기를 흔들며 대한민국 만세를 부르면서 이제야 발 쭉 뻗고 잘 수 있게 되었구나 하였다고 한다. 그런데 그날 밤 집 대문을 두드리는 소리에 잠을 깼는데. 말씨는 영락없는 북한군 말. 안 나오면 문을 부서 버리겠다는 말에 스승이 나가 문을 열어주었다고 한다. 대문 앞에 서 있는 사람들은 후퇴하는 북한군 병사들. 상당수가 부상을 당한 상태였다고 한다.

얼른 밥을 가져오라고 하더란다. 밥을 다 먹더니마는 길을 안내하라고 요구하였고, 당연히 아버지께서 가실 줄 알았는데 아버지께서 선뜻 나서지 않는 것이란다. 결국 아들인 스승께서 북한군을 안내해주셨는데 산마루에서 휴식을 취하여 이제 내려가겠다고 하자 잠시 기다리라고 하더란다. 그러고는 맞은 편 저 쪽에서 평안도 출신과 함경도 출신의 북한군 장교 간에 말다툼이 벌어졌다고 한다.

한쪽은 "죽여야 한다. 그래야 우리가 산다."

다른 한쪽은 "그래도 죽일 수는 없다."

하지만 분위기는 죽여야 한다는 쪽으로 기울더란다. 살려두면 결국 우리가 어디에 있는지 신고할 것이고 그렇게 되면 우리가 다 죽으니 죽여야 한다는 쪽으로 결론이 나는 것 같더란다. '아, 이제는 죽는구나' 하는데 그때 어머니가 달려와서 꼭 껴안아 주시더란다.

어머니가 혹시나 해서 뒤에서 조심조심 쫓아오신 것이다. 분위기가 이상해지자 아들에게 달려오신 것이다. 패잔병 신세가 된 북한군은 그 모습을 지켜보고는 누구 할 것 없이 눈물을 글썽이게 되었는데……. 그때 살려주자고 주장한 북한군 장교가 다가와 "동무 얼른 가시오. 동무 오마니 덕에 살게 된 것으로 아시라우" 하더란다. 그런데 집에 돌아와 보니 아버지께서 벌벌 떨면서 방에서 이러지도 저러지도 못하면서 나오시지도 못하더란다. 모정은 부정이 도저히 넘을 수 없는 한계인 것이다. 그런데 현대사회에도 이 말은 계속 참인가?

선보는 동네 어르신들에게
두 손을 공손히 배꼽에 모으고
허리를 반 이상 굽혀 인사를 한다.
"그렇게 까지 인사할 필요는 없다"는 말에
머리를 곱게 빗은 선보가
그걸 꼭 말로 해야 아냐는 듯 답했다.
"크리스마스 때 산타할아버지한테
선물 못 받으면 아빠가 책임질 거야?"

제 3 부

지식과 지혜 사이에서 :
님을 향해

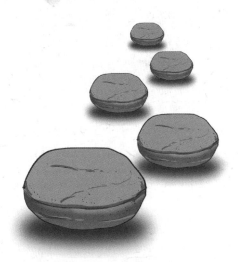

우륵(于勒) :

'참'이란 무엇인가?

나는 지금까지 다릿돌 여러 곳에서 '참이란 무엇인가'라는 질문을 던져왔다. 이제 그 답을 찾아 나선다. 간혹 다릿돌 위에서 갈팡질팡할 수도 있지만 중심을 잡고 한발한발 참에게 다가가 보기로 하자.

《삼국사기》에는 **우륵**에 관한 다음과 같은 이야기가 기록되어 있다. 이를 통해 참이란 무엇인지 차분히 생각해보기로 하자.

가야금은 쟁과 제도는 조금 다르나 대개는 비슷하다. **신라고기**[1]에는 이렇게 적혀 있다. **가야국(대가야)의 가실왕**이 당의 악기를 보고 만들었는데, 왕이 이르기를 "여러 나라 방언이 각각 다르니 성음을 어찌 단일화할 수 있겠느냐" 하고, 드디어 성열현 사람인 악사 우륵을 시켜 12곡을 짓게 하였다. 그 뒤 우륵은 그 나라(가야국)가 장차 어지러워질 것을 알고, 악기(가야금)를 들고 신라에 가서 **진흥왕**에게 의탁하기를 청하였다. 왕은 이를 받아들여 국원(충주)에 편히 살게 하고, 이에 대나마 주지와 계고, 대사 만덕을 보내어 그 업을 전수받게 하였다. 세 사람이 11곡을 전수받고 서로 이르기를 "이는(11곡) 번거롭고 또 음탕하여 정아正雅의 악이 될 수 없다" 하고, 드디어 요약하여 5곡을 만들었다. 우륵은 처음 이를 듣고 성을 냈다가 다섯 가지 음곡을 듣고서야 눈물을 흘리며 탄식하는 말이 **"즐거우면서도 방탕하지 않고(樂而不流) 애련하면서도 슬프지 아니하니(哀而不悲)** 정악이라 이를 만하다. 그대들은 왕의 앞에 가서 연주하라" 하였다. 왕이 듣고 크게 기뻐하자, **간신(諫臣)**이 아뢰기를 "멸망당한 가야국의 음악이니 취할 것이 못 됩니다" 하였다. 왕이 말하기를 "가야왕이 음란하여 자멸한 것이지 음악이 무슨 죄냐. 대개 성인이 음악을 제청함에 있어 인정을 따라 조절한 것이며, 나라의 흥망이 음조로 말미암은 것은 아니다" 하고 드디어 시행하여 대악으로 삼게 하였다.

이야기가 짧지만 깊고 넓다.

---

[1] '신라고기'가 책의 이름인지 단순히 신라의 옛 기록이라는 의미인지 불분명하지만 분명 《삼국사기》를 저술한 사람들은 신라에 관한 기록을 보고 있었다는 것을 알 수 있다. 고구려, 백제도 마찬가지일 것으로 보인다. 그런데 지금 우리에겐 《삼국사기》가 가장 오래된 역사책이다. 국가는 국가로서, 개인은 개인으로서 기록하고 그것을 보존하는 노력을 게을리 해서는 안 된다.

우선 **참**은 한마디로 표현할 길이 없는 오묘한 존재이다.[2] "즐거우면서도 방탕하지 않고(樂而不流) 애련하면서도 슬프지 아니하다(哀而不悲)"는 것은 과연 어떤 상태요, 어떤 모습일까? 어렵다. 쉬이 답할 수 있는 것이 아니다.

하지만 분명한 것은 참은 단순히 양극단의 중간이 아니라 양 극단을 녹이고, 양 극단을 초월한 새로운 탄생이라는 점이다. 또한 분명히 참은 존재한다는 점이다. 우리는 양극단 사이에서 보일 듯 말 듯 하늘하늘 노닐고 있는 참을 찾는 노력을 게을리 해서는 안 된다. 힘들다고 포기해서도 안 된다. 내가 참을 못 찾은 것이지 참 자체가 존재하지 않는 것이 아니기 때문이다.

다음은 **인정함**과 **받아들임**이다. 그들에게 우리보다 나은 것이 있다면 인정하고 받아들여야 한다. 진흥왕은 대가야라는 적국의 음악이라도 우수성을 인정하고 받아들였고, 우륵은 섣부른 제자의 것이라 할지라도 나아짐을 인정하고 받아들였다. 이런 열린 자세가 우륵의 음악이 후세에 전해지도록 한 것이고, 약소국 신라가 삼국을 통일할 수 있었던 근원이다. 참은 자기 자신의 부족함을 인정하고 상대방의 뛰어남을 적극적으로 받아들여 자기 것으로 재생산 해내는 능력과 관련된다. **열면 쉽고 닫으면 어렵다.**

그 다음 살펴 볼 부분은 "멸망당한 가야국의 음악이니 취할 것이 못 됩니다"라고 말한 신하를 **'간신(奸臣)'**이 아닌 **'간신(諫臣)'**으로 적시하고 있다

---

2 ████ 균형, 중용, 중도, 중, 조화, 화, 맛, 멋 등 무엇으로 표현해도 좋다. 나는 이를 '참'이라 부르고자 한다.

는 점이다. 간신(奸臣)의 말은 아첨이고, 간신(諫臣)의 말은 직언이다. 왕이 신하의 말을 들어주고 말할 수 있는 분위기를 만들어 주면 간신(諫臣)이 생길 것이고, 왕이 신하의 말을 들어주지 않고 말하지 못하도록 분위기를 유도한다면 결국 간신(奸臣)만이 남을 것이다. 참은 독방에서 혼자 사색하여 찾기보다는 다양한 사람과의 뜨거운 논쟁과 토론 과정에서 스스로 발현되어 걸어 나오는 경우가 많다.

중립은 참이 될 수 있는가?

　중립은 이도저도 아닌 어설픈 중간을 의미한다. 누가 이길지 눈치를 살피는 모습이다. 소신이 부재된 상태이다. 적을 만들지 않으려 하는 애씀이다. ~하는 척하며 요리조리 어려운 장애물을 피해가는 삶의 기술이다. 중립이 참이 안 되는 이유이다. '지옥의 가장 뜨거운 자리는 위기의 시대에 **'중립'**을 지킨 자들을 위해 예약되어 있다'는 말은 이를 두고 하는 말이다.

儉而不陋(검이불루), 華而不侈(화이불치)

《삼국사기》 백제본기에는 온조왕 15년(기원전 5년)에 '새로 궁궐을 지었는데, **검소하지만 누추하지 않고, 화려하지만 사치스럽지 않다(儉而不陋, 華而不侈)**'는 문장이 나온다. 어떤 경지가 '검소하지만 누추하지 않고', '화려하지만 사치스럽지 않은' 것인가? **도대체 어떤 경지인가?** 집과 고을을 전공하는 나로서는 이 질문에 대한 참을 찾아내야 한다. 너무나 알고 싶다. 2000년을 훌쩍 뛰어넘은 그 옛날, 우리가 두 발로 서 있는 바로 이곳에서 삶의 터전을 가꾼 선조들의 지혜를 어떻게 되살릴 수 있을까? 온조왕 시대 지었다는 궁궐의 설계자를 만나 심층면접을 하고 싶다. 과연 우리는 후손들이 보존할 가치가 있는 개성 있는 멋스러운 집을 짓고 있는 것인지? 아니면 공장에서 공산품 만들 듯 아무 생각 없이 집도 찍어 내고 있는 것인지?

"맞지도 말고 때리지도 말아라."

학교에서 아들 녀석이 맞거나 때리고 들어왔을 때 이렇게 말한다면 참에 가깝지 않을까?

"맞지도 말고 때리지도 말아라."

하지만 아들 녀석이 황당한 듯 어이없어 하면서 구체적 방법을 묻는다면 뭐라고 답할 것인가? 말은 그럴듯하여 괜찮지만 참을 실천한다는 것은 이리도 어려운 것이다.

물은 어떻게 참이 된 것인가?

물은 모든 맛의 기준이 되기 위해 맛을 상실한 것인가? 아니면 물은 모든 맛의 기준이 되면서 맛을 상실한 것인가? 결과가 같은데 그게 무슨 상관이냐고 묻는 자가 있다면 내가 묻겠다. 과연 어느 것이 중립을 벗어난 **참**인가?

참의 역(逆)도 참일 수 있다

참에 대한 여정을 계속해보자. 소크라테스도 참이고, 소크라테스를 죽인 자들도 참이라면 참은 있는 것인가? 없는 것인가? 있다면 과연 어디에 어떤 모습으로 있는 것인가?

고등학교 2학년 1학기 **국민윤리** 시간.

스승은 서양철학에 한 학기의 모든 시간을 보내셨다. 학기가 진행되면서 설마설마 했는데 한 학기 동안 배운 페이지 수가 10장이 안 되었다. 학력고사를 봐야 하는 현실 앞에서 이것은 분명 비효율적 소비에도 미치지 못하는 허비였다. 스승은 그 학기를 마치신 후 서양철학에 흠뻑 빠진 우리를 남겨두시고 더 공부하시기 위해 대학원으로 유유히 떠나셨다.

2학기에 새로 오신 스승은 우리의 진도를 들으시고 너무 놀라셔서 쓰러지실 뻔했다. 당시의 교육 현실이 이러한 가르침의 방식을 용납할 수 없었던 것이다. 하지만 서양철학을 깊게 파고들며 배운 것은 우리에게는 다소 위험했지만 다시없는 행운이었다.

그때의 기억을 몇 가지 더듬어 본다. **소피스트 철학**을 2주일 이상 배웠던 것으로 기억된다. 소피스트는 철학의 관심을 자연에서 인간으로 전환시켰는데 대표적 소피스트인 프로타고라스의 **'인간은 만물의 척도'**라는 말이 기억에 남는다. 스승님은 이 명제의 뜻이 무엇인지에 대한 각자의 생각을 물으셨다. 나는 인간의 거만한 모습을 보는 것 같다고 대답했던 것 같다.

하지만 늦은 불혹의 지금 프로타고라스의 명제를 악의적으로 해석하고 싶지는 않다. 그저 선의로 해석하고 긍정적인 측면만을 받아들이고 싶다. 철학의 관심 대상에 일대 전환을 주기 위해서는 이런 단언적인 말도 필요했을 것이고, 뜬구름 잡는 담론에서 벗어나 보다 실용적인 관점을 갖자는 제안이 아니었을까 생각해본다. 우리 주변을 둘러보면 자기 자신이 만물의 척도인 양 주장하며 살아가는 인간들이 얼마나 많은가? 이런 착각 속에서 허우적대는 덜 익은 이들과 비교한다면 프로타고라스는 한참 겸손한 사람이다.

가장 기억에 남는 것은 '나는 생각한다. 고로 존재한다'는 데카르트의 명제이다. 스승은 이 말을 거꾸로 하면 **'나는 존재한다. 고로 생각한다'**가 되는데 어느 것이 더 맞다고 생각하느냐고 물으셨다. 우리는 답을 하지 못했다. 답이 없는 질문이었기 때문이기도 하겠지만 이런 유형의 질문은 난생처음 받아 보았기 때문이다. 물론 스승도 답을 선택해서 말씀해주시지는 않았다. 다만 둘 다 맞을 수 있다고만 하셨다.

당시 나는 역이 더 참인 것이 아닌가 생각했다. 데카르트가 뭐라고 말하든 간에 존재하지 않는데 생각은 해서 무엇 할 것이며 생각조차 가능하겠는가? 유럽 근대철학의 시조와 다름없는 데카르트가 모든 것을 의심해도 이것만은 의심할 수 없다고 단언한 명제 '나는 생각한다. 고로 존재한다'를 고등학교 2학년 학생들이 의심하게 된 것이다.[3] 여기서 '참의 역도 참일 수 있다'는 내 나름의 명제가 싹을 트게 된 것이리라.

참의 역도 참일 수 있다는 명제는 **소크라테스의 죽음**에 대해 조금씩 조금씩 알게 되면서 극적으로 재생되었다. 《법사상사》(한국방송대학교, 2000년)에는 소크라테스의 죽음에 관한 아래의 글이 나온다.

그가 아이러니(eironeia)와 문답법을 통하여 아테네적 관습에 끊임없이 이의를 제기하고, 시종일관 지성주의의 원리에 따라 민주주의에 비판적인 태도를 취했다는 짐을 주목해야 한다. 또한 그의 죄목의 하나가 청년을 부패시킨 죄라는 것

---

[3]　우리가 모든 것을 의심하여 이 세상에 확실한 것이 아무것도 없다 해도 한 가지만은 의심할 수 없다. 데카르트는 그렇게 의심하고 있는 나의 존재만은 의심할 수 없다고 한다. 사유의 내용은 의심할 수 있어도 사유한다는 사실과 사유하는 주체로서의 나의 존재는 틀림없이 있어야 한다. 그리하여 그는 '나는 생각한다. 그러므로 나는 존재한다'(Je pense, donc je suis: cogito ergo sum)라는 명제를 제1원리로 내놓았다.〈네이버 지식백과〉

도 바로 이러한 정치적 연간을 의미하는 것이다. 그런데도 《변명》에서 보듯이 소크라테스는 민주주의와 배심원을 모욕하는 태도로 일관하였다. 그는 사형 대신에 추방이라는 대안도 제시하지 않음으로써 결과적으로 아테네 민주주의를 사소한 것으로 만들었으며, 그 자신 스스로 죽음을 받아들인 것이다. 재판 후에 《크리톤》에 나타난 소크라테스의 태도는 더할 나위 없이 숭고한 것이었다. 그는 제자 크리톤이 탈옥을 권유하자 다음과 같이 발언하였다.

"너는 한 나라에서 한번 내려진 판결이 아무 효력도 없고 개인에 의하여 무효가 되고 철회되면서도 그 나라가 존립하고, 파괴되지 않으리라고 생각하는가?"

그러나 무지한 대중과 악법에 의하여 소크라테스가 희생되었다는 식으로 이해하는 것만은 경계해야 한다. 역사적 사실과 동떨어진 철학적 궁리는 상상의 낭비이기 때문이다. 아마 소크라테스의 죽음과 관련하여 **헤겔**만큼 완전하게 해석한 사람은 없을 것이다.

'소크라테스의 운명은 더할 나위 없는 진실한 의미에서의 **비극**이다. 말하자면 **이것은 하나의 정의가 다른 또 하나의 정의에 반하여 고개를 드는 보편적이고도 인륜적인 비극적 운명이다.** 여기에서 한쪽만이 정의이고 다른 한쪽은 불의인 것이 아니라, 쌍방이 서로 대립된 가운데 다 같이 정의로우면서 또한 한쪽은 다른 쪽과 맞부딪쳐서 부서져 버린다.'

나는 헤겔의 해석을 읽고 전율을 느꼈다. 소크라테스는 참이고 소크라테스를 죽인 자들은 그릇됨이 아니라 둘 다 참이라는 사실. 위의 글은 육군 장교로서 휴가 나와 대학로에 있는 방송통신대학교를 지나다가 우연히 법학과에 편입한 것이 나의 일생일대에 최고로 잘한 일임을 분명히 보여주었다.

내가 옳다고 네가 틀린 것이 아닐 수 있다는 것, 우리가 옳다고 그들이 틀린 것이 아닐 수 있다는 것을 기꺼이 인정할 수 있는 마음의 자세. 참의 역도 참일 수 있다는 명제. 이것이 우리의 폭을 넓히고 그들의 폭을 줄일 수 있는 출발점이 아닐까?

상대적 개념과 절대적 개념

초등학교 5학년 **자연시간.**

고기압과 저기압에 대해 배웠다. 처음에는 얼마 이상의 기압은 고기압이고 얼마 이하의 기압은 저기압일 것으로 짐작하고 있었다. 이제 그 기준이 되는 숫자만 외우면 된다고 마음을 푹 놓고 있었는데……. 스승님은 고기압은 주위보다 기압이 높은 곳, 저기압은 주위보다 기압이 낮은 곳을 의미한다고 말씀하셨다. 정말이지 깜짝 놀랐다. 뭔가 표준이 되는 기압의 수치가 있고 이것보다 높으면 고기압, 이것보다 낮으면 저기압이 되는 것이 아니라 주변 상황이 고기압인지 저기압인지를 결정한다는 것은 처음 접하는 개념정의 방식이었다. 상대적 개념에 눈을 뜨게 된 것이다.

늦은 불혹에 이른 나는 섬나라 영국 옆에 **섬(아일랜드)**이라 불리는 섬나라가 있다는 것을 보면서 혼자 가끔 웃는다. 더 기막힌 것은 세계를 거의 다 지배하던 영국도 그들이 섬(아일랜드)이라고 부르는 나라는 완전히 복속시키지 못했다는 점이다.

누가 누구를 부를 때 자신을 한 번 돌아볼 일이다. 상대는 절대보다 지혜에 가깝고, 절대는 상대보다 지식에 가깝다. 상대는 주변을 살펴보지 않고서는 정해진 답을 찾을 수 없음을 인정하지만, 절대는 답은 이미 정해진 것이니 우리에게 선택만 남았다고 으름장을 놓는다. 절대도 절대 방심해서는 안 된다. 독하게 마음먹으면 상대가 절대를 넘어뜨리고 그 위에 올라 탈수도 있다.

모름, 그리고 앎

먼저 《소크라테스의 변명》에 있는 글을 옮긴다.

"나는 이 사람보다 지혜가 있다. 왜냐하면 우리 두 사람은 모두 착하고 아름다운 것을 도무지 모르고 있는데도 이 사람은 알고 있는 줄로 생각하고 있지만, 나는 모르니까 모른다고 생각하고 있기 때문이다. 즉, 나는 모르는 것은 모른다고 생각하는, 오직 그것만으로 내가 더 지혜가 있는 것 같다고 말이오."

"여러분! 내 아들들이 성인이 되거든, 내가 여러분을 괴롭힌 것과 똑같이 그 애들을 괴롭혀서 분풀이를 해주시오. 만일 그 애들이 자기 자신을 훌륭하게 만드는 것보다도 금전이나 그 밖의 일에 먼저 뜻을 두거나 또는 하들 보잘 것 없는데 벌써 무엇이나 된 줄로 착각하거든, 너희가 유의할 일엔 유의하지 않고 하찮은 인간들인 주제에 제법 무언가 상당한 인물이나 된 것처럼 생각하고 있다고, 내가 여러분에게 했듯이 그 애들을 나무라 주시오. 만일 여러분이 그렇게 해준다면, 나 자신도 아들도 여러분에게서 올바른 대우를 받은 것이 될 것이오."

소크라테스가 세계 4대 성인의 반열에 드는 이유를 조금은 알 것 같지 않은가? 석가, 공자, 예수와 달리 소크라테스는 종교적 창시자, 지도자와는 성격이 완연히 다르다.[4] 이 점이 우리의 삶에 잔잔히 스며들어 잊혀질듯 이어지고 있는 소크라테스 가르침의 위대성이다. 소크라테스의 가르침은 21세기를 살아가는 우리들에게 여전히 인생의 나침반과 같다.

《논어》 위정 편에 아래와 같은 공자의 말씀이 나온다.

子曰 "由! 誨女知之乎? 知之爲知之, 不知爲不知, 是知也"
(자왈 "유! 회여지지호? 지지위지지, 부지위부지, 시지야")
공자께서 말씀하셨다. "유야! 너에게 안다는 것에 대해 가르쳐 주랴? 아는 것을 안다고 하고 모르는 것을 모른다고 하는 것, 이것이 아는 것이다."

《논어》를 읽다보면 공자님께서 제자의 특성을 반영한 맞춤형 교육을 하셨음을 알 수 있는 대목이 많다. 여기서 유는 **자로**를 말하는데 자로는 요즘 말로 일자무식에 가까운 싸움꾼이었다.[5] 하지만 후에는 스승의 애제자

4　4대 성인에 '님'이라는 존칭을 붙여보면 소크라테스가 가장 어색하다. 이것이 소크라테스가 4대 성인 중 차지하는 위치의 독특성이자 위대함이다.
5　자로는 다섯 번째 다릿돌(공자와 제자 3인의 문답)에서 공자에게 군자도 궁할 때가 있냐고 대들다가 첫 번째로 불려 들어간 제자다.

가 되어 스승으로부터 군자에 이르렀다는 평을 받는다. 아마도 자로가 잘 난 척을 했을 것이다. 모르는 것을 아는 것처럼 나섰을 것이다. 그러자 공 자가 조용히 불러 아는 것의 의미를 알려주었던 것이다. 자로는 씩씩거리 면서 스승의 가르침을 받아들였을 것이다.

소크라테스와 공자의 말씀에서 알 수 있듯이 **참 앎**은 모르는 것을 모 른다고 알고 아는 것을 안다고 아는 것을 의미할 것이다.[6] 모르면서 아는 것처럼 떠들어대는 것이나, 알면서 모르는 척 넘어가려는 것이나 참 앎이 아님을 분명히 인식하는 것, 배움의 길에 들어서는 사람이 갖추어야 할 기 본 자질이다.[7]

선보 생각 3

'참'의 '역'도 참일 수 있다

참의 역도 참일 수 있다는 명제를 이해함에 있어서 주변의 유사한 말과 의 차별성에 유의해야 한다. 참의 역도 참이다, 참의 역도 참보다 더 참일 수 있다. 참의 역이 모두 그릇됨은 아니다 등등. 이런 논의가 의미가 있기

---

[6] 소크라테스와 공자는 두 분 다 비슷한 말씀을 하셨다. 공자와 소크라테스 중 누가 더 연배 가 높을까? 공자는 BC 551~BC 479, 소크라테스는 BC 470~BC 399 이다. 공자가 80년 가량 연배가 높으시다. 그런데 왜 소크라테스의 말이 더 잘 알려졌을까?

[7] 아홉 번째 다릿돌(깨달음)에서 인간의 불완전성을 말하면서 이와 유사한 말을 했다. 불완 전한 인간이 완전한 인간이 되는 길은 모든 것을 아는 인간이 되는 것이 아니라 모르는 것 과 아는 것을 구분할 줄 아는 인간이 되는 것이다.

위해서는 참과 역이 무엇을 의미하는지 정리해둘 필요가 있다.

나의 '참'은 절대를 강렬히 지향하지만 고정된 꿈쩍도 하지 않는 절대를 의미하는 것이 아니다. 독선과 아집이 품어내는 사박스러운 에너지를 먹고 살아가는 절대가 아니다. 오히려 독선과 아집을 지리멸렬하게 만드는 다부지고 다라진 절대이다.

나의 '참'은 무언가를 꾸며주지 무언가로부터 꾸밈을 받으려 하지 않는다. 꾸밈을 받은 참은 어색하다.

나의 '역'은 논리학에서 말하는 역이 아니다. 논리적으로 분명한 역만을 말하는 편협한 역이 아니다.

나의 '역'은 참의 주변에서 참으로 인정받기 위해 대기하고 있는 잠재적 참일 수 있다.

내가 제시한 명제 '참의 역도 참일 수 있다'에서 나는 참을 찾는 노력을 과소평가하는 것이 결코 아니다. 오히려 그 반대다. 이래도 참이고 저래도 참이라는 이방원의 하여가(何如歌) 식의 흥얼거림이 아니다. 어쩌다 보니 결과적으로 더 좋았던 경우가 많다는 것을 합리화시키는 것이 아니다. 분명 나의 '참'은 절대를 뚜렷이 추구한다. 그럴수록 나의 '참'은 '역'을 버리지 않고 가까이에 둔다.

나의 생각이 앞으로 더 유연해질지, 아니면 더 엄격해질지 궁금하다. 혹시 누가 아나 '참만 참이다'라고 말할지.

우리는 참을 찾는 노력을 잠시라도 쉬어서는 안 된다. 쉬이 안 보인다고 포기해서도 안 된다. 그 정성이 기특해서라도 숨은 참이 희미하게나마 우리에게 그 뽀얀 자태를 보여줄 수 있도록 꿋꿋하게 참에게 다가가야 한다.

아메리칸의 지혜 Ⅰ :
어떻게 당신은 하늘과 땅을 사거나 팔 수 있는가?

　이제 참에 이르는 길을 지혜를 통해 알아보도록 하자. 지혜라는 막연한 말에 구체적으로 다가가기 위해 아메리칸의 삶 안으로 들어가 보자. 그 안에서 우리는 지혜의 윤곽을 그릴 수 있는 실마리를 찾을 수 있을 것이다.

아래의 글은 1854년 시애틀 추장의 부족이 생활하고 있는 땅을 구매하고 싶다는 미국정부의 제안에 대해 시애틀 추장이 워싱턴 준주(準州)의 주지사 앞에서 연설한 내용이다.

Chief Seattle's Speech

"The President in Washington sends word that he wishes to buy our land. But how can you buy or sell the sky? the land? The idea is strange to us. If we do not own the freshness of the air and the sparkle of the water, how can you buy them?

Every part of the earth is sacred to my people. Every shining pine needle, every sandy shore, every mist in the dark woods, every meadow, every humming insect. All are holy in the memory and experience of my people.

We know the sap which courses through the trees as we know the blood that courses through our veins. We are part of the earth and it is part of us. The perfumed flowers are our sisters. The bear, the deer, the great eagle, these are our brothers. The rocky crests, the dew in the meadow, the body heat of the pony, and man all belong to the same family.

The shining water that moves in the streams and rivers is not just water, but the blood of our ancestors. If we sell you our land, you must remember that it is sacred. Each glossy reflection in the clear waters of the lakes tells of events and memories in the life of my people. The water's murmur is the voice of my father's father. The rivers are our brothers. They quench our thirst. They carry our canoes and feed our children. So you must give the rivers the kindness that you would give any brother. If we sell you our land, remember that the air is precious to us, that the air shares its spirit with all the life that it supports. The wind that gave our grandfather his first breath also received his last sigh. The wind also gives our children the spirit of life. So if we sell our land, you must keep it apart and sacred, as a place where man can go to taste the wind that is sweetened by the meadow flowers.

Will you teach your children what we have taught our children? That the earth is our mother? What befalls the earth befalls all the sons of the earth.

This we know: the earth does not belong to man, man belongs to the earth. All things are connected like the blood that unites us all. Man did not weave the web of life, he is merely a strand in it. Whatever he does to the web, he does to himself.

One thing we know: our God is also your God. The earth is precious to him and to harm the earth is to heap contempt on its creator.

Your destiny is a mystery to us. What will happen when the buffalo are all slaughtered? The wild horses tamed? What will happen when the secret corners of the forest are heavy with the scent of many men and the view of the ripe hills is blotted with talking wires? Where will the thicket be? Gone! Where will the eagle be? Gone! And what is to say goodbye to the swift pony and then hunt? The end of living and the beginning of survival.

When the last red man has vanished with this wilderness, and his memory is only the shadow of a cloud moving across the prairie, will these shores and forests still be here? Will there be any of the spirit of my people left?

We love this earth as a newborn loves its mother's heartbeat. So, if we sell you our land, love it as we have loved it. Care for it, as we have cared for it. Hold in your mind the memory of the land as it is when you receive it. Preserve the land for all children, and love it, as God loves us.

As we are part of the land, you too are part of the land. This earth is precious to us. It is also precious to you.

One thing we know — there is only one God. No man, be he Red man or White man, can be apart. We ARE all brothers after all."

시애틀 추장의 연설

워싱턴에 있는 대통령이 우리의 땅을 사고 싶다는 메시지를 보내왔다. 그러나 어떻게 당신은 하늘과 땅을 사거나 팔 수 있는가? 그런 생각은 우리들에게 생소하다. 만약 우리가 공기의 신선함과 물의 빛남을 소유하고 있지 않다면, 어떻게 당신은 그것들을 살 수 있겠는가? 모든 빛나는 솔잎, 모든 모래 해변, 짙은 숲의 모든 안개, 윙윙거리는 곤충 등 지구의 모든 부분은 우리 부족에게 성스러운 것이다. 모든 것은 우리 부족의 기억과 경험 속에서 성스러운 것이다.

우리는 우리의 혈관을 통해 흐르는 피를 알듯이 나무에 흐르는 수액을 알고 있다. 우리는 지구의 일부분이고 지구가 우리의 일부분이다. 향기로운 꽃은 우리의 자매이다. 곰, 사슴, 독수리 모두 우리의 형제이다. 돌산 마루, 초원의 이슬, 망아지의 심장 그리고 인간 모두 같은 집안이다.

시내와 강에서 흘러가는 빛나는 물은 단순한 물이 아니라 우리 조상들의 피다. 만약 우리가 당신에게 우리의 땅을 판다면, 당신은 이 땅의 신성함을 반드시 기억해야 한다. 호수의 맑은 물에서 빛나는 각각의 반향은 우리 민족의 삶에서 사건과 추억들에 대해 말해준다. 물소리는 나의 아버지의 아버지의 목소리이다. 강은 우리의 형제이다. 그들은 우리의 목마름을 만족시켜 준다. 그들은 우리의 카누를 운반해주고 우리 아이들을 먹여준다. 그래서 당신은 반드시 강에 당신이 형제들에게 베푸는 친절함을 베풀어야 한다. 만약 우리가 당신에게 우리의 땅을 판다면, 공기가 지원해주는 모든 생명체와 혼을 나누고 있는 공기가 우리에게 소중하다는 것을 기억해달라. 바람은 우리 할아버지에게 첫 숨소리를 주었고 마지막 한숨을 받아주었다. 바람은 또한 우리 아이들에게 삶의 혼을 주었다. 그러니 우리가 우리의 땅을 판다면, 당신은 인간이 초원의 꽃들에 의해 달콤한 바람을 맛볼 수 있게 해주는 우리의 땅을 각별하게 그리고 신성하게 간직해야만 한다.

당신은 당신의 아이들에게 우리가 우리의 아이들에게 가르쳤던 것을 가르칠 것인가? 지구는 우리의 어머니라고 가르칠 것인가? 지구에 일어나는 것은 모두 지구의 아들들에게 모두 일어난다. 우리는 이 사실을 안다. 지구는 인간에 속한 것이 아니라, 인간이 지구에 속한 것이다. 모든 것은 우리를 하나로 만드는 피처럼 연결되어 있다. 인간은 삶의 그물을 짜지 못하며, 단지 그 안의 한 줄에 불과하다. 인간이 그물에 무엇을 하던, 그것은 그 자신에게 하는 것이다. 우리가 아는 한 가지. 우리의 신은 또한 당신의 신이다. 지구는 그에게 가치가 있는 것이고 지구를 해하는 것은 창조자에 대한 모욕을 쌓는 것이다.

당신들의 운명은 우리들에게 불가사의하다. 들소들이 모두 살육되면 무슨 일이 일어나겠는가? 야생말이 인간의 지배 하에서 길들여지겠는가? 인간의 손이 닿지 않은 숲이 많은 인간들의 냄새로 가득 차거나 풍요로운 언덕의 풍경이 전화선으로 더럽혀진다면 무슨 일이 일어나겠는가? 수풀이나 나무들은 어디에 있겠는가? 사라질 것이다! 독수리는 어디에 있겠는가. 사라질 것이다! 그리고 빨리 달리는 어린 말에게 안녕이라고 말하고는 사냥한다고? 이것은 삶의 끝이고 생존의 시작이다.

마지막 레드 맨이 황야와 함께 사라질 때, 그리고 그의 기억이 오직 평원을 가로지르는 구름의 그림자에 있을 때, 이러한 해변과 숲이 여전히 여기에 있을까? 우리 부족의 영혼이 여전히 남아 있을까?

우리는 아기가 어머니의 심장박동을 사랑하듯 이 지구를 사랑한다. 그래서 만약 우리가 당신에게 우리의 땅을 판다면, 우리가 사랑했듯이 우리의 땅을 사랑해주었으면 한다. 우리가 보살펴 왔듯이 잘 보살펴 달라. 당신이 얻게 되었을 때 그 자체로 땅의 기억을 당신의 마음속에 유지해달라. 모든 아이들을 위해 땅을 보존해 주고 사랑해주기 바란다. 신이 우리를 사랑하듯. 우리가 땅의 일부이듯이 당신 역시 땅의 일부이다. 이 지구는 우리에게 너무나 소중하다. 역시 당신에게도 소중하다. 우리가 알아야 하는 것은 세상에는 오직 한 분의 신이 있다는 것이다. 어떤 사람도, 그가 레드 맨이든 와이트 맨이든 서로 분리될 수는 없다. 우리는 모두 결국 한 형제이다.

1620년 대서양을 건너 플리머스에 도착하여 아메리칸의 도움으로 간신히 목숨을 부지하던 이들이 1854년이 되어 태평양 연안까지 와서 시애틀 추장에게 돈을 줄 테니 땅을 내놓으라고 한다. 시애틀 추장은 백인들이 땅 팔기를 거부한 자신들의 동료 부족들에게 어떤 짓을 했는지 분명히 알고 있었을 것이다. 또한 사들인 땅에서 어떤 짓을 했는지 분명히 알고 있었을 것이다. 하지만 길은 외길이었다. 부질없어 보이지만 그래도 실낱같은 희망으로 시애틀 추장은 미심쩍은 백인들에게 글을 쓰고 연설을 한다. 이 글에 대해 살펴보기 전에 내가 아메리칸이라는 낯선 이름으로 부른 이들에 대해 잠시 생각해보는 시간을 가져보도록 하자.

이들을 어떻게 불러야 하는 것인가?

이들은 부족의 이름으로 서로를 불렀지 자신들 전체를 아우르는 이름을 알지 못했던 것으로 보인다. 보다 정확히 말하자면 모든 부족을 아우르는 거창한 단어의 필요성이 없었을 것이다. 그들은 서로를 존중하면서 부족의 정체성을 유지하고 있었던 것이다. 좀 더 현대적 용어로 말하자면 완벽한 자치를 이루고 있었던 것이다.

우선 그들이 어떻게 불리는지를 살펴보자. Indian, American Indian, Native American, First American, Red Man 등이 과거 또는 현재 그들을 부르는 이름이다. 최근에는 Native American이 가장 널리 받아들여지고 있다.

Indian 또는 American Indian

최악의 이름이다. 인도 사람과의 혼동도 문제지만 콜럼버스가 행한 만행을 생각한다면 떠올리고 싶지도 않은 최악의 이름이다.[8] 그는 내 인생에 있어 상당한 기간 동안 영웅 중의 영웅이었다. 하지만 내가 새롭게 알게

---

[8] 콜럼버스의 만행은 여러 책에서 확인할 수 있다. 미국 친구에게 물어보니 자신도 콜럼버스에 대한 진실을 대학교에 들어가서야 비로소 알게 되었다고 한다. 역사를 사실대로 가르칠 수 없다는 것은 참으로 슬픈 일이다. 초등학교, 중·고등학교 학생에게 사실을 말할 수 없는 역사를 우리는 무수히 알고 있지 않은가.

된 바에 의하면 그는 시대의 사기꾼이요, 협잡꾼이요, 약탈자다. 이런 참으로 고약한 인간이 자신이 도착한 곳을 인도라고 믿고서 인디언이라 부른 것은 도저히 받아들일 수 없다.

Native American, First American

형용사인 Native, First가 아메리칸을 꾸며주는 것이 어쩐지 마음에 들지 않는다. Native가 원래 출생과 관련된 말이라고 한다면 미국에서 태어난 사람을 의미한다. 고유명사로 보기 어렵다. First는 처음, 첫 아메리칸이라는 의미가 될 텐데, second 혹은 last American이 존재해야 하는 대칭이 전제된 개념으로 만약 현재 American으로 불리는 사람들을 이렇게 부른다면 가능한 이름일 수도 있다.

Red man

그들의 피부색은 빨강색이 아닐 뿐더러 피부색으로 불리는 것을 받아들이는 사람은 백인밖에 없는 현실을 고려할 때 부적당함은 당연하다.

어떤 이들은 내게 물을 것이다. 이제 와서 그들을 어떻게 부르든 무슨 의미가 있냐고. 다 지나간 일이 아니냐고. 하지만 제 이름을 찾아 불러주는 것은 인류 역사상 가장 지혜로웠던 사람들에 대한 최소한의 예의이자, 그들의 지혜를 현대사회에 접목시키는 출발점이 될 수 있다는 점에서 무척 중요하다.

이 문제에 대한 답을 구하기 위해선 우리는 완벽하게 시각을 바꾸어야 한다. 우리가 인디언이라 부르는 이들은 당연히 어떠한 수식어도 필요 없는 **아메리칸(American)**이 되어야 한다. 수식어가 필요한 이들, 새로운 이름을 찾아야 하는 이들은 아메리카 대륙을 원래 자신들의 것인 듯 행세한 사람들, 현재 아메리칸으로 불리는 바로 그 사람들이다. 이제부터 아메리칸이라는 이름은 주인을 찾아야 한다.

무도한 지식이 여린 지혜를 누르니

아메리칸들이 무슨 이유로 어떤 경로로 아메리카 대륙에 들어왔는지 정확히 알려져 있지 않다.[9] 아마 현재 우리의 머리로는 상상할 수 없는 엄청난 일이 벌어졌을 것이다. 이동이 일시에, 단숨에 이루어졌을 수도 있고, 서서히 아주 천천히 이루어졌을 수도 있을 것이다. 이들이 하나의 민족이 아니라 부족 단위로 나뉘어있다는 점에서 후자의 가능성이 더 크다고 생각한다. 인간이 살지 않는 땅에 위대한 영(Great Spirit)을 섬기는 사람들이 들어온 것이다.

파괴하는 자들은 파괴당하는 자들이 자신들보다 훨씬 순수한 영혼을 지닌 지혜로운 사람들이라는 사실을 알지 못했고, 조금씩 깨닫게 되었지만 차마 받아들일 수 없었으리라. 지식은 혼탁과 오만을 야기하지만 지혜는 맑음과 겸허를 울어낸다. 아메리카 대륙에 들어온 유럽인들의 행동은 무도한 지식이 발가벗은 폭력과 손을 잡고 아가의 숨결 같은 지혜를 목 졸

---

[9] 이 부분에 관심이 있는 분들에게 한반도 북방, 북아시아 거주지에서 베링해를 건너 캐나다 동쪽 온타리오 호수 주변에 정착하기까지 힘겹고 지난했던 입에서 입으로 전해져 오던 몽골리안 1만 년 이동의 역사를 담은 장대한 서사시인 《몽골리안 일 만년의 지혜》라는 책을 권한다. 나는 이 책을 읽고 세상에 이런 책도 있구나 싶었다. 부족에 닥친 난제들을 지혜를 통해 어떻게 해결하는지를 보여 준 인류의 보배와 같은 책이다.

라 죽인 것과 다를 바 없다. 무도한 욕심이 순수한 영혼을 으깼다. 이제 지나간 과거를 들여다보고자 하는 것은 조상의 잘잘못을 영문도 모르는 후손들에게 따져 묻고자 하는 것이 아니다. 그것은 그들의 자연과 인간에 대한 관념과 철학을 재발견하고 재해석해 우리의 삶에 구체적으로 반영하고자 함이다. 인간다운 삶을 살고자 길을 헤매는 우리들에게 비록 육체적 존재감은 겨우 명맥만 유지하고 있지만, 그들의 숭고한 지혜는 더 없이 소중하다. 그들의 영적 존재감은 영원한 것이다. 이제 시애틀 추장의 글을 중심으로 아메리칸의 지혜를 만나보자.

아메리칸의 지혜 1 : 삶과 생존은 어떻게 다른가?

삶과 생존은 다르다. 이는 다른 이들에 대한 태도에서 분명히 증명된다. 삶은 주변을 돌아보는 여유를 주지만, 생존은 하루하루가 각박할 뿐이다. 삶은 이해와 포용으로 나아가지만, 생존은 불신과 파괴로 뒷걸음친다. 아메리칸들은 아메리카라는 대륙에서 삶을 살았지만, 유럽의 이주민들은 아메리카에서 생존해야 했다. 생존은 극단적으로 내가 살기 위해 너를 죽인다. 현재 우리들은 삶과 생존 중 어디에 있는가? 혹시라도 생존이거든 하루속히 삶으로 넘어와야 한다. 더 늦기 전에……

아메리칸의 지혜 2 : 땅은 누구의 소유인가?

땅은 사고팔 수가 없다. 어느 누구의 소유도 아니기 때문이다. 이것이 바로 아메리칸의 토지 소유에 대한 기본 관념이다. 현대사회에서 토지는 국가 또는 개인의 소유다.

나는 **'부동산으로부터의 자유'**가 전제되지 않으면 인간 사회의 진정한 자유와 평등은 불가능하다고 생각한다. 우리는 지금 부동산으로부터 완벽히 구속된 시대에 살고 있다. 부동산에 대한 비정상적인 과잉 관심이 사회를 비정상으로 내몰고 있다.

'부동산으로부터의 자유'가 과연 가능할 것인가? 내가 풀어내고자 하는 가장 힘든 과제 중 하나이다. 하지만 분명한 것은 가능한 적이 있었는가에 대한 의문은 풀렸다는 점이다. 나는 아메리칸의 지혜를 부동산과 도시라는 나의 전공에 접목시키는 작업을 충실히 해볼 작정이다.[10]

권정생 선생의 시 《**밭 한 떼기**》를 읽어보자.

밭 한 떼기

사람들은 참 아무것도 모른다

밭 한 떼기

논 한 떼기

그걸 모두

'내' 거라고 말한다.

---

[10] 세 번째 다릿돌(집)에서 이와 유사한 내용을 다룬 바 있다. 현대사회의 자유 중 우리가 유심히 살펴보아야 할 자유가 바로 '집·토지 등 부동산으로부터의 자유'이다.

이 세상

온 우주 모든 것에

한 사람의

'내' 것은 없다

하나님도

'내' 거라고 하지 않으신다

이 세상

모든 것은

모두의 것이다

아기 종달새의 것도 되고

아기 까마귀의 것도 되고

다람쥐의 것도 되고

한 마리 메뚜기의 것도 된다

밭 한 뙈기

돌멩이 하나라도

그건 '내' 것이 아니다

온 세상 모두의 것이다

내 것이라고 주장하는 사람들이 많아질수록 사회는 안으로 안으로 멍들어 간다. 멍이 깊어질수록 아파하는 사람들이 늘어나고 치료 또한 힘들어진다. 더 늦기 전에 내 것이 모두의 것이 될 수 있도록 방향을 틀어잡아야 한다. 내 것이 우리 모두의 것이 될 때 나와 우리는 경계가 허물어진 땅

위에서 진정으로 자유로워질 수 있을 것이다.

아메리칸의 지혜 3 : 자연 속에 인간이 있다

아메리칸들은 미래세대를 위해 자연을 그대로 남겨두어야 한다는 우리 시대 지속가능성을 주장하는 환경론자들의 사상과는 사뭇 다르다. 미래세대라는 것도 결국 인간 중심적 사고의 시간적 연장에 불과하다. 아메리칸들에게 인간은 자연 속에 있다. 양자가 위아래의 수직적 분화를 한 것이 아니라 서로가 서로를 안아주고 받아주는 형제적 관계이다.

이들의 생사관은 자연에서 와서, 자연과 더불어 지내다가, 자연으로 돌아가는 것이다. 그러기에 자연의 일부분인 인간이 자연을 소유한다거나 자연을 지배한다는 것은 상상할 수도 없는 것이다. 그것은 곧 자신의 어머니를 소유하거나 지배한다는 것과 같기 때문이다.

혹자는 말할 것이다. 그렇다면 자연 상태 그대로 유지하라는 말은 인간의 편의를 위해 도로, 댐, 철길 등을 아예 만들지 말자는 이야기냐고. 물론 아니다. 아메리칸의 지혜를 현대적으로 재해석하는 과정이 필요하다. 재해석의 결과를 요약하자면 **최소한으로 하라는 것**이다. 최대한이 아니라 최소한으로. 예를 들어 지구상에 바다가 생긴 이래 강물이 모래를 힘겹게 퍼 나르고, 파도는 달의 인력에 의지하여 밀고 당기기를 반복하여 생긴 갯벌을 바다와 분리하고 물기 없는 마른 흙으로 메꿔 그 생명성을 끊어 놓는 것은 최소한인가? 아니면 최대한인가?

의문

여기서 한 가지 의문에 대한 답을 찾아보자. **문자도 학교도 없었던 아메리칸들이 어떻게 이렇게 지혜로울 수 있었을까** 하는 의문이다. 대부분의 민족이 문자를 만들었다. 문자의 기원은 두 가지 정도가 아닐까 한다. 하나는 불신이고 다른 하나는 과시다.[11] 계약을 체결함에 있어 그냥 말로만 약속하면 우리 사회는 큰 혼란에 빠질 것이다. 얼마를 빌렸느냐는 것에서부터 시작해서 언제 갚기로 했는지에 이르기까지 빌린 자와 빌려 준 자의 의견이 사사건건 일치하지 않을 것이다. 그러니 문자로 일일이 기록해두어야 한다. 그렇지 않으면 불안해서 사회가 돌아갈 수 없다. 하지만 아메리칸들은 말로서 충분했는가 보다. 아마 상호간의 신뢰를 그 무엇보다 중시했기에 가능한 일이었으리라.

또한, 문자는 뭔가 대단한 일을 했다고 자부하는 지배층이 후손들에게 그것을 전해주고 싶은 욕구와 관련되어 있다. 내가 이렇게 훌륭한 일을 했으니 잘 알아두라는 식이다. 하지만 아메리칸들에게는 어떠했을까. 자연으로 돌아가는 사람들에게 그리고 다시 자연으로부터 돌아올 이들에게 문자를 통해 후손들에게 특별히 남길 것이 있었겠는가.

11 　사실 문자의 기원에 대해 분명히 알 수 있는 경우는 한글밖에 없다고 한다. 한글의 기원은 글을 모르는 민초들의 아픔을 치유하기 위한 것, 즉 애민이었다. 우리는 세상 모든 소리를 정확히 문자로 표현할 수 있는 과학성은 물론이고 그 기원에 있어서도 몇 차원이 높은 문자를 사용하고 있는 것이다.

또한, 학교나 교수가 있었다는 이야기도 들어보지 못했다. 전문적으로 공부하는 사람, 학문을 업으로 하는 사람 또는 직업이 없었다는 의미이다. 오늘날 우리는 학교가 많아서 문제다. 더군다나 이 많은 학교들은 지식을 전해주기에도 숨이 차다. 이런 교육 시스템에서 지혜를 배운다는 것은 엄두도 내지 못할 일이다. 지식을 묻고 지식의 양을 통해 사람을 평가하는 반복적 일상에서 아이들이 어쩔 줄 몰라 하고 있다. 지켜보는 어른들은 이겨 내라, 이겨 내라만 반복할 뿐 별다른 해법을 제시하지 못하고 있다. 아래의 일화는 아메리칸들의 삶의 단면을 보여준다.

아메리칸 아이들이 미국 아이들이 다니는 학교에 전학을 왔다. 며칠이 지난 후 스승님이 시험을 보겠다고 하자 미국 아이들은 책상 사이를 띄우고 책가방을 올려놓는 데 반해서 아메리칸 아이들은 둥글게 모여 앉더라는 것이다. 스승이 너희들은 시험 볼 준비 안하고 뭐하고 있냐고 묻자 아메리칸 아이들은 이렇게 대답했다고 한다.

"할아버지께서 어려운 문제는 함께 의논하면서 풀어나가라고 하셨는데요."

이런 이야기를 접하다보면 자연스레 궁금증이 깊어진다. 어떻게 이들이 이처럼 지혜로울 수 있을까? 어떻게 자연과 인간에 대한 이처럼 깊은 통찰과 철학적 사고를 할 수 있었을까? 나의 답을 소개한다.

할아버지, 할머니가 손자, 손녀들에게 자신이 할아버지, 할머니로부터 들었던 이야기를 전해주었을 것이다. 오순도순 가족과 친족이 모여 앉아서 역사를 듣고 자연에 대한 이야기를 들었을 것이다. 가끔은 모닥불 주변에

다릿돌 23 / 아메리칸의 지혜 I : 어떻게 당신은 하늘과 땅을 사거나 팔 수 있는가?

모여 앉은 아이들에게 부족 중에서 가장 입심이 좋으신 할아버지께서 실감나게 이야기를 해주셨으리라. 아이들은 눈을 동그랗게 뜨고 이야기 속으로 빠져들었을 것이다. 이렇게 입에서 입으로 전해 내려오는 이야기들이 그들의 삶에서 마르지 않는 지혜의 샘이 되었으리라. 아래의 일화에서는 씩씩거리면서 할아버지에게 고민을 상담하는 아이의 모습이 그려진다.

연세가 지긋하신 할아버지가 부당한 행동을 한 친구에게 화가나 자신에게 다가온 손자에게 말을 했다.

"내가 네게 이야기 하나를 해주마. 나도 역시 가끔은 너무나 많은 잘못을 하고서 전혀 자신의 행동에 대해 미안한 마음을 가지지 않는 사람들에게 엄청난 미움을 가질 때가 있단다. 그러나 미움은 너를 마모시키고 너의 적을 해롭게 하지 못한다. **이것은 너의 적이 죽기를 바라고 독약을 마시는 것과 같다**(It's like taking poison and wishing your enemy would die). 나는 이러한 감정으로 힘들어 한 경우가 많았단다.

내 안에는 마치 **두 마리의 늑대**가 있는 것처럼 보인다. 하나는 선량하고 해를 끼치지 않는다. 이 녀석은 주변과 조화롭게 살고 공격이 의도되지 않았을 때 공격을 하지 않는다. 그는 오직 싸우는 것이 올바른 것일 때 싸우고 그것도 올바른 방법으로 한다.

그러나 다른 늑대 녀석은 말이다. 아주 하찮은 것에도 화를 버럭 낸단다. 그는 모든 사람과 항상 이유도 없이 싸운단. 그 녀석의 성냄과 미움이 너무나 커서 생각조차 할 수 없단다. 그의 성냄은 아무 것도 변화시킬 수 없기에 전혀 도움이 되지 않는 성냄이다.

가끔은 내 마음속에서 이러한 두 늑대와 함께 산다는 것은 어려운 일이다. 왜냐

하면 둘 다 나의 영혼을 지배하려고 하기 때문이다."

소년은 할아버지의 눈을 빤히 바라보고는 물었다.

"할아버지, 누가 이기나요?"

할아버지는 미소 지으시면서 조용히 대답하셨다.

"네가 먹여주고 키워주는 놈."

(The one you feed)

우리의 딸, 아들이 이와 비슷한 고민으로 힘들어할 때 우리들 중 몇 명이나 이런 이야기를 해줄 수 있을까? 이런 고민이 있다고 자식들이 우리에게 다가와 물을지도 의문이지만, 그에 대한 답으로 이런 이야기를 차분히 나눌 수 있을지는 더더욱 의문이다. 우리의 답을 상상해보면 차라리 안 물어오는 것이 나을 수도 있다.

"이 멍청한 놈아, 힘을 길러서 때려 눕혀버려."

"이 미련한 놈아, 공부 잘 해봐라. 그런 하찮은 녀석들이 너를 무시하겠냐?"

우리의 답에는 경쟁이 있고 승부가 있다. 이기지 않으면 지는 것이다. 눕히지 못하면 내가 눕힘을 당한다. 이러니 우리 사회가 항상 갈등하고 반목하는 것이다. 우리도 아메리칸의 어른들처럼 차분히 지혜의 이야기를 들려줄 수는 없을까? 더 이상 우리 후손들에게 적이 죽기를 바라면서 독을 들이마시도록 할 수는 없지 않은가.

아메리칸의 지혜 II :
우리에게는 없고 그들에게는 있었던 것

지식과 지혜 사이에서 우리가 어떻게 해야 하는지 그 답에 조금이라도 다가가기 위해 아메리칸의 지혜를 더 만나보자. 우리에게는 없고 그들에게는 있었던 것들이 점점 또렷이 모습을 드러낼 것이다.

단순화해서 말하는 오류를 인정하지만, 서양인들의 사고-현재 우리의 뇌를 지배하고 있는 사고-에서 보면 자연은 정복과 극복의 대상이다. 이런 인간과 자연과의 대립관이 서양 철학의 주요 흐름이다. 여기에 종교는 인간을 신이 창조한 영혼이 있는 유일한 존재로 만들어주었다. 인간 외의 생명은 인간을 위해 존재하는 영혼 없는 존재에 불과하게 된 것이다. 인간을 위해 자연을 파괴하는 것에 대한 면죄부를 받은 것이다. 어떤 죄의식이나 죄책감도 가질 필요가 없다. 이 사고의 직접적이고 비극적인 희생양이 바로 아메리칸이다. 인간 중심의 실용적 사고가 돌이킬 수 없는 결과를 초래한 것이다. 인간 중심의 사고가 백인 중심의 사고로 은근슬쩍 변경되면서 무차별적 기만과 폭력이 수반되어 아메리칸들이 역사 속에서 겨우 명맥만 유지하게 된 것이다. 우리는 안타깝게도 단편적인 이야기를 통해 그들의 지혜와 철학을 유추할 수밖에 없다.

이 책에서 지금까지 지식과 지혜를 구분하여 사용하면서도 차이를 구분해보지 않았다. 여기서 한 번 정리하고 넘어가는 것이 여러모로 좋을 듯하다.

지식과 지혜의 차이는 무엇인가?

지식과 지혜는 서로 공통된 영역을 공유하고 있지만 분명히 구분되어진다. 그리고 구분하는 노력이 절실히 필요하다. 물론 모든 구분이 그렇듯이 약간의 무리가 따르지만 나는 구분의 실익이 두루뭉수리 하나로 보는 것보다 크다고 본다. 나는 이러한 차별화 노력에서 현대사회의 병폐를 완화하는 단초를 얻을 수 있다고 본다. 이를 구분하지 못함으로써 발생하는 병폐가 엄청나기 때문이다. 예를 들어, 부처, 공자, 예수, 소크라테스는 우리에게 지식을 가르쳐주려 했을까. 성인들의 말씀은 지식보다 지혜에 가까운 것이다. 그런데 우리는 이것을 지식으로 보는 우를 범하는 경우가 많다. 이것이 종교를 교조화시키고 타락시키고 있다. 이제 구체적 차이에 대해 하나하나 알아보도록 하자.

1. **지식**은 정답을 결과로서 요구한다. 답은 하나다. 답이 여럿이면 문제를 잘못 낸 것이다.[12] 답이 하나이기에 다른 것은 그릇된 것이다. All or Nothing에 가깝다. 그러기에 마음을 닫는다. 나와 의견이 다른 자는 틀린 것을 주장하는 자, 즉 적이 된다.

   지혜는 정답을 과정으로서 수용한다. 답은 여럿일 수 있다. 납득할 수 있는 답은 모두 정답이 될 수 있다. 지금의 답은 잠정적 답에 불과하다. 그러기에 마음을 연다. 나와 의견이 다른 자는 나보다 더 맞는 답을 주장하고 있을 수도 있는 자, 즉 스승이 될 수도 있다.

2. **지식**은 말하도록 한다. 사람의 무게 중심이 입에 있다. 말하지 못하면 근질근질해서 안절부절 못한다.

   지혜는 듣도록 한다. 사람의 무게 중심이 귀에 있다. 들리지 않으면 눈을 감고 작은 소리에 더 집중한다.

---

12 수능시험이 끝나고 나면 문제를 출제한 자는 답이 하나라고 하고, 문제를 푼 자는 답이 하나 이상이라고 하는 경우가 종종 있다. 그리고 출제를 잘못했다고 난리다. 하지만 가만히 생각해보라. 답이 꼭 하나여야 하는가. 이것은 오히려 출제를 잘한 것일 수도 있다. 그것보다 답이 하나라고 끝까지 주장을 굽히지 않는 분들이 더 문제가 많은 것이다.

3. **지식**은 극단의 선택에 주저함이 없다. 선택에서 쾌감을 느낀다.

   지혜는 극단의 중에서 참을 찾는다. 조율의 멋을 음미할 줄 안다.

4. **지식**은 시험을 위해 암기한다. 지식은 머리를 파고든다. 지식의 양은 평가되고 등수가 매겨진다.

   지혜는 삶을 위해 숙지한다. 지혜는 가슴에 가라앉는다. 지혜의 질은 평가할 수 없고 등수를 매길 수도 없다.

5. **지식**은 보이는 것만 보고 보이지 않는 것은 못 본다. 보이는 것이 전부라고 여긴다.

   지혜는 보이는 것에 숨은 보이지 않는 것을 본다. 보이지 않는 것이 있기에 보이는 것이 존재한다고 여긴다.

6. **지식**은 욕심과 꿈을 동일시하고, **지혜**는 욕심과 꿈은 별개임을 분명히 한다.

7. **지식**은 자신이 다수일 때는 다수의 횡포를 정당화하고, 자신이 소수일 때는 소수의 배려를 주장한다.

   지혜는 자신이 다수일 때는 소수를 배려하고, 자신이 소수일 때는 다수의 횡포와 맞선다.

8. **지식**은 자신의 선택의 폭을 스스로 줄이고, **지혜**는 자신의 선택의 폭을 스스로 늘린다.

9. 지식은 가두려 하고, **지혜**는 놔주려 한다.

10. 지식은 직선이고, **지혜**는 곡선이다.

일단 이 정도로 하자. 나는 지식과 지혜의 차이를 찾는 노력을 통해 우리의 삶이 더욱 지혜로워질 것으로 확신한다. 이것은 단순히 말장난이나 언어의 유희가 아니라 인간 본질에 대한 물음이자 답이다. 이제 아메리칸의 지혜를 만나러 가보자.

아메리칸의 지혜 4 : 공동체 의식('나'보다 '우리')[13]

1912년과 1914년 나의 산악 안내인인 탐 뉴캄은 마일즈 원정대(Nelson Appleton Miles, 1839–1925: 미국 군인으로서 인디언 토벌과 미국 스페인 전쟁에서 큰 전과를 기록했으며, 몬태나의 수우족을 무찔렀고 1877년에는 크레이즈 호스 추장의 마을을 파괴했다. 1886년에는 제리니모 휘하의 아파치족들의 항복을 받아냈다) 일원이었는데 1870년대 초 몇 년을 크레이지 호스(미친 말)의 지도 아래 수우족과 함께 살았다.

"내가 분명히 말하건대 나는 이 이상의 친절과 진정한 기독교 정신을 어디서도

---

[13] 아메리칸의 지혜 4, 5에 나오는 일화는 《The Gospel of the Redman》에서 참조한 것(이 책은 《인디언의 복음》으로 번역되어 있으나 절판되어 구하기가 쉽지 않다)이고, 아메리칸의 지혜 6에 나오는 일화는 동일한 책의 내용을 인용한 《오래된 새 책》을 재인용한 것이다. 참고로 《The Gospel of the Redman》은 20세기 초에 쓰인 것이다. 최근에는 Redman이라는 용어는 인종차별로 여겨지므로 사용해서는 안 된다.

본적이 없다. 그들은 가난한 사람, 병든 사람, 나이든 사람, 과부들과 고아들을 누구보다도 가장 먼저 돌보았다. 캠프를 옮길 때마다 그들 중의 누군가는 신경을 써서 과부의 천막을 제일 먼저 옮기고 제일 먼저 세웠다. 사냥을 한 후에는 매번 큼직한 고기 덩어리를 가장 필요한 집 문 앞에 떨어뜨려 주었다. 나는 형제처럼 대접받았다. 강조하건대 그 인디언 무리만큼 **진정한 기독교도들로 구성된 교인들의 공동체**를 이제까지 나는 본 적이 없다."

일반적으로 공동체는 강한 지역적 정체성과 집단적 유대감을 형성하며 폭넓은 사회적 상호작용이 이루어지는 인간관계를 의미한다. 나는 공동체의 가장 중요한 특성은 **'우리' 의식**이라고 생각한다. 나를 넘어서 우리의 존재가 있어야 공동체가 형성되었다고 볼 수 있을 것이다. 아메리칸의 사회에는 분명 우리라는 의식이 있다. 그들의 우리에는 가난한 사람, 병든 사람, 나이든 사람, 과부와 고아 등 사회적 약자는 물론이고 낯선 이방인까지 포함되어 있었다. 우리들에게 우리의 범위는 과연 어느 정도인가? 우리가 답해야 할 차례다.

참고로 **진정한 기독교도(truly Christians)**라는 말은 기독교를 믿고 안 믿고의 구분이 아니라 기독교의 가르침을 실천하느냐 안 하느냐에 따른 구분으로 이해하면 될 것이다. 더 나아가 스물두 번째 다릿돌(아메리칸의 지혜I) 위에서 들은 시애틀 추장의 연설은 우리에게 분명히 말하고 있지 않은가.

'우리의 신이 또한 당신의 신이다.'
'우리는 모두 결국 한 형제다.'

아메리칸의 지혜 5 : 종교는 삶의 일부

인디언의 종교는 특정한 날이나 정해진 계율을 지키는 일이 아니라 매일 매일의 삶과 사고의 한 부분이다. 오래 전 몬태나에서 나는 어떤 선교사가, 주일에 수레를 몰고 간다고 인디언을 심하게 질책하는 소리를 들었다.

그 인디언은 자신의 사업에 정진하며 가족을 돌보고 있었는데 그가 질책을 하자 당혹스러워하는 것 같았다. 선교사는 오늘이 주일이라고 되풀이해서 말했다. 마침내 그 인디언은 무엇이 문제인가를 알아채고는 눈을 반짝이며 선교사를 올려다보며 대답했다.

"아, 무슨 말인지 알겠네요. 당신의 신은 일주일에 딱 한 번 오시는 군요. 저의 신은 매일 매일 언제나 저와 함께 계시는데 말입니다."

우리 민족처럼 종교적인 민족도 없을 것이다. 하지만 질적으로 들어가면 과연 종교적인가에 대해 상당히 회의적이다. 예를 들어 보자. 막상 예들 들려하니 예가 하도 많아서 어느 것을 골라야 할지 고민이다. 이런 거지같은 예는 왜 이렇게 많은 것인지. 고민인 게 고민이다. 임대주택에 사는 아이들과 다른 학군으로 보내달라고 아우성치는 사람들은 종교가 없어서일까? 이렇게 어린 마음에 상처를 주어도 괜찮다고 가르치는 종교는 본 적도 들은 적도 없다. 이러한 모순을 어찌 설명할 것인가?

그렇다. 답은 바로 위의 대화 속에 있다. 일주일에 한 번씩 성당, 교회, 절을 찾아 일주일 동안 있었던 일의 면죄부를 받고 나서, 다시 일주일 동안 면죄부를 받아야 할 일을 하고 있기 때문이다. 종교가 일상생활 속에 녹아 들어있다면 어떻게 우리 사회에서 분양과 임대 아파트 간에 철조망이 생길 수가 있겠는가? 우리는 분쟁이 있는 아파트 단지에 거주하는 사람들의 종교적 분포 상황을 여실히 밝혀 우리 사회에서 과연 종교가 어떤 역할을 하고 있는지 그 민낯을 드러내야 한다. 그렇다고 종교가 없는 이들에게 무조건적 면죄부를 주고 싶은 마음은 추호도 없다. 신이 있건 없건, 종교가 있건 없건 인간의 인간으로서의 모습과 행동은 하등 변하지 않아야 한다. 나는 그것이 신의 뜻이라고 믿는다. 무척이나 안타까운 일은 아메리칸들이 믿었던 신인 '위대한 영'이 그들을 보호하거나 방어해주지 못했다는 점이다.

아메리칸의 지혜 6 : 필요 이상은 필요 없다

인디언은 판매나 저장을 목적으로 잉여 농산물이나 가축의 고기를 생산하지 않는다. 그리고 자신이 반드시 배고플 때만 사냥을 하고 동물을 죽였다. 그들이 동물을 사냥할 때도 사냥 기술을 익혀서, 그 동물에게 최소의 고통만을 안겨주는 무기와 부위를 세심하게 고려해서 사냥하는 것도 잊지 않았다.

죽임을 당한 사슴에게[14]

작은 형제여, 너를 죽여야만 해서 미안하다.

그러나 네 고기가 필요하단다.

내 아이들은 배가 고파 먹을 것을 달라고 울고 있단다.

작은 형제여, 용서해다오.

너의 용기와 힘 그리고 아름다움에 경의를 표하마.

자, 이 나무 위에 너의 뿔을 달아줄게.

그리고 그것들을 붉은 리본으로 장식해주마.

내가 여기를 지나갈 때마다

너를 기억하며 너의 영혼에 경의를 표하마.

너를 죽여야만 해서 미안하다.

작은 형제여, 나를 용서해다오.

보라, 너를 기억하며 담배를 피운다.

담배를 태운다.

인디언의 이런 자연에 대한 존중은 전통 사회에서 늘 천시를 받았지만 소를 도살

---

14   영어 원문은 다음과 같다.
      To the Dead Dear
      "I am sorry I had to kill thee, Little Brother.
      But I need of thy meat.
      My children were hungry and crying for food.
      Forgive me, Little Brother.
      I will do honor to thy courage, thy strength and thy beauty.
      See, I will hang thine horns on this tree.
      I will decorate them with red streamers.
      Each time I pass, I will remember thee and do honor to thy spirit.
      I am sorry I had to kill thee.
      Forgive me, Little Brother.
      See, I smoke to thy memory.
      I burn tobacco.

하는 장소를 천궁(天宮)이라고 부르고 땅 위에서 고역을 위로하며 극락에서의 영
생을 빌었던 우리의 백정과 닮았다.

산천에 눈이 녹아 만산에 꽃이 피니,
풀 뜯던 우공 태자 극락에 가는구나
저리고 아픈 고역 속세 인간 위해 바쳐,
극락에 계신 천왕님 그대를 가상타 하리.
관세음보살 하감하소서, 나무아미타불

《숨어사는 외톨박이》 중에서

이 염불은 백정이 소를 잡을 때 소의 명복을 빌기 위해서 스님을 불러
다가 외는 것이다. 위의 인디언의 노래와 무엇이 다른가?

필요 이상으로 소비하는 종은 인간뿐이 아닌가 한다. 사냥을 재미삼아
서 하는 종도 인간뿐이 아닌가 한다. 그런데 인류 역사상 그렇지 않았던
위대한 사람들이 있었다. 우리 민초들도 그 자랑스러운 대열에 있었다. 이
런 글을 만날 때마다 과연 인류는 발전하고 있는 것인지, 나아지고 있는
것인지 회의가 든다.

미국이라는 나라를 여행하다보면 인간이 살기 좋은 곳과 그렇지 못한
곳이 확연히 구분됨을 알 수 있다. 재미있는 것은 아메리칸들이 살았던 곳
이 반드시 인간이 살기 좋아 보이는 곳은 아니라는 점이다. 아메리칸들은

다릿돌 24 / 아메리칸의 지혜 Ⅱ : 우리에게는 없고 그들에게는 있었던 것

통일 왕국을 이루지 못했다. 참 신기한 것이 인간사회에서 자신들이 먹고 남는 잉여물이 생기면 갈등이 꿈틀대기 시작한다. 그리고 우리 것보다 좋아 보이는 그들의 것을 탐하기 시작한다. 결국 다툼으로 치달아 주인과 노예 관계로 재편성되고 만다. 하지만 아메리칸들에게 있어서는 주어진 환경에서 필요 이상의 소비를 하지 않는 것이 이들을 평화롭게 만들었을 것이다. 내가 사는 곳보다 네가 사는 곳이 나아 보여도 그것을 부러워할 필요가 없었다. 어차피 필요 이상 소비하지 않을 것이니 말이다.

소비를 통해 경제 성장률을 유지하려는 시도를 보면 안타까움을 넘어 어떤 때는 아찔하다. 이것은 **자본주의의 악마적 유혹이자 환상**에 불과하다. 언제까지 국내총생산(GDP)과 같은 무지막지한 기준으로 삶의 질을 판단할 것인가. 이제 진정으로 국민의 행복을 측정할 수 있는 기준을 찾아야 한다. 소비를 늘려야 더 행복해진다고 유도하는 것은 국민을 배고픈 소크라테스가 되지 말고 배부른 돼지가 되라는 의미가 아니고 무엇인가?

지하주차장 분쟁

아파트에서 지하주차장과 관련한 분쟁이 있었다. A동의 경우에는 여유가 있었고 B동의 경우에는 여유가 없었기 때문이다. 마침 B동에서 아파트 대표자가 나왔는데 이분께서 동 사이의 지하주차장 벽을 허무는 결정을 독단적으로 한 후 바로 시행하고 말았다. A동과 B동의 지하주차장이 연결됨으로써 지하주차장을 효율적으로 이용할 수 있게 된 것이다. 문제는 A동 주민들이 절차상 하자는 물론이고 안전에 문제가 있다면서 격렬하게 반대를 한 것이다. 결국 아파트 주민은 지하주차장 벽을 잘 허물었다는 편과 지하주차장 벽을 다시 복원해야 한다는 편으로 나뉘어 이런저런 논쟁을 하면서 일촉즉발의 상황이 되었다.

나이 지극하신 어르신 한 분이 조용히 힘겹게 듣고 있다가 딱한 듯이 이런 말씀을 했다.

"그러면 사람이 왔다 갔다 할 수 있는 조그마한 문을 몇 개 만들면 될 것 아니야."

지식은 아파트 지하주차장의 벽을 허물던지 복원하던지 둘 중 하나만 생각한다. 하지만 지혜는 양자의 극단에서 사람이 오갈 수 있는 참의 답을 찾아내는 것이다.

우리에게는 있고 그들에게는 없었던 것

질문을 바꿔보자. 우리에게는 있고 그들에게는 없었던 것은 무엇일까?
학교, 문자, 노예, 홈리스, 국가(부족은 존재), 총, 정복자, 전쟁, 홍역 등등.

선보 생각 3

우리에게도 있고 그들에게도 있었던 것

아메리칸들의 이야기를 찾아 읽다 보니 흥미로운 사실을 하나 알게 되었다. 그들이 지혜로운 것은 분명한데 그렇다고 우리를 괴롭히고 있는 유사한 문제들이 아예 없었던 것은 아니다. 예를 들어 그들에게도 부모의 결혼 반대, 고부 간의 갈등, 친구 간의 갈등, 부족 간의 갈등 등이 있었다는 사실이다. 물론 빈도나 강도에 있어 차이는 있었겠지만 지혜로운 사람들이 사는 곳에서도 이런 반목과 갈등이 있었다는 것은 무슨 의미일까?

우리 인간들이 모여 살아가는 곳에서 불협화음이 아예 없을 수는 없을 것이다. 지혜로운 사회와 지혜롭지 못한 사회의 차이는 갈등의 존재 여부보다는 갈등을 어떻게 바라보고 어떻게 다루느냐의 차이가 아닐까?

《공간의 생산》을 읽고 토론하면서……

　지혜를 찾는 방법 중 하나가 여러 사람이 동일한 책을 읽은 후 토론해보는 것이다. 자신이 미처 생각하지 못한 상대방의 이야기를 듣고, 자신의 의견을 비판해오는 상대방의 공격을 방어하고, 나 역시 상대방의 의견을 재반격하면 어느덧 무덤덤하던 지혜는 서서히 꿈틀거리기 시작한다.

앙리 르페브르(Henri Lefèbvre, 1901~1991)의 저작인 《공간의 생산》을
만난 것은 대학원의 '도시설계통섭론' 시간이었다. 네이버지식백과(철학사
전, 2009)는 앙리 르페브르를 다음과 같이 소개하고 있다.

> 현대 프랑스의 철학자. 프랑스 공산당원으로서, 변증법적 및 사적 유물론이나 철
> 학사 등으로 마르크스주의 철학을 보급시키고 부르주아 철학과 투쟁했다. 그러
> 나 그는 변증법을 인간 활동에서만 파악하고 자연변증법을 등한시한 약점이 있
> 었으며, 동시에 마르크스주의에서 가장 중요한 것은 소외론과 상품 물신화론에
> 만 존재한다고 하여 비판받은 바 있다. 1956년의 스탈린 개인숭배 문제나 헝가리
> 의 반혁명 반란, 이것들에 대한 부르주아 측으로부터의 공격에 영향을 받아 수
> 정주의로 이행, 당에서 제명되었다. 그 자신은 현대의 둘도 없는 마르크스주의자
> 로 자칭하고 현대 마르크스주의의 '경화'(硬化), 교조주의의 타파를 주장하며, 철
> 학의 근본문제를 불명확히 하고 국가론, 프롤레타리아 독재론 등을 부정하기에
> 이르렀다. 후에는 실존주의의 한 변종의 입장에 있었다.

일단 이런 소개에 대해 앙리가 뭐라고 이야기할 것인지가 궁금하다. 한
사람의 인생을 몇 줄로 요약한다는 것이 얼마나 조심스러운 일인지 느껴진
다. 우선 단어 선택에 글쓴이의 선호가 들어가서는 안 될 것이고, 이유, 의
도, 동기 등이 생략되어 있어 오해의 소지가 있다. 예를 들어 '그 자신은 현
대의 둘도 없는 마르크스주의자로 자칭하고', '철학의 근본 문제를 불명확
히 하고', '후에는 실존주의의 한 변종의 입장에 있었다' 등의 문장은 우리
말의 **'아' 다르고 '어' 다르다**는 말이 무슨 말인지 잘 보여주고 있다. 주의할
점은 한 줄 한 줄은 사실에 입각한 글이라 할지라도 그것이 누군가에 의해

선택되어 한곳에 모이면 사실이 더 이상 사실이 아닐 수도 있다는 점이다. '나의 인생을 몇 줄로 요약한다면 어떤 내용이 될까?' '요약 받는 인생으로 살 수 있다면 성공한 것인가?' 괜한 생각이 스친다.

'통섭'의 관념에 관해서는 수업 계획서에 실려 있는 내용을 옮긴다.

'통섭'은 지식의 대통합을 추구하는 21세기 우리 사회의 메가트랜드이며, 특히 복합성 및 창의성을 근간으로 하는 학문 분야에 있어 매우 중요한 의미를 지닌다. 제반 학문 분야의 노력이 모아져야 하는 도시 분야의 특성상 학문분화의 흐름은 새로운 방향의 전환을 요구한다. 상이한 분야로 인식되고 있는 이론과 지식을 한데 묶어 새로운 화학적 변화를 모색하는 것은 도시 분야에 요구되는 필연이다. 본 수업에서는 기존의 건축, 조경, 디자인 등에서 이루어졌던 학제 간 연구(inter-disciplinary)를 넘어 자연과학, 사회과학, 인문학 등 서로 다른 학문의 개념과 시각들이 녹아 새로운 것을 만들어 내는 **범학문적 연구(trans-disciplinary)**를 지향하는 '통섭'을 통해 도시 연구의 새로운 조류를 탐구한다.

인간도 마찬가지고 학문도 마찬가지다. 나만 보고 내 분야만 깊게 파고 들면 바보가 되기 십상이다. 스스로 왕따의 길을 가겠다고 마음먹지 않는 한 크게 보고 멀리 보아야 한다. 무엇보다 '통섭'의 접근은 공부를 재미나게 하는 길이라는 점에서도 유용하다. 남의 분야를 보면서 자신의 분야에 새로운 시각과 아이디어를 얻을 수 있다면 신나는 일이 아닌가. 소설을 읽으면서도 나의 전공인 집과 고을의 멋진 모습을 상상할 수 있다면 얼마나 즐거운 일인가.

이야기가 조금 벗어났다. 사실 이것이 《공간의 생산》에서 앙리 르페브르가 보여주는 글쓰기 방식 중 하나이다. 자유자재로 왔다 갔다 하면서도 핵심을 찌르고 들어온다. 모처럼 만에 어려운 책을 읽었다. 이 책은 읽는 것과 이해하는 것이 전혀 별개의 과정임을 분명히 보여 준다. 그렇다고 저자를 비판하는 것은 섣부르다. 책이 이해하기 어렵다고 투정부리는 나 자신의 초라함 때문이요, 번역이라는 과정을 거쳤기 때문이요[15], 참고 읽다보면 어느덧 앙리를 느낄 수 있기 때문이다.

당시 나는 직장의 일로 강의에 전부 참여하는 것은 불가능한 상황이었다. 교수님의 양해를 힘겹게 얻고서 겨우겨우 수업을 따라가고 있었는데 《공간의 생산》에 대한 토론 진행을 맡아 주었으면 좋겠다는 교수님의 연락이 왔다. 하필 이 어려운 책을 눈코 뜰 새 없이 바쁜 내가 맡다니……. 아래의 글은 투덜거리면서 토론을 위해 작성한 글이다.

공간의 생산을 마무리하며

공간의 생산을 마무리하는 토론 시간입니다. 무엇보다 이 엄청난 책을 숙독하시면서 이해하려고 노력하신 분들의 노고에 경의를 표합니다.

이 책은 세월과 함께 우리의 지식과 지혜가 보다 넓어지고 깊어진 후 다시 만나게 될 때 새로운 의미로 우리에게 다가올 것입니다. 그러니 이해하기에 너무 벅차다고 여기서 좌절할 필요는 없다고 봅니다. 시간을 두고 서서히 느껴가는 것, 아마도 앙리가 바라는 것도 그런 것이

---

[15] 이 책의 번역이 얼마나 어려웠을지 상상이 간다. 노고에 감사의 뜻을 전한다. 몇 부분은 영어와 같이 읽었는데 이해에 상당히 도움이 되었다. 언어와 언어는 서로 빈 공간을 메워 주는 역할을 한다. 많은 언어를 아는 것도 삶을 풍요롭게 하는 길임이 분명하다.

아닐까 합니다. 거장이 평생을 바쳐 공부한 내용을 한 권의 책으로 남겼는데 한 번 쭉 읽고서 다 이해한다면 무척 섭섭해하지 않을까요.

우리가 《공간의 생산》을 마무리하면서 우리 자신에게 던지는 (최종적) 질문은 이런 것이 아닐까요.
앙리가 되어 즉, 앙리의 시각에서 우리 사회의 공간을 비판해보고, 이를 다시 재비판해보는 것입니다.

좀 더 일반적으로 말한다면 도시설계를 공부하는 나에게 이 책은 어떤 고민(문제의식)을 가지게 해주었느냐는 것입니다.

대답이 쉽지 않습니다. 그럴 땐 이렇게 접근하는 것도 좋을 듯합니다.

이 책에서 나를 뒤흔든 한마디 글은 어떤 것인가?
부분이 바뀌면 (언젠가) 전체가 바뀌듯, 부분을 이해해가다 보면 (언젠가) 전체도 이해할 수 있을 것입니다.

돌아가면서 자신의 생각을 말해보았으면 합니다.

참고로 제가 발표한 부분에서 저를 뒤흔든 내용이 적지 않습니다. 사회적 현실, 일상 그리고 이상, 추상과 구체, 형식과 내용, 기표와 기의, 소외와 물화, 지배와 전유 등이 그 예입니다. 이 중에서 하나를 선택하면 아래와 같습니다.

지배받는 공간인 고속도로는 풍경과 지역에 폭력을 행사한다. 날선 칼처럼 공간을 절단하기 때문이다. 지배받는 공간은 일반적으로 닫혀 있고 살균 처리되어 있으며, 비어있다(Dominated space is usually closed, sterilized, emptied out).[16]

지배와 전유의 개념에 대한 제 의견은 다음과 같습니다.

평소에 하나의 공간은 지배의 성격과 전유의 성격을 동시에 가지고 있는 경우가 대부분이다. 즉, 상대적이다. 하지만 둘 간의모순이 생기기 시작하면 양자는 공존할 수 없는 상태에 이르게 되고, 우리는 택일을 강요받는다. 지배는 **가격(price), 큰 공익(객관)**이라는 이름으로 들이닥치고, 전유는 **가치(value), 작은 공익(주관)**이라는 이름으로 몸부림친다. 자본주의에서 가격과 가치가 충돌할 때 가치가 이긴 경우란 드물다. 이것은 분명 횡포다. 하지만 통시적이나 공시적으로 볼 때 자본주의 전이라고, 자본주의가 아니라고 이와 다르지 않았고 미래도 그럴 것이다.

결론적으로 제가 생각하는 도시설계의 목적과 이에 이르는 길(방법)은 아래와 같습니다.

---

[16] 불혹 6년(2016)에 세종특별자치시에 위치한 한국개발원에 파견 나와 있어 고속도로를 자주 이용했다. 그 때마다 앙리의 말이 생각난다. 산의 허리, 팔, 다리 등은 살려 나갔거나 자르기 뭐하면 뚫어 버렸다. 고속도로의 이쪽과 저쪽은 무섭게 달리는 차들로 인해 남남이 되어 버린 것이다.

자연의 일부인 **인간**[17]이 (사회적) 공간으로부터 **소외**되지 않고 **전유**할 수 있도록 (물리적) 공간을 **생산**[18]하는 것이다. 이를 위해서 우리(도시설계자)는 부분이 바뀌면 (언젠가) 전체가 바뀐다는 것을 믿고 계속 즉, 지속적으로 **관심**[19]을 가져야 한다.

나의 짧은 발표 후에 우리는 참으로 진지한 토론을 했다. 토론이 진행되면서 우리에게 앙리 르페브르는 평생 잊지 못할 이름으로, 2015년 4월 14일(화) 도시설계통섭론 세미나는 평생 잊지 못할 시간으로 자리잡아 가고 있었다. 참으로 모처럼 만에 인간과 사회에 대한 근본적 질문과 답이 오갔다고 생각한다. 아래에서는 간략하게나마 기억에 의존하여 몇 가지 사항을 정리해보고자 한다. 아니 정리해보고 싶다.

1. 마르크시스트(Marxist)에 대한 이해 : '결국'

마르크시스트는 자본주의 사회의 모든 정책을 '**결국**' 부르주아를 위한 것으로 치부한다. 여기서 '**결국**'은 벗어날 수 없음을 대변한다. 그럴 수도 있을 것이다. 하지만 그렇다면 나, 우리는 무엇인가? 도시설계를 공부하고 있는 나와 우리는 과연 무엇인가? 결국 부르주아의 하수인이란 말인가? 나의 오래된 의문이 슬금슬금 다시 살아나 나를 괴롭혔다. 마음속에 담아두고 살기에는 우리의 삶이 하루하루 힘겨웠기에 잊혀진 질문이기도 하다.

혹자는 이렇게 말할 수 있을지 모른다. 뉴 마르크시스트는 다르다고. 하지만 내가 보기에 그들도 '**결국**' 다르지 않다. 여기서 '**결국**'은 강도와 기간

---

[17]　추상적 인간이 아니라 매일 매일의 사회적 현실을 버거워하는 또는 사회적 현실을 인식조차 못하는 **구체적 인간**을 의미한다.

[18]　생산 대신 **창조**라는 말을 쓰고 싶은 유혹에서 벗어나도록 하자. 창조는 신의 영역이다.

[19]　형태가 사라질 정도의 순수한 관심을 말한다.

의 차이가 있을 뿐 본질은 하등 다를 바 없음을 대변한다.

교수님은 앙리는 현실의 개혁을 목표로 한다고 보셨다. 사회적 개혁이 목표라면 앙리는 마르크시스트가 아닐 수도 있을 것이다. 분명한 점은 토론을 통해 마르크시즘을 사회를 바라보는 하나의 시각 중 하나라는 점을 다시 한 번 인식할 수 있었다는 점이다. 우리가 너무 한쪽으로 기울거나 치우칠 때 다른 편을 고려하여 무게 중심을 잡을 수 있게 해주는 방법론 중 하나로서의 마르크시즘. 그리고 한 가지 더, 하수인이 되지 않도록 항상 노력해야 한다는 점, '**결국**'을 무너뜨리는 것은 '**결국**' 내 자신이라는 점. 여기서 '**결국**'은 누구에게 핑계되지 말라는 것을 대변한다.

2. 《공간의 생산》에 대한 전반적 평가

- 변증법적 방법론으로 쓰인 책은 많다. 하지만 이 책은 극히 높은 수준의 작업을 보여 주었고 변증법적 방법론을 통해 이렇게 현란하게 쓴 책은 드물다.
- 나쁜 책이다. 나를 들었다 놨다 했다.
- 우울하게 만드는 책이다. 도저히 내가 쓸 수 없는 책이다.
- 읽기 벅찬 책이다. 읽어도 읽어도 제자리다.
- 책도 일종의 사회적 발언이다.

3. 학문과 철학에 대한 성찰

- 우리는 사고하는 방법을 배우는 것이다.
- 끝까지 밀어 붙일 수 있어야 한다.
- 물론 다양한 방법이 있음을 전제로 해야 한다.

-표현하는 방법은 라디오, 신문, 강의실 등에서 각각 다를 수 있다.

• 모든 학문은 다 방법론이다. 방법론 또는 태도가 전부다.

• 프랑스의 경우 도시설계과는 사회과학 대학원에 있다.

-도시철학 과목

-모든 것(음악, 미술 등)이 녹아있는 것이 도시다.

-건축과 철학은 동일하다. 건물과 생각을 세우는(build) 것이다.

• 철학은 철학과에서만 하는 것이 아니다.

-삶의 방식, 사고의 방식을 배우는 것이다.

-물리학자도 결국 철학자가 된다.

-우리 몸도 우주다.

4. 사회적 현실

• 세상에 정치적 의도가 없는 것이 있는가?

• 우리나라 공무원, 공사 직원들과 대화가 된다는 것은 참으로 다행이다.

• 정말 무서운 사람은 정경 엘리트다.

• 현실적으로 기획안을 만드는 사람은 일감을 따는 것이 중요하다. 왜 하는가는 둘째 문제에 불과하다. 도시를 모르면서 도시를 디자인했고, 얕은 스토리텔링, 권력의 하부구조로 일했다. 누구를 알면 일감을 딴다는 식으로 진행되는 것이 우리의 현실이다.

-정책 목표가 제대로 계획되어 있다면 지식인(전문가)이 맞추어도 되지만 그렇지 않다면 꼭 맞추어야 하는 것이 아니라 계획을 다시 세워나갈 수 있어야 한다.

5. 전문가(지식인)의 역할(숙명)

- 잘못된 설계가 결과적으로 잘된 설계가 되는 경우도 있다. 이렇게 어려운 책을 이해하지 못한다고 문제될 것이 없다는 주장에 대한 반론
- 답이 없다는 것을 인정하되 모든 것은 과정 중에 있는 것이라는 사실을 알아야 한다.
- 생각하는 방법을 배우는 것, 그리고 진리를 추구하는 것이 학문이다.
- 전문가에게 제일 무서운 것은 이래도 좋고 저래도 좋다는 허무주의다.

6. 전문가가 써서는 안 되는 말

- 어차피
- 잘못되었다.
- 흉내 냈다(내가 생각하기에 써서는 안 될 대표적 말이다. 사실 지배와 전유에 대한 나의 의견은 나의 고민을 담았기에 단순히 흉내는 아니었다. 흉내 내지 않고서 흉내 냈다고 말하는 것은 이 무슨 황당한 경우인가?)

7. 기타

- 광화문 광장은 진일보했다고 볼 수도 있지만 퇴보했다고 볼 수도 있다.
- 우리 사회에는 설득의 메카니즘이 없다는 것이 문제다.
- 좋은 디자인은 단순히 형태를 예쁘게 만드는 것이 아니다.
- 도시 기술자라고 자랑하고 다니던 시절도 있었다.
- 교육을 받으면서 생각해라. 곧 다른 사람을 가르쳐야 할 사람들이지 않는가?

8. 마무리

- 나와 우리의 마음에 생긴 작은 변화가 분명 듬직한 사회 개혁의 디딤 돌이 될 것으로 확신한다. 지금처럼 순수한 마음을 유지할 수 있다면.
- 인생에 잊을 수 없는 순간이 하나하나 생긴다는 것은 참으로 즐거운 일이다.

공간에 행해지는 만행

우리의 삶에서 공간을 생각해본다. 공간의 범위는 제각각이겠지만 공간을 벗어난 그 무엇도 우리는 인식할 수 없다. 공간 없이 존재할 수 있는 것은 없다. 시간도 공간 안에 있어야 의미가 있다. 우리가 인식하는 공간은 시간의 흐름 속에서 자연과 자연, 인간과 인간, 자연과 인간이 무한한 상호작용을 반복하면서 형성된 것이다. 그러기에 모든 공간은 중층적이고, 모든 공간은 역사성을 띤다. 인간은 공간을 생산하고, 생산된 공간은 스스로 자신을 조금씩 재생산한다. 드디어 공간이 호흡을 시작하고 피가 돌면서 생기(生氣)가 생기고 자기조절을 하는 것이다. 인간을 보살펴주기도 하고 구속하기도 하고 인도하기도 하다가 결국 인간과 하나가 된다. 수많은 우여곡절을 거쳐 기적적으로 생명력을 취득한 것이다.

공간에 가하는 인간의 가장 어리석은 짓은 생명력을 얻어 인간의 삶과 하나가 되어있는 공간을 마구 재단하는 짓이다. 뼈를 비틀고 살점을 뚝뚝 잘라내고 핏줄을 졸라매고 덕지덕지 뭔가를 처발라 놓고서는 공간을 창조했다고 한다. 이것은 창조가 아니라 만행이다. 이 어이없음을 어찌 표현해야 할 것인가? 이 죄스러움을 어찌 용서받을 것인가? 재단당한 공간이 다시 생명력을 얻기까지는 얼마의 시간 동안 무슨 일들이 어우러져야 할 것인가? 공간에 조금이라도 생명력을 더할 수 있는 방법은 공간을 전공하는 사람들이 항상 고민해야 할 주제다.

토론에 행해지는 만행

아주 배움이 적은 사람은 들을 수밖에 없고, 아주 배움이 많은 사람은 들으려 한다. 문제는 적당히 배운 사람이다. 토론을 하다보면 제일로 황당한 경우가 단 한마디로 상대방의 의견을 무시해버리거나 정리하려고 시도하는 사람을 볼 때이다. 이 만행을 아무 일도 아닌 듯 해내는 주제 파악 못하는 사람들이 주변에 의외로 많다. 적당히 배운 어중간함에서 발현한 무모한 자신감에 치가 떨린다. 이런 사람이 사용하는 권위는 웃기게도 직위, 돈, 학벌, 나이, 목소리의 크기, 뻔뻔함, 지기 싫음 등 전혀 바람직한 권위와 동떨어진 것들이다. 우리 사회가 토론이 없고 그저 자기 주장하기에 바쁜 사람들로 붐비는 이유다.

그날 도시설계통섭론 시간에도 그런 인간이 있었다. 나는 그 인간을 통해 삶의 지혜는 가방끈의 길이와 반드시 같은 방향으로 나아가지 않는다는 것을 다시 한 번 확인할 수 있었다.[20] 적당히 알 바에는 차라리 모르는 게 나을 수도 있지만, 적당히 아는 단계를 거치지 않고서는 제대로 알 수 있는 단계에 갈 수 없으니 이것이 문제다.

---

[20] 배움은 비교적 적지만 지혜에 있어서는 우리보다 나은 분들을 주변에서 쉽게 찾을 수 있다. 그런 분들을 뵐 때마다 공부를 하셨다면 얼마나 좋았을까 하는 안타까운 생각이 들곤 한다. 이런 분들이 그 인간 대신 배우셨어야 하는 것인데…….

레 알(Les Halles) :
'우리'는 더 이상 '여기'에 없을 것이다

삶의 공간으로서의 레 알을 만나보고자 한다. 인생사 대부분의 경우가 그렇지만 공간도 만들기는 어렵지만 파괴하기는 쉽다. 인생사 대부분의 경우가 그렇지만 후회해보았자 아무 소용없다. 공간은 없어진 뒤이다. 레 알의 사례를 통해 공간이 어떻게 형성되고 어떻게 파괴되는지를 알아보고 우리가 나아갈 길을 모색해보고자 한다.

프랑스 파리의 레 알 지역이 어떻게 변해왔는지를 살펴보는 시간을 갖고자 한다. 가끔 눈을 밖으로 돌리면 우리의 모습이 또렷해질 때가 있다. 레 알의 아픈 역사는 우리의 도시계획이 나아 가야할 길을 보여준다. 우선 현재의 레 알 지역에 대한 설명을 읽어보자.

포럼 데 알(Forum des halles)

프랑스 파리의 중앙인 파리 1번구(1st arrondissement of Paris)에 있는 광장이자 대형 쇼핑센터이다. 1971년 헐리기 전까지 이곳을 중심으로 열렸던 옛 파리 중앙 시장 '레 알'(Les Halles)의 이름을 딴 것이다. 오늘날 이곳에는 유리와 강철로 외관을 처리한 현대적인 쇼핑 건축물들이 들어서 있다.

옛 시장터에 새롭게 지어진 쇼핑센터는 파리 주변 경관과의 조화를 위하여 지상 1층에 지하 4층으로 지어졌다. 지하를 파내려간 굴 형태로 지어져 있으나 우산 모양의 투명한 지상 돌출부를 통하여 자연 채광이 들어오게 했으며 자연 통풍에도 신경을 썼다. 지하 공간을 잘 활용한 이러한 재개발 건축은 프랑스뿐 아니라 다른 많은 나라들에게 있어 미래지향적인 좋은 도시건축 선례로 평가받고 있다.

쇼핑센터 지상은 공원으로 분수대, 조각상, 모자이크 등으로 장식되어 있다. 파리의 가장 큰 종합 쇼핑몰로 수백 개의 상점과 체육시설, 병원, 영화관, 공연장이 들어서 있으며 밀랍박물관도 자리하고 있다. 뿐만 아니라 주변 지하철 역 및 교외 고속 철도와도 바로 연결되어 있다. 〈네이버 지식백과〉

위의 자료에 따르면 레 알 지역은 모범적이고 바람직한 방향으로 재개발된 것으로 읽힌다. 과연 그럴까? 그 화려한 모습 뒤에 감춰지거나 잊혀진 것은 없을까? 아래에서 이를 추적해보고자 한다.[21]

---

[21]   POST-INDUSTRIAL CITIES-POLITICS AND PLANNING IN NEW YORK, PARIS, AND LONDON(후기 산업사회의 도시들-뉴욕, 파리, 그리고 런던의 정치와 계획, H.V Savitch)의 글을 참조했다.

레 알의 역사

레 알 지역은 복잡하고 고통스러운 역사를 지니고 있다. 12세기 이 지역은 전(前) 산업사회 파리의 시장이었고, 점점 파리 전역의 교역 중심지(trading center)로 자리 잡았다. 시골 이주자들이 시장 주변의 주택들을 점유하기 시작하면서 비좁고 번잡해졌다. 19세기 행상인, 노동자, 방랑자로 바글바글해졌고 이것은 반란의 불씨가 되었다. 1834년 반란은 대량학살과 파괴를 가져왔으며 게릴라 전 수행이 힘들도록 일부 거리는 확장되었고 시장도 변화를 경험해야 했다. 파리가 성장함에 따라 역시 레 알도 성장하여 지역 생산물의 실질적인 집산지(emporium)가 되었고 밤 문화(night life)도 성행하여 파리의 배(the belly of Paris)로 불렸다.

파리의 다른 지역과 달리 레 알은 대부분 밤 문화, 노동자 그리고 방문객들에 의해 생기발랄했다. 상업적 삶은 저녁 8시에 시작하여 다음 날까지 활기가 넘쳤다. 카페, 레스토랑 그리고 밤새 영업하는 작은 식당이 유동인구(transient population)에게 서비스를 제공했다. 창녀들은 다양한 고객에 부응하기 위해 거리에 줄지어 서 있었다. 다음 날 정오쯤 움직임들은 서서히 멈추어 갔다. 상인들은 물건을 거둬들이고 좌판을 접었다. 청소부들이 쓰레기를 줍기 위해 왔고 인도는 호스로 씻었다. 건물과 작은 식당들은 조용해졌다.

레 알에도 주거지역이 있었다. 1950년대와 60년대에 주민은 약 21,000명 정도였다. 경제적 삶이 독특했듯이 사회적 구성도 특이했다. 거주민들은 전문직 종사자, 노동자, 학생, 지식인, 과부, 자녀가 있는 가정, 경제의 가장자리에 살고 있는 노인, 파리 사람들의 모험을 추구하는 외국인 등 파

늦은 불혹의 다릿돌

리 사회의 거대한 혼합물이었다.

5층에서 6층 정도 되는 좁은 돌 건물이 거리를 따라 들어서 있었다. 1층은 조그마한 상점, 카페 또는 작업장이 차지하고, 2층은 전문 사무실 또는 다른 용도의 사무실로 임대되었다. 터덜터덜 감긴 계단을 올라갈수록 사회 계급은 변화되었다. 임대료를 지불할 수 있는 사람들은 3층이나 4층의 아파트에 거주함으로써 강제운동으로부터 자신들을 구할 수 있었다. 가난한 사람들은 가장 높은 층에 살았다. 이러한 차이점에도 불구하고 모든 사람들은 거리에서, 카페에서, 건물 계단에서 섞였고 만났다. 계급은 묶였고 사회적 간극은 빽빽이 찬 주택 환경과 자발적 협력의 필요에 의해 녹아내렸다.[22]

이것은 계급, 나이, 출신 등을 초월해서 어울려 산다는 것이 가능할 수 있음을 보여주는 것이다. 사실 이 책을 다른 나라의 이야기로 무덤덤하게 읽어가던 나는, 집과 고을을 전공으로 하는 나로 변해 눈이 번쩍 뜨였다. 나는 이 문장에서 희망을 보았다.

이 꿈같은 일이 가능하단 말인가?

과거 파리에서 가능했다면 현재 우리나라에서 못할 것이 뭐란 말인가?

하지만 1959년 드골 정부는 레 알이 생활조건 기준의 미달, 폐결핵의

22 　 원문을 옮기면 다음과 같다.
　　Despite the differences, every one mixed and met on the street, in the cafés, or on the building stairways. Class ties and social distance dissolved in the midst of jammed housing conditions and a spontaneous need for cooperation.

높은 발생률 등 더럽고, 붐비고, 비위생적이라는 이유로 오래된 시장 대부분을 파리 외곽으로 이전하는 계획을 수립한다. 1966년 세느 지방관(the Prefect of the Seine)이 87 acres(34.8 hectares)를 부수고, 19,000명을 이주시키는 등 레 알의 모든 지역을 다시 만드는 급진적 계획안을 파리시에 제안하여 의회의 승인(90명 중 87명 찬성, 드골주의자가 다수 점유)을 받았지만, 계획은 여전히 의도에 불과하여 지역에 어떤 건물도 들어설 수 있었다.

이에 대해 지역을 구하기 위한 학생, 거주민, 지식인 등이 참여하는 다양한 시민들의 움직임이 있었다. 레 알의 시민연합은 CIAH(Comité d'Initiative pour l'Aménagement des Halles) 아래 재구성되었으나 업무가 비판, 반대, 저항에서 다가오는 지역의 변화를 준비하는 것으로 변해갔다. 그들은 자신도 모르는 사이에 레 알의 사망에 참여한 꼴이 된 것이다.

1969년의 새로운 계획은 양적 완화, 그러나 질적 강화의 형태로 확정된다. CIAH의 지지(credit)를 받기 위해 재개발 지역을 반 이상 축소(87→40 acres)하였지만 레 알의 급진적 수술 방식은 완화되지 않았다. 주택은 새로운 소유자와 임차인을 위해 파괴되고 재건축되었으며, 핵심부는 잘려지고 나머지는 청소되고 외장은 개조되고 땅의 대부분은 평평해지고 커다란 굴을 파고 쇼핑을 위한 지하시설을 포함한 광장을 구성하고 광장 지하로에는 지하철을 연결했다. 트럭 상점은 더 이상 존재하지 않고 많은 건물들과 거리들 역시 파괴되었다.

특히 1971년 8월에 일어난 6개의 건물(Pavilion)의 파괴는 대부분의 파리 사람들이 휴가를 가는 기간에 이루어졌다. 실질적으로 붕괴될 때까지 많은 거주자들은 레 알이 사라진다는 것을 믿지 않았다고 한다. 많은 수의 주민들이 정부에 의해 계획된 급진적 행동을 잘 모르고(ill-informed) 있었으며 1,400가구 이상이 재산권을 빼앗겼다는 점을 고려하면 침묵(quiescence)은 충격적이다.[23]

개발 전 레 알의 모습

개발 전의 레 알의 모습을 알아보기 위해 당시 레알 지역에서 살았던 사람들의 이야기 속으로 들어가 보자.

'나는 서로 이야기하기 위해서 거리에 멈춰선 사람들의 수에 놀랐다. 심지어 전 가족이 거리에서 무언가를 논의하고 있었다. 이것은 단지 이웃 간의 또는 자그마한 대화가 아니었고 기분 좋은 유머와 실로 자유로움 속에서의 참으로 솔직한 토론이었다. 사람들은 지역의 친구나 누군가를 부르는 것을 거의 주저하지 않았다. 이것은 다른 지역에서는 행해지지 않는 것이었다. 레 알에서 우리들은 다른 사람의 기분을 상하게 하지 않으면서 어떤 것도 실제적으로 말할 수 있다. 이것이 지역의 분위기이다. 우리는 시장에서 어떤 새로운 위기에 관해서 고객들에게 이야기할 수 있다. 우리는 건물에서 서로 야유를 퍼붓는다. 이것은 **전염**되었고 모든 사람들은 동일한 솔직한 방식으로 자신들을 표현했다.'

23　이 책에서 프랑스의 도시개발 양식을 레 알의 예를 통해 공공의 우산 아래에서 다양한 공공과 민간 조직을 통합하는 공사합동기업(mixed corporation)이라는 조합주의 기재로 설명하고 있다.

다른 거주자는 레 알의 분위기와 삶의 양식을 작은 마을의 관점에서 다음과 같이 묘사했다.

'익숙함은 친숙감을 낳는다. 이웃 간 정의(情誼)에서 주된 요소 중 하나는 여기에 오래 거주한 사람들이다. 여기 사람들은 항상 함께 살아가는 작은 마을 같다. 이 것이 레 알의 실제 모습이다. 우리는 이것을 단지 인식하지 못하지만 우리는 항상 그것을 보고 있다.'

현재의 포럼 데 알과 과거의 레 알과 어느 것이 더 마음에 와 닿는가?

사람마다 다르리라. 포럼 데 알은 만들어진 것이고 레 알은 만들어져 온 것이다. 포럼 데 알은 만들어 짐에 수년이 걸렸지만 레 알은 수백 년에 걸쳐 만들어졌다. 어디에 더 가보고 싶은가? 포럼 데 알인가, 아니면 레 알인가. 그런데 레 알은 가고 싶어도 갈 수가 없다. 더 이상 존재하지 않는다.

우리에게 무엇을 말하고 있는가?

레 알의 사례를 보면서 우리에게 이런 사례가 없다고 생각하는 분들은 없으리라 본다. 오히려 너무 많았고 현재 진행형이다. 레 알과 같은 공동체 적 분위기가 형성되기 위해서는 수많은 요소들이 장구한 세월 속에서 부 딪혀 분해와 융합을 반복해야 한다. 이러한 과정은 무생물에서 생물로의 진화 과정과 유사할 것이다. 무턱대고 기다린다고 레 알과 같은 공간이 생 성되는 것이 아니다. 그 방법을 알아내는 것. 공간을 연구하는 사람에게 가장 시급한 과제 중 하나다.

섣부른 재개발은 '그 가능성'을 한 순간에 재로 만들어 버린다. **'우리'**는 만족하며 살고 있는데 낯선 **'그들'**이 재개발해야 한다고 들이닥친다. 그들은 자주 공(公)과 사(私)가 맞장구를 치며 달려드는데 공이 먼저 하자고 하는 것인지 사가 먼저 하자고 하는 것인지 애매한 상황이 많다. 그들은 우리는 우리만 생각하므로 그들이 더 큰 우리의 입장에서 재개발해야 한다고 주장한다. 우리 중에 그들에게 한둘씩 포섭되기 시작하면 우리는 도미노처럼 무너지고 만다. 결국 오순도순 나름 재미나게 살고 있는데 개발세력이 들어와 공동체를 파괴하고 무너뜨린다. 그리고 **장소성**을 지운다.

그렇다면 누군가 내게 물을 것이다. 좁은 골목에 주차장도 없는 공간을 재개발하면 집값도 상승하고 살기 좋은 동네가 되는데 왜 안 하려 하냐고. 그 물음에 대해 나는 다시 묻겠다. 과연 그런 이유로 삶의 공간을 갈아엎어 버리고서 만들어 낸 닭장 같은 아파트가 우리의 행복을 보장해줄 것인가? 도대체 개발로 이득을 본 자들은 누구인가? 도대체 개발에 만족하고 있는 자들은 누구인가?

이것을 알고자 하는 사람은 반드시 보이는 것만 보아서는 안 된다. **보이지 않는 것**을 볼 줄 알아야 한다. 레 알의 길거리에서 허심탄회하게 대화하고 계급, 나이, 출신의 차이에도 불구하고 친구처럼 지낼 수 있었던 가치는 도대체 얼마의 가격으로 계산할 수 있겠는가.

구체적 대안을 묻는다면 최소한 대안이 나올 때까지 기다리는 것이 대안이라고 말하고 싶다. 대안 수립의 주체는 보이는 것만 볼 줄 아는 돈독

오른 충혈된 눈을 가진 거친 소수가 아니라 보이지 않는 것을 볼 줄 아는 마음이 가난한 철학적 눈을 가진 부드러운 다수가 되어야 한다. 도시계획에서 정부가 손 놓고 있으라는 것은 아니다. 부드러운 다수가 보이지 않는 가치를 반영하여 자신들이 살아갈 공간을 꾸밀 수 있는 여건을 마련해주는 것이 정부의 역할이다. 도시의 주인은 사람도, 자동차도 아니다. 도시의 주인은 바로 도시 자신이다. 레 알의 사례는 이것을 제대로 보여주고 있다.

오호 통재라!

레 알이 다시 생명력을 갖기 위해서는 얼마의 세월이 필요할 것인가! 또한 그것이 무작정 기다리기만 하면 이루어지는 일이겠는가!

'우리'는 더 이상 '여기'에 없을 것이다

파리의 중심은 아름다울 것이다. 화려함에 있어 왕이 될 것이다. 그러나 우리는 여기에 없을 것이다. 상업시설들은 널찍해질 것이고 합리적일 것이다. 주차장은 거대할 것이다. 그러나 우리는 더 이상 여기에 없을 것이다. 거리는 널찍해질 것이고 통행로는 많아질 것이다. 그러나 우리는 더 이상 여기에 없을 것이다. 오직 부자들이 여기에 있을 것이다. 그들은 우리 지역에 사는 것을 선택할 것이다. 그들의 바람에 반응하는 선출된 공직자들은 우리를 염두에 두지 않은 재개발을 결정해왔다.

위의 글은 누군가 낙서로 휘갈겨 쓴 것이다. 과연 개발 전의 레 알과 개발 후의 레 알. 과연 누가 더 바람직한 모습일까? 도시계획의 문제는 우리와 그들이 다를 때 일어난다. 우리의 범위를 우리 스스로 넓히는 것, 도시계획의 본질적 고민 중 하나여야 한다. 참고로 레 알 개발을 주도한 전 지방관의 약 올리는 말은 너무 얄밉다.

"그렇죠." 그가 말했다. "그들(CIAH)은 핵심 지역의 규모를 줄이는 데 성공했지요. 우린 그들이 그것을 필요로 한다는 것을 잘 알고 있었죠. 그래서 우린 핵심 지역을 실제로 의도한 것보다 2배로 만들어 놓았던 겁니다."

선보 생각 2

보이는 것과 보이지 않는 것

보이는 것과 보이지 않는 것의 의미를 《어린왕자》에서 만나보자.

"별들은 아름다워, 보이지 않는 한 송이 꽃 때문에……."
"사막이 아름다운 것은 그곳 어딘가에 샘을 감추고 있기 때문이야……."

나는 사막의 아름다움이 무엇인지 깨닫고 흠칫 놀랐다. 어린 시절 나는 아주 낡고 오래된 집에서 살았다.
예전부터 전해져 오는 얘기로는 그 집 어딘가에 보물이 감추어져 있다고 했다.

물론 그것을 발견한 사람은 아무도 없었고, 그것을 찾으려는 사람도 없었다. 그런데도 그 집은 그 보물로 인해 마치 마법에 걸린 것처럼 환하게 빛났다.

우리 집은 보이지 않는 깊숙한 곳에 비밀을 간직하고 있었으니까……

"그래 집이든 별이든 사막이든 그들을 아름답게 하는 건 눈에 보이지 않는 것들이지."

'여기 보이는 건 껍데기에 지나지 않아. 가장 중요한 것은 눈에 보이지 않아……'

가장 소중한 것, 가장 아름답게 하는 것을 파괴하는 행위는 그 어떤 이유도 변명 그 이상이 아니다. 그것은 명확한 범죄다. 시간에 대한 범죄, 공간에 대한 범죄, 인류에 대한 범죄다. 보이지 않음이 곧 존재하지 않음을 의미하는 것이 아니라는 것을 분명히 인식해야 한다. 예를 들어 좁은 골목길에 다닥다닥 붙은 집들을 부수고 주민들을 아파트에 집어넣으면 어찌된 일인지 이웃사촌 간이 남남이 되어 버린다. 분명히 존재했던 보이지 않는 무엇인가를 끊어 버려 정말 존재치 않게 해버린 것이다. 보이지 않는 것을 볼 수 있는 눈을 가질 수 있는 방법은 무엇일까?

선보 생각 3

조선 왕릉과 개발 압력

조선 왕릉을 유네스코 세계유산으로 등재하기 위한 과정의 하나로 국제기구에서 조사관들이 방문할 예정이었다. 어떻게 설명할 것인가에 대해 우리 측에서 고민이 많았다고 한다. 왕릉이 한곳에 모여 있는 것도 아니요, 거대한 봉분도 아니다. 그래서 생각해낸 아이디어가 하늘에서 보여주는 것이었다. 헬기를 타고 둘러보면서 전체를 조망하는 방식을 선택한 것이다.

조사관들은 헬기 안에서 바로 조선 왕릉이 세계유산의 충분한 가치 있다고 판단했다고 한다. 이유인즉, 서울이라는 거대 도시의 개발유혹을, 개발압력을 이렇게 당당히 이겨왔다는 것만으로도 충분하다는 것이었다.

이 몹쓸 놈은 처음에는 살살 유혹하다가 잘 걸려들지 않으면 나중에는 힘으로 조여들어 온다. 개발 압력은 도시가 힘이 다 빠질 때까지 계속된다. 도시에서 뭔가 빼 먹을 게 없어질 때까지, 도시라는 공간이 녹초가 되어 푹 주저앉을 때까지 계속된다. 그리고는 단 맛 다본 이놈은 다른 만만한 상대를 찾아 떠난다. 조선 왕릉의 가치는 서울에 상존하고 있는 개발 압력으로부터 살아남아 있다는 그 자체인 것이다.

빗살무늬토기 :
빗살에 담긴 비밀은?

빗살무늬토기의 비밀 퍼즐을 맞혀보면서 우리는 개발 전 례 알이 어떻게 가능했는지에 대한 의문을 풀어낼 열쇠를 얻을 수 있을 것이다. 엄청난 능력을 가진 우두머리가 없어도 평범한 수많은 사람들이 자연스레 스쳐지나가 듯 접촉하면서 우리도 모르는 사이에 기막힌 무언가를 이루어 내는 그 은밀한 비밀의 문으로 들어가 보고자 한다.

국립경주박물관 고고관의 선사원삼국실에 들어가자마자 왼편에 자리 잡은 토기. 김천 송죽리에서 출토되어 깨어진 파편들을 다시 붙여서 만든 어수룩하고 엉성한 고깔 모양의 **빗살무늬토기**. 하지만 이 소박한 토기가 내 마음을 사로잡고 나의 발걸음을 멈추게 했다.

우선 신석기 시대의 토기이니 약 1만 년 전 이 땅에 사셨던 조상들이 투박한 손으로 직접 빚어 만든 것이니 세월의 무게감을 쉬이 벗어날 수 없었다. 하지만 세월을 뛰어넘어 나의 마음을 사로잡고 발길을 잡아 꼼작 못하도록 한 것은 토기 전반에 흐르는 신비한 느낌이었다. 선의 수, 선의 방향, 선의 굵기 등이 제멋대로이면서도 어쩌면 그렇게 조화로울 수 있을까. 가까이 다가가 각각을 놓고 보면 제각각이지만 조금 떨어져 전체를 보면 조화롭고 그 무슨 규칙이 숨어있어 보이니 참으로 신기한 일이 아닐 수 없었다. 가만히 그리고 자세히 살펴보았으나 나의 능력으로는 아무리 찾으려 해도 그 규칙을 알아낼 수가 없었다.

규칙을 찾아내려는 욕심을 버리고 포기하는 심정으로 마냥 멍하니 계속 쳐다보니 이제 이 못생긴 토기가 너무나 아름답게 가슴에 와 닿았다. 진정한 아름다움은 바로 이런 것이구나 하는 감탄을 자아내게 한 토기. 그래서 다른 멋지고 화려한 전시물을 보다가 아무래도 아쉬워서 다시 한 번 그 토기를 만나러 가야 했다.

국립경주박물관에서의 빗살무늬토기와의 조우 이후 나는 우리 민족 역사의 최대 미스터리 중 하나가 바로 빗살무늬토기라고 생각하게 되었다. 만주와 한반도에 걸쳐 출토되는 빗살무늬토기. **고인돌**과 더불어 선사시대 우리 민족의 영역을 보여주는 결정적인 유물 중 하나. 이 정도가 빗살무늬

다릿돌 27 / 빗살무늬토기 : 빗살에 담긴 비밀은?

토기에 대한 사전지식이었고 한국사 시험을 보는 데 큰 무리가 없었다.

하지만 빗살무늬토기의 실물을 통해 그 오묘한 기운을 느끼고 난 후에 두 가지 정도의 의문이 계속 내 뇌리를 맴돌았다. 하나는 **빗살의 의미**이다. 이들은 분명 토기에 빗살이 없다는 것은 토기로서 성립할 수 없는 일이라고 여겼을 것이다. 빗살은 단순한 장식이 아니다. 특별한 의미가 있는 것이 분명하다. 과연 그것이 무엇이었을까? 빗살무늬토기를 제작한 사람들이 공유하고 있었던 빗살이 나타내고자 한 것은 무엇인가?[24]

또 다른 하나는 **누구에 의해 어떻게** 빗살이 들어간 토기가 만주와 한반도를 아우르는 광활한 지역에서 사용되었느냐는 것이다. 빗살무늬토기를 제작한 사람들은 과연 우리는 토기에 반드시 빗살무늬를 넣어야 한다는 우두머리의 지시를 받은 후 토기를 제작했을까? 이 무시무시한 우두머리에 의해서 수고스럽게도 빗살을 토기에 그어 넣었어야 했을까?

이에 대한 답을 박물관에서 빗살무늬토기를 볼 때마다 고민해보았다. 경주에서의 실패 이후에도 간혹 빗살의 의미를 찾기 위해 빗살의 간격과 수를 재고 세어 본 적도 있다. 그때마다 나의 단절적 관심과 간헐적 투자로 쉽게 풀릴 일이 아니라고 생각하고 일단 물러섰다. 하지만 이 문제의 답은 의외의 곳에서 유추할 수 있었다. 스티븐 존슨의 《이머전스(emergence): 미래와 진화의 열쇠》라는 책을 통해서이다.

---

[24] 청동기시대의 도래와 함께 빗살무늬토기는 사라진다. 민무늬토기(무늬 없는 토기) 시대가 열린 것이다. 이것은 단순히 토기의 변화를 의미하는 것을 넘어 민족의 변화가 있었음을 암시한다.

이머전스에 대한 이해를 돕기 위해 이 책에서 이인식 과학문화연구소장이 해설로 쓴 부분 중 일부를 옮겨 본다.

흰개미는 역할에 따라 제각기 여왕개미, 수개미, 병정개미, 일개미로 발육하여 수만 마리씩 큰 집단을 이루고 살면서 질서 있는 사회를 형성한다. 특히 아프리카의 초원에 사는 버섯흰개미들은 높이가 4m나 되는 탑 모양의 둥지를 만들 정도이다.

1928년 저명한 곤충학자인 윌리엄 휠러는 이러한 흰개미 집단을 지칭하기 위해 **초유기체superorganism**라는 용어를 만들었다. 개개의 흰개미가 가진 것의 총화를 훨씬 뛰어넘는 지능과 적응능력을 보여준 흰개미의 집합체를 하나의 거대한 유기체와 대등하다고 생각했기 때문이다.

초유기체의 개념은 1960년대에 분자생물학의 전성시대가 열리면서 무용지물이 된다. 분자생물학의 **환원주의reductionism**와 초유기체 개념의 **전일주의holism**는 결코 양립할 수 없었기 때문이다. 분자생물학은 생명을 개체, 기관, 세포, 분자의 순서로 내려가는 방법으로 물질을 분석하여 생명을 연구한다. 이와 같이 사물을 간단한 구성 요소로 나누어 이해하면, 그것들을 종합하여 전체를 파악할 수 있다고 보는 접근 방법이 환원주의이다. 환원주의는 지난 3세기 동안 서양 과학의 사고를 지배하였다. 그러나 흰개미 집단처럼 개개의 개미는 집을 지을 만한 지능이 없지만 개미 집합체는 집을 짓고 사는 경우에는 환원주의로 접근할 수 없다. 다시 말해 전체가 그 부분들을 합쳐 놓은 것보다 항상 크기 때문에 분석적 방법으로는 이해가 불가능한 것이다. 사실상 대부분의 자연 및 사회현상은 종합적이고 전일적이다. 따라서 사물을 구성 요소의 합계가 아니라 하나의 통합된 전체로 이해해야 한다는 전일주의가 환원주의의 대안으로 등장하게 되었다. (중략) 복잡계는 단순한 구성 요소가 상호 간의 끊임없는 적응과 경쟁을 통해 질서와 혼돈이 균형을 이루는 경계면에서, 완전히 고정된 상태나 완전히 무질서한 상태에 빠지지 않고 항상 보다 높은 수준의 새로운 질서를 형성해낸다. 이를테면 단백질 분자는 생명체를 형성해낸다. 단백질 분자는 살아있지 않지만 그들의 집합체인 생물은 살아있다. 생명처럼 구성 요소(단백질)가 개별적으로 갖지 못한 특성이나 행동이 구성 요소를 함께 모아놓은 전체구조(유기체)에서 자발적으로 돌연히 출현하는 현상을 **창발**emergence이라 한다.

창발성에 대한 이해의 폭을 넓히기 위해 저자(스티브 존슨)의 설명을 만나보자.

이 모든 체계의 공통적인 특징은 무엇인가? 간단히 말해 체계들은 똑똑한 수뇌부가 아니라 비교적 우둔한 대중의 힘으로 문제를 해결한다. 하향식이 아니라 상향식 조직이다. 그들은 밑으로부터 여론을 모은다. 전문 용어로 말하면 그들은 창발적 행동을 보이는 복잡적응계이다. 이들 체계 안에서는 작은 규모로 존재하는 행위자들이 한 단계 높은 행동을 창조하는 일이 발생한다. 개미가 개미 집단을 창조하고, 도시 거주자가 거주 구역을 창조하고, 간단한 패턴 인식 소프트웨어가 신간 서적 추천 방법을 창조한다. 저차원의 법칙에서 고차원의 복잡계로 발전하는 것을 우리는 **'창발성**emergence'이라 부른다.

사람들은 개미들이 도저히 믿을 수 없는 건축물을 짓는 것을 보고 분명 탁월한 대장, 우두머리 또는 속도 조정자pacemaker가 있을 것으로 믿고 이런 역할을 하는 개미를 찾으려 했다. 하지만 도저히 찾아낼 수가 없었다. 실험이 허술했기 때문이 아니라 존재하지 않았기 때문이었다. 그렇다면 어떻게 개미들이 믿을 수 없는 일들을 해낼 수 있단 말인가? 그 답이 바로 창발성emergence이다.

이제 도시의 창발성에 관한 제인 제이콥스의 이야기를 들어보자.

아무리 무질서해 보이는 낡은 도시라도 자신의 기능을 원활히 수행하고 있다면 그 무질서 밑에는 거리의 안전과 도시의 자유를 유지하는 데 필요한 놀라운 질서가 숨겨져 있다. 그것은 일종의 복잡한 질서이다. 질서의 핵심은 **'보도sidewalk' 이용의 친밀성과 그로 인한 시선의 지속성**이다. 질서에는 움직임과 변화가 가득하다. 비록 그것은 예술이 아닌 삶 그 자체이지만 우리는 그것을 도시의 예술적 형식으로 보고 춤으로 표현해낸다. 그러나 모든 사람이 동시에 뛰어오르고 구부리고 도는 단순하고 정확한 춤이 아니라 무용수 각자의 독특한 동작이 서로 어울려 조화로운 전체를 창조하는 복잡한 발레이다.

도시도 분명 보이지 않는 힘에 의해 형성되고 변형되고 있을 것이다. 하지만 우리는 보이는 힘에 의해 도시를 새롭게 만들어 내려 한다. 이 작위적 힘(이것을 창발성에 대비해서 **타발성**이라고 하면 어떨까)이 도시의 생명력에 치명타를 가한다. 야생의 동물이 인간의 손에 길들여지면 그 야생성을 잃고 그저 주는 밥이나 먹을 줄 아는 애완동물이 되듯이 말이다. 되도록 이면 도시에 손을 대지 않는 것이 좋고 어쩔 수 없이 손을 대야 한다면 창발성이 끊어지지 않고 발현될 수 있도록 주의해야 한다. 도시의 생명력은 도시 계획가들의 머릿속에서 나오는 것이 아니라 거리를 서로 스치며 지나다니는 사람들의 시선과 발걸음에서 나올 수 있는 것이다.

아담 스미스와 제자들의 대화를 창발성의 시각에서 상상해본다.

"제자들아, 개인들이 자신들의 이익만 추구해도 **'보이지 않는 손'**이 자원을 최적으로 배분해준단다."

"개인이 자기 이익만 추구하면 사회가 혼란에 빠지는 것 아닌가요?

"아니다. 오히려 효율적인 사회가 된다."

"그런데 스승님은 보이지 않는 것을 어떻게 아세요."

"네놈 눈에는 보이지 않느냐?"

"스승님이 보이지 않는다고 하지 않으셨어요."

"어구 이놈아, 그냥 외워라."

아담 스미스는 개인의 사익추구가 사회의 공익으로 전환될 수 있음을 보여주었다. 창발성에 입각한 접근으로 볼 수 있다. 개인들의 각각의 행동은 바람직하다고 할 수 없지만 이 바람직하지 않은 행동들이 모이면 바람직한 상태가 된다는 것. 이것은 결국 이기심이 모이면 공익이 된다는 것인데, 아담 스미스는 창발성에 입각한 접근을 통해 인간이 가지고 있던 사익추구의 불편함을 한 방에 날려 준 것이다.

이제 빗살무늬토기로 돌아가 보자.

우두머리가 반드시 존재하여야 문명이 발생하는 것은 아니다. 느슨함에 깃든 동족 및 동료의식, 보일 듯 말 듯 이어지는 의사소통과 접촉을 바탕으로 자신의 본능에 충실한 행위들이 모여서 문명권이 만들어질 수도 있다. 누구도 지시하지 않았고 어떤 규제도 없었다. 그서 만들고 싶은 대로 만들었다. 그런데 만들어놓고 보니 다들 같은 것이었다. 그러기에 빗살무늬토기의 존재는 우리 민족의 태초의 영역을 보여주는 결정적 증거가 될 수 있는 것이다. 이것은 쌈 좋아하는 우두머리가 칼과 창으로 타 민족을 정벌하여 영토를 확장하여 형성된 힘에 의해 그어진 억지 경계가 아니다. 이것은 빗살이라는 무늬가 가진 오묘한 의미를 본능적으로 끈끈하게 공유하고 있던 사람들의 영역이었다는 점에서 우리에겐 더욱 신묘한 것이다.

무위(無爲)의 관념

도올 김용옥의 《논어한글역주》에는 무위의 개념에 대한 다양한 견해가 나온다.

도가(道家)의 무위는 사소한 덕목에 얽매이지 않는 큰 행위를 말한다. 지도자가 될수록 작은 일을 사사건건 참견하면 그 체제는 번문욕례만 늘어나는 불편한 조직이 되어버리고 만다. 지도자는 사소한 덕목에 얽매이지 않기 때문에 함이 없는 것처럼 보인다.

법가(法家)의 무위는 지도자가 법의 권세만 지니고 법에 따라 집행할 뿐, 자신이 직접 어떤 감정이 얽힌 행위를 하지 않는다는 의미에서의 함이 없음이다.

병가(兵家)의 무위는 함이 없어 보이게 함으로써 남을 함정에 빠지게 만드는 어떤 계략이다.

유가(儒家)의 무위는 인의 덕성에 의하여 자신이 직접 개입을 하지 않아도 자기 이외의 모든 사람들이 마음속으로부터 심복하게 만드는 어떤 힘이다.

도올은 이런 무위 관념의 학파별 다양성에 대해 이렇게 말한다.

'이 모든 것이 조금씩 뉘앙스는 달라도 결국 같은 인간의 사유체계에 근원하고 있는 것이며, 이것은 불가(佛家)의 무(無)의 사상까지를 포괄하는 어떤 동양인의 지혜의 원형을 설파하고 있는 것이다. 이를 학파적으로 분별지어, 대립적으로 해석할 하등의 이유가 없다.'

동양 철학의 시각에서 보면 무위의 힘에서 빗살무늬토기가 태어났다고 말할 수 있을 것이다. 나는 무위의 힘이 유위(有爲)의 힘보다 필요할 수 있고, 강할 수 있고, 바람직할 수 있다고 생각한다. 아무 것도 안 해야 한다(do-nothing)고 믿고 지켜보는 것이 모든 것을 다 할 수 있다(do-anything)고 믿고 밀어붙이는 경우보다 나은 경우가 많다. 무위의 참 멋을 안다는 것은 인생을 멋들어지게 살아 갈 수 있는 길을 하나 더 안다는 것과 같다.

빅 데이터

마윈은 대담하고 치열했다. 그는 "2030년 세계는 **시장경제**(market economy)
와 계획경제(planned economy)를 놓고 대논쟁을 다시 벌이게 될 것"이라며 "꼬
박 100년 전(1930년대)엔 미국이 주장한 시장경제가 이기고 러시아가 졌지만 이
젠 상황이 달라졌다"고 단언했다. 그는 "2030년엔 계획경제가 더 우월한 시스템
이 될 것"이라고 말했다.

그는 데이터, 즉 정보를 이유로 들었다. 마 회장은 "1930년대엔 사람들이 '보이
지 않는 손'이 시장에 있다고 믿었기 때문에, 그래서 시장경제가 이긴 것"이라며
"하지만 손에 데이터를 쥐고 있는 지금의 우리는 예전엔 보이지 않던 그 손을 볼
수 있게 됐다"고 말했다. 그는 실시간으로 생기는 엄청난 빅 데이터를 수집·분석
할 수 있는 **데이터기술**(DT·Data Technology)에 주목하며 새로운 개념의 계획
경제를 들고 나온 셈이다. 시장을 훤히 들여다볼 수 있어 자원을 계획적으로 생
산·분배할 수 있다는 것이다. 마 회장이 "정보기술(IT) 시대가 저물고 DT 시대가
올 것"이라고 주장하는 이유다. 그는 데이터 패권 시대를 내다보고 있었다.

〈[중앙일보] 마윈 "빅데이터 시대, 계획경제 우월해질 것"(2015. 09.21) 중에서〉

과거에는 엄두를 내지 못할 정도의 수많은 개별적 정보를 이제 우리는
수집한 후 해석하고 분석해서 인간사회를 바람직한 방향으로 이끌어 가려
고 시도하고 있다. 빅 데이터는 현재 다양한 분야에서 실질적으로 긍정적
인 영향을 미치고 있다.[25]

---

25   예를 들어, 범죄 발생 시간과 장소에 관한 빅 데이터를 분석한 결과 비오는 날 밤 10시에
서 11시 사이 A거리에서 범죄발생률이 높았다고 하자. 그 시간, 그 장소에 단순히 경찰차
만 세워 놓아도 범죄율을 확실히 낮출 수 있는 것이다.

빅 데이터와 창발성은 상충하는 것인가?

물론 빅 데이터가 반드시 창발성과 충돌되는 것은 아닐 것이다. 하지만 양자는 바라보는 방향이 동일하지 않은 것은 분명하다.[26] 앞으로 양자는 어떻게 진화될 것이며 어떤 영향을 주고받을까? 특히 오늘날의 다양한 인공적 창발성이 게임, 방송, 예술, 정치 등 일상생활의 여러 측면에 영향을 끼치면서 창발성이 세계를 이해하는 데 머무르지 않고 나아가 세계를 변화시키고자 하고 있다는 점은 빅 데이터와 관련하여 주목할 만하다.

---

[26] 이머전스는 놓아줄 테니 각자 스스로 알아서 하라고 하고, 빅 데이터는 모아서 알려줄 테니 잔말 말고 시키는 대로 하라고 한다.

고향 :

우리에게 고향은 어디에 어떤 모습으로 존재하는가?

이제 고향의 이야기를 해보자. 고향은 자신이 태어난 곳인가? 자신이 살았던 곳인가 또는 살고 있는 곳인가? 혹시 죽어서 돌아갈 곳인가? 우리 시대 고향의 의미를 다시 한 번 생각해본다.

누군가 당신에게 고향이 어디인지, 고향의 의미가 무엇인지 물어온다면 어떻게 답할 것인가? 답이 쉬운 사람도 있을 것이고 답이 의외로 어려운 사람도 있을 것이다. 나는 답하기 상당히 어려운 경우에 해당한다.

나는 1970년 7월 5일 대전 선화동에서 태어났다. 하지만 나의 호적에는 1970년 7월 17일 충남 청양 대치면 상갑리에서 태어난 것으로 되어있다. 그리고 대전에서 초등학교 1학년을 마치고 서울로 이사 와서 지금까지 쭉 살아왔다.

그래도 나는 다행스럽게도 고향을 느끼고 있고 느끼고자 한다. 우리 세대가 아마도 고향을 느낄 수 있는 마지막 세대가 되지 않을까 하는 걱정이 들기도 한다. 우리의 딸, 아들의 대부분은 고향을 묻는 질문에 그저 '서울이 고향이에요'라고 말하고 있다. 이때의 서울은 고향에 대한 관심 없음, 대수롭지 않음, 애틋하지 않음, 차별 없음, 별거 아님의 상징일 뿐이다. 고향이 실제로 부재하던, 의식상 부재하던 고향의 부재는 돌아갈 곳이 없음을 의미하고 삶에 정을 줄 곳이 없음을 의미한다. 누군가 고향을 물을 때 답할 수 있는 삶은 풍요로운 삶을 향유할 수 있는 중요한 요건이다.

아래의 글은 불혹 1년(2011년) 한가위를 맞이하여 청양 선산에 다녀오면서 스쳐지나가는 생각을 중심으로 정리한 글이다.

2011. 9. 4(일) 맑음

올해 한가위(9월 12일)는 다른 해보다 일찍 찾아왔다. 이런 경우에 음력과 양력의 차이를 새삼 깨닫게 된다. 매해 변동하는 음력의 역동성과 매해 불변하는 양력의 부동성은 계절의 오고감에 재미를 더해준다. 미국의 추수감사절처럼 11월 넷째 주 목요일로 고정시켜 놓았다면 얼마나 무덤덤하고 싱거우며 긴장감이 없을 것인가.

종친 어른께서 친지들의 성묘를 위해 버스를 준비했다며 아버지는 같이 가자고 제안하셨다. 나는 속으로 우리 가족들이 자동차를 타고 오붓하게 성묘를 다녀오기를 바랐다. 하지만 아버지께서 가느다란 목소리로 부탁 아닌 부탁을 하시는데 어찌 뜻을 어길 수 있으랴. 언제부터인가 아버지는 명령조에서 부탁조로 어조가 바뀌셨다. 자식이 거절하면 어쩌나 싶은 그런 어조가 된 것이다. 그만큼 세월이 많이 흘러간 것이리라.

오래간만에 친척분들을 뵈면 하루가 다르게 늙으신 분들이 많다. 세상에 세월 속에 더 젊어지는 사람은 없다. 젊은 사람이 늙어가는 것보다 어르신들이 더 늙어가는 것을 볼 때가 더욱 안쓰럽다. 특히 정정하셨는데 갑자기 거동이 불편하신 분들을 보면 마음이 불편해진다. 누구에게나 찾아오는 늙음과 병마의 고통. 어찌하면 좋은 것일까. 추하지 않은 수준에서 젊어지는 노력을 통해 노화의 진행을 최대한 억제하는 것이 비교적 최선에 가까운 지혜로운 방법일 것이다.

아내는 새벽 4시에 일어나 약간은 투덜거리면서도 며느리로서 최선을 다해 점심에 먹을 김밥을 준비했다. 첫째 아들 은서는 데리고 가는 것을 고려했으나 여러 가지 이유로 포기했다. 한 해 전만 해도 졸졸 따라다니던 녀석이 이제 서서히 나와 같이 다니려고 하지 않는다. 아버지는 늦으면 안 된다면서 6시 30분이 조금 넘어 서둘러 집으로 데리러 오셨다. 성묘 가는 것이 일상에서 벗어난 낯선 일이라서 그럴까. 나는 한참을 고생한 후에야 속을 비울 수 있었다. 가족끼리 자동차를 타고 성묘를 가지 않기에 속이 안 좋은 일이 벌어지면 난감하기 이를 데 없다. 당연히 속을 비우는 일은 시간이 지체되더라도 반드시 선행되어야 할 일이었다.

일요일 아침 예상대로 차는 막힘이 없이 약속 장소로 향했고 도착 시간은 7시 20분, 수위 아저씨는 예상보다 일찍 도착한 우리 가족을 눈을 비비며 반겨주셨다. 사옥 2층에는 종친 어른이 모아 놓은 귀중한 물품이 진열된 **박물관**이 자리 잡고 있었다. 부를 축적해서 유물을 사들이고 혼자 독점하고 싶은 욕망을 이겨 내어 남들과 **공유**한다는 것은 참으로 멋진 일이다. 공유는 나를 넘어 우리로 갈 수 있는 중요한 방법이다.

종친 어른은 참으로 어려운 유년시절을 보냈다고 한다. 청양 상갑리 사람 중 어디 **가난**으로부터 자유로운 사람이 있었겠느냐마는 유독 가난하셨다고 한다. 가난한 유년시절은 대부분의 사람들을 좌절과 실패로 이끌지만 간혹 더 큰 성공의 밑거름이 되기도 한다. 그런 분들이 있기에 가난을 사회적 책임이 아니라 개인의 책임으로 돌리는 주장이 여전히 설득력을 유지하고 있는 것이다.

도로는 막혀 차는 멈칫멈칫한다. 한가위를 일주일 앞둔 산은 빈틈없이 꽉 들어차 있다. 가까운 산보다 멀리 보이는 산이 더 짙푸르다. 쳐다볼수록 산은 눈을 맑게 해준다. 이 우거짐도 곧 헐거움으로 변할 것이다. 그리고 그 헐거움은 다시 우거짐이 될 것이다. 아름다운 순환을 생각하니 걱정이 사라지고 오늘에 집중하게 된다. 호수를 보니 하늘보다 진한 푸른 물속에 산과 나무들이 편안하게 거꾸로 들어 앉아 있다.

산과 산 사이에 자리 잡은 논에는 **농부**들의 모습이 보이지 않는다. 가을 햇살이 너무 따가워 집에서 쉬고 계시는지……. 아마도 이제는 벼들을 혼자 내버려 두어도 되는 시기인가 보다. 하지만 농부들의 고단한 모습은 희미하게나마 눈에 어린다.

초등학교 시절만 해도 밥 한 톨이라도 남기면 아버지로부터 심한 질책을 받았다. 이거 한 톨에 들어간 땀과 정성이 얼마인 줄 아느냐고. 농사를 져보지 않은 나는 그 양을 전혀 가늠할 수가 없었지만 농사가 엄청나게 힘든 일이라는 것은 추측이 아니라 확신이었다. 그 어린 시절에 주입된 확신이 나에게 농부가 없는 빈 들에서 농부의 고단한 모습을 보게 해주고 있었다.

한가위는 결실의 계절이라지만 아직 결실을 맺을 때가 되지 않았는지 창밖의 벼들은 아직 푸른 청춘이다. 유난히도 비가 많이 내린 올 여름, 가을 햇빛을 조금이라도 더 쐐야 금빛으로 변하려나 보다. 아직도 벼들의 목은 뻣뻣하다. 아직도 벼들은 굶주려 있다. 아직도 벼들은 더 커야 한다. 하지만 성묘를 마치고 돌아오는 길에서 만난 벼들은 석양 빛 때문인지, 가을을 기다리는 나의 성급한 마음 때문인지, 아님 벼들이 촌음을 다투며 영글어져서인지 아침의 벼보다 목에 힘이 빠져 있고 빛은 누레져 있었다.

읍내에 들어선 차 안에서 어둑어둑한 시골 **이발소**의 안을 들여다보았다. 낡은 이발소 간판과 네온사인이 간신히 이곳이 머리 손질하는 곳임을 알려주고 있다. 늙은 이발사가 한 손엔 가위, 다른 한 손엔 빗을 들고 참으로 성의껏 머리카락을 한 올 한 올 자르고 쳐다보고 매만지고 있다. 오래된 공간에서 단골손님은 앉아서, 늙은 주인장은 서서 머리카락을 놓고 마주한다. 겉과 속이 모두 낡았지만 찾아오는 이의 발걸음과 맞아주는 이의 정성과 손길 그리고 재주만은 낡지 않고 그대로다.

버스는 이리저리 사연 많은 길들을 돌아돌아 청양 상갑리에 도착했다. 버스에서 내려 팔을 쭉 펴고 허리를 돌리며 굳은 몸을 푸는데 종친 어른이 다가와 자랑스러운 듯, 쑥스러운 듯 자신의 **공덕비**의 위치를 알려준다. 다행스럽게도 공덕비에 대해 거부감을 느낄 수는 없었다. 나도 나중에 저 곳에 공덕비를 세워야지 하는 어린 소년 같은 열정이 생기지도 않았다. 공덕비의 주인공을 옆에 두고 공덕비가 객관화하여 공덕을 기린 예쁘장한 돌로 보인 것뿐이었다. 공덕비를 읽고 있는데 나에게 조용히 그러신다.

"우리 유씨 가문에도 벼슬하는 사람이 생겼어."

나를 자랑스러워 해주셨다. 촌수로는 나보다 아래라서 가끔 말을 올리시곤 했다. 그렇다. 난 나라에 벼슬한 사람이다. 상갑리 어르신들은 나를 가문의 자랑으로 여기고 계시다. 정작 내가 내 자신을 그리 탐탁하게 여기지 않고 있다. 그것이 나의 삶을 피곤하게 한다. 그리고 딴 곳을 바라보게 한다.

산소에 다가가는 길은 이제 길이라고 부르기에 꽤 험하다. 방치되어 있다. 이 길은 어린 시절 눈이 온 매서운 겨울에 올무에 목이 조여 밤새 몸부림치다 피를 토하며 죽어있는 토끼를 보고 기겁을 했던 길이기도 하다. 이제는 그런 피의 기억과 함께 어린아이들이 토끼를 잡기 위해 뛰어다니던 모습도 사라졌다. 환갑이 지난 어르신이 막걸리 심부름을 해야 하는 곳이니 더 이상 명절의 들썩임도 없다. 산길도 같이 늙어가서 점점 자취를 감추고 있다. 사람의 발걸음이 길을 만든다는 말이 참임은 상갑리에서 씁쓸하게도 명확히 입증되고 있다. 활기찬 농촌이 우리 역사상 존재한 적이 있었는지 의문이지만 지금처럼 허울만 그럴듯한 초라한 농촌의 모습은 마음을 아련하게 한다. 그래도 산새 소리는 여전하다. 못 보던 사람이 왔다는 경계의 소리인지, 보고 싶은 사람이 왔다는 반가움의 소리인지 분간이 안 간다.

나는 증조할머니 산소에서 상갑리를 바라볼 때의 풍경을 참 좋아한다. 전망이 확 열려 있어 마을에서 올라온 시원한 바람이 온몸을 스쳐지나가고 비슷한 높이의 이름 없는 동네 앞산이 마을 개울 너머에 친숙한 모습으로 자리하고 있다. 어머니께서는 증조할머니께서 선산에 잠드신 날, 비가 개이면서 산소 자리에 무지개가 내려앉았다고 하시면서 한 말씀 잊지 않으신다.

"우리 가족이 다 잘 살고 있는 것은 모두 조상님들의 음덕인 거여."

저기 넓지 않은 공간에서 우리 조상님들께서 땅을 일구시며 사셨구

나. 충남의 오지인 청양, 그 청양에서도 산골인 상갑리에서 농사만 지으시면서 사셨을 것이다. '땅은 사람을 속이지 않는다'며 흉년에도 자신의 게으름을 탓하며 그리 사셨을 것이다. 생산되는 쌀로 한 해를 자급자족으로 보내야 하고 잉여농산물이 거의 없어 부를 축적한다는 기대가 없는 이곳에서 오직 자식에 대한 기대로 사셨을 것이다. 청양이 세상의 전부가 아님은 아셨겠지만 사실상 세상의 전부일 수밖에 없는 삶을 사셨으리라. 자연에 순응하면서 이웃과 화목하게 그리 살다 여기에 묻히셨을 것이다.

선산은 아늑하게 그리고 환하게 조상님들의 산소를 품고 있다. 산소 앞에 서서 바라보면 위치에 따라, 고도에 따라 청양 읍내가 보이기도 하고 가까이에는 **문박산(文博山)** 그리고 멀리 오수산이 눈에 들어온다. 특히 문박산의 존재로 우리 가문에는 글을 쓰는 사람이 끊이지 않을 것이라고 이곳에 올 때마다 아버지는 강조하셨다. 어쩌면 내가 이 정도의 글을 쓰는 것도, 글에 대한 욕심이 있는 것도 문박산의 기가 내 몸에 흐르고 있기 때문인지도 모른다.

벌초는 친지 어르신 한 분이 담당하셨다. 물론 산소 1기당 얼마씩 돈을 드렸지만 언제부터인가 벌초하는 사람과 성묘하는 사람 간에 자연스레 역할 분담이 생겼다. 서울에 사는 사람이 일 년에 한두 번 명절에 얼굴을 내미는 것이 욕먹지 않을 만한 일이 되어 버린 고향과의 단절적 삶에 익숙한 현재. 이 역할 분담이 전혀 어색하지 않다. 아마 직접 벌초를 하라고 하면 그나마도 나타나지 않을 것이다. 타협책이다.

타협은 불편한 현실을 용인하고 합리화한다.

어린 시절 그냥 어디가 어딘지도 모르고 아버지를 따라 다니면서 절하고 그랬다. 불혹이 넘은 지금도 조상의 묘에 절을 하다보면 어느 분의 묘인지 확신이 서지 않는 경우도 있다. 양자로 가신 분들이 많아서 관계 설정이 더욱 복잡하다. 아들이 없으면 형제의 아들 중에서 양자로 삼는 전통이 언제부터 우리 민족에게 일반화되었는지는 모르겠으나 대를 이어야 한다는 관념은 대를 이어 이어져 내려오다가 언제부터인가 흐릿흐릿 힘을 잃고 있다. 이것이 바람직한 현상이라고 한다면 조상님들께서 뭐라고 하실까? 혼나지 않으면 다행일까?

"세월이 변했는데요?"
"세월이 변해도 변하지 않아야 하는 것이 있는 거여, 정신 차려!"

자기 자신 하나 제대로 살아가는 것도 벅찬 우리들이 조상님들의 무덤을 찾아와 절을 하는 것은 무슨 의미일까? 저 안에 묻힌 분들이 있었기에 여기 내가 있고, 내가 존재하기에 저 안에 묻힌 분들은 이렇게 절을 받는다.

산을 오르고 내림에 있어 나이 든 딸이 종친 어른을 부축했다. 역시 아들보단 딸이 편하신가 보다. 저렇게 어렵게 조상의 묘를 찾아 오르시는 모습을 보고 어머니께서 그러셨다.

"저렇게 조상을 잘 모셔야 잘 사는 거여."

조상숭배란 무엇인가? 조상을 잘 모신다는 것은 무슨 의미인가?

어렴풋이 알 것도 같지만 뚜렷이 이것이다 싶은 답은 떠오르지 않는다. 분명한 것은 내가 이곳에 와 있고 이 앞에서 공손히 절을 올리며 이 분들의 넋을 기리고 있다는 점이다. 자연스럽다. 당연하다. 분명 내 몸 속에는 한국인의 유전인자가 꼭 박혀 나를 움직이고 있다. 어색할 법도 한 이 행동의 정당성을 새롭게 의심할 필요 없이 받아들이고 있는 것은 바로 이 녀석 때문이다.

인상적인 산소 중 하나는 시멘트로 만든 널찍한 사각형 돌로 외벽을 친 산소다. 표면이 매끄럽지도 않고 철근은 녹슬어 삐죽 나와 있어 볼품없는 도래석이지만 가장 값진 돌이다. 그 돌에는 상갑리에서 시멘트 블록을 만든 후 여기까지 손수 등에 지고 운반하신 분의 정성이 녹아 있다. 그냥 걸어 올라오는 것도 어느 정도 체력이 바탕이 되어야 하는 쉽지 않은 길을 오직 조상님을 위한다는 마음으로 저 무거운 것을 여기까지 조심조심 운반하셨으리라. 그 분의 땀방울이 지금 저 철근의 녹으로 흘러내리고 있는지도 모른다. 그러기에 녹슨 철근은 초라하기보다 금보다도 아름답고 값진 것이리라.

선산은 나를 숙연하게 한다. 숙종 때를 사셨던 10대조 무안(務安) 유(俞)씨 의곡공(義谷公) 할아버지 산소에서부터 어린 시절 추운 겨울에 돌아가신 할머니 산소에 이르기까지 지난 세월의 다가섬으로 인해, 그리고 내가 앞으로 묻힐 곳이 될지도 모른다는 올 세월의 다가옴으로 인해, 과거와 미래가 모두 단숨에 다가오는 지점이기에 나는 이곳에서 숙연해질 수밖에 없다. 5살도 되지 않은 어린 나는 할머니의 임종 모습을 보았다. 많이 아프셨는데도 등잔불이 흔들리는 침침한 방에서 나의 손을 보드랍게 잡으시고 조상 볼 면목이 있으시다는 듯 행복해하셨다. 그리고 잠시 후 눈을 감으셨다.

맛있는 김밥으로 점심을 먹었다. 산에서 먹는 김밥은 참으로 맛있다. 산소 옆 그늘에서 시원한 바람을 맞으며 김밥을 입에 넣으면 꿀맛이다. 입맛은 먹기 전에 무엇을 했느냐로 상당 부분 결정된다. 배고픔이 전제되어야 하고, 그 배고픔이 단순히 굶어서 오는 억지스런 배고픔이 아니라 노동을 통한 배고픔, 움직임에서 야기된 배고픔, 특히 산을 오르면서 자연에 다가섬으로써 야기된 배고픔일 때 입맛이 돈다. 혹시 조상님들이 옆에 계셔서 더욱 맛있었나? 음식은 여럿이 먹어야 맛있지 않은가? 조상님들이 그러시는 것 같다.

"자주 와서 같이 밥 먹으면 좋잖여. 얼굴 까먹것서, 좀 자주들 와."

선산에서 아버지의 주요 말씀의 주제는 첫째 아들 은서에 대한 기대와 가능성에 대한 말씀이셨다. 충분한 가능성을 가지고 태어난 아이가 훌륭한 사람이 되지 못하면 오롯이 부모의 책임이다. 머리가 좋은 아이가 머리를 좋은 방향으로 사용하지 않는 것 역시 오롯이 부모의 책임이다. 은서를 위해서는 존댓말을 쓰고, 늦게 자지 않고, 아침밥을 먹고, 책을 많이 읽을 수 있도록 가르치라고 하셨다.

343

어르신들은 오랜만에 추억에 잠기시나 보다. 일요일에 차가 막힐 텐데 동네 어귀의 느티나무 아래에서 영 움직이려 하시지 않는다. 느티나무가 매번 들었을 법한 이런 저런 이야기들이 쉬이 멈추지 않았다. 지난 번에는 청양에서 대통령 감이 나왔다고 하더니 오늘은 청양의 부끄러움이요, 수치란다. 동일인에 대한 평가가 어찌 이리도 극단적으로 바뀐단 말인가? 민심은 참으로 무섭다.

느티나무 옆에는 시원한 지하수가 나왔다. 발을 씻고 평상에 앉아 발을 말리다가 어깨를 펴고 양팔을 허리에 대고 아직 젖은 발로 일어서서 선산을 바라보며 생각했다. 나는 청양 사람이다. 나의 고향은 청양이다. 내가 어머니 뱃속에서 새 생명의 기를 얻은 곳이 청양이요, 우리 조상님들이 잠들어 계신 선산이 청양에 있고, 내가 죽어 묻힐 곳이 아마도 청양이기에 내 고향은 청양이다. 그것이 조상님들의 뜻에도 부합하는 것이리라.

선보 생각 1

고향의 의미

〈네이버 국어사전〉에서는 고향을 이렇게 정의하고 있다.

1. 자기가 태어나서 자란 곳

·아침에 깨어날 때마다 날 좀 한곳에 머물러 있게 해주길 바랐었다. 고향 땅에

발바닥 붙이고 사는 거, 그거 아무나 하는 거 아니다. 출처: 한수산, 유민

·이 지상(地上)에서 가장 장엄한 것이 있다면 그것은 고향일 것이오, 사람 마음 속에서 소멸되지 않는 것이 있다면 그것 또한 고향일 것이다. 출처: 김진섭, 생 활인의 철학

2. 조상 대대로 살아온 곳

·무수한 인가가 회신되고 사람들은 고향 땅을 쫓겨나 토지를 잃고 군대에 강제 징집 당하고 있다. 출처: 황석영, 무기의 그늘

3. 마음속에 깊이 간직한 그립고 정든 곳

·현대인은 마음의 고향을 잃은 채 살고 있다.

·섬에서 태어나 자란 그로서 바다는 언제나 고향 같은 존재였다.

4. 어떤 사물이나 현상이 처음 생기거나 시작된 곳

·바흐가 태어난 집은 서양 근대 음악의 고향이라고도 할 수 있다.

고향의 정의가 생각보다 다양함을 알 수 있다.[27] 이런 다양한 정의를 고려한다면 당신의 고향은 어디에 있으며 어떤 고향인가? 우리가 꿈꾸는 고향을 찾아보는 것은 이제 더 이상 미룰 필요는 없지 않을까? 나만의 고향, 나만의 고향의 정의를 만들어 보는 것도 괜찮을 듯하다. 나는 **'그냥 마음이 끌리는 곳'**이 고향이라고 정의하면 어떨까 한다. 고향이 고향인 것은 그 어떤 이유도 필요 없지 않을까? 그냥 마음이 끌리면 고향인 것이지.

---

[27] 당연히 알고 있다고 생각되는 단어도 국어사전을 찾아보는 습관을 가지는 것은 중요하다. 의외로 다양한 의미를 가지고 있는 경우도 있고 그 단어를 사용한 좋은 문장을 만나는 행운도 가질 수 있다.

선보 생각 2

청양 대치면 상갑리

나의 고향은 어디일까? 태어난 곳으로 본다면 대전이요, 자란 곳으로 본다면 대전보다는 서울이요, 조상 대대로 살아온 곳으로 본다면 청양이다. 어쩌면 고향이 단수여야 하는 것도 우리들의 편견일 수 있다. 그냥 마음이 끌리는 곳이 고향이라는 나의 정의에 따르면 현재 나의 고향은 청양이 1순위다. 마음이 끌리는 곳도 변할 수 있으니 고향도 변할 수 있을 것이다. 그래서 '현재'다. 마음이 끌리는 이유야 여러 가지가 있을 것이나 이유를 꼭 집어 말하기 어렵다. 그래서 '그냥'이다.

청양은 서울이나 대전에 비해 사회적 약자다. 약자는 사람에게만 국한된 문제가 아니다. 지역에도 약자가 있다. 제대로 된 일자리가 없어 젊은이들은 고향을 죄다 떠나 노인들만 남았다.[28] 그러니 제대로 된 산부인과도 없다.

어떻게 하면 이 난제들을 풀어내어 청양을 활기차게 만들 수 있을 것인가? 이것이 내가 학문을 하는 주요 이유가 될 것이다. 청양이라는 난제가 풀리면 다른 시골 동네는 쉬이 풀릴 수 있다. 청양보다 더 시골인 곳이 드물기 때문이다. 청양을 살릴 수 있다는 것은, 우리나라 시골을 살릴 수 있

---

[28] 최근 신문에 따르면 인구가 약간 증가하여 3만 3천 명을 회복하였다고 한다. 귀농귀촌 지원, 출산장려금의 대폭 인상 등 다양한 정책의 효과라고 한다. 산부인과, 응급의학과 공중보건의를 청양보건의료원에 신규로 배치 받았다고 자랑하고 있다. 한마디로 정말 안쓰럽다.

다는 것이요, 그것은 대한의 방방곡곡을 살릴 수 있다는 의미이다. 나는 그 시작을 우리 조상님들이 지켜보고 계시는 청양 대치면 상갑리에서 하고 싶다.

고시공부 :

님을 얻으려 하였으나……

참 오래 걸렸다. 참 많은 것을 잃었다. 내가 그 시절로 돌아간다면 다시 고시 공부를 할 것인가? 조만간 삼봉 선생을 다시 찾아 봬야 할 것 같다.

고시공부는 내 인생의 일대 전환점이었고 내 인생을 상당 부분 결정했다. 내가 어쩌다 이 무모한 도전을 시작하게 되었는지 이제는 기억조차 아련하다. 세월이 많이 지난 탓도 있겠으나 사실 투철한 목적의식을 가지고 시작한 것이 아니었기 때문이다. 굳이 목적을 찾자면 막연히 우리나라에서 제일 어려운 시험에 도전하는 것, 그래서 합격하는 것, 이를 통해 내 능력을 검증하는 것이었다. 한 2년 가열차게 밀어붙이면 충분히 합격할 수 있다고 믿었다. 믿기지 않겠지만, 공무원이라는 직업을 갖기 위해 시작한 것은 분명 아니었다. 하지만 고시공부가 단기전에서 장기전이 되어 빼도 박도 못하는 상황이 되면서 여러 목적들이 나의 머릿속에 나타나고 사라지고를 반복했다. 국가와 민족을 위해 봉사하기 위함이라는 기특한 마음부터 이 순간을 벗어나야 한다는 절박한 심성에 이르기까지…….

　고등학교 시절 정해진 시간에 맞추어 집과 학교를 왔다 갔다 하는 것 외에 다른 길이 있다는 것을 몰랐다. 대학도 역시 오전 9시부터 오후 6시까지 정해진 수업 시간이 있는 줄 알았다. 고등학교보다 대학교에서 더 열심히 공부해야 한다는 것은 그 당시 나에겐 당연한 것이었다. 어쩌다 세상을 그렇게 바람직하게 바라보고 있었는지, 어쩌다 세상물정을 그렇게 몰랐는지 지금 생각해도 어이가 없다. 하지만 예상하지 못하게 갑작스레 찾아온 엄청난 자유는 내가 감당할 수 있는 범위를 넘어서 있었다. 고시공부는 이런 나에게 탈출구였다. 일종의 자유로부터의 도피였다. 뭔가 목표가 있어야 오늘을 살 수 있도록 나의 몸과 맘은 제대로 조여져 있었던 것이다. 그래서 난 도전할만한 놈을 골랐다. 그래서 선택한 것이 고시였다. 일단 고시공부를 한다는 것은 남들에게 이야기하기도 괜찮은 소재였다. 미래의 불확실성보다 현재의 미정형성이 나를 고시공부에 밀어 넣은 것이다.

대학교 3학년에 1차를 합격한 후 그해 겨울 신림동 고시원에 들어갔다. 석 달 정도 조그마한 방에 틀어박혀 공부를 했다. 내 인생에서 가장 비좁은 곳에서 달랑 혼자 책을 보고 요약하고 외운 것이다. 미치지 않은 것이 다행이었지만 비교적 신나게 했다. 점점 아는 것이 많아지고 자신감도 생겼고 그야말로 고시생이 된 것 같았다. 그리고 힘들 땐 조금만 참자, 조금만 참자하고 나를 다독였고 그 당시 나의 몸과 맘은 이런 초보적 최면술에 쉽게 걸려들었다.

그해 말일. 고시원 지하식당에 있는 텔레비전에서 〈시네마 천국〉을 보았다. 그날따라 늦은 밤 식당에는 아무도 없었다. 조금만 보다가 올라가 공부해야지, 공부해야지 하면서 결국 다 보았다. 토토의 영화감독으로서의 성공과 엘레나와의 사랑 중 어느 것이 더 소중한 것이었을까? 나의 신세도 토토와 크게 다르지 않을 수도 있다는 불길한 생각이 스쳤다.

봄이 되어 다시 학교 고시원으로 돌아와 차근차근 준비를 했지만 2차에서 떨어지고 말았다. 내심 당연히 합격할 것이라고 생각했는데 그 충격은 상당히 컸다. 나는 재수(財數)가 좋게도 재수(再修)를 해보지 못했다. 첫 재수로 인해 처음으로 혼자 포장마차에서 소주를 들이켰다. 취기가 순식간에 올라왔다. 괜히 초라해보였다. 그 이후로 난 집이 아닌 곳에서 혼자 술을 마시지는 않는다.

이후 우여곡절이 많았던 나의 고시 공부는 1995년 입법고시에 합격하면서 막을 내렸다. 장장 5년에 걸친 대장정이었다. 참 많은 일들이 있었다.

그 희로애락을 어찌 다 글로 쓸 수 있으랴. 엄두가 나지 않는다. 냉정하게 돌이켜 보면 주구장창 공부만 한 것은 아니었지만, 제대로 마음 편히 놀아 본 적 없이 인생의 황금기인 약관의 반을 보낸 것이다.

이 지루하고 고단한 장정은 서울신문에 내 이름(수험번호 10039)이 올라간 것을 확인함으로써 일단락되었다. 그때의 감동이란. 바로 이 맛 때문에 고시공부를 하는가 보다 싶었다. 하지만 합격은 나에게 우울과 허무를 가져왔다. 심각한 수준은 아니었지만 인생 처음으로 느껴본 우울과 허무였다. 그렇게 합격하고 싶었는데 합격하고 나니 그런 잡것들이 찾아오니. 이런 경우를 바로 엿 같다고 하는 것이다.

나는 이 잡것들을 몰아낼 계기를 찾아야 했다. 축하 술 정도로는 치유가 되지 않았다. 1차 합격 후 2차 불합격을 몇 번 경험하면서 그 기간 동안 나를 지탱해준 한 축은 **삼봉(三峯) 정도전(鄭道傳)**이었다. 삼봉은 학자적 관료라는 멋진 이상형을 알려준 나의 역사상 롤 모델이었다. 어려운 상황이 닥칠 때마다 내게 물었다.

삼봉이었다면 어떻게 했을까?

나는 정도전의 사당이 있는 평택의 **문헌사**를 찾아 나섰다. 평택 시외버스 터미널에 도착해 죽 줄지어 늘어선 택시기사들에게 정도전 또는 문헌사를 물어보아도 모른다고 하며 갈 생각을 하지 않았다. 이런 허망한 일이 다 있나 싶었지만 어쩔 수 없이 서울로 돌아가려는데 한 택시기사께서 자기도 가보고 싶었던 곳이라면서 타라는 것이다. 방송국에 전화를 걸어서 위치를 알아낸 후 우리는 문헌사를 찾아 나섰다. 터미널에서 상당히 떨어져 있었고 비포장도로를 타고 한참을 간 것으로 기억된다.

정씨 집성촌이었는데 한 아주머님께서 비교적 익숙한 솜씨로 우리를 안내해주었다. 나는 정도전의 가묘 앞에서 당차게 다짐했었다. 당신의 못다 이룬 뜻을 현세에 구현하겠다고. 그리고 나의 곁에서 조몰락조몰락 거리던 우울과 허무를 벗어 던질 수 있었다.

나의 호가 주봉(周峰)인 것도 삼봉(三峯)에서 온 것이다.[29] 젊은 시절 누군가 내게 주봉이 무엇을 의미하냐고 물으면 자신 있게 대답하였는데 이제 그러하지 못하다. 내가 본 것은 삼봉이 권력을 잡은 후의 멋진 행동이고 내가 보지 못한 것은, 아니 보지 않으려 했던 것은 권력을 잡기 전의 고난과 역경이었다. 어찌 그런 험난함을 극복함이 없이 삼봉이 될 수 있으랴. 내게 닥친 약간의 어려움도 슬슬 피하려하고 비껴가면서 삼봉이 되겠다고 한 것 자체가 모순이요, 비겁이요, 허무맹랑함이다.

지천명 쪽으로 기울어진 불혹의 나이, 내가 감히 문헌사를 다시 찾는다면 그것은 나의 수신(修身)이 어느 정도 완성되어 어떠한 역경이 오더라도 버티고 나아가겠다는 나의 의지를 삼봉 앞에서 내 자신에게 다짐받고자 함이 될 것이다.

---

[29] 아내의 이름에서 주(周), 삼봉에서 봉(峰)을 가지고 와 나의 호를 정했다.

나의 '님'은 누구인가?

한용운은 시집 《님의 침묵》의 서문 격인 '군말'에서 님에 대해 다음과 같이 말했다.

〈님〉만 님이 아니라 긔룬 것은 다 님이다. 중생이 석가의 님이라면 철학은 칸트의 님이다. 장미화(薔薇花)의 님이 봄비라면 마시니의 님은 이태리다. 님은 내가 사랑할 뿐 아니라 나를 사랑하나니라.

연애가 자유라면 님도 자유일 것이다. 그러나 너희는 이름 좋은 자유에 알뜰한 구속을 받지 않더냐. 너에게도 님이 있너냐. 있다면 님이 아니라 너의 그림자니라.

나는 해 저문 벌판에서 돌아가는 길을 잃고 헤매는 어린 양이 긔루어서 이 시를 쓴다.[30]

나의 님은 누구인가?

고시합격 전의 님과 고시합격 후의 님이 같은 님인가? 아니면 다른 님인가? 나에게 님이 있기나 한 것인가?

님이 없다는 것은 무엇인가?

---

[30] 놀라운 것은 중생이 석가의 님이지 석가가 중생의 님이라고 하지 않은 점이다. 처음에는 내가 잘못 읽은 줄 알았다. 둘은 방향이 전혀 다른데 상당히 급진적인 말이 될 수도 있을 것이다. 재미난 것은 승려인 한용운이 칸트를 언급한 것이다. 나에겐 석가의 가르침만을 고집하지 않겠다는 의미로 읽는다.

그날그날

그냥

그럭저럭 살아간다는 의미가 아닌가?

합격 전과 합격 후의 님이 다르다는 것은 무엇인가?

욕심으로 가득 찬 삶을 살다가

일이 어긋나면

바짝 엎드려 생계형 공무원으로 살고 있다는 의미가 아닌가?

초심을 잃은 나는 곧 님을 잃어버린 나다.

부끄러운 줄 알아야 한다.

힘들더라도 다시 님을 찾아 나서야 한다.

이쁜 유혹이 잠깐 들렸다

가라고 꼬리를 치면

아그작아그작 화끈하게

그리고 확실하게 짓밟고 가야 한다.

그것이

그것만이

내가 님을 버린 죄를 조금이라도 용서받는 길이다.

선보 생각 2

정도전의 《경제문감》

'남의 음식을 먹은 자는 남을 책임져야 하고, 남의 옷을 입은 자는 남의 근심을 품어야 한다.'

선보 생각 3

이제 와서 후회한다니

대학교수를 하는 친구를 만나서 이런 저런 이야기를 하다가 관료[31]를 직업으로 선택한 것을 후회한다고 하자 그 친구가 정색을 하며 말했다.

"그런 말 마라. 요즘 대학생들 고시는 생각지도 않고 9급으로 들어가더라도 공무원 되려고 한다."

얼마나 많은 사람들이 인생을 걸고 고시공부를 했는가. 나와 같이 공부한 선배, 후배, 동기들이 얼마나 되고 싶어 했던 자리인가. 국가에서 나에게 투자한 것이 얼마인가.

---

[31] 나는 공무원보다 관료라는 말을 좋아한다. 학자적 관료라는 매력적 단어를 알고 난 후 공무원이라는 말이 너무 식상하고 평범하게 느껴졌기 때문이다.

"선보야, 정신 차려야 한다!"

"정신 바짝 차려야 한다. 선보야!"

선보 생각 4

부채의식

밥 잘 먹고 있는데 누가 묻는다. 고시공부를 한 이유가 무엇이냐고. 불혹이 다 지나가고 있는 내가 이 오래되고 지루한 질문에 대한 답을 어물쩍 넘어가려 하자 더 구체적으로 물어 들어온다. 80년대 학번 중 학생운동을 하지 않고 고시공부를 한 사람들에게는 부채의식이 있다고 들었는데 당신은 어떠냐고.

이런 제길. 이 정도 되면 밥을 넘기는 것보다 답이 더 중요해지지 않을 수 없다. 어느 시대에 어느 곳에 태어나든 부채의식이 없는 사람이 어디에 있겠는가. 부채의식의 발아는 당시에 기원을 둘 수 있으나 부활 여부는 현재의 자의식에 있다. 현재의 내가 기득권에 기웃기웃 거린다면 부채의식이 되살아날 것이고, 그렇지 않다면 부채의식이 나를 웅크리게 할 수는 없다.

그분은 나에게 그 당시 **너 하나만**을 위해 공부한 것 아니냐. 너 하나 잘 살아보자고 고시공부한 거 아니냐. 민주화를 위해 투쟁하지 않고 너 하나만을 위해 고시공부한 거 아니냐. 아마도 이것을 직접 묻고 싶었을 것이다.

어찌 되었건. 무작정 공부만 할 만큼 사회에 무관심하지는 않았다. 분명 나 하나 잘 되자고 공부한 것은 아니다. 그들만큼의 열정이 있었다. 그들에게 거리로 나가는 것이 열정이었다면 내가 도서관에서 앉아있었던 것도 열정이었다. 이런 사람, 저런 사람 다 필요하다는 미꾸라지 논리로 빠져나가려는 것이 아니다. 단지 방법이 달랐을 뿐. 나에게도 우리를 위한다는 마음은 분명 있었다. 우리, 과연 아직도 우리의 의미는 분명한가? 아직도 우리가 나를, 내가 우리를 이끄는 힘이 되고 있는가? 그것이 부채의식에 대한 나의 답이다.

28번 버스와 종암동 육교

고시공부를 한다는 것은 주말에도 고시원에 나가는 것이다. 꼭 공부한다기보다 일단 나가고 보는 것이다. 안 나가면 불안하니까 습관적으로 집에서 나와 고시원에 가는 것이다. 만약 고시공부를 하고 있다면 고시 선배로서 일주일에 하루는 등산 등 유산소 운동을 통해 땀을 흘리고 사우나에서 몸을 이완시킨 후 푹 잘 것을 권한다. 분명 합격의 가능성을 높여 줄 것이다.

그날(1994년 11월 4일(일)) 학교로 향하기 위해 다른 날처럼 28번 버스를 탔다. 가는 길에 종암동 육교가 무너져 있고 버스 한 대가 찌그러져 있었다. 별일 아니겠지 했는데……. 라디오 뉴스에서 28번 버스가 무너진 육교에 뭉개졌고 결국 사상자가 발생했다고 속보로 전하고 있었다. 이 소식을 28번 버스 안에서 들은 것이다. 버스 안이 조용해졌다.

부모님께서는 모르시겠구나 했는데 부모님이 급히 학교에 오셨다. 당시 고시원(호림원)은 정경대 6층에 있었다. 어머니는 다리에 힘이 풀리셔서 못 올라오셨다. 나는 잠깐 다른 곳에 가 있었는데…….

아버지께서 올라오셔서 후배 녀석에게 "상조가 온 거 봤냐"고 물었고 그렇다고 하자 "확실히 봤냐"고 재차 물으셨고 확실히 봤다고 하자 겨우 내려가셨다는 것이다. 28번 버스의 사건을 모르는 후배 녀석이 나보고 그런다.

"형! 요즘 고시원 간다고 말하고 어디 좋은데 가요. 애들도 아니고……."

모교 교정을 걸으며……

나는 대학 시절을 포함하여 고시 합격까지 무려 6년 반을 장(長)학생으로 대학교를 다녔다. 고시 합격은 점점 절박해졌다. 그 때마다 나는 교정을 걸었다. 그래야 다시 책상에 앉아 책을 잡을 수 있었다. 그 길을 늦은 불혹에 다시 걸었다.

모처럼 만에 친구들이 모교 앞 막걸리 집에서 모이기로 했다. 나는 약속 시간보다 한참을 일찍 도착하여 학교로 들어갔다. 자연스레 학창시절에 자주 걸었던 길로 들어섰다. 새파랗게 어린 후배 녀석들 중 어느 누구도 나의 존재를 인식조차 못하는데 이 길만이 나를 반겨준다.

'그래, 너는 나를 알고 있지?'
'어디선가 많이 본 얼굴이지?'

정경대학으로 들어가 대학신문과 대학원신문을 둘둘 말아 겨드랑이에 끼고 자판기에서 밀크커피 버튼을 눌렀다. 예전과 같이 종이컵이 뚝 떨어지고 커피가 졸졸 흘러나온다. 우리는 대학신문을 **학보**라고 부르면서 타대학교 학생들하고 주고받았다. 말 주변이 변변치 못했던 숫기 없는 남학생에게 학보는 유용한 의사소통 수단이었다. 다른 학교의 학보를 받으면 자기 학교의 학보를 보내주는 것이 우리에겐 암묵적인 매너였다.

자기 학교 학보도 잘 안 읽었는데 다른 학교 학보에 무슨 관심이 있었으랴. 관심은 오직 그 안에 고이 접혀있는 **종이쪽지**에 있었다. 그 안에는 부끄러운 고백도 있었고 내 맘을 몰라주는 님에 대한 섭섭함도 있었고, 몇날 며칠 어디서 그대가 나올 때까지 기다리겠다는 도박성 도전도 있었다. 그야말로 잔혹하게 차이는 순간은 학보만 오고 그 안에 종이쪽지가 없는 경우였다. 그 글들만 모았어도 청춘의 사랑과 이별에 관한 그럴듯한 책 한 권은 넉넉히 되었을 것이다.

'아쉽다. 그리고 그립다.'

답장이 담긴 학보가 오기를 손꼽아 기다리던 마음은 그 당시 대학생들의 특권이었다. 요즘처럼 카톡이나 문자로 즉시 주고받는 대학생들이야 학보를 기다리는 그 설레고 애틋한 마음을 어찌 알겠는가. 이런 나의 고리타분한 태도에 대한 요즘 대학생들의 답변이 들리는 듯하다.

"내가 그걸 왜 알아야 되나요?"
"그런 답답한 시절로 돌아가자는 건가요?"

그러게. 왜 그런 답답함을 알아야 하는지에 대해 내가 답을 줄 수는 없으나 그 시절 그 기다리는 마음의 결에는, 손수 써내려간 쪽지의 결에는 인간적 향기가 속속들이 묻어 있었던 것만은 분명하다.

정경대학에서 나와 **문과대학** 방향으로 걸어가면서 보니 학교 공간이 사뭇 다르다. 공간이 자연에 의해서가 아니라 인간의 의지와 손에 의해 변할 때는 어딘가 모자라거나 과하다.

내가 족구하고 농구하던 곳에는 마치 이 땅 위에 자신이 처음부터 있었던 듯 그 어중간한 몸집의 어정쩡하게 생긴 건물이 버티고 있다. 요놈은 족구장과 농구장만 짓밟은 것이 아니라 나의 추억, 나의 외침, 나의 사랑을 묻었다. 더군다나 1층은 편의점, 커피점 등 상가다. 이러한 용도의 상가가 대학교 교정에 들어선 것이 전혀 어울리지 않는다는 반감은 오롯이 나의 후진적 시대감각 때문인 것인가.[32] 공간과 공간의 틈마다 비집고 들어선

---

[32] 물론 상가의 임대는 대학의 수익성 측면에서 불가피했다고 설명할 것이다. 배운 자들이 가장 좋아하는 것이 바로 수익성이다. 눈에 보이는 것만 변수화하여 함수에 집어넣고 자신이 원하는 결과가 나올 때까지 돌린다. 나는 그 수익성이라는 악마적 시각에서 벗어나지 못하는 한 우리에게 행복이란 요원하다고 확신한다.

건물들로 인해 공간과 공간 사이의 비어있음에서 오는 여유로움이 사라지고 말았다.

'저 안의 공간이 다 필요했기에 밖의 공간을 이리도 각박하게 만든 것인가?'

나는 문과대학 뒤편에 있는 벤치에 신문을 옆에 놓고 앉아 커피의 향을 빨아들였다. 자판기 커피의 특유한 속내가 온몸에 퍼지며 그 시절로 이끈다. 그 시절엔 그냥 덩그러니 벤치가 있었지만 커피 한 잔 하기에 부족함이 없었다. 이젠 이곳에 조지훈 시비가 있다. 멋, 지조의 시인. 고대 정신의 상징과 같은 시인. 시비에는 〈승무〉, 〈늬들 마음을 우리가 안다〉, 건립취지문, 조지훈의 생애 등의 글이 돌에 새겨져 있다. 무턱대고 들어선 현대식 건물을 보다가 이곳에 앉아 조지훈 시비를 보니 마음이 가라앉는다. 당연히 자리해야 할 건축물이 타 공간에 피해를 주지 않고 수줍게 들어선 것이다.

이곳에서 나는 사랑이라는 낯선 감정이, 마치 태초의 파도가 처음으로 모래사장을 훔치듯, 가슴을 휘돌고 바다로 밀려간 여인에게 자판기 커피를 조심스레 건네며 네잎 클로버를 찾아 나서자고 제안했었다. 시인의 눈은 스님의 멋스러운 춤사위를 지켜보고 있고, 시인의 마음은 시대를 걱정하는 지조로 가득한데 나의 눈과 마음에는 자꾸 그 시절 그 여인의 눈망울이 아른아른하다. 먼 듯 가까운 곳에서 농악대의 장구 두들기는 소리, 징 때리는 소리가 여전히 우렁차다. 장구는 급하고 징은 퍼진다. 21세기 사라지는 소리 중 하나일 것인데 이곳에선 그 시절처럼 모든 잡소리를 쫓아내며 여전히 주인행세다.

벤치에서 일어나 오르막길을 따라 가면 **국제대학원** 앞에 있는 **쉼터**가 나온다. 안에서는 밖이 보이지만 밖에서는 안이 잘 보이지 않을 것 같은 분위기가 연인들을 유혹하는 곳이기도 하다. 나는 그곳에서 고대 신문을 펼친다. 옆에 있는 연인들이 눈살을 찌푸리고 있지만 이것은 선배의 심술만은 아니다. 그 시절에도 여기서 쉬면서 대학신문을 보곤 했으니 나는 대학신문을 여기서 읽지 않을 수 없다. 임희섭 교수의 〈공부론〉이란 글이 눈에 들어온다. 사회학 특강 중에도 담배를 피우실 정도로 애연가셨는데 나도 한 가치 입술로 깨문다.

'끝으로 공부를 직업으로 삼아 공부하는 사람들은 '공부하기'를 힘든 노동이라고 생각하기보다는 자신이 가장 즐기면서 보람 있게 해나아 갈 수 있는 삶의 방식으로 삼아야 할 것이다. 즉, 공부하는 사람은 공부를 통해서 자아를 실현하고, **공부를 통해 사회에 참여하며,** 공부를 통해 국가와 인류사회에 봉사한다는 학문하는 사람으로서의 직업의식, 즉 **선비정신**을 내면화해야 한다. 지식인은 자신이 공부를 통해서 얻는 지식을 자신만을 위한 자산이나 권력으로 이용하려 하기보다는 모든 인류의 복지를 실현하는 데 기여할 사회적 자산의 산출을 자신의 사명으로 여기는 참된 지성인이 되려는 노력을 멈추지 말아야 할 것이다.'

이 글에서 나의 눈길이 자꾸 다시 가는 대목은 '공부를 통해 사회에 참여한다'는 말이었다. 내가 좁은 방에서 공부를 하는 행위 그 자체로 사회에 참여하는 것이라는 말씀인지, 아니면 공부의 결과를 사회에 글로 내보내는 것이 사회에 참여하는 것이라는 말씀인지, 아니면 공부의 결과를 사회에 나가 몸으로 실천하는 것이 사회에 참여하는 것이라는 말씀인지 여쭙고 싶어졌다. 과연 나는 어떠한가? 공부를 하긴 한 것인가? 공부를 하고 있긴 한 것인가? 선비정신이 있긴 한 것인가?

국제대학원 건물의 옆길을 따라 나아간다. 이 길은 그리 길지 않지만 교정에서 가장 운치 있는 길 중 하나다. 약간의 오르막이 부담스러워질 때 하나의 철문을 마주하게 된다. 대학시절에는 열려 있는 경우보다 닫혀 있는 경우가 많았다. 하지만 닫혀 있다는 것은 차가 오고 갈 수 없다는 의미에 불과할 뿐 사람의 소통에는 그리 문제가 없었다. 사람들의 계속된 발길이 풀들을 눌러 양보를 받아낸 흙길을 통해 돌아가면 되었기 때문이다. 이제는 그 길에 풀이 무성하다. 문을 여니 샛길이 자취를 감추었다.

문을 나오니 **도로**다. 나는 이것을 **길**이라고 부르고 싶지 않았다. 잘은 모르겠으나 길은 이런 것이 아니다. 이것은 그저 도로일 뿐이다. 그 시절 이곳은 콘크리트로 엉성하게 다져놓은 어설픈 길이었다. 조금이라도 시간을 줄여보겠다고 이 길에 들어선 자동차는 인도와 차도의 구분도 없이 곱게 휘어진 중앙선 표시도 없는 길에서, 내려오는 차는 힘겹게 올라오는 차를, 올라가는 차는 내려 달려드는 차를 조심해야 했다.

이 길의 탄생에 대해서는 ○○○ 정권이 대학교의 기(氣)를 끊어 놓기 위해 만들었다는 믿고 싶지 않은 이야기가 전해지고 있다. 그 길을 기준으로 개운산 공원과 교정의 경계가 나뉘지만 그 둘은 별개가 아니라 한 몸처럼 보인다. 그만큼 그 길이란 것이 어색한 곳에 어렵사리 자리 잡고 있는 것이다. 나라에서 젊은이들에게 호연지기를 키워주어도 부족할 판에……

개운산까지 이어진 학교의 터는 누군가 학생들의 뜨거운 민주화에 대한 열정과 열망에 지레 겁을 먹고 요런 요상한 짓으로 갈라놓은 것이다.

그렇다고 원하는 목표를 달성했을까? 이런 짓거리에 기가 꺾인다면 그것이 어찌 대한의 젊은이이겠는가? 그럴수록 더 기세등등해지지. 미련한 것들.

얼떨결에 억지스레 생긴 길은 거리와 시간을 줄이기 위해서는 기꺼이 위험을 감수하는 사람들에게 점점 알려져 학생들이 걸어 다니는 호젓한 맛을 잃었고 결국 차도와 인도가 일목요연하게 구분되고 정리되어 도로가 되어 버렸다. 길에서 도로로의 변신이 발전일 수는 있으나 그것이 곧 나아짐을 의미하지는 않는다.

그 길을 따라 걸어 올라가보면 **기숙사**로 들어가는 문이 나온다. 친구 녀석이 오늘 기숙사에서 맛난 것이 나오는 날이라며 나를 몰래 데리고 들어가 같이 식사를 한 적이 있다. 하숙집에서 삼겹살을 해주는 날에는 친구를 따라가서 간혹 밥을 먹기도 했다. 얼마나 맛있던지. 맛있게 먹는 내 모습을 보면서 하숙집 어르신은 얼마든지 먹으라며 흐뭇해하셨다. 지금까지도 기숙사 주방장께는 별로 죄송스럽지 않은데 하숙집 어르신께는 송구스럽다. 가자고 한 녀석이나 가자고 간 나나 참 **뻔뻔하기도** 했다.

그 문을 따라 조금만 내려가면 왼쪽 편에 **테니스장**이 나온다. 한 졸업생 선배가 컨테이너 박스에서 숙식을 하면서 사실상의 지배력을 행사했었다. 이용하는 학생도 거의 없어 텅 빈 테니스장에 들어가 몸이라도 풀라치면 선배가 나와 나가라고 소리치면서 주인 행세를 했다. 조금은 이상했지만 우린 눈치를 보면서 운동을 했다. 뭔가 이건 아닌 듯싶었지만 사실상 지배력은 강력했다. 한쪽은 무슨 이유인지는 몰라도 싸워서라도 지켜내려 했고 우리는 안 하면 그만이었기에 승리는 그쪽이었다. 내가 시험에 합격하여 이곳을 떠날 때까지도 지배력이 상당 기간 유지되었지만 이제는 그 자취가 사라졌다.[33] 첫 출발부터 지속가능성이 없는 테니스장 관리 방식이었던 것이다.

테니스장에서 오른쪽으로 방향을 바꾸어 올라가면 **고시동**이 나온다. 고시동 앞마당의 한쪽 편에 물러나 자리 잡은 벤치에 앉았다. 원래 내가 몸담고 있었던 고시원은 정경대학에 있었던 호림원이었다. 내가 한참 2차 공부에 열을 올리고 있을 때 정경대학의 호림원은 1차 중심으로, 이곳은 2차 중심으로 개편되었다. 나는 담당 교수에게 2차 준비를 하고 있지만 정경대학 호림원에 남을 수 있게 해달라고 애절하게 부탁했지만 답은 단호했다.

"원칙에 맞지 않아 안 된다."

담당 교수는 나중에 공조직의 장이 되기 위해 인사청문회에 서셨는데 그만 낙마하시고 말았다. 국회의 판단은 ○○○으로부터의 독립성을 요구하는 이 기관의 기본적 성격상 ○○○에게 자문을 해온 담당 교수의 임명은 인사 원칙상 맞지 않다는 것이었다. 상당히 억울해하신 것으로 들었다. 그때의 나처럼.

원칙이 의미가 있는 경우는 원칙대로 하는 것이 제일로 어려울 때이다. 원칙대로 하면 안 되는 경우는 원칙대로 하는 것이 제일로 쉬울 때이다. 원칙이라는 잣대를 놓고 거기에 넣어서 맞지 않으면 집어던져 버리는 일은

---

[33] 내가 고시에 합격했다고 하자 테니스장을 지키던 선배는 자기 일처럼 좋아했다. 마음은 따뜻했었는데 표현을 잘 못하는 성격이었던 것 같다.

하면 안 된다. 양자를 어떻게 구분할 것인가? 원칙이라는 잣대에 스스로를 넣어 봐야 한다. 자신의 몸을 구부리고 오므려 봐도 좀처럼 들어갈 수 없는 원칙이라면 그것을 어떻게 다른 이에게 강요할 수 있겠는가? 나는 단호히 말한다.

"ㅅㅂ, 무작정 원칙대로 할 거면 공부는 왜 하나."

호림원에서 출발하여 지금까지 걸어온 길은 나의 대학 시절을 공유하고 있는 고마운 길이다. 고시공부가 장기전에 돌입하여 밀려오는 스트레스에 육체적·정신적으로 지쳐갈 때 **〈산체스의 아이들〉**을 이어폰으로 들으면서 걸으면 그런대로 다시 책을 잡을 수 있었다. 〈산체스의 아이들〉은 구슬프지만 처량하지 않아 나를 축 처지게 하는 것이 아니라 차분하게 스트레스를 녹여주는 리듬의 활력이 있었다.

'난 할 수 있다.'
'난 합격할 것이다.'
'난 해내야 한다.'

속으로 속으로 다짐 다짐하면서 걷던 다짐의 길이자 집념의 길이었다. 나는 핸드폰을 꺼내 〈산체스의 아이들〉을 찾았다. 석양빛에 눈을 감고 Without dreams~로 시작하는 음악을 들으니 20년이 더 된 옛 기억이 주마등처럼 스쳐 갔다. 눈물이 고였다.

고시공부를 통해 나는 무엇을 얻었고 무엇을 잃었는가? 나는 하루 빨리 벗어나고자 했던 바로 이곳에서 내게 물었다. 결과로서의 고시 합격이 아니라 그 과정에서 무엇을 얻고 무엇을 잃었는가를 묻는다. 난 그 답을 자신 있게 하지 못했다. 그냥 우물쭈물하고 말았다. 괜히 물었다. 너무 갑자기 물었다. 배수진을 치고 지독히 공부했으나 그것이 단순히 결과로 보상받고자 한 나의 욕심이었던 것인가? 그것은 공부가 아니고 그저 '시험'공부에 불과했던가? 얼마나 많은 것을 모른 척했고 얼마나 값진 것을 포기했던가? 그래 그만 묻자. 내가 무슨 죄가 있으랴. 그냥 우리나라에서 제일 어려운 시험에 함 합격해보겠다고 시작한 일이 아니던가. 그래도 목적의 순수함은 지금의 나보다 훌륭하지 않았던가? 오히려 나는 위로 받아야 마땅하다. 눈물이 조금 가신 뒤 다시 일어섰다.

고시동을 지나 조금만 올라가면 **외국인 기숙사**가 나온다. 비교적 최근에 지은 건물이라서 그런지 꽤 세련되어 보인다. 학교는 개방성을 띄고 세계를 향해 나아가려 안간힘을 쓰고 있다. 열심히 하다보면 세계가 알아주는 것이 순서일 텐데 어쩐지 방향성이 좀 뒤바뀐 듯하다. 알아달라고 노력하는 모습이 안쓰럽다. 홍보에 신경을 곤두세우는 조직이나 우두머리치고 제대로 된 참 조직이나 참 우두머리를 본 적이 없다. 아무튼 우리는 지금 세계화시대에 살고 있다.[34] 부인할 수 없다. 대한의 젊은이들이 세계로 나

---

34 《고령화시대의 경제학》(조지 매그너스 지음)에는 세계화에 대한 저자의 정의가 나온다. 참고로 적어둔다. '세계화란 엄밀히 말해 상호 교류하는 데 드는 시간과 비용이 줄어들면서 물리적인 거리 개념이 소멸되는 과정을 말한다. 세계화의 주요 요인들은 인터넷과 정보, 통신 기술, 저렴하고 빠른 교통수단의 발전 등이다. 이러한 요인 덕에 국경을 초월한 경제적, 사회적 통합이 활발하게 이루어졌고, 이러한 통합은 국제무역과 투자, 국제이민 증가 등의 형태로 나타난다.'

아가 공부하던 나라에서 세계의 젊은이들이 공부하기 위해 우리에게 오고 있다. 비상할 수 있는 기회가 온 것이다. 대학이 그 중심에 서야 한다. 우리의 참 모습이 그들에게도 참 모습이어야 한다. 그래야 민족을 넘어 세계에 기여하는 대학이 될 수 있다.

외국인 기숙사를 오른편에 두고 조금만 돌아 올라가서 큰 문을 지나면 다시 그 도로가 나오고 인도를 따라 오르다 보면 오른 편에 **개운산 공원**을 만나게 된다. 다시 보아도 이곳은 길이 아니다. 돈을 들여 갈고 닦아 놓았으나 길은 운치를 잃고 정취를 잃고 멋을 잃고 그저 도로가 되어 버렸다. 단적으로 걷는 맛이 예전만 못하다. 나는 정비한답시고 돈을 들여 놓은 곳에 가보면 종종 이런 경험을 한다. 이게 뭐하는 짓인가 싶다.

개운산이 공원으로 정비된 것은 그리 오래된 일이 아니다. 산에 군부대가 자리 잡고 있어 공원화 작업이 그리 순조롭지만은 않았을 것이다. 이곳에 왜 군부대가 떡하니 자리하고 있는지는 잘 모르겠으나 지금은 성북구의회, 주민 편의시설 등이 자리하고 있고 곳곳에 산책길이 있어 주민들의 편안한 휴식처가 되었다. 나는 입구에서 시계를 보고 약속 시간 관계상 교정 안으로 다시 돌아왔다. 교정과 도로의 경계는 대부분 담이지만 몇몇 문은 소통의 요지다. 20여 년 전 그날 그 문은 굳게 닫혀 담과 같았다. 나는 문을 남자답게 씩씩하게 넘고서 맞은편에서 그녀에게 넘을 수 있겠냐고 물었다. 도와 달라고 할 것이 분명한 상황이었는데. 세상에 그녀는 청바지 차림으로 문을 단번에 그리고 거뜬하게 훌쩍 위로 넘어 버렸다. 그러고는 손을 딱딱 털면서 '뭐 이정도 쯤이야' 하는 표정으로 나를 보면서 씩 웃었다.

'아! 이 여인에게 웬만한 문을 가지고는 손잡기도 어렵게 생겼구나!'

조명등을 대낮같이 밝게 켜놓고 **대운동장**에서 운동하고 있는 후배들의 모습과 마주한다. 해가 지면 운동을 할 수 없었던 나의 대학 시절과 비교하면 이것은 꿈과 같은 일이다. 그 시절 1차 시험은 주로 5월 초순의 뒤에 있었는데 학교 축제는 공교롭게 5월 초순의 앞에 있었다. 시험을 3일 정도 앞에 두고 그날 대운동장에선 학교 축제를 알리는 행사가 진행되고 있었다. 뷔페식으로 음식을 쭉 차려놓고 사람들이 자유롭게 서성거리고 있었다. 애국가와 교가의 반주가 흘러나왔는데 어린아이들은 축구공 등을 가지고 어른들의 제지 없이 뛰어 놀고 있었다. 모든 행사는 일렬로 줄을 맞추어서 모든 동작을 멈추고 애국가를 부르면서 시작되는 것으로 알았는데 여기선 그게 아니었다. 학교 졸업생과 재학생만의 축제가 아니라 지역 주민들도 와서 먹을 것을 먹고 어린아이들이 자유롭게 뛰어 놀았다. 그것은 강압적 질서의 반대편 극단에 있는 자유방임적 무질서와는 사뭇 다른 아름다운 혼돈이자 참자유의 모습이었다.

그 방향으로 조금 더 걸어가면 **대학병원 장례식장**이 보이는 길에 들어선다. 막 이승을 떠나 저승으로 가려는 분들이 있는 곳이기에 장례식장은 삶과 죽음이 겹치는 곳이다. 지금 저곳에선 피곤한 육신에서 빠져 나온 싱싱한 영혼들이 하늘나라로 가기 위한 순번을 기다리고 있을 것이다. 사람은 누구나 죽는다. 예외 없다. 이처럼 냉혹하고 이처럼 평등하고 이처럼 허무하고 이처럼 자유롭고 이처럼 활활 타오르고 이처럼 무섭고 이처럼 기대되는 일이 세상천지 어디에 있겠는가?

교정을 나가기 전 실습을 위해 시신을 기증한 분들의 이름을 새긴 돌을 쌓아 올린 탑을 만난다. 나는 아직도 시신을 기증해야겠다는 엄두가 나지 않는다. 나의 이성은 가장 아름다운 기부라는 점을 인정하는데, 나의 그 무엇은 이를 실천하는 것을 거부하고 있다. 이분들의 사연을 내가 다 알 수는 없을 것이나 돌에 새긴 이름 석 자는 나의 발걸음을 묵직하게 했고 나의 마음을 숙연하게 했다. 어쩌면 세상 사람들이 다 아는 유명인보다는 이 분들이 더 멋지게 삶을 마감한 분들이 아닐까 싶다.

자식들 내가 늦었다고 후래자 3배란다. 그러지 않아도 목이 말랐는데 걸걸한 막걸리가 시원하다. 내가 모교에 가야겠다고 은연중에 다짐했던 것은 초등학교 5학년 때부터가 아닌가 싶다. 그저 그 이름이 좋았고 멋있었다. 청소년기에 거의 국수주의적 민족주의자였던 내게 '민족'이라는 말이 꾸며주는 대학은 너무나 매력적이었고, 사내다움의 풋풋한 기운이 좋았고, 막걸리라는 털털한 정서가 맘에 들었다. 고등학교 스승님 중 모교 출신의 스승님들이 누구보다도 인간적이셨던 것도 아마 적잖은 영향을 주었을 것이다.

그러고 보니 뭐 가진 것은 없었지만 스케일 하나는 우리 시대 제일로 컸던 이 철들기를 거부하는 뻣뻣한 놈들하고 이렇게 막걸리 마시라고 모교에 들어왔는가 보다. 막걸리에 취하니 세상을 다 가진 것처럼 행복했다.

이제 어느덧 술도 많이 못 마시고 밥도 많이 못 먹는다. 과하면 다음 날 그렇게 불편할 수가 없다. 확실하게 예정된 불편을 감수하고 과하게 먹는 날은 이렇게 옛 벗들을 만나는 날 정도다. 막걸리에 취한 것인지 오고 가는 고만고만한 이야기에 허리를 꺾고 웃게 된다.

인생 별거냐. 지금 이 순간, 바로 여기에서 재미나게 살다보면 재미난 추억이 쌓이게 되고 나중에 나중에 그 추억을 하나하나 꺼내가며 미소 지을 수 있다면 행복한 인생 살다간 것 아니겠는가? 오늘도 나의 추억은 쌓이고 행복을 저축해둔다.

늦은 불혹의 선보들에게

"선보야, 걱정하지 마. 다 잘 될 거야."

(Sunbo, Don't worry. Things will all work out.)

선보가 웃었다.

온 우주를 통틀어

이보다 더 밝은 에너지가 또 있을까?

에필로그

서른 개의 다릿돌을 건너기 위해 수고 많이 하셨습니다. 중간 중간 흔들리거나 미끄러운 다릿돌 때문에 냇가에 빠질 뻔하지는 않으셨는지 모르겠네요. 무게 중심을 잡기가 쉽지만은 않죠. 간혹 빠지면 또 어떻습니까. 다시 다릿돌로 올라오면 되지요.

서른 개의 다릿돌을 다 건넌 후의 느낌은 어떠신지요?

인생에 대한 나만의 한마디가 생겼다면 저는 성공한 것이라고 생각합니다. 앞으로 보다 촘촘히 다릿돌을 놓고, 더 큰 세상으로 나아가기 위해서 다릿돌을 멀리 멀리 놓아 보겠습니다.

인생이란 참을 찾아가는 여정이 아닐까요? 다릿돌 위에서 양팔을 벌려 중심을 잡아가면서 한발한발 나아가는 것이 참을 찾는 제일 빠른 지름길일 수 있을 것입니다. 너무 서두를 필요도 없고 너무 두려워할 필요도 없습니다.

글을 쓰다 보니 자연스럽게 제가 어떻게 살아왔는지 돌아보게 되었습니다. 과연 얼마나 떳떳하게 살아왔는지. 부끄러운 생각이 많이 듭니다. 제 자리에서 누릴 수 있는 것 다 누리면서 살아온 것이 아닌가 싶습니다. 참에서 멀리 떨어진 언행을 꽤 많이 하면서 살아왔음을 인정하지 않을 수 없습니다. 참이 무엇인지 몰라서 그런 경우도 있었고 참이 무엇인지 알면서도 그런 경우도 있었습니다. 내가 남을 욕하는 이유와 똑같은 이유로 욕먹을 짓을 해온 것을 부인하기 어렵습니다. 더 늦기 전에 떳떳해져야 한다는 생각이 듭니다.

앞으로의 삶에서 나는 과연 참을 선택할 수 있을 것인가?
내 인생의 가장 큰 물음이요, 과제입니다.

제 다짐을 아래의 글로 대신하려 합니다.
감사합니다.

군자는 그 자리에 처하여 그 자리에 합당한 행동에 최선을 다할 뿐, 그 자리를
벗어난 환상적 그 무엇에 욕심내지 않는다. 부귀에 처해서는 부귀에 합당한 대로
도를 행하며, 빈천에 처해서는 빈천에 합당한 대로 도를 행하며, 이적(夷狄)에 처
해서는 이적(夷狄)에 합당한 대로 도를 행하며, 환난에 처해서는 환난에 합당한
대로 도를 행한다. 군자는 들어가는 곳마다 스스로 얻지 못함이 없다. 윗자리에
있을 때는 아랫사람을 능멸하지 아니 하며, 아랫자리에 있을 때는 윗사람을 끌
어내리지 아니 한다. 오직 자기 자신을 바르게 할 뿐, 타인에게 나의 삶의 상황의
원인을 구하지 아니 하니 원망이 있을 수 없다. 위로는 하늘을 원망치 아니 하
며, 아래로는 사람을 허물치 아니 한다. 그러므로 군자는 평이한 현실에 거(居)하
면서 천명(天命)을 기다리고, 소인은 위험한 짓을 감행하면서 요행을 바란다. 공
자께서 말씀하시었다 : "활쏘기는 군자의 덕성과 유사함이 있으니, 활을 쏘아 과
녁을 벗어나더라도 오히려 그 이유를 자기 몸에서 구한다."

–《중용》불원불우장(不怨不尤章) 중에서